Jennifer R. Johansson

IM SCHLAF KOMM ICH ZU DIR

JENNIFER R.
JOHANSSON

IM SCHLAF KOMM ICH ZU DIR

Thriller

Aus dem Amerikanischen
von Beate Brammertz

heyne›fliegt

Die Originalausgabe erscheint unter dem Titel
Insomnia – The Nightwalkers 1
bei Flux, Woodbury/Minnesota

MIX
Papier aus verantwortungsvollen Quellen
FSC
www.fsc.org
FSC® C014496

Verlagsgruppe Random House FSC® N001967
Das für dieses Buch verwendete FSC®-zertifizierte Papier
Super Snowbright liefert Hellefoss AS, Hokksund, Norwegen.

Redaktion: Catherine Beck
Umschlaggestaltung: t.mutzenbach design, München,
unter Verwendung eines Motivs von
© Lyn Randle/Trevillion Images, Shutterstock
Satz: Greiner & Reichel, Köln
Druck und Bindung: GGP Media GmbH, Pößneck
Printed in Germany

ISBN 978-3-453-26813-5

www.heyne-fliegt.de

Für Ande, Cameron und Parker – vielen Dank,
dass ihr meine schönsten Träume wahr gemacht habt.

1

Es ist über vier Jahre her, seit ich das letzte Mal geschlafen habe, und ich vermute, es bringt mich langsam aber sicher um.

An diesem Abend schien es mir nicht die Mühe wert zu sein, Blickkontakt zu einem anderen Menschen zu suchen, nachdem ich Mr. Flint in die Augen gesehen hatte. Immerhin war er ein alter Mann, der Haumeister der Bibliothek in Oakville. Träume wie seine hatte ich schon dutzendfach gesehen. Der aufregendste Teil war normalerweise der neue Rasenmäher, den sie gekauft hatten.

Doch als sein Traum einsetzte, wusste ich mit einem Schlag, dass ich mich gewaltig geirrt hatte. Dieser Mann war nicht wie die anderen.

Eine Frau lag ausgestreckt auf einem Bett. Ihr dünner Arm bedeckte schützend ihre Augen, und ihre Jeans war am Saum zerrissen, wahrscheinlich, weil sie über den Boden gezerrt worden war. Das weiße Tanktop war auf einer Seite hochgeschoben und entblößte ihren Bauch. Sie wirkte ziemlich attraktiv, doch dann bemerkte ich die Falten um ihren Mund, den Ring an ihrem Finger und ihren auffallend grauen Haaransatz. Ich stieß einen leisen Seufzer aus. Ich stehe nicht besonders auf Sexy-Mom-Träume.

Die Szene erstarrte, und ich blickte mich um: Die Wände waren hellgrün, winzige rosafarbene und blaue Blumen sprenkelten die Bettdecke. Ich hörte den Donner, bevor mir der Geruch von feuchtem Holz und Parfüm in die Nase stieg. Meine fünf Sinne rollten wie eine Welle heran und brachen über mir zusammen.

Regen fiel durch das offene Fenster und sammelte sich in einer Lache auf der Zedernholzkommode darunter. Die schweren grünen Vorhänge, die die Dunkelheit draußen umrahmten, raschelten.

Ich wusste, ich würde Mr. Flint bald zu Gesicht bekommen. Der Träumer zeigte sich immer zuletzt, so als müsste das Gehirn die Szene erst langsam aufbauen, bevor es den Träumer hineinstieß. Es hatte lange gedauert, bis ich auch nur in etwa begriffen hatte, wie Träume funktionieren. Wahrscheinlich würde ich sie niemals ganz verstehen.

Nach vielen Monaten und unzähligen Versuchen hatte ich erkannt, dass mich kein Träumer sehen konnte. Selbst wenn ich mich direkt vor sie stellte und mir die Lunge aus dem Leib schrie – sie bemerkten mich nicht.

Irgendwie lag jede Menge Ironie darin, dass ich so viel über die Träume anderer Menschen wusste, ohne selbst jemals zu schlafen. Nun ja, mein Körper schlief, aber mein Gehirn … nein, das schlief nicht wirklich. Die Welt meiner Träume gehörte längst nicht mehr mir. Sie war verboten und in unüberwindliche Entfernung gerückt. Ich war nur noch der Junge, der zuschaute, ein passiver Beobachter im Bewusstsein anderer, der sah, was sie sahen, fühlte, was sie fühlten. Ich kannte ihre Träume, als wären sie mein zweites Ich.

Eines der ersten Dinge, die ich herausgefunden hatte, war, dass alle Träume aus verschiedenen Schichten bestanden. Als wäre es dem Gehirn zu langweilig, jeweils nur einen Traum zu fabrizieren. Unter der Oberfläche war immer noch etwas anderes im Gange. Mein Gehirn neigte wohl dazu, mich in der Schicht zu lassen, die der Realität am nächsten war. Das zumindest war meine Vermutung. Ich wusste es nicht mit Sicherheit, aber es war die einzige Erklärung, die mir dafür eingefallen war, dass ich häufig Fantasien und Erinnerungen sah. Natürlich habe ich auch bizarres Zeug gesehen, allerdings viel seltener. Dem Fehlen von Kobolden und sprechenden Möbelstücken nach zu urteilen, stellte dieser Traum keine Ausnahme dar. Ich bekam nicht den Subtext, nicht die Metaphern, sondern die raue Wirklichkeit.

Der Donner grollte wieder. Ich seufzte und wartete darauf, dass Mr. Flint auftauchen würde. Ich wusste bereits, dass sein Traum eine Erinnerung war, und wollte es so schnell wie möglich hinter mich bringen.

Ich mochte Erinnerungen nicht. Irgendwie kam ich mir dann noch aufdringlicher vor, als bei Fantasien zuzusehen. In einer Erinnerung ist alles kristallklar, mit sehr wenigen Unschärfen und Dunstschleiern, die anderen Träumen zu eigen sind. Nach Jahren des Zuschauens kannte ich dieses Level der Bildschärfe, der greifbaren Genauigkeit, was nur eines bedeuten konnte: Dies hier war kein Produkt seiner Vorstellungskraft, es war ein Teil von Mr. Flints Leben. Der verzerrte Blick seines Gehirns auf seine Vergangenheit ließ die Luft um mich herum dickflüssiger werden, so als würden mir gleichzeitig eine Million Beobachtungen übermittelt.

Und dann sah ich ihn im Türrahmen stehen, wie er sie eindringlich musterte. Als seine Gefühle mich trafen, rissen sie mir den Boden unter den Füßen weg und verschlugen mir den Atem. Verzweifelt und aufgewühlt fegte ein Chaos aus Traurigkeit, Wut und Enttäuschung über mich hinweg, und jeder neue Impuls war stärker als die letzten, bis der Schmerz sie alle überschattete, unerträglich und unveränderlich. Das Leben war nur noch Schmerz, jede Hoffnung wie weggewischt. Der Schmerz erstickte jeden Funken und alles, was den Hauch glücklicherer Tagen in sich trug.

Ich krümmte mich und schlang keuchend die Arme um den Körper. Ich wusste es besser.

Das Zimmer war mit einer unerklärlichen Energie aufgeladen, während der körperliche Schmerz von unheilvolleren Gefühlen überdeckt wurde: Hass gemischt mit aufpeitschendem Adrenalin, das sich in die rohste Form von Zorn verwandelte, die mir jemals untergekommen war.

Ich krallte mich in den Boden, während Mr. Flints siedende Wut durch mich hindurchpeitschte. Sein Drang, etwas zu zerstören, jemandem den Schmerz zuzufügen, den er empfand, überwältigte mich.

Als sich der Hausmeister dem Bett näherte, blitzte etwas in seiner Hand auf. Ich kniff die Augen zusammen, um es besser erkennen zu können. Er umklammerte einen schimmernden silbernen Brieföffner mit marineblauem Griff. Zusammen mit der grimmigen Entschlossenheit in seinem Gesicht war dies die tödlichste Waffe, die ich je gesehen hatte.

Ich kämpfte gegen seine Gefühle an und versuchte verzweifelt, mich zu bewegen, mich vor dem zu verstecken, was nun unweigerlich folgen würde. Doch es war zwecklos. Ich konnte nicht entkommen.

Ich wollte die Augen schließen, doch die Gefühle des Träumers waren das Schlimmste. Vor ihnen konnte ich mich nicht verstecken. Wenn ich nicht beobachtete, was vor sich ging, füllte mein Gehirn die Lücken. Und viel zu häufig waren die verstörenden Bilder, die ich mir ausdachte, noch viel schlimmer als der Albtraum, in dem ich gefangen war.

Mr. Flint drückte ihr ein Kissen aufs Gesicht, während er den Brieföffner dreimal in ihr Tanktop rammte. Ihre gurgelnden Schreie durchdrangen die Luft. Zusammen mit seinem Grunzen erzeugte ihr Tod eine entsetzliche Melodie, bis sich alle Geräusche zu einem Flüstern dämpften. Die plötzliche Stille verschlang mich regelrecht. Während ich versuchte, meinen Atem zu kontrollieren, schoss ihr Blut aus dem Dreieck an Wunden und ergoss sich auf ihr Oberteil und die blumenbesetzte Decke. Mein Kopf schmerzte, das Herz pochte laut in meiner Brust.

Sein Zorn verrauchte so abrupt, wie er gekommen war, und ließ nichts als Verzweiflung zurück. Ich spürte, wie sehr er sie hasste, wie sehr er sich selbst hasste. Die Gewissheit, dass sein Leben nicht mehr lebenswert war, prallte mit voller Wucht auf meine Schultern, und ich schüttelte mich unter dieser Last.

Mr. Flint hielt ihre Hände in seinen und schluchzte. Langsam zog er ihr den goldenen Ehering vom Finger und hielt ihn sich an die Lippen. Ein qualvolles Wimmern schwappte wie in einem Schwall aus seinem Körper und begrub uns beide in einer Woge aus Elend, die kaum Platz für Luft ließ.

Ich war entsetzt über mich selbst, weil ich Mitleid mit ihm empfand, doch es war ein Ding der Unmöglichkeit, es nicht zu haben. Jede seiner Empfindungen *spürte* ich am eigenen Leib. Der Traum war wahrscheinlich eine Erinnerung, aber Mr. Flint schlief und schwebte an dem Ort, wo die Grenzen zwischen richtig und falsch verschwammen – ich hingegen nicht. Mitgefühl für einen Mörder zu empfinden widerte mich an, aber ich konnte nichts dagegen tun. Sein Selbstmitleid überschwemmte mich, besiegte meine Abscheu. Mein Blick huschte zwischen ihm und der Frau hin und her, seiner Ehefrau. Das war nicht derselbe Mann wie anfangs im Traum. In ihm hatte sich etwas verändert, etwas so Grundlegendes, dass ich es sofort spürte. Er war jetzt ein Mörder und konnte nie mehr derselbe Mensch sein. Von dieser Tat gab es kein Zurück.

Er war ein Abbild meiner Fähigkeit – meines Fluchs. Und nachdem ich es gesehen hatte, würde auch ich nicht mehr derselbe Mensch sein.

Ich erwachte hustend und keuchend. Mein Körper war in Schweiß gebadet. Wie zu einer Kugel zusammengerollt, schlang ich einen Arm um meine Knie und versuchte, wieder zu Atem zu kommen. Warum musste ich mir ausgerechnet ihn aussuchen? Warum einen Mörder?

Traumseher zu sein nervte gewaltig, insbesondere da alle um mich herum Träumer waren. Ich wusste nicht, ob es noch andere wie mich gab – jedenfalls konnte ich dem Glückspilz von einem Träumer, der mir jeden Tag als Letzter in die Augen blickte, nicht entfliehen. Egal, wie sehr ich ihn abschütteln wollte, ich war für eine Nacht unausweichlich an ihn gekettet.

Ein dumpfes Pochen ließ meine Tür klappern, und ich rollte aus dem Bett.

»Es ist Wochenende, Mom.« Meine Stimme klang heiser und erschöpft. Ich taumelte in Richtung Bad, nahm einen tiefen Atemzug und zwang mich, nicht länger über Mr. Flints Traum nachzudenken.

Ein und aus.

Ein und aus.

»Es ist fast Mittag, Eure Majestät«, rief mir Mom aus der Küche zu.

Ich blieb mitten im Flur stehen und rieb mir die Augen. »Es ist fast *elf*. Lass diese Übertreibungen, oder ich muss mich nach neuem Personal umsehen.«

»Ja, ja«, murmelte Mom.

Ich kämpfte den Drang nieder, ihr oder sonst irgendjemandem zu erzählen, was ich gesehen hatte. So gern ich auch zur Polizei gehen wollte, um ihnen zu sagen, dass Mr. Flint seine Frau in einem Traum ermordet hatte, wusste ich doch, dass mir niemand Glauben schenken würde. Und die psychiatrische Abteilung einer Klinik entsprach nicht gerade meiner Vorstellung eines entspannten Wochenendes.

Ich schnappte mir die Zeitung von der Konsole im Flur und nahm sie mit aufs Klo. Die Kälte der Fliesen ließ ein Kribbeln durch meine Füße schießen, während ich in der Zeitung blätterte. Da war es:

Donna Marie Flint, geboren am 9. Mai 1971, verstarb letzte Woche nach einem – wie es aussieht – fehlgeschlagenen Einbruchsversuch. Freunde und Familie werden gebeten, ihr am Dienstag in der Aussegnungshalle des Oakville Friedhofs die letzte Ehre zu erweisen.

Morgen.

Mrs. Flint war noch nicht lange tot, aber es war dennoch zu spät, sie zu retten. Ich konnte nichts tun. Die Polizei war mit dem Einbruch auf der falschen Fährte, doch sie würden auch ohne meine Hilfe herausfinden, was vorgefallen war. Daran musste ich einfach glauben.

Einen morbiden Moment lang fragte ich mich: Wenn ich recht behielt mit dem, was ich für meine unausweichliche Zukunft hielt, und dieser Fluch mich tatsächlich langsam umbrachte, was würde dann in meinem Nachruf stehen?

Parker Daniel Chipp, sechzehnjähriger Schüler an der Oakville Highschool, verstarb an Schlafentzug.

Oder würden sie etwas Langweiliges wie *eines natürlichen Todes* schreiben? Beides klang irgendwie erbärmlich.

Ich schlurfte in die Dusche und stellte den Hebel so ein, dass das Wasser eiskalt war und meine Haut wie tausend Glassplitter stach. Das Wasser lief in Rinnsalen an mir hinab und wusch die Bilder aus meinem Traum in den Abfluss. Warme Duschen waren ein Ding der Vergangenheit. Nachdem ich meinen Körper wund geschrubbt hatte, drehte ich das Wasser ab.

Ich schlang mir ein Handtuch um die Hüfte und versuchte, meine Gedanken auf einen der glücklicheren Träume zu richten, die ich im Laufe der Zeit gesehen hatte. Die Träume anderer Menschen beanspruchten einen so großen Teil meines Lebens – und Gehirns –, dass es mir nicht schwerfiel, in den Haufen zu greifen und einen anderen herauszufischen. Sie waren alle einzigartig und aufreibend.

Die verschiedenen Schichten des Traums waren oft der schwierigste Teil. Es kam vor, dass mein Kopf noch stundenlang pochte, nachdem ich längst aufgewacht war. Dann war es, als hätte das Unterbewusstsein des Träumers seine imaginären Muskeln angespannt und wollte so viel wie möglich hineinpacken, einfach nur, um mich zu quälen. Manchmal wurden die Schichten im Hintergrund von einem Dunstschleier überzogen und schoben sich über den Haupttraum wie ein durchschimmernder Vorhang. In seltenen Fällen bestanden die Träume aus etwas, das sich wie materielle, stoffliche Schichten anfühlte – einige stärker realitätsbezogen, andere bizarrer als die Lieblingshalluzination eines LSD-Abhängigen. Dann stapelten sie sich übereinander, und der Träumer hüpfte wie ein Tischtennisball zwischen ihnen hin und her, als könnte sich sein Gehirn nicht entscheiden, welchen Traum es nehmen wollte.

Daneben gab es auch einen Nebel aus Gedanken, der sich durch die lebhaften Erinnerungsträume kräuselte. Wenn man in den Ranken dieser silbernen Dunstschwaden stand, konnte man das Gehirn des Träumers buchstäblich denken hören – wie er Dinge nacherlebte und Entscheidungen traf. Die Worte und Gedanken waren so durcheinander und ineinander verschlungen, dass einem schon nach wenigen Sekunden der Kopf schwirrte. Nachdem ich zum ersten Mal auf diesen Nebel getroffen war, versuchte ich ihm mit aller Gewalt auszuweichen.

Am schlimmsten war es, wenn die anderen Schichten so diffus waren, dass sie einem rauschenden Hintergrundgeräusch glichen. Dann klang es, als würden eine Million Bienen in meinem Kopf summen. Nach einem solchen Traum hatte ich immer schreckliche Kopfschmerzen – die Art von Kopfschmerz, gegen die kein Medikament half.

Ich holte tief Atem. Während ich mir das Gesicht abtrocknete, konnte ich die tiefen Ringe unter meinen Augen regelrecht spüren – als wären sie schon so lange dort, dass sie mich ausgehöhlt hatten. Ich schauderte, schob mir das zerzauste schwarze Haar aus der Stirn und versuchte herauszufinden, ob ich schlimmer aussah als am Tag zuvor. Meine eisblauen Augen starrten mir aus dem Spiegel entgegen. Ja, ich sah richtig scheiße aus. Aber konnte ich etwas dagegen tun? Nein.

Ich zog eine Jeans und ein Sweatshirt an und machte mich auf den Weg in die Küche. Es roch nach Zitronen und Beeren. Frische Früchte, das Lieblingsfrühstück meiner Mom. Sie blickte mit einem Grinsen zu mir hoch, doch es verging ihr sofort, als ihre Augen meine trafen. Ich wusste, was sie dachte. Ihre ständige Besorgnis war der Grund, weshalb ich mir ihre Träume nur ansah, wenn mir wirklich keine andere Wahl blieb.

»Hast du gut geschlafen?«

»Sicher.« Ich nickte und blickte von ihren Sorgen weg.

Mom trat vor mich und legte mir den Handrücken auf die Stirn. Seufzend ließ sie die Hand wieder sinken und verzog die Lippen. »Nun ja, zumindest *scheinst* du keine Temperatur zu haben …«

Ich packte sie an den Schultern, lächelte und sah ihr fest in die Augen. So früh am Tag spielte es keine Rolle, mit wem ich Augenkontakt hatte. Noch war es sicher.

»Das liegt daran, dass mit mir alles okay *ist.*«

Sie bohrte sich die Faust unters Kinn und bewegte sie vor und zurück, während sie mich beobachtete, wie ich die Küche nach etwas Essbarem durchsuchte. Ich kannte diese Geste. So hatte sie Dad immer angesehen, bevor er abgehauen war, und genau deshalb konnte ich es nicht vergessen.

Während des ersten Jahrs nach seinem Verschwinden war Mom so wütend gewesen, dass sie sich voll und ganz in die Arbeit gestürzt hatte. Ich hatte immer genug zu essen gehabt und war gut versorgt gewesen, aber meine ständige Müdigkeit war ihr entgangen. Das war jetzt über drei Jahre her. Diese Tage vermisste ich. Wenn sie nicht hier war, musste ich nicht so tun, als wäre ich normal.

Mit dem größten Messer, das ich finden konnte, schnitt ich einen Apfel in Stücke und kämpfte gegen die Mischung aus Frustration und Verbitterung an, die jedes Mal in mir aufstieg, wenn ich an Dad dachte. Ich hatte genügend eigene Probleme, ohne auch noch den Ballast zu schultern, den er zurückgelassen hatte.

Ich blickte auf und bereitete mich darauf vor, Mom so wie immer zu beschwichtigen – mit Ablenkung.

»Nun, irgendwelche Termine heute?«

Mom schnappte sich ihr Handy von der Arbeitsplatte und blätterte durch ihren Kalender. »Ich habe heute Nachmittag zwei Besichtigungen und noch ein paar am Abend. Es könnte also etwas später werden. Kommst du allein klar?«

»Ja. Ich mache sowieso wahrscheinlich was mit Finn.«

»Wirklich? Mit sonst niemandem? Nur Finn?« Sie sah mich mit zusammengekniffenen Augen an. Sie glaubte mir schon wieder nicht.

Ich steckte mir ein Stück Apfel in den Mund und ging zum Fenster. »Ja, nur Finn«, sagte ich kauend.

Sie nickte und drehte sich zu ihrem Telefon zurück.

Ich schlurfte in mein Zimmer und zog meine Sneaker

an. Wüsste ich es nicht besser, ich würde glauben, sie wären aus Blei. Die Schwerkraft war in letzter Zeit mein Feind. Jeden Morgen fühlten sich meine Arme und Beine und selbst meine Lider schwerer an. Es wunderte mich, dass die Waage dasselbe Gewicht anzeigte und in letzter Zeit sogar ein leicht niedrigeres als in der Woche zuvor. Jedes Mal, wenn ich auf sie stieg, war ich überzeugt, dass allein mein Kopf ein paar Pfund zugelegt haben musste. Es wurde von Tag zu Tag schwieriger, ihn oben zu halten.

Als ich letzten Monat sechzehn geworden war, hatte sich auch meine letzte Idee als Enttäuschung entpuppt. Zwei Wochen lang hatte ich jeden Abend auf dem Weg nach Hause an der Tankstelle gehalten und dem Typen von der Nachtschicht in die Augen gesehen, in der Hoffnung, ich könnte schlafen, wenn mein Träumer die ganze Nacht wach war. Aber als ich einschlief, war es kein richtiger Schlaf. Träume anzusehen war dasselbe, als würde man die ganze Nacht ganz intensive Filme anschauen, und zu schlafen, wenn mein Träumer wach war, war, als würde man aufbleiben und das Störungsbild auf einem stumm geschalteten Fernseher anstarren. Es war ganz friedlich, aber mein Gehirn schlief trotzdem nicht. Es war vielmehr meine eigene, ganz persönliche Leere.

Nächte wie diese halfen mir allerdings ein wenig, mich tagsüber besser zu konzentrieren, wenn auch nicht viel. Als Mom ausgeflippt war, weil ich immer so spät nach Hause gekommen bin, habe ich es sein lassen. Dieses Nichts wurde Nacht für Nacht sowieso immer langweiliger, so als würde ich in meiner eigenen Gummizelle sitzen. Die Ironie dieses Vergleichs entlockte mir ein Lächeln. Denn das war genau das, was ich mit allen Mitteln vermeiden wollte.

Ich hatte alles probiert, was mir in den Sinn kam. Ich hatte sogar versucht, den ganzen Tag über niemanden mehr anzusehen – was nicht so einfach ist, wie es klingt. Aber selbst dann sah ich nur die Träume der letzten Person des Vortags.

Als ich meinen Rucksack mit dem Fuß in Richtung Wand schob, bemerkte ich, dass das Hauptfach halb offen stand und die Ecke eines Buchs herauslugte. Ich hob den Rucksack auf und zog den Reißverschluss zu, dann ließ ich den Blick kurz durchs Zimmer schweifen. Es sah ... anders aus. Ein paar Kleinigkeiten waren an einem anderen Platz, auch wenn es nichts Offensichtliches war. Ich seufzte. Mom war also schon wieder in meinem Zimmer gewesen. Wahrscheinlich während ich unter der Dusche gewesen war. Entschlossenheit war eine Eigenschaft, an der es in meiner Familie nicht gerade mangelte.

Ich holte tief Luft und marschierte zurück in die Küche. »Diesmal irgendwelche Drogen gefunden?«

Mom blickte nicht von ihrem Handy auf, aber ich sah, wie sie die Augen fest zusammenkniff. Ihre Stimme sollte anscheinend ruhig und gefasst klingen, doch stattdessen überschlug sie sich. »Nein.«

»Das wird dich wohl nicht davon abhalten, bald wieder in meinem Zimmer herumzuschnüffeln, oder?« Ich setzte mich an den Tisch und funkelte sie böse an. Im Moment hatte ich genügend andere Probleme. Warum wollte sie mir unbedingt noch mehr aufladen?

Sie drehte sich zu mir um und verschränkte die Arme vor der Brust. »Was soll ich denn deiner Meinung nach denken? Du redest nicht mit mir. Du verlierst Gewicht ... du ... du siehst einfach nicht gut aus, Liebling.«

»Du hast den Dreh raus, einem das Selbstbewusstsein so richtig zu stärken, Mom.« Ich rieb mir die Augen und starrte aus dem Fenster.

»Hast du eine bessere Erklärung?« Sie legte eine kurze Pause ein, bevor sie fortfuhr. »Denn du kannst mir glauben, ich will keine Drogen finden … aber ich weiß nicht, was es sonst sein könnte.«

»Das habe ich dir doch schon gesagt.« Ich schüttelte den Kopf und sah sie wieder an. »Ich schlafe nicht gut.«

Sie senkte das Kinn und hob eine Augenbraue. »Parker, du schläfst *die ganze Zeit!«*

Eine heiße Welle der Wut überflutete mich. Warum musste sie das andauernd zur Sprache bringen? Sie würde mir ja sowieso nicht glauben. Ich stand vom Tisch auf und drehte mich zum Korridor. »Nun, dann müssen es wohl Drogen sein.«

»Warte, bitte.« Sie packte mich am Ellbogen, sagte aber kein Wort, bis ich mich zu ihr zurückdrehte. »Wenn es am Schlaf liegt, gehen wir zum Arzt. Heute. Dr. Brown hat am Wochenende Notfallsprechstunde. Wir fahren sofort hin.«

»Heute?« Ich runzelte die Stirn. »Aber du hast Termine.«

»Die verschiebe ich. Das geht schon in Ordnung. Deine Gesundheit ist wichtiger.«

Ein Schaudern packte mich. Arztbesuche hatte ich immer vermieden, aus Sorge, sie könnten meinen Verdacht bestätigen oder, noch schlimmer: mich für verrückt erklären und in eine Anstalt einliefern. Aber ich musste ehrlich zu mir sein. Bei meinen Internetrecherchen hatte ich alle Informationen gefunden … und mir gefielen die Antworten nicht. Es war höchste Zeit. Ich musste es nur clever anstellen. Ich würde ihm nicht die ganze Wahrheit sagen, doch ich hatte mir einen Weg überlegt, wie ich ihn dazu bringen konnte, mir zu sagen, was ich wollte.

»Okay, Mom, wenn du meinst, dass es hilft.«

2

Dr. Brown ist unser Hausarzt, solange ich denken kann. Nachdem wir ein paar Minuten im Wartezimmer gesessen hatten, führte uns seine Sprechstundenhilfe in einen senfgelben Untersuchungsraum mit Bildern von Fischen an den Wänden. Nun, da wir hier waren, konnte ich einfach nicht mehr stillhalten. Ich setzte mich hin, trommelte mit den Fingern auf meine Oberschenkel, sprang auf, betrachtete die Bilder und setzte mich dann wieder.

Die Tür öffnete sich, und Dr. Brown kam herein. Er war schon immer extrem dünn und ernst gewesen und gab einem in der Sekunde, in der er ins Zimmer trat, das Gefühl, als würde er sich um alles kümmern. Er lächelte meiner Mom zu und schüttelte mir die Hand, bevor er auf seinem Rollhocker Platz nahm.

»Nun, Parker, wir haben uns eine Weile nicht mehr gesehen.« Er beugte sich über mein Krankenblatt, und alles, was ich sehen konnte, waren die kurzen braunen Stoppeln auf seinem Kopf. »Bei Jungs im Teenageralter ist das für gewöhnlich ein gutes Zeichen. Was bringt dich heute hierher?«

Ich verschränkte die Arme vor der Brust. »Ich schlafe schlecht.«

»Das ist nicht alles«, sagte Mom. Schon wieder wünschte ich, sie hätte zugestimmt, im Wartezimmer zu bleiben. »Er hat an Gewicht verloren.«

Dr. Brown blickte zu mir und dann zurück zum Krankenblatt. »Bei Teenagern schwankt das Gewicht häufig. Spielst du immer noch Fußball?«

Ich nickte.

»Ich kann dir Schlaftabletten verschreiben, damit dein Körper zu einem normalen Rhythmus zurückfindet, aber du darfst sie nicht zu lange einnehmen. Und du musst dafür sorgen, dass du genug isst, um weiterhin trainieren zu können.« Er warf einen Blick auf seine Uhr und zurück auf mein Krankenblatt.

»Okay«, sagte ich, bemüht, nicht so frustriert zu klingen, wie ich mich fühlte. Natürlich hatte ich Schlafmittel längst ausprobiert. Keine rezeptpflichtigen Medikamente, aber immerhin. Allerdings hatten sie die Erschöpfung nur verschlimmert. Am nächsten Tag konnte ich kaum geradeaus laufen, so erschöpft war ich. Das hier würde uns nirgendwo hinführen, doch mit Mom im Zimmer konnte ich ihn schlecht befragen. Welche Zeitverschwendung!

Dr. Brown sah mich für einen Moment mit zusammengekniffenen Augen an, bevor er sich an Mom wandte. »Es gibt ein neues Versicherungsformular, das Sie ausfüllen könnten, während ich mich ein wenig mit Parker unterhalte. Nur um mich zu vergewissern, dass nicht mehr dahintersteckt, wenn das für Sie beide in Ordnung ist?«

Mom blickte zu mir, und ich nickte. »Ja, ist schon okay, Mom. Geh ruhig.«

Sie stand auf und folgte dem Arzt auf den Gang. Ich versuchte, mich zu sammeln. Ich hatte nur ein paar Minuten allein mit ihm. Bestimmt hatte er seine eigenen Gründe, Mom loszuwerden, aber ich musste das Gespräch unbedingt an mich reißen.

Als Dr. Brown zurückkam, reichte er mir eine Broschüre: *Drogen und die Auswirkungen auf das jugendliche Gehirn*. Ich stöhnte auf und schüttelte den Kopf.

»Ich unterstelle dir gar nichts, aber wenn man schon so lange Arzt ist wie ich, hat man gelernt, die Zeichen zu lesen.« Dr. Brown hatte freundliche Augen. Sie waren mitfühlend und verständnisvoll … was jedoch nichts an dem Umstand änderte, dass er ebenso falschlag wie alle anderen. »Du weißt, dass jede Droge, die du deinem Körper zuführst, deinen Schlafrhythmus durcheinanderbringen kann.«

Ich sah ihm fest in die Augen. »Nehmen wir einmal rein hypothetisch an, ich wäre tatsächlich auf Drogen, die mich vom Schlafen abhalten …«

Seine buschigen Augenbrauen schossen hoch. Offensichtlich nicht die Antwort, die er erwartet hatte. »Und was nimmst du?«

»Ich habe nichts zugegeben, und das spielt auch keine Rolle.« Ich schüttelte den Kopf und lehnte mich vor, die Ellbogen auf die Knie gestützt. »Mich würde Folgendes interessieren: Was passiert mit dem Gehirn eines Menschen, wenn er nicht schläft?«

Dr. Brown schüttelte den Kopf. »Überhaupt nicht schläft?«

»Ja.«

»Nun, anfangs wäre er müde, gereizt, leicht erregbar.« Dr. Brown zuckte mit den Achseln, aber er beobachtete mich genau. »Und dann käme der Tremor, das Zittern, weil es dem Gehirn nicht mehr gelingen würde, den Körper zu kontrollieren. Schließlich würde man vor Erschöpfung zusammenbrechen, und das Problem wäre fürs Erste gelöst.«

Egal, wie müde ich war, ich war nie zusammengebrochen, und mein Gehirn hatte nie geschlafen. Ich war einfach nicht normal. Ich schüttelte den Kopf. »Lassen Sie uns mal annehmen, man würde nicht zusammenbrechen. Aus welchem Grund auch immer, der Körper würde einfach weitermachen. Was würde als Nächstes geschehen?«

Er runzelte die Stirn. »Das ist ohne äußeren Einfluss unmöglich – und ohne extreme Stimulation.«

»Okay, dann mithilfe dieser Dinge.« Ich wusste nicht mehr, wann ich aufgestanden war, aber seine Augen wurden groß, als er zu mir hochblickte. »Was würde als Nächstes passieren?«

»Das verstehe ich nicht. Was soll das?« Er rollte seinen Hocker ein Stück zurück.

Ich machte einen Schritt auf ihn zu, ließ meine Stimme jedoch ruhig klingen. Ich musste das wissen. »Was würde als Nächstes passieren, Doktor?«

Er legte die Stirn in Falten und erhob sich, doch ich schob mich noch ein paar Zentimeter näher an ihn heran. »Die Person würde psychotisch werden, eine Vielzahl an gefährlichen psychologischen Symptomen aufweisen und dann ... nun ja, dann würde sie sterben.«

Es war, als hätte er mir einen Schlag in den Magen verpasst. Das Zimmer drehte sich, und ich sackte auf meinen Stuhl zurück. Meine Augen hefteten sich auf den Teppich vor mir. Die Recherche, die ich betrieben hatte ... es stimmte. Ich hatte also wirklich recht. Nur dass ich nicht recht haben wollte.

Dr. Brown setzte sich wieder auf seinen Hocker und rutschte ihn näher zu mir. »Warum diese Fragen, Parker? Du willst mir sagen, dass …«

»Nein«, unterbrach ich ihn rasch und sah mit einem gezwungenen Lächeln zu ihm hoch. »Es geht um ein Wissenschaftsprojekt für die Schule, an dem ich arbeite.«

»Oh.«

Er starrte mich schweigend an, und ich wusste, dass ich jetzt seine ungeteilte Aufmerksamkeit hatte, die ich aber gar nicht mehr wollte. Ich war wegen einer einzigen Antwort gekommen, und er hatte sie mir gegeben. Nun musste ich nur noch von hier verschwinden, bevor Dr. Brown mich dazu brachte, dass ich ihm alles verriet.

Ein Klopfen an der Tür erscholl, und Mom steckte den Kopf herein. »Seid ihr hier fertig?«

Ich nickte und sprang auf. Da bemerkte ich, dass ich die Drogenbroschüre immer noch in der Hand hielt, und stopfte sie in meine Tasche. Doch es war zu spät, Mom hatte sie längst bemerkt. Perfekt! »Ich denke, die Schlaftabletten werden helfen«, sagte ich.

Mom ließ die Schultern sinken und sah mit stechendem Blick zu Dr. Brown. »Sind Sie derselben Meinung?«

»Ich denke, es ist ein guter Anfang.« Mit einem Stirnrunzeln fuhr er fort: »Aber ich würde ihn gern noch einmal durchchecken … nur um auf Nummer sicher zu gehen.«

Nach zehn Minuten, in denen ich ständig »Ah« sagen musste, meine Reflexe und Pupillen überprüft und meine Atmung sowie mein Herzschlag abgehorcht wurden, gab mir Dr. Brown ein Rezept für ein Schlafmittel und eine Überweisung zu einem Seelenklempner. Seine Augenbrauen waren gefurcht, und er sah aus, als wollte er noch etwas hinzufügen, aber stattdessen schüttelte er mir nur die Hand.

»Pass auf dich auf, Parker. Ich bin hier, wenn du mich brauchst.«

Mom und ich wechselten auf der Fahrt nach Hause kaum ein Wort. Sie grummelte die ganze Zeit in sich hinein und hätte fast die anderen Fahrer angefaucht. Ganz offensichtlich glaubte sie weder mir *noch* Dr. Brown.

Ich steckte mir die Kopfhörer ins Ohr und drehte die Musik auf meinem iPod auf. Es war nicht so, als wäre ich mit dem Ergebnis des Arztbesuchs zufrieden, aber glücklicherweise hatte keiner von uns beiden das Bedürfnis, darüber zu reden.

Sobald wir zu Hause waren, ging ich in mein Zimmer, schloss die Tür hinter mir und rief Finn an.

Er ging nach dem ersten Klingeln ran. »Hey Mann, was gibt's?«

»Nichts. Ich muss von hier weg.«

»Okay. Reden wir hier von weg im Sinne eines Kinobesuchs oder einer Flucht über die Grenze?« Ich hörte, wie er im Hintergrund kaute.

»Kino klingt gut.«

»Cool. Ich komm gleich rüber.« Nachdem er aufgelegt hatte, schob ich mein Handy in die Tasche und ließ mich aufs Bett plumpsen. Ich tat so, als würde ich nicht hören, wie Mom im Wohnzimmer mit Dr. Brown am Telefon flüsterte.

»Ja, aber denken Sie, er nimmt etwas?« Dann eine Pause. »Nein, ich weiß, das können Sie nicht mit Bestimmtheit sagen. In seinem Zimmer habe ich nie etwas gefunden.« Eine längere Pause. »Okay, ich lasse es Sie wissen, wenn es schlimmer wird. Vielen Dank, Doktor.«

Dr. Browns Stimme, während er vorhin die Phasen extremen Schlafentzugs aufgelistet hatte, hüpfte in meinem Kopf hin und her wie ein Gummiball, der keine Möglichkeit hatte auszubrechen. Ich zitterte bereits stark, und es wurde jeden Tag schlimmer. Das war wohl der Tremor, und als Nächstes würde ich …

Psychotisch werden und dann sterben … psychotisch werden und dann sterben … psychotisch werden und dann sterben …

Angst krallte sich in mir fest. Ich war mir nicht mehr sicher, ob es tatsächlich *besser* war, die Wahrheit zu kennen. Ich setzte mich auf und ging zu meinem Schreibtisch. Das Einzige, was ich tun konnte, war, vorbereitet zu sein. Es war an der Zeit für weitere Recherchen.

Ich öffnete eine Suchmaschine und tippte das Wort »Psychose« ein. Im nächsten Moment spuckte sie mir eine Definition aus: »*Eine Psychose stellt einen weitgehenden Verlust des Realitätsbezugs dar, der gewöhnlich mit falschen Überzeugungen darüber einhergeht, was gerade geschieht oder wer man ist (Wahnvorstellungen), sowie dem Sehen von physikalisch nicht nachweisbaren Objekten und dem Hören von Stimmen (Halluzinationen).*«

Mein Magen krampfte sich zusammen. Im Gegensatz zu einer Psychose schien der Tod im Grunde die angenehmere Alternative zu sein. Ich fürchtete die Halluzinationen und Wahnvorstellungen mehr als das, was darauf folgen würde. Am meisten Angst hatte ich davor, eines der Monster zu werden, die ich so häufig in den Träumen anderer gesehen hatte, und nicht in der Lage zu sein, nach meinem eigenen Kodex, meinen eigenen Moralvorstellungen handeln zu können. Oder noch schlimmer: nicht fähig zu sein, die Realität von dem unterscheiden zu können, was mein Gehirn mir vorgaukelte … *das* wäre der echte Albtraum.

Ich rieb die Hände aneinander, um sie zu wärmen. Meine Zukunft kam mir kalt und einsam vor. Meine Schlaflosigkeit würde von allen anderen einfach als Wahnsinn abgestempelt werden.

Es klingelte, und ich bohrte den Finger in den Aus-Schalter meines Computers. Dann schnappte ich mir meine Jacke. Ich musste auf andere Gedanken kommen. Ich konnte sowieso nichts an meiner Lage ändern, zumindest nicht im Moment. Finn war der perfekte Mensch, um mich zu entspannen. Alles an ihm schrie geradezu: *Relax!*

»Ich geh mit Finn ins Kino«, rief ich den Korridor hinab. »Bis später!«

»Okay. Sei bitte vorsichtig … und vernünftig.« Selbst durch ihre Schlafzimmertür haftete Moms Stimme ein Hauch Enttäuschung an.

Ich stürzte aus dem Haus. Sobald ich Finns Gesicht sah, schoss mir der erste Traum, den ich je von ihm gesehen hatte, durch den Kopf. Unvergesslich, definitiv – ich meine, er war zwölf Jahre alt, steckte in einem Spiderman-Kostüm und kämpfte gegen einen riesigen Brokkoli. Finns Träume waren immer … unglaublich.

Selbst seine realistischsten Träume waren nie das, was man als »normal« bezeichnen würde. Das war der Hauptgrund, warum ich seine lieber sah als die irgendeines anderen Menschen. Vermutlich kamen Finns Träume dem Look, den meine eigenen wohl hätten, am nächsten.

Als wir dreizehn waren, hatte ich ihm erzählt, dass ich die Träume anderer sehen konnte. Natürlich nahm er an, ich würde ihn auf den Arm nehmen, und statt ihn mit aller Macht zu überzeugen, habe ich die Sache einfach im Sand verlaufen lassen. Wahrscheinlich wäre er ansonsten völlig ausgeflippt.

Finn lehnte am schmiedeeisernen Geländer unserer Verandatreppe. Als ich auf ihn zuging, stieg mir der Hauch seines Deodorants in die Nase. Er roch nach altem Mann. Auf seinem T-Shirt stand: *Ich würde trainieren, aber ich mag dieses T-Shirt* mit einem auffallend muskulösen Strichmännchen darunter. Das war Finn. Sein gesamter Kleiderschrank bestand aus solchen T-Shirts.

»Schön, dass du mir mein Auto zurückbringst.« Ich setzte ein breites Lächeln auf und angelte mir die Schlüssel.

»Ist es etwa meine Schuld, dass mir meine Eltern einen Schrotthaufen gekauft haben, der seit letztem Frühling nur eine Woche außerhalb der Werkstatt verbracht hat?« Finn verzog das Gesicht zu einem Grinsen, und die unzähligen Sommersprossen auf seiner Nase hoben sich im verblassenden Licht wie blinkende Tupfer ab.

»Nun, auf jeden Fall nicht meine.«

Finn griff sich auf Höhe seines Herzens an sein T-Shirt. »Loyalität, mein Freund. Loyalität!«

Die Sonne lugte durch die dunklen Wolken, die den Himmel bedeckten, und auf dem Weg zum Auto streckte ich die Hände aus und sog die nachlassende Wärme in mich ein. Die Blätter waren unentschlossen – die eine Hälfte lag schon am Boden, die andere hing noch an den

Bäumen. Ich schüttelte das Gefühl ab, dass sie mich ein wenig zu sehr an mich selbst erinnerten, und stapfte durch ein paar vertrocknete Blätter auf dem Rasen vor unserem Haus. Ich liebte das knirschende Geräusch unter meinen Füßen.

»Erst mal ins Kino, oder?«

Finn hüpfte die letzten paar Stufen herunter und beeilte sich, mich einzuholen. »Erst mal? Kommt dann etwa noch was?«

Ich zuckte mit den Schultern. »Ich brauche neue Fußballschuhe. Will sie einlaufen, bevor die Saison anfängt.«

»Solange wir diesen traumhaft schlechten Kung-Fu-Film anschauen, ist es mir egal, was wir sonst noch tun. Und wer weiß, vielleicht wird deine Beinarbeit mit neuen Schuhen ja besser. Ich habe es satt, all die Torschüsse abzuwehren, wenn die anderen Mannschaften dir den Ball unter der Nase wegschnappen.« Er zuckte mit den Achseln und stieg auf der Beifahrerseite ein.

»Wenn du mehr Torschüsse abwehren würdest, müsste ich uns nicht immer wieder aus dem Schlamassel rausholen.«

Finn drehte das Radio laut und tat so, als hätte er mich nicht gehört.

3

Das *Sporting good* roch wie ein riesiger Gummiball, der in einen Reiniger mit Kiefernholzaroma getunkt war. Das Sportgeschäft war so gut wie leer, und ich bemerkte Jeff Sparks sofort, der in einer *Sports Illustrated* bei den Kassen auf der anderen Seite blätterte. Er war unser Schülersprecher. Alle verstanden sich prima mit ihm, und er kam ebenfalls so gut wie mit jedem aus. Er war definitiv ein Alphatier und schon seit der Junior High Kapitän des Fußballteams. Irgendwann in diesem Jahr hatte mich das Team zum zweiten Mannschaftskapitän gewählt, und mich hatte das Gefühl beschlichen, Jeff wäre nicht sonderlich begeistert, sich das Rampenlicht mit mir zu teilen. Insgesamt hatte er sich aber immer cool verhalten.

»Alles klar?«, fragte ich.

Jeff blickte auf und lächelte mich an. »Hey, Mann. Nee, mein Team ist dieses Jahr grottenschlecht.«

»Die Broncos sind jedes Jahr grottenschlecht.«

Er lachte, steckte die Zeitschrift zurück in den Ständer und legte ein neues Paar Schienbeinschoner an die Kasse. »Und die Packers sollen besser sein?«

Ich zuckte mit den Schultern und ging zu Jeffs Kasse. Meine Schlange bewegte sich sowieso nicht vorwärts, und ich mochte es nicht, über das Mädchen hinwegzubrüllen, das ihn abkassierte. »Immer.«

»Hab dich nie für einen Lügner gehalten.«

»Dann hast du wohl nie sonderlich gut aufgepasst.«

Jeff bezahlte und nahm seine Schienbeinschoner. Er marschierte rückwärts zur Tür und zeigte mit einem Finger auf mich. »Treffen der Fußballmannschaft morgen nach der Schülerversammlung. Nicht vergessen.«

»Bin dabei«, rief ich, als er den Laden verließ.

Jeff und ich hatten früher die ganze Zeit zusammen abgehangen, aber er war ein Jahr älter, und als er auf die Highschool kam und ich nicht, hatte sich alles verändert. Manchmal vermisste ich die alten Zeiten, aber ich war zu abgelenkt und zu müde, um mir in den letzten paar Jahren die Mühe zu machen, unsere Freundschaft wiederaufleben zu lassen, und jetzt war ich mir nicht mehr sicher, wie ich es anstellen sollte. Seit mindestens zwei Jahren habe ich mir seine Träume nicht mehr angesehen, aber er hat häufig davon geträumt, Zeit mit seiner Mom zu verbringen. Das schien ihn irgendwie glücklich zu machen. Es ist schwer, unseren besten Stürmer, nicht zu vergessen meinen Ko-Kapitän, nicht mit anderen Augen zu sehen, wenn man weiß, dass er ein waschechtes Muttersöhnchen ist.

Nachdem ich meine Stollenschuhe gekauft hatte, warf ich einen Blick auf die Uhr über der Tür und ging hinaus in die klamme Abendluft. Es war erst kurz nach sechs. Ich wollte Jeffs Träume nicht zwingend meiden, war aber froh, dass Finn draußen auf mich wartete. In seinen Träumen fühlte ich mich wohl. Außerdem waren selbst seine Albträume zu abgefahren, um sie als Angst einflößend zu bezeichnen.

Er saß auf einer Bank und telefonierte. Die Luft um uns war dunstig und feucht, aber es hatte noch nicht zu regnen begonnen.

»Ja, wir mussten nach dem Film ins Einkaufszentrum«, sagte er. Ich erkannte die gedämpfte Stimme seiner Mom, die aus dem Hörer drang. Er zuckte mit den Schultern und sagte: »Na schön, ich frag ihn.« Er hielt sich das Handy vom Ohr weg. »Können wir Addie auf dem Weg nach Hause vom Schwimmbad abholen?«

Ich ignorierte sein Kopfschütteln und lachte. »Sicher, kein Problem.«

Er funkelte mich böse an und verabschiedete sich. Ich war nicht derjenige, der Mrs. Patrick einen Wunsch ausschlagen würde. Außerdem war Finns fünfzehnjährige Schwester Addie das coolste Mädchen, das ich kannte – auch wenn ich das in Finns Beisein niemals zugegeben hätte.

Seit dem Ende der Junior High hatte ich einen großen Bogen um die meisten Träumerinnen gemacht, da Mädchen damals anfingen, komisch zu werden. Addie war das einzige Mädchen, dessen Träume meine Neugier weckten, aber ich hatte mir noch nie einen angesehen. Aus irgendeinem Grund kam es mir bei ihr wie die Verletzung ihrer Privatsphäre vor, und es war auch nicht sonderlich hilfreich, dass sie während des letzten Sommers quasi über Nacht ziemlich heiß geworden war. Und jetzt, als Zehntklässlerin, ging sie sogar auf unsere Schule. Zu schade, dass Schwestern von Freunden tabu waren. Doch im Grunde spielte das sowieso keine Rolle – Mädchen waren zu viel Arbeit. Es lohnte sich nicht, die wenige Zeit, die mir noch blieb, auf sie zu verschwenden.

»Na gut, dann holen wir Addie eben ab.« Finn seufzte übertrieben laut und sprang auf. Als wäre das nicht schon längst beschlossene Sache. »Aber ich will auf dem Weg nach Hause an einer Tanke halten, um mir was zu trinken zu kaufen.«

»Okay.« Ich zuckte mit den Achseln und entschied, das Thema zu wechseln. »Wusstest du von dem Fußballtreffen morgen nach der Schülerversammlung?«

Finn nickte und steckte das Handy zurück in die Tasche. »Ja. Ist es dieses Jahr nicht etwas früh für ein Training? Der Frühling ist noch weit weg.«

»Ja, wir sind früh dran. Ich denke, wir sollten noch ein paar Wochen warten, zumindest bis nach Halloween, aber es hat keinen Sinn, sich deshalb mit Jeff zu streiten.«

»Ich verstehe nicht die Hälfte von dem Zeug, das Jeff tut, aber es scheint gut zu funktionieren.«

»Hmhm.« Ich ging zu meiner Seite des Wagens und fluchte leise, als meine Hände so heftig zitterten, dass ich die Schlüssel zweimal fallen ließ, bevor ich die Fahrertür öffnen konnte. Der Himmel grollte, während der Regen einsetzte. Tollpatschig, im Sterben liegend *und* klatschnass. Na toll!

»Nur mit der Ruhe«, murmelte Finn, zog sich seine Jacke fester um den Körper und spähte zum Himmel.

»Ich wäre untröstlich, wenn du nass wirst, Prinzessin«, witzelte ich, während ich eine bebende Hand über die Mittelkonsole hob, um Finn die Beifahrertür zu öffnen. Das Zittern wurde am Ende des Tages schlimmer. Die Art, wie meine koordinativen Fähigkeiten nachließen, trieb mich in den Wahnsinn. In Biologie hatten sie uns vom Muskelgedächtnis erzählt – dem Unterschied zwischen Bewegungen, die unsere Muskeln instinktiv ausführten, und den Bewegungen, über die man nachdenken musste. Ich fragte mich, ob das dazugehörte. Mein Gehirn versagte schneller als mein Körper.

»Gut, dass du Fußball statt Football gewählt hast«, lachte er. »Mit den Füßen bist du viel schneller als mit deinen Händen.«

Es goss in Strömen, bevor ich überhaupt einen Gang einlegen konnte.

Typisch Oakville. Innerhalb weniger Sekunden gingen gewaltige Regenmassen nieder und ließen mein Auto sonderbar quietschen. Als wären die Wolken mit irgendeiner Schaltuhr verbunden, und jedes Mal, wenn sie klingelte, explodierte der Himmel.

»Wann genau kommt dein Auto gleich noch mal aus der Werkstatt?« Ich versuchte, mir ein Lächeln zu verkneifen.

Finn starrte zornig aus dem Fenster. »Eigentlich sollte ich es nächsten Monat zurückbekommen, aber meine Eltern werden mich Addie die ganze Zeit über herumchauffieren lassen, bis sie im Mai ihren Führerschein bekommt.«

Ich kicherte. »Vielleicht wäre es dann besser, wenn es noch etwas länger in der Werkstatt bleibt.«

»Ja.«

Mein Wagen hatte noch nicht einmal vor dem Oakville Sportzentrum gehalten, da schoss Addie bereits aus dem Gebäude. Sie blickte auf und grinste, während der Regen ihr ins Gesicht fiel und ihre rotbraunen Haare triefnass wurden. Rasch kletterte sie auf den Rücksitz und schüttete das Regenwasser, das sich auf ihrem Rucksack gesammelt hatte, auf Finns Kopf.

»Ups.«

Mit finsterem Gesichtsausdruck wischte sich Finn das Wasser vom Hals. »Bist du sicher, dass wir sie nicht einfach zurücklassen können?«

Ich lachte, während ich vom Gehsteig fuhr.

Addie schnallte sich an und lehnte sich zurück. Ich versuchte, den Geruch auszublenden, der mich immer an sie erinnerte – Orangen –, nur diesmal mit einem Hauch Chlor vermischt.

»Wie ist das Schwimmteam dieses Jahr?« Ich warf einen Blick in den Rückspiegel, und unsere Augen trafen sich. Sie bedachte mich mit einem Lächeln. Sie wusste, dass es mich nicht interessierte, freute sich aber, dass ich trotzdem fragte.

»Ziemlich gut. Wir könnten dieses Jahr die Landesmeisterschaft erreichen, falls Gwen es schafft, in ihrer Bahn zu bleiben.« Sie seufzte und beugte sich vor.

»Sie ist nicht die Einzige, die lernen sollte, ein wenig Abstand zu halten«, murmelte Finn, bevor er sich mit der Hand durchs Haar strich und ein paar Wassertropfen auf seine Schwester spritzte.

Addie hielt ihre Jacke hoch und duckte sich dahinter. Ihre Stimme war nur noch gedämpft zu hören. »Was habt ihr zwei heute angestellt?«

Finn war noch immer mit seiner Wasserrache beschäftigt, weshalb ich für ihn antwortete. »Nicht viel, um ehrlich zu sein. Wir haben uns einen Kung-Fu-Film angeschaut. Neue Fußballschuhe gekauft. Sind Jeff über den Weg gelaufen.«

»Mr. Jahrgangssprecher höchstpersönlich?« Addie grinste, als Finn nickte. »Das ist immer lustig.«

Ich sah zu Finn.

Er rutschte auf seinem Sitz hin und her, bevor er sich zu ihr drehte. »Er ist ein echter Aufreißer, das weißt du hoffentlich?«

Addie gab ihm einen Klaps auf die Schulter. »Ich bin klug genug, um auf mich selbst aufzupassen. Außerdem bedeutet das nicht, dass ich die Aussicht nicht genießen darf.«

Ich starrte durch die Windschutzscheibe und fragte mich verwundert, warum ich so wütend wurde. Aber Finn hatte recht – Addie sollte sich von ihm fernhalten. Jeff war seinen Mannschaftskollegen gegenüber ein anständiger Kerl, er spielte hart, aber fair. Mit seinen regelmäßigen Gesichtszügen, blonden Haaren und braunen Augen war er der Prototyp einer amerikanischen Sportskanone. Leider ging er mit Mädchen nicht so fair um. Normalerweise hatte er immer mehr als eine Freundin … manchmal sogar mehr als zwei. Addie war viel zu gut für ihn.

Eine Minute lang war es still im Auto. Finn schüttelte den Kopf. »Jedes Mädchen, das sich nicht daran stört, einen Typen zu teilen, ist verrückt.«

»Wenn es um Jeff geht, dann meinst du wohl die Hälfte aller Mädchen an unserer Schule, nicht wahr?« Addie drehte sich das Haar ein und steckte es mit einer Spange hoch.

»Du solltest dich lieber nicht in diese Schlange einreihen. Und das ist nur einer von vielen Gründen, warum ich aus Mädchen nicht schlau werde.« Finn drehte sich zu mir um. »Hast du mitbekommen, dass er letzte Woche mit Emily ausgegangen ist?«

»Emily wer?« Ich kannte ein paar Mädchen namens Emily, hatte aber noch keine von ihnen mit Jeff zusammen gesehen.

»Matt, vom Fußballteam – sie ist seine kleine Schwester. Kannst du dir das vorstellen?« Kopfschüttelnd lehnte sich Finn zurück. »Nicht cool. Man geht nicht mit der Schwester seines Freundes aus. Ich wäre stinksauer, wenn Jeff versuchen sollte, sich an Addie ranzumachen.«

»Wie schon gesagt …« Für einen kurzen Moment traf Addies Blick meinen im Rückspiegel, dann sah sie weg. »Ich kann allein auf mich aufpassen.«

»Wie du willst. Ich sage ja bloß, es ist der schnellste Weg, eine Freundschaft zu zerstören. Man bricht keinen ungeschriebenen Brüder-Kodex.« Daraufhin schaltete er das Radio an.

Ich wusste nicht, ob ich wollte, dass er weiterhin alle Gründe mit ihr diskutierte, warum sie Jeff *nicht* daten sollte, oder ob ich einfach nur froh war, dass das Brüder-Thema beendet war.

Ich bog auf den Parkplatz der Tankstelle, und Finn hüpfte hinaus. »Wollt ihr zwei was?«

Addie schüttelte den Kopf und sagte: »Nein, danke, für mich nichts.«

Ich legte die Handbremse ein und drehte mich in meinem Sitz zu ihr um. Wir waren nur Freunde – das waren wir immer gewesen und würden wir immer sein … aber es änderte nichts an dem Umstand, dass mein Herz in letzter Zeit schneller schlug, sobald sie in der Nähe war.

»Und, wie sieht dein Stundenplan dieses Jahr aus?« Ja, das war wirklich lahm, aber immerhin war es eine Unterhaltung.

»Okay. Ich habe mich ein bisschen in Sportmedizin eingearbeitet, für die Mädchenfußballmannschaft und Coach Carter, und wende das jetzt während des Schulsports an und wann immer sonst ich es einschieben kann.« Addies Augen funkelten, und die goldenen Flecken auf ihrer haselnussbraunen Iris scheinen zu leuchten. »Coach Carter sagt, ich wäre ziemlich gut.«

»Cool.« Ich stützte den Ellbogen am Sitz auf. »Willst du später mal was mit Sport machen?« »Bezweifle ich.« Sie beugte sich vor, und mit einem Mal waren wir uns näher, als ich ertragen konnte. Ich lehnte mich zurück, bereute aber gleichzeitig jeden Zentimeter, den ich von ihr gewichen war. »Ich würde gern was mit Medizin machen. Dieses Jahr bin ich sogar Schwesternhelferin in der Schule.«

»Das ist toll, Addie.« Ich warf einen Blick hinüber zur Tankstelle. Finn bezahlte gerade. »Ich glaube, du wärst gut in so was.«

»Ja?« Sie grinste. »Warum?«

»Weil du clever bist und lieb und …« Ich beobachtete, wie Finn zur Tür kam. »Und hübsch.«

Ich hörte mich selbst die Worte sagen und klappte meinen Kiefer zu, als Addie den Mund aufriss. *Im Ernst? Warum habe ich das gesagt?* Ich meine, es entsprach der Wahrheit, natürlich, war aber trotzdem – *bescheuert.*

»Alles sehr wichtige Dinge in der Medizin.« Addie zwinkerte mir zu und drückte meinen Arm. »Vielen Dank.«

Finn kletterte in den Wagen, und ich versuchte, mir mein Unwohlsein nicht anmerken zu lassen.

»Was hast du dir geholt?« Ich legte den Rückwärtsgang ein und gab mir alle Mühe, Addies Blick auszuweichen, während ich aus der Parklücke scherte.

»Meine neue Erfindung – ich nenne es Finn Supreme.« Finn nahm einen Schluck und lächelte. »Sprite, Kirsch- und Vanillesirup.«

»Wow.« Ich nickte und verkniff mir ein Lachen. »Volle Punktzahl für deine Kreativität.«

»Warum brauchen deine Getränke eigentlich immer einen Namen?« Addie sah aus dem Fenster, während sie redete, doch im Rückspiegel konnte ich sehen, dass ein hauchzartes Lächeln um ihre Mundwinkel spielte.

Mit erstaunter Miene drehte sich Finn zu ihr um. »Warum nicht?«

Als ich um die Ecke bog, glitten meine Scheinwerfer über Finn und Addies Vorgarten. Das ziegelrote, zweistöckige Haus stand am Ende einer Sackgasse, mit einem weißen Lattenzaun um den Garten. Mrs. Patrick hatte kleine Blumenbeete unter jedem Fenster angelegt. Der Regen ließ ein wenig nach, und winzige Flüsse liefen den Rinnstein am Straßenrand entlang.

Addie steckte den Kopf zwischen meine Kopfstütze und die Tür. »Danke fürs Mitnehmen.« Sie lächelte, öffnete die Tür und stieg aus.

Ich versuchte, die Gänsehaut an meinem Hals zu ignorieren, wo ihr Atem meine Haut gewärmt hatte. »Bis dann, Addie.« Ich sah ihr nach, wie sie ins Haus ging.

»Wills du noch ein bisschen PS3 spielen?«, fragte Finn.

Ich rieb mir mit der Handfläche über das rechte Auge. Ich war schon viel zu lange unterwegs, und meine Augenlider wurden allmählich schwer. Es war erst acht Uhr, aber definitiv Zeit fürs Bett. Mein Gehirn begann allmählich einzurosten, wie eine Maschine ohne ausreichend Öl. Es wäre kein echter Schlaf, aber die friedliche Leere, in der ich schwebte, bevor die meisten Träumer einschliefen, würde meine schlingernden Gedankengänge wenigstens ein wenig glätten.

»Nein, ich muss nach Hause. Noch ein bisschen helfen, bevor ich ins Bett kann. Außerdem sollte ich mit den Hausaufgaben zumindest anfangen, die ich die ganze Woche schon vor mir hergeschoben habe. Wir sehen uns morgen«, sagte ich, während Finn seinen Rucksack schulterte und aus dem Wagen sprang. Das war natürlich eine Lüge. Zu Hause machte ich nie Hausaufgaben. Wenn ich sie nicht während der Schulzeit schaffte, blieben sie einfach liegen. Es war schwierig genug, irgendeine Art von Sozialleben aufrechtzuerhalten, wenn man sich an den meisten Abenden fühlte, als würde man jeden Moment zusammenbrechen. Auf meiner Prioritätenliste standen Hausaufgaben ganz weit unten. Insbesondere jetzt, wo ich wusste, dass ich wahrscheinlich nicht lang genug leben würde, um mich fürs College auch nur *bewerben* zu können.

Nachdem Finn die Tür zugeschlagen hatte, beugte er sich noch mal zum Fenster, und ich sah ihm direkt in die Augen. »Dann bis zur Schülerversammlung«, sagte er.

»Bis dann.«

Während ich anfuhr, klopfte sich Finn mit einer Hand auf die Schulter, salutierte und winkte dann. Ich erwiderte den sonderbaren Abschiedsgruß. Mit Finn wurde es einfach nie langweilig.

Auf dem Weg nach Hause setzte der Regen in einem eigenartig wiederkehrenden Muster ein: heftig, mäßig, leicht und dann wieder heftig. Das rhythmische Trommeln erschwerte es mir, mich auf die Straße zu konzentrieren. Meine Gedanken flirrten aus dem Auto.

Ich konnte nicht aufhören, über meine Zukunft nachzudenken – oder das Fehlen einer solchen. Oder wie Mom sich auszudrücken pflegte: Ich war geistesabwesend – bis ich das Stoppschild und den lilafarbenen Truck bemerkte, der auf meine Stoßstange zuschoss.

4

Ich trat so fest auf die Bremse, dass es sich anfühlte, als würde sich mein Knie auf die falsche Seite durchdrücken. Ich riss das Lenkrad nach links, um nicht mit dem kleinen Pick-up zusammenzustoßen, der direkt vor mir stand. Als mein Auto schließlich mit kreischenden Reifen zum Stehen kam, ließ ich für einen Moment den Kopf aufs Lenkrad sinken. Mein keuchender Atem beschlug den Tacho.

Ich lehnte mich zurück, starrte durch den Nieselregen zu dem lilafarbenen Pick-up und musste blinzeln. Der Fahrersitz war leer. Vielleicht war es am Ende doch nicht meine Schuld gewesen – vielleicht war der Truck kaputt und hier einfach abgestellt worden. Ich überlegte auszusteigen. Im Grunde war es überhaupt kein Unfall gewesen. Ich hatte den Truck nicht einmal gestreift.

Ein schwarzes Motorrad machte einen großen Bogen um uns herum. Berichtigung: Es hatte *noch* keinen Unfall gegeben ... aber wenn ich noch länger mitten auf der Straße parkte, gäbe es sicherlich einen. Ich beugte mich über den Beifahrersitz, um bessere Sicht zu haben, doch ich konnte immer noch niemanden im Truck erkennen. Als ich den Arm ausstreckte, um den Gang einzulegen, hörte ich ein scharfes Klopfen an meinem Fenster.

Ich sah auf, und auf einmal stand ein Mädchen neben meinem Wagen. Ihre Augen bohrten sich in meine. Sie funkelten in einem solchen Dunkelblau, dass sie mich an einen sturmgepeitschten Abendhimmel erinnerten. Die Hände des Mädchens waren fest in ihre Hüften gestemmt, und es machte den Anschein, als benutzte sie sie, um nicht zu explodieren. Sie schien unverletzt zu sein, sah aber ziemlich verärgert aus – diese Pose hatte ich schon häufig bei meiner Mom gesehen. Es war unnötig, auf die Uhr zu schauen. Es war viel zu spät und ich viel zu erschöpft. Ich wusste, wenn ich nicht zum zigtausendsten Mal Moms Träume sehen wollte, wären es heute Nacht die Träume dieses wütenden Mädchens, ob ich nun wollte oder nicht.

Ich seufzte, stellte den Motor ab und stieg aus. Die Spitzen ihrer langen dunklen Haare lugten lockig unter der Kapuze ihrer Jacke heraus, und ihre Augen wirkten so gefährlich wie eine geladene Pistole. Ich zog einen Regenschirm von der Rückbank und hielt ihn über uns beide.

»Hi, äh, ist das dein Truck?« Ich fuhr mir mit der Hand durchs Haar, schüttelte etwas Wasser heraus und versuchte, das Mädchen mit einem Grinsen zu bezirzen.

Einen Moment lang sah sie mich verblüfft an, und ich glaubte schon, meinen Kopf aus der Schlinge gezogen zu haben, doch dann biss sie die Zähne fest aufeinander und fauchte: »Wie hast du das nur erraten? Von der Art, wie du fährst, hätte ich eigentlich einen Stuntman erwartet, aber anscheinend bist du ein vielseitiges Genie. Nur warum fährt ein Wunderkind wie du einen Schrotthaufen wie den hier?«

In ihrer Stimme lag ein leichter Südstaatenakzent, der mich aus der Bahn warf, und es dauerte einen Moment, bis mir klar wurde, dass sie mich *und* meinen Wagen in unter zehn Sekunden beleidigt hatte. Das war neuer Rekord. Sie trat mit der Spitze ihres schwarzen Stiefels gegen meinen Reifen.

»Komm schon. Lass mein Auto aus dem Spiel. Du hast nicht mal einen Kratzer abbekommen«, sagte ich beschwichtigend.

Sie verschränkte die Arme vor der Brust. »Nein, aber in deinen Händen wird selbst dieser überdimensionale Rollschuh zu einer tödlichen Waffe.«

Ich hatte ein Talent dafür, Menschen zu »lenken«, so zumindest nannte ich es. Ein bisschen wie Manipulation, nur nicht ganz so stark. Es war keine echte Fähigkeit, mehr eine Art Nebeneffekt davon, meine Nächte damit zu verbringen, die Gesichtsausdrücke anderer Menschen zu beobachten, während ich ihre Emotionen fühlte. Meistens fiel es mir deshalb sehr leicht, in Gesichtern zu lesen.

Hauptsächlich setzte ich die Gabe bei meiner Mom ein. Wenn ich ihre Stimmung anhand ihrer Bewegung oder ihres Mienenspiels lesen konnte, war es ein Leichtes, einen guten Zeitpunkt zu wählen, um sie um etwas zu bitten. Eines Abends, als sie ein besonders schlechtes Gewissen hatte, weil sie nach dem Verschwinden meines Dads so viel gearbeitet hatte, kitzelte ich ein Auto aus ihr heraus. Kein tolles Auto, aber ein Auto. Damals war ich erst fünfzehn, da gab es also nichts zu meckern.

Ich versuchte, die Menschen nicht zu häufig zu lenken, aber dies hier schien mir eine passende Gelegenheit zu sein. Der Zorn des Mädchens führte uns nirgendwohin.

Dies war eine Wohnstraße, auf der es nicht viel Verkehr gab, aber ein Motorrad war bereits an uns vorbeigefahren, und ich wollte im Regen nicht mitten auf einer Kreuzung warten, bis das nächste Auto auftauchte. Ich spreizte meine freie Hand mit der Handfläche nach oben, drückte die Schultern nach hinten und konzentrierte mich darauf, meinem Gesicht den Anschein von Ruhe und Ehrlichkeit zu verleihen.

»Hör mal, es tut mir leid ... äh, wie heißt du eigentlich?«

Nachdem sie mich volle zehn Sekunden lang finster angestarrt hatte, antwortete sie schließlich. »Megan.«

»Okay, Megan. Ich bin Parker, und es tut mir wirklich leid, dass ich das Stoppschild überfahren habe. Es war ein langer Tag. Ich bin schrecklich müde, und es war ganz und gar meine Schuld. Ich wollte dich nicht erschrecken.« Ich ließ meine Stimme sanft und bedächtig klingen, um ihr meine Aufrichtigkeit zu beweisen. Dann streckte ich die Hand aus, in der Hoffnung, der kleine Hitzkopf würde meine Entschuldigung annehmen.

Sie schien ein wenig besänftigt zu sein, holte tief Luft und warf einen Blick zurück zu ihrem Pick-up, bevor sie mir ihre schmale Hand reichte. Als sie sich schließlich vollständig beruhigt hatte und sich ihre winzigen Wutfältchen im Gesicht glätteten, bemerkte ich einen blauen Fleck und ein paar Kratzer an ihrer Schläfe.

»Oh, hey, bei dir alles okay?« Eine Woge Schuldgefühle schwappte über mich hinweg. Ich streckte die Hand nach ihrem Gesicht aus, doch sie zuckte vor meinen Fingerspitzen zurück. Ihre Körpersprache veränderte sich so schnell, dass mir fast schwindelig wurde.

»Nein, das ist schon ein paar Tage alt. Mir geht's gut. Wie dem auch sei, ich muss los.« Megan stolperte um ihren Wagen, hielt dann aber plötzlich inne, als sie die Fahrertür erreichte. »Pass in Zukunft ein bisschen besser auf, okay?«

»Versprochen. Bist du sicher, dass es dir gut geht?« Irgendetwas an ihrem Gesichtsausdruck ließ ein mulmiges Gefühl in meinem Bauch rumoren.

Mit einer abschätzigen Handbewegung stieg sie in ihren Truck und war weg, noch bevor ich meinen Wagen anlassen konnte.

Ich stöhnte auf und knallte den Kopf mehrmals gegen die Kopfstütze. Ich hatte es schon wieder geschafft. Egal, wie sehr ich versuchte, kurz vor dem Zubettgehen keinerlei Augenkontakt mit Fremden zu haben – manchmal war es einfach unmöglich. Zumindest wirkte Megan ganz normal und war ungefähr in meinem Alter, was sehr viel angenehmer war, als es zum Beispiel mit einem unheimlichen alten Mann zu tun zu haben.

Ich fuhr die verbleibenden drei Blocks mit völlig identisch aussehenden Häusern in einem Zustand paranoider Wachsamkeit hinab. Sobald ich in die Auffahrt unseres blau gestrichenen Ziegelsteinhauses bog, fühlte sich jedes Blinzeln an, als würde man mir über meine trockenen Augen kratzen. Ein paar Minuten lang saß ich allein in der kühlen Stille unserer Garage. Unser Haus kam mir vor wie eine Gruft. Vielleicht war es mir aber auch einfach nur ähnlich – ein dunkles Leben mit einem schweigenden Tod, der hinter allen Türen lauerte. Wahrscheinlich wäre es besser, mein Schicksal endlich zu akzeptieren. Aufzugeben und mich dem, was unausweichlich folgen würde, unter meinen eigenen Bedingungen zu stellen. Es selbst in die Hand zu nehmen.

Ich schüttelte den Kopf und stieg aus dem Auto. Egal, wie verlockend es sich anhörte und wie viel leichter es mir erschien als dieser niemals endende Kampf, zu dem mein Leben geworden war – es war nicht das, was ich wollte. Dort draußen gab es noch so viel für mich zu erleben, und ich wollte einfach nicht aufgeben. Mir gingen nur langsam die Ideen aus.

Die Küche war dunkel und still. Ein weißer Zettel klebte auf der dunkelgrünen Küchenzeile wie ein kleines Boot auf einem riesigen Meer, aber ich warf nicht einmal einen Blick darauf. Ich wusste bereits, was dort stand, und konnte das kalt gestellte Essen auch ohne Anleitung finden. Außerdem war mir der Appetit sowieso vergangen.

Ein dumpfer Schmerz bohrte sich hinter meine Augen, als hätte ich mich an dem Punkt verletzt, wo sie mit meinem Gehirn verbunden waren. Ich wusste, dass Dad früher auch Migräne gehabt hatte. Er hatte es immer auf die Dämpfe aus dem Labor an der Universität geschoben – das gefährliche Leben eines Chemieprofessors, wie er es spaßhaft genannt hatte. Ich fragte mich, ob sich seine Kopfschmerzen genauso angefühlt hatten.

Manchmal fragte ich mich außerdem, ob er ebenfalls ein Traumseher gewesen war, aber da er uns einen Monat, bevor ich selbst zu einem wurde, verlassen hatte, würde ich es niemals herausfinden. Wahrscheinlich war er keiner gewesen, aber ich wünschte, ich hätte mit ihm darüber reden können. Ich hatte immer mit ihm reden können, über wirklich alles. Eigentlich sollte man mit seinem Dad über jeden noch so verrückten Blödsinn sprechen können – ein

Dad sollte aber nicht einfach aus der Tür gehen und nie wieder zurückkommen.

Jetzt wollte ich nur noch so schnell wie möglich ins Bett. Wenn ich mich beeilte, konnte ich ein paar Stunden beruhigende Leere ergattern, bevor Megan zu Bett ging und ich ihren Träumen Gesellschaft leisten musste. Dr. Brown hatte mir keinen genauen Zeitrahmen für dieses Schlafentzugs-Sterbeszenario gegeben, aber wenn ich gnadenlos ehrlich zu mir war, wusste ich, dass mir nicht mehr viel Zeit blieb. Mein Körper konnte diesen Zustand nicht länger ertragen.

Die ruhige Dunkelheit in meinem Zimmer besänftigte das Pochen in meinem Kopf. Die Vorhänge waren schwer und dunkelgrau, sodass es selbst am helllichten Tag ziemlich düster wurde, wenn man sie zuzog. Nachts konnte man die Hand nicht vor den Augen sehen – völlige Schwärze umfing einen dann.

Ich brach auf dem Bett zusammen. Wer wusste schon, wie lange ich so noch überleben konnte? Vielleicht ein Jahr? Doch das bezweifelte ich – eher weniger. Würde mir genügend Zeit bleiben für Erklärungen oder zumindest dafür, mich von den Menschen zu verabschieden, die mir am meisten am Herzen lagen? Wie würde meine Mom mit meinem Tod zurechtkommen? Oder Finn und Addie?

Ich rollte mich auf die andere Seite und bohrte meine Faust ins Kissen. Ich würde einen Weg finden, von ihnen Abschied zu nehmen. Ich würde sie nicht einfach ohne ein Wort zurücklassen, so wie Dad es getan hatte.

Als ich von meiner eigenen traumlosen weißen Leere in Megans Traum hinüberglitt, stellte sich das vertraute

Kribbeln sofort ein. Ein warmes, wohliges Gefühl überkam mich, und ich hoffte, der Rest ihres Traums würde ebenso ruhig verlaufen. Zu schade, dass ich ihr nicht danken konnte, weil sie so lange wach geblieben war und mir ein paar Stunden meiner friedvollen Einsamkeit geschenkt hatte. Wahrscheinlich würde ich sie nie wiedersehen, und selbst wenn, wäre es psycho, ihr deshalb zu danken.

Einen langen Moment lauschte ich dem Dröhnen in meinem Kopf. Früher hatte ich mich gefragt, ob es mein eigener Herzschlag war, den ich hörte, oder nur ein Teil des Traums, der nicht einmal dem Träumer selbst bewusst war. Ich hatte entschieden, dass es sich um meinen Puls handeln musste. Die Träumer wussten nicht, dass ich hier war – warum sollten sie sich dann die Mühe machen, mir ihren Herzschlag zu offenbaren?

Außerdem war es mir so lieber. Er war das Einzige, was ich während des Traums kontrollieren konnte. Wenn ich hastig atmete oder aufgeregt war, beschleunigte er sich, und wenn ich mich entspannte, wurde auch der Rhythmus langsamer. Mein Herzschlag war mein einziges Bindeglied zur Realität.

Ich stählte mich gegen die Geräuschkulisse ihres Traums, die bald einsetzen würde, und wartete gespannt, doch als sie eintraf, bemerkte ich sie kaum.

Vögel zwitscherten in der Ferne, und von irgendwoher drang das Rauschen von Wasser heran.

Der Geruch traf mich als Nächstes, süß und erdig. Er erinnerte mich an ein Weizenfeld an einem warmen Tag. Als sich das Bild zusammensetzte, enttäuschte es nicht. Überall schimmerten die leuchtendsten Farben. Ich saß auf einer großen Wiese am Fuß eines hohen violetten Bergs. Der

Boden war mit weichem rotem Gras bedeckt, und in der Nähe schlängelte sich ein Bach zu einem riesigen silbernen See hinab. Die Sonne stand tief am Himmel. Eine weiche Brise kühlte mein Gesicht und zerzauste mir das Haar.

Ihre Gefühle schlugen wie ein Blitz in mich ein. Eine tiefe Traurigkeit, die jedoch weniger verstörend war, als sie hätte sein müssen – als wäre sie mit Wasser verdünnt und gestreckt, um sie weniger qualvoll zu machen. Dennoch schmerzte sie mit einer unerwarteten Leere. Auf sonderbare Art spiegelte sie meine eigene Gefühlswelt wider. Megan und ich hatten viel mehr gemein, als ich angenommen hätte.

Irgendetwas war in ihrem Traum anders. Nicht schlecht, nur anders. Er unterschied sich völlig von allen, die ich jemals erlebt hatte. Ein Gedanke nagte an mir, aber ich bekam ihn nicht zu fassen.

Ich drehte mich um und erstarrte.

Megan befand sich ein paar Meter hinter mir, in einem weißen Sommerkleid, vor einer Staffelei. Ihr linkes Handgelenk kreiste und wickelte eine dunkle Locke fest um ihren kleinen Finger. Eingehend betrachtete sie die Leinwand vor sich. Dann hob sie die andere Hand, und ich erwartete, dass sie anfangen würde zu malen, aber stattdessen kaute sie auf dem Stiel ihres Farbpinsels herum. Ich musste zugeben, dass es irgendwie psycho wirkte, wenn auch gleichzeitig total süß.

Ich wollte die Hand ausstrecken und sie berühren, aber vor langer Zeit hatte ich gelernt, dass körperlicher Kontakt beim Traumsehen unmöglich war. Ob es nun der Träumer selbst war oder eine andere Person in dem Traum, ich glitt einfach durch sie hindurch. Es gab keinerlei Interaktion. Mit zwölf, in meinem ersten Jahr als Seher, hatte ich wahrscheinlich tausendmal versucht, meine Mom zu berühren, sie angefleht, mir zu helfen und das zu verstehen, was gerade vor sich ging. Ich wollte ihre Hand halten, sie umarmen, irgendetwas tun, damit sie mich sah, mich hörte.

Wahrscheinlich war es besser so. Allein hier zu sein kam mir vor wie eine Verletzung der Privatsphäre des Träumers – sie zu berühren war eine Grenze, die ich wirklich nicht überschreiten wollte.

Ich sprang auf und ging hinüber, um mir ihr Bild anzusehen. Die Leinwand war leer, nicht der kleinste Fleck trübte die weiße Fläche. In ihrem Traum war es friedlich, aber sie selbst war so konzentriert, dass sie fast wütend wirkte. Die ganze Zeit über verlagerte sie ihr Gewicht von einem nackten Fuß auf den anderen.

Sonderbar. Gäbe es eine Traumwelt extra fürs Malen, dann wäre es diese hier. Ihre tiefe Traurigkeit wirkte in dieser Umgebung fast wie ein Fremdkörper. Alles um uns herum war so ruhig, still und wunderschön. Es war keine Erinnerung, aber höchstwahrscheinlich auch keine Fantasie.

Ich schloss die Augen und spürte die Sonne auf meinem Gesicht. Ein Gefühl der Gelassenheit durchdrang meine Haut. Was war hier nur so anders?

Genau in diesem Moment traf es mich. Dieser Traum bestand nur aus einer einzigen Schicht.

Ich hätte es niemals für möglich gehalten: ein einschichtiger Traum. Aber er war so friedlich und echt. Wie das Leben selbst, nur irgendwie besser. Alles wirkte viel lebendiger.

Doch nicht nur das, was in ihrem Kopf passierte, war anders. Es galt auch für das, was in meinem Kopf vor sich ging. Eine unglaubliche Gedankenfreiheit – eine unerklärliche Weite, in die mein Geist abschweifen konnte.

Hoffnung sickerte durch die Risse in meiner sorgfältig errichteten Schutzmauer. In diesem Augenblick hätte Megan Picasso sein können, und ich hätte ihr dennoch nicht länger zuschauen wollen. Wenn es irgendeinen Traum gäbe, in dem ich schlafen könnte – den wahren, tiefen Schlaf, den ich so brauchte – dann in diesem.

Ich spazierte zu einem schattigen Plätzchen ganz in der Nähe. Die Hände fest aneinanderreibend, damit sie nicht mehr zitterten, holte ich tief Atem. Ich könnte mit der Enttäuschung umgehen, falls auch dieser Versuch wie alle bisherigen scheitern würde. Es würde mich nicht mehr so hart treffen. Ich zwang meine Muskeln, sich zu entspannen, legte mich in das weiche rote Gras, schloss die Augen …

Und schlief ein.

5

Nach einer Nacht in Megans Träumen – nein, nach *echtem* Schlaf und meinen *eigenen* Träumen – war das Erwachen einfach unglaublich. Ich versuchte, mich an das bruchstückhafte Erlebnis festzuklammern, an die seltsamen Bilder, die durch meine Träume getrieben waren. Finn war dort gewesen, und ich glaube, auch Addie und mein Dad. Wir waren am Meer gewesen. Ich wollte jedes Detail in mir bewahren, wo niemand es mir jemals wieder wegnehmen könnte.

An meine Träume vor meiner Zeit als Traumseher konnte ich mich nicht erinnern – es war schon zu lange her, dass ich wirklich geschlafen hatte. Jetzt wusste ich wieder, was ich versäumt hatte. Alles an mir fühlte sich ausgeruht und lebendig an, statt von der Erschöpfung niedergedrückt zu werden, die längst zu einem Teil meiner selbst geworden war. Und Megan hatte das irgendwie möglich gemacht.

Ich lag in meinem Bett und schwelgte in diesem Gefühl der Frische und des traumhaften Vergessens. Schlafen tat so gut. Ich liebte es zu schlafen. Es war wunderbar, wirklich das Allerallerbeste.

Ausgestreckt auf meinem dunkelblauen Laken wollte ich überhaupt nicht aufstehen. Ich wollte mich nie mehr wieder bewegen. Es war ein Ding der Unmöglichkeit, etwas anderes zu wollen, als zurück in den Schlaf zu finden.

Klopf. Klopf. Klopf.

»Parker!« Moms Rufen durchbrach meinen sorglosen Schleier wie eine Bazooka. »Dein Wecker hat vor dreißig Minuten geläutet. Bist du schon wach?«

Ich sprang aus dem Bett, zum ersten Mal seit Monaten – wahrscheinlich sogar Jahren – hellwach.

»Ja.« Ein kleines Grinsen kroch über mein Gesicht. Ich hatte meinen Wecker verschlafen? Wie ... *normal.*

Nachdem ich mir ein graues Hemd und eine Jeans aus dem Kleiderschrank gezogen hatte, war ich in unter einer Minute durch die Tür hindurch, an meiner Mom vorbei und unter der Dusche. Ich würde zu spät zur Schule kommen, aber die plötzliche Eile, die mich antrieb, hatte nichts damit zu tun.

Es war Megan. Ich musste sie aufspüren und wieder Augenkontakt zu ihr aufnehmen. Ich musste herausfinden, ob all ihre Träume wie der von letzter Nacht waren.

Mir schwirrte der Kopf, als ich im Geiste die Informationen sortierte: ihr ungefähres Alter, der Ort, an dem ich sie getroffen hatte, die Richtung, die sie eingeschlagen hatte. Sie schien nicht viel älter als ich zu sein, aber ich wusste, dass ich sie noch nie zuvor gesehen hatte. Was bedeutete, dass sie vielleicht neu in der Stadt war. Sie war alt genug zum Fahren, weshalb die Chancen fünfzig-fünfzig standen, dass sie auf meine Highschool ging. Ich *würde* sie finden.

Als ich aus der Dusche stieg, befielen mich plötzlich Zweifel. Ich verbannte den nagenden Gedanken, dass es womöglich nicht so einfach werden würde ... dass sie vielleicht nur durch unsere Stadt hindurchgefahren war. Vielleicht würde ich sie nie wiedersehen. Aber egal, was es kostete, ich musste sie finden.

Warum konnte ich in ihrem Traum schlafen? Könnte ich das noch mal schaffen?

Für einen Moment setzte das Schwirren in meinem Kopf aus, und mein Magen zog sich schmerzhaft zusammen. Was sollte ich nun tun? Etwa Jagd auf sie machen? Sie zwingen, mir in die Augen zu schauen? Es kam mir falsch vor. Doch etwas anderes in mir gewann die Oberhand, etwas tief in mir Verwurzeltes, ein angeborener Instinkt. Diese Wende stellte eine Überlebenschance dar, vielleicht sogar ein richtiges Leben.

Ich musste es herausfinden, unter allen Umständen.

Ich stürmte durch die Eingangstüren der Oakville Highschool. Fünfzehn Minuten Verspätung waren gar nicht mal so schlecht. Es war sonderbar still. Ich spähte in die Klassenzimmer, während ich den Korridor hinabjoggte, aber sie waren allesamt leer.

Sobald ich meinen Spind erreichte, fragte ich mich verwundert, ob heute womöglich ein Feiertag war, den ich vergessen hatte. Mein Herz klopfte, und ich zermarterte mir das Hirn, um welchen Feiertag es sich handeln könnte. Es war Montag, die erste Woche im Oktober. Aus welchem Grund sollten wir schulfrei haben?

Ich schloss meinen Spind, drehte mich um und lehnte mich dagegen. Hinter der Glasvitrine mit den Pokalen war ein Spiegel angebracht, aber ich konnte keinerlei Ähnlichkeit mit meinem Spiegelbild erkennen. Meine Wangen hatten Farbe, was seit über einem Jahr nicht mehr der Fall gewesen war, und mein dunkles Haar schimmerte. Ich sah fast gesund aus.

Schallendes Gelächter drang von der Treppe am Ende des Korridors zu mir herüber, und ich eilte in Richtung des Lärms. Da schlug ich mir mit der Hand gegen die Stirn. *Natürlich! Die Schülerversammlung. Ich Genie!*

Alle Sportversammlungen an der OHS liefen gleich ab. Streng genommen war dies heute eine Football-Versammlung, da die Fußballsaison noch in weiter Ferne lag, aber ich wusste, dass es wie immer auch um Fußball gehen würde. Fußball war für die Schüler der Oakville High wie eine Religion. Egal, mit welcher Gruppe man abhing, egal, aus welcher Familie man stammte, egal, was ansonsten während des Schuljahrs passierte – der Fußball vereinte uns.

Das könnte sich sogar als Glücksfall herausstellen, dachte ich. Die gesamte Schülerschaft wäre dort, und es wäre viel leichter, Megan zu finden, wenn alle versammelt waren.

Ich schob die Türen zur Aula auf. Der Geruch nach Staub, vermischt mit hundert verschiedenen Rasierwässern, Parfüms und Deodorants prasselte auf mich ein. Meine Augen benötigten einen Moment, um sich an die Düsternis im Saal zu gewöhnen. Drei Schüler aus der Abschlussklasse führten einen Sketch auf.

Da bemerkte ich Finn, der ein paar Reihen weiter vorne saß und mir ein Zeichen gab.

»Danke«, flüsterte ich, als ich mich auf den freien Platz neben ihn hockte. Ich blickte mich um, versuchte Megan in der Menge auszumachen. Finn beobachtete mich eine Minute, ehe er verwirrt die Augenbrauen hob.

»Wen suchst du?«

»Ich? Niemanden.« Ich tat seine Worte mit einer Handbewegung ab, während ich den Hals reckte und die Augen zusammenkniff, um die Gesichtszüge eines dunkelhaarigen Mädchens auszumachen, das ein paar Reihen hinter uns saß. Mein Herz sackte mir mit einem fast hörbaren, dumpfen Geräusch in die Magengegend – es war Penny Charles, nicht Megan. In der Junior High hatten wir gemeinsam an einem Astronomieprojekt gearbeitet. Penny träumte schrecklich oft vom Fischen.

»Ja, ganz offensichtlich … niemanden.« Finn lachte und blickte zurück zur Bühne. Dann stieß er einen leises Pfiff aus. »Wow, sieh dir die mal an!«

»Hmhm«, sagte ich, ohne überhaupt nach vorne zu schauen. Es musste eines der vielen süßen Mädchen sein, auf die Finn stand und ich nicht. Wenn ich mich in der Junior High für ein Mädchen interessiert hatte, hatte es immer damit geendet, dass sie davon träumte, mich zu heiraten – oder sogar Kinder mit mir zu haben. Ich hasste es, mich selbst in den Träumen anderer zu sehen. Niemand sollte das müssen. Es war ein Gefühl, als wäre man besessen und hätte gleichzeitig seinen Körper verlassen.

Was es noch schlimmer machte, waren meine Ängste, die mir zuflüsterten, dass die Träume eine einzige Lüge waren – dass ich niemals lang genug leben würde, um diese Dinge zu tun. Das reichte, um jegliche Anziehungskraft abzutöten, die einige der Mädchen in der Schule auf mich ausübten.

Und jetzt saß ich hier und verrenkte mir geradezu haarsträubend den Nacken, um eine bestimmte Schülerin in der Versammlung ausfindig zu machen. Und sie war nicht einmal da.

Seufzend sackte ich auf meinen Stuhl zurück. Die Vorstellung, Megan nie wiederzusehen, nie wieder so ausgeruht zu sein wie heute, fühlte sich an wie ein Schwertransporter, der in meine Brust hineinraste und dann dort parkte. Mit einem Mal schien sich ein festes Band um mich zu legen und mir derart die Kehle zuzuschnüren, dass meine Sicht verschwamm. Angst stieg in mir auf. Ich musste mich beruhigen. Es war nur eine einzige Nacht gewesen und wahrscheinlich sowieso nur ein sonderbarer Zufall.

Krieg dich wieder ein, Parker!

Die Bühne war jetzt voller hüpfender Cheerleader. Ihre wirbelnden, farbenfrohen Röcke bereiteten mir Kopfschmerzen. Jeff Sparks spazierte grinsend über die Bühne, als die Mädchen in Jubel ausbrachen. Diese Anfeuerungsversammlungen zu leiten schien Jeffs Lieblingsaufgabe als Jahrgangssprecher zu sein. Es schadete allerdings nicht, dass er gleichzeitig immer mal wieder den Fußball erwähnen konnte, egal, welchem Sport die Motivationskundgebung im Grunde galt.

Auf der Bühne verteilt, hinter Jeff, hatte sich mehr als die Hälfte unserer Sportskanonen aufgereiht. Wahrscheinlich hätte ich auch dort oben hingehört – ebenso wie Finn. Aber er war ein Drückeberger, und mich kümmerte es im Moment nicht sonderlich.

Ich beobachtete Jeff und versuchte, mich von den Qualen abzulenken, die sich an meinen Knochen festkrallten, selbst nachdem ich wieder normal atmen konnte. Jeff fühlte sich dort oben vor der gesamten Schule pudelwohl, lächelte, die Arme weit ausgebreitet. Mir kam sein Gehabe ein bisschen übertrieben vor, aber er sagte immer, es mache ihm Spaß, eine gute Show abzuliefern.

»Logandale wird unser Footballteam nicht mal kommen sehen! Die Oakville Boulders werden sie zermalmen und anschließend zur Landesmeisterschaft stürmen!« Jeff nickte und streckte eine Faust in die Luft. »Dann können wir unseren Fokus auch schon auf meinen persönlichen Lieblingssport lenken: Fußball.« Er zwinkerte dem Publikum zu. »Ich habe das Gefühl, wir werden in diesem Frühjahr unsere beste Saison hinlegen!«

Die Menge brach in Jubel aus, und ein paar der Cheerleaderinnen hüpften mit ihren Puscheln auf der Bühne auf und ab. Jeff unterhielt alle anderen sicherlich glänzend, mich jedoch nicht. Ich wollte nur nach Hause. Ich lehnte mich vor und rieb die zitternden Hände an meinen Oberschenkeln. Ich fühlte mich besser als sonst, keine Frage, aber ein einziger guter Nachtschlaf würde nicht schlagartig meine ganze Zukunft verändern.

»Nun, es wäre allerdings nicht fair, alle Unterstützung und Aufmerksamkeit für mich allein zu beanspruchen. Ich mag Jahrgangssprecher sein, aber unser Fußballteam hat *zwei* Kapitäne. Und da ich in Bezug auf den Fußball gute Neuigkeiten zu berichten habe, sollte da nicht Parker Chipp hier oben neben mir stehen, um sie mit euch zu teilen?«

Neben mir lachte Finn auf und stieß mir den Ellbogen in die Seite. Ich blinzelte ihn einige Sekunden an, bis das, was Jeff gesagt hatte, in mein Bewusstsein vordrang. Dann zog ich den Kopf ein und hoffte, dass mich niemand bemerkte. Ich ertrug es nicht, im Mittelpunkt des Interesses zu stehen. *Bitte nicht jetzt.*

Der Sprechchor setzte leise ein und schwoll dann immer weiter an. »Parker! Parker! Parker!« Doch erst als mich die Schüler von hinten anstupsten, stand ich schließlich auf, winkte allen zu und setzte mich dann wieder.

»Hey, komm schon, Parker. Sei nicht so schüchtern. Her mit dir!«

Ich fluchte leise, erhob mich dann aber und ging zur Bühne. Auf dem Weg dorthin entdeckte ich Addie und formte mit den Lippen die Worte »Hilf mir«.

Kichernd verdrehte sie die Augen, während die Cheerleaderinnen die Stufen herabgestürzt kamen und mich zu Jeff zerrten.

Bei einem letzten vergeblichen Versuch ließ ich auf der Suche nach Megan einen hastigen Blick durch die Menge schweifen, konnte aber nicht viel sehen. Die Lichter waren zu grell, zu heiß – zu unangenehm.

Grinsend klopfte mir Jeff auf den Rücken. Er beugte sich vor und flüsterte mir ins Ohr: »Danke, Mann. Ich weiß, du bist nicht gerade eine Rampensau, aber wir müssen für Stimmung sorgen, okay?«

»Okay.« Ich zuckte mit den Schultern und schob die Hände in die Taschen meiner mit einer Ehrennadel bestückten Jacke. Jeff drehte sich zurück zum Publikum.

»Nächsten Freitag organisiert der Fachbereich Sport am Rush Beach eine Party mit Lagerfeuer. Alle sind herzlich eingeladen, um unsere Teams zu unterstützen. Bringt mit, was auch immer ihr auf dem Feuer grillen wollt – solange es nicht der Logandaler Quarterback ist. Wir brauchen keine Extrahilfe, um sie zu schlagen!«

Tosendes Gelächter und stürmischer Applaus erfüllten die Aula. Auch ich entrang mir ein Lachen. Eine der Cheerleaderinnen, Anna Conners, zwinkerte mir zu. Ich drehte mich zu ihr, und sie winkte freudestrahlend. Ihre langen blonden Haare wellten sich über ihre Schultern, umschmeichelten ihre Kurven.

Ich winkte zurück und versuchte gleichzeitig, ein Schaudern zu unterdrücken. Sie war unglaublich heiß, keine Frage, aber ich konnte sie immer noch nicht ansehen, ohne an ihren Traum in der Junior High erinnert zu werden, in dem sie einen Zungenkuss mit ihrer Katze vollführt hatte. Natürlich war es nur ein bizarrer Traum gewesen, aber er hatte jegliches Interesse meinerseits an ihr im Keim erstickt. Es war eines dieser unglückseligen Bilder, die sich einem unauslöschlich ins Gehirn brannten.

Jeff trat einen Schritt vor und fuhr fort: »Was die Fußballneuigkeiten anbelangt, so bin ich hier, um euch persönlich zu versichern, dass die Fußballsaison nicht nur damit enden wird, dass mein Team die Landesmeisterschaft gewinnt …«

Das Publikum beruhigte sich, leises Gemurmel machte sich breit.

»… Das Mädchenteam wird es uns gleichtun!« Jeff nickte in das Schweigen hinein, das folgte.

Alle wussten, dass das Fußballteam der Mädchen Probleme hatte. Sie schafften es nur selten in die Bezirks-, ganz zu schweigen von den Landesmeisterschaften. Wie jeder andere Schüler in der Aula ließ ich Jeff nicht aus den Augen und wartete gespannt darauf, dass er fortfuhr. Wovon redete er da nur?

»Dieses Jahr haben wir eine Geheimwaffe, und ich schätze mich überglücklich, sie euch vorstellen zu dürfen«, verkündete er. »Sie ist neu. Sie verfügt über eine unglaubliche Beinarbeit, und ich freue mich sagen zu dürfen, dass es selbst mir schwerfällt, ihr den Ball abzunehmen.« Er grinste in die Menschenmenge. »Ich schaffe es natürlich, aber es ist nicht leicht.«

Er machte eine kurze Pause, um seinen Worten Dramatik zu verleihen. »Oakvilles neuer Star am Fußballhimmel – Mia Greene!« Mit einer ausladenden Handbewegung in Richtung der Menschentraube am Ende der Bühne bat Jeff ein Mädchen nach vorne.

Ich drehte mich nicht einmal um. Wenn Megan nicht bei der Schülerversammlung war, wollte ich entweder nach Hause fahren oder direkt zur Logandale High, um mich dort nach ihr umzusehen. Da bemerkte ich, dass alle die Hälse reckten, um an mir vorbeizusehen, weshalb ich einen Schritt zur Seite trat und nun doch hinsah.

Nach kurzem Zögern trat dieselbe kleine Brünette, die ich mit meinem Wagen fast umgebracht hätte, aus dem Fußballteam hervor. Sie sah mich mit hochgezogener Augenbraue an, während sie an mir vorbeischritt und ihren Platz neben Jeff einnahm.

Megan – nein, *Mia.* Träume des Nicht-Malens.

Warum hatte sie mir gesagt, sie hieße Megan? Nun ja, andererseits: *Unbekannter Typ, allem Anschein nach auf Droge, fährt fast mit seinem Auto in sie hinein* … Ich konnte es schon nachvollziehen.

Hastig schüttelte ich den Kopf. Wen kümmerten schon die Gründe? Mein Herz wäre mir fast aus der Brust gesprungen. Sie ging auf meine Schule! Ich versuchte, mir das Grinsen aus dem Gesicht zu wischen, schaffte es aber nicht, was mich nicht sonderlich störte.

Erst als sie vorne auf der Bühne stand, bemerkte ich die geballten Fäuste hinter ihrem Rücken. Trotz ihres sanften Lächelns sah sie wütend aus. Ich verzog das Gesicht. Anscheinend hatte sie unseren Beinaheunfall noch nicht verwunden.

Jeff ging einen Schritt vor und nahm mir die Sicht auf Mia, während er mich eine Sekunde lang mit hochgezogenen Augenbrauen ansah. Ich bemerkte erst jetzt, dass ich sie mit leicht geöffnetem Mund angestarrt hatte. Hastig klappte ich ihn zu, und Jeff gab mir mit einem Wink zu verstehen, dass ich näher kommen sollte. Sobald ich bei ihm war, drehte er sich zum Publikum zurück, warf mir einen Arm um die Schulter und den anderen um Mia.

»Dieses Jahr, Boulders, sind wir unschlagbar! Unser Fußballteam wird Logandale schlagen! Dann werden wir die Landesmeisterschaft der Mädchen *und* der Jungen gewinnen! Und nächsten Freitag wollen wir alle bei der Party sehen!«

Die Menschenmenge grölte: »Boulders! Boulders! Boulders!« Dann fiel der burgunderrote Vorhang und schnitt uns von den Lichtern und dem Jubel der Zuschauer ab.

Jeff ließ die Arme von unseren Schultern sinken und führte Mia ein paar Schritte nach rechts. Lächelnd fragte er sie, was sie von der Versammlung hielt. Wegen des ganzen Durcheinanders und lauten Geschnatters auf der Bühne konnte ich ihre Antwort nicht verstehen, aber das spielte auch keine Rolle. Mein Gehirn lief immer noch derart auf Hochtouren, dass ich mich sowieso nicht auf ihre Worte hätte konzentrieren können.

Ich schluckte. Sie war *hier*. Meine Hände hörten auf zu zittern, und eine Woge der Erleichterung brandete in meiner Brust, schoss durch meine Arme und Fingerspitzen.

Der einzige Mensch, der mich am Leben erhalten konnte, war hier und stand keine zwei Meter von mir entfernt.

6

Addie und Finn kamen seitlich der Bühne die Treppe herauf und liefen auf mich zu. Finn trug seinen Rucksack über der einen Schulter und meinen über der anderen.

»Das war echt unglaublich«, sagte er so leise, dass es außer uns niemand hörte. »Du hättest dein Gesicht sehen sollen. Ich meine, sie ist heiß, aber ich dachte nicht, dass sie dein Typ ist.«

Addies Gesicht war ausdruckslos, aber sie beobachtete mich eindringlich. Sie war der einzige Mensch, den ich kaum lesen konnte. Es war, als ließe sie mich nur das sehen, was sie preisgeben wollte. Mir war nicht klar, warum mich das nervös machte, aber so war es.

»Was ... warum nicht?« Ich warf einen Blick über die Schulter und sah Jeffs Rücken. Er und Mia waren in ein Gespräch vertieft, und sie schien mit jedem Wort wütender zu werden.

»Nun, keine Ahnung ...« Finn starrte eine Minute lang auf seine Füße, bevor er lachte und mir gegen die Schulter boxte. »Du weißt schon, weil sie ein Mädchen ist und ...«

Sein Gesicht gab keinen Hinweis darauf, dass es ein Witz war. Im Gegenteil, er schien peinlicher berührt zu sein, als ich ihn je zuvor erlebt hatte. Auch Addie starrte ihn jetzt an, die Augenbrauen so weit hochgezogen, dass sie fast ihren Haaransatz trafen.

»Wovon redest du da? Denkst du etwa, ich mag keine Mädchen?« Ich versuchte, meine Lautstärke zu drosseln, was mir jedoch nicht sonderlich gut gelang. Ich sah, wie Jeff erstarrte und sich langsam in meine Richtung drehte.

»Komm schon. Ich dachte nicht, dass du auf Jungs stehst – ich dachte bloß nicht, dass du *irgendjemanden* so mögen würdest, okay?« Finn lachte, doch es klang gekünstelt.

»Ja, nun, das tue ich auch nicht. Insofern hast du wohl recht«, murmelte ich.

Jeff und Mia kamen zu uns.

Addie machte einen Schritt auf Mia zu und winkte. »Hi, ich bin Addie. Hast du an deiner alten Schule auch Fußball gespielt?«

Mia nickte. »Ja, ich spiele schon ewig. Spielst du auch?«

»Nein. War noch nie mein Sport. Ich schwimme.« Addie zuckte mit den Schultern und ging in Richtung Treppe. »Freut mich, dich kennenzulernen!«

Mias Mundwinkel kräuselten sich. »Mich auch.«

»Addie, komm bitte kurz mal her«, rief Coach Carter, bevor sie außer Sichtweite war. Leichtfüßig machte sie auf dem Absatz kehrt und lief grinsend auf den Coach zu, sodass ich mich verwundert fragte, warum nicht jeder sie die ganze Zeit über mit offenem Mund anstarrte.

Jeff riss mich aus meinem Gaffen, indem er mir gegen die Schulter boxte. »Was sollte das, Parker? Hast du noch nie ein Mädchen gesehen?« Er sah Mia an.

»Nein, ich war nur überrascht. Ich hätte sie gestern fast mit dem Auto angefahren.«

Finn stieß ein hustendes Lachen aus, und Jeffs Braue senkte sich so tief wie seine Stimme. »Du hast *was?«*

»Nur fast.« Ich sah Mia an, doch sie schien jeden Augenkontakt vermeiden zu wollen. »Aber ich könnte schwören, sie hat gesagt, sie heißt Megan.«

Jetzt sah sie mir doch in die Augen, und der Hauch eines Lächelns spielte um ihre Mundwinkel, als sie sagte: »Keine Sorge. Das ist ein weit verbreiteter Irrtum.«

»Du hättest sie fast angefahren?« Die Muskeln in Jeffs Kiefer zuckten, und er trat zwischen uns. Seine Reaktion ärgerte mich. Glaubte er wirklich, ihm gehörte jedes Mädchen an der Schule?

»Es war ein Unfall. Außerdem, was geht's dich an?«

Jeffs Augen verengten sich zu schmalen Schlitzen. »Mich geht's was an, weil sie meine Schwester ist.«

»Duh-Duh-Dum.« Finn winkelte die Hand an, als würde er ein Mikrofon halten, und lehnte sich grinsend vor. »Das war's für heute, Leute. Schaltet auch morgen wieder ein zu einer weiteren Folge von *Zeit der Sehnsucht*.«

Verwirrt schüttelte ich den Kopf. »Sie ist deine *was?«*

Finn ächzte und drehte sich murmelnd weg. »Mein schauspielerisches Talent ist bei dir einfach vergeudet.«

»Meine Pflegeschwester. Sie wohnt bei meiner Familie.«

Das klang plausibel. Jeff war ein Einzelkind, und ich wusste, dass die Sparks schon früher Pflegekinder bei sich aufgenommen hatten. Allerdings waren diese Kinder normalerweise viel jünger.

»Oh«, sagte ich und versuchte, einen weiteren Blick auf Mia hinter Jeff zu erhaschen. »Nun, wie schon gesagt, es war ein Unfall, und ihr wurde kein Haar gekrümmt. Also keine große Sache.«

»Es war wirklich nicht der Rede wert.« Mia trat neben Jeff hervor und versuchte, einen freundlichen Gesichtsausdruck aufzusetzen, während sie mich ansah.

»Okay, cool.« Jeff zuckte mit den Achseln, dann klopfte er mir auf die Schulter. »Warum stellst du nicht schon mal ein paar Stühle für die Versammlung auf, Parker?«

»Oh, ja. Die Versammlung.« Ich zeigte auf den Vorhang. »Warum halten wir sie nicht in der Aula ab?«

»Es wäre gut, wenn wir sofort anfangen. Die Lehrer haben uns nur eine halbe Stunde gegeben, bevor wir zurück in die Klassen müssen, aber es wird eine Weile dauern, bis sie die Aula geleert haben. Das könnte uns ein paar Extraminuten verschaffen.« Er zeigte auf die Stapel Stühle an der anderen Seite der Bühne. »Wir werden sie einfach hier oben abhalten. Mach es kurz und knackig.«

»Okay.« Ich drehte mich um und schnappte mir ein paar Stühle, als ich bemerkte, dass Mia mit Addie und Coach Carter redete. *Natürlich* – die Versammlung war für beide Fußballteams. Und obwohl ich letzte Nacht wunderbar geschlafen hatte, schien mein Gehirn heute Morgen noch nicht in Hochform zu sein.

Finn zog seine Jacke aus und warf sie gegen die hintere Wand. Auf seinem T-Shirt stand: *Komm zur dunklen Seite der Macht. Wir haben Sahneschnitten.* Ich lächelte, als er ein paar Stühle holte und sie in einer Reihe hinter mir aufstellte. »Hast du gesehen, wer gerade hereinspaziert ist?«

Ich wandte mich zur Treppe um. Thor, ein Monster von einem Verteidiger aus unserer Fußballmannschaft, stand auf der obersten Stufe und nickte, während er mit Jeff sprach. Thors Träume hatte ich absichtlich gemieden. Seinem Verhalten nach zu urteilen fürchtete ich, dass es in ihnen hauptsächlich um das Aufschlitzen und Zerstückeln von Menschen ging.

»Na wunderbar!« Ich besah mir Thors breite Schultern, während er Jeff über die Bühne folgte. »Kannst du mir mal erklären, warum er schon wieder Fußball gewählt hat?«

Finn runzelte die Stirn. »Es überrascht mich, dass sie ihn überhaupt ins Team gelassen haben nach seinem Stunt letztes Jahr.«

»Unglaublich.« Ich schüttelte den Kopf und schnappte mir einen weiteren Stapel Stühle. »Solange man groß und schnell ist, spielt es anscheinend keine Rolle, ob man seinem Mitspieler bei der ersten Einwechslung das Bein bricht.«

»Gut, dass Jeff sich freiwillig gemeldet hat, ihm die Regeln näherzubringen.« Finn hob einen weiteren Stuhl von seinem Stapel und knallte ihn eine Spur härter als gewollt auf den Boden. »Irgendwie hat er wohl nicht so richtig mitbekommen, dass es sich bei Fußball um einen kontaktlosen Sport handelt.«

Thors emotionale Grundstimmung schien unbändiger Zorn zu sein. Anfangs hatte mir das Sorgen bereitet, zumal er mit seinen unglaublichen ein Meter neunzig fast fünfzehn Zentimeter größer als ich und noch dazu wie eine Ziegelmauer gebaut war. Seinem Verhalten und den dunklen Flecken an den Achseln nach zu urteilen, hatte ihn Gott mit einer bedenklichen Überdosis Testosteron gesegnet.

Addie kam mit Mia im Schlepptau auf uns zu, während Finn einen weiteren Stuhl mit Gewalt auseinanderklappte. »Nur mit der Ruhe. Die Stühle erfüllen nicht mehr ganz ihren Zweck, wenn du sie in zwei Hälften brichst.«

Finn nickte mit dem Kopf in Thors Richtung. »Wir nehmen Wetten an, wessen Bein er dieses Jahr bricht. Seid ihr dabei?«

Addie lachte, aber dann verschränkte sie die Arme vor der Brust. »Du fändest es nicht mehr so lustig, wenn sich herausstellt, dass du es bist.« Sie schüttelte den Kopf und senkte die Stimme. »Liv Campbell hat neulich auf der Mädchentoilette geweint – und ich schwöre, ich habe gehört, dass sein Name gefallen ist.«

»Was soll das heißen?« Finn drehte sich zu ihr. »Warum sollte sie sich wegen Thor aufregen?«

»Vielleicht hat er ihr Angst eingejagt?« Addie zuckte mit den Schultern. »Ich habe nicht viel mitbekommen, aber sie war wirklich sehr aufgebracht.«

»Siehst du, was ich meine? Mädchen sind einfach Unsinn.« Finn schüttelte den Kopf. »Liv ist heiß, aber wenn sie Interesse an Thor hat, sollte man sie in eine Gummizelle stecken.«

Ich bemerkte, wie Mia das Gesicht verzog, doch dann überspielte sie es mit einem Lachen. »Und du bist Experte?«

»Ja.« Finn sah sie eine Sekunde an und legte dann den Kopf schief. »Du etwa nicht?«

Mia lächelte. »Hat einer von euch überhaupt schon mal mit ihm geredet, oder hasst ihr ihn nur, weil er größer ist als ihr?«

Ich beugte mich vor, um mir einen weiteren Stapel Stühle zu holen. »Weil er größer ist. Außerdem müsste er erst mal Englisch lernen, damit wir uns mit ihm unterhalten können.«

Finn stand nun breitbeinig und mit einem übertrieben wutverzerrten Gesichtsausdruck da. »Thor nicht brauchen

Englisch. Thor seien Gott des Donners!« Mit den Fäusten klopfte er sich auf die Brust. Wie auf ein Stichwort war draußen ein Donnergrollen zu hören. Die Wände erzitterten, und beide Mädchen brachen in Gelächter aus.

Ich hob die Augenbrauen und zog den letzten Stuhl vom Stapel. »Gut gemacht.«

»Vielen Dank.« Er verbeugte sich grinsend. »Ich bin noch die ganze Woche hier.«

Mia setzte sich, und ich nahm neben ihr Platz. Addie, die vor uns stand, warf uns einen überraschten Blick zu, dann setzte sie sich auf die andere Seite von Mia.

»Und, wo hast du vorher gewohnt?«, fragte ich.

Mia sah ein paar Sekunden zu Boden, das Gesicht eine unlesbare Maske. »Woanders.«

Ich lachte. »Zumindest hast du diesmal nicht gelogen.«

Finn beugte sich herab und flüsterte: »Sie ist ein Pflegekind, du Doofkopf. Vielleicht will sie nicht darüber reden, woher sie kommt.«

Ich verzog das Gesicht und nickte – ich Idiot.

Möglichst gleichgültig fragte ich mit gedämpfter Stimme: »Verrätst du mir zumindest, warum du gesagt hast, dein Name wäre Megan?«

Sie spitzte die Lippen, dann verzogen sie sich zu einem Lächeln. »Keine Ahnung. Trau keinem Fremden?«

»Okay, kann ich verstehen.« Ich beugte mich zu ihr. »Aber jetzt bleibt es bei Mia? Denn noch mehr Namen wären wirklich verwirrend.«

Sie zuckte mit den Schultern. »Vorerst.«

Jeff trat auf die Bühne und gab allen mit einer Handbewegung zu verstehen, leise zu sein. Beide Fußballmannschaften suchten sich ihre Plätze.

Finn ließ sich auf meine andere Seite plumpsen und lehnte sich zu Mia und mir herüber, um mit Addie zu reden. »Sag mir bitte, dass du nicht dem Fußballteam beigetreten bist, denn das wäre wohl das Einzige, was die Sache noch schlimmer machen könnte.«

Addie reckte die Nase ein wenig in die Höhe und ignorierte ihn, und es war Mia, die ihm mit einem süßen Lächeln antwortete. »Coach Carter hat sie gebeten, beim Treffen dabei zu sein. Sie wird beim Training helfen. Allem Anschein nach hat sie ein paar supercoole Stretchübungen auf Lager. Allerdings hoffe ich, dass sie sie dem Jungenteam nicht verraten wird. Ihr verdient ein kleines bisschen Schmerz.«

Finns Augen wurden groß, und er legte sich laut seufzend die Hände auf die Brust. Mia und ich kicherten, dann begann Jeff mit seiner Rede.

»Vielen Dank, dass ihr heute so kurzfristig zu diesem Treffen gekommen seid. Ich verspreche, dass ich es kurz mache. Wir müssen nur rasch eine Abstimmung vornehmen und ein paar Fragen in Bezug auf die Trainingszeiten besprechen.« Jeff lächelte und blickte zu den Coaches, die ihm aufmunternd zunickten, bevor er fortfuhr. »Nach viel Betteln und Bitten habe ich die Coaches überzeugt, dass sie mir dieses Jahr ein paar extra Übungsstunden genehmigen, bevor das reguläre Training beginnt. Das ist mein letztes Jahr. Das letzte Jahr für alle Schüler der Abschlussklasse. Und deshalb sollten wir daran arbeiten, es zu unserem allerbesten Jahr zu machen. Gibt es Vorschläge oder Einwände?«

Die Gruppe schwieg. Ich hatte die ganze Zeit über Jeffs Schuhe betrachtet und mit aller Kraft versucht, ihn nicht einfach auszublenden. Da rammte mir Finn einen Ellbogen in die Seite, und ich blickte auf. Alle Augenpaare ruhten auf mir. Ich blinzelte und erinnerte mich daran, dass ich Ko-Kapitän war.

»Was denkst du, Parker?«, fragte einer der Mittelfeldspieler von der anderen Seite der Bühne.

»Ich finde, Jeff hat recht«, sagte ich. »Die Endrunde der Landesmeisterschaft letztes Jahr war hart. Dieses Jahr wäre ich lieber besser vorbereitet.«

Mehrere Köpfe nickten, und alle drehten sich zurück zu Jeff.

Er lächelte. »Ich würde gern mit einer gemeinsamen Trainingsstunde mit den Mädchen anfangen.« Einige Jungs stöhnten, aber er fuhr ungerührt fort. »Den Mädchen ein paar unserer Trainingsmethoden zu zeigen wird uns nur helfen, sie noch leichter in die Knie zu zwingen.«

Einige Mädchen verschränkten stirnrunzelnd die Arme vor der Brust. Ich lehnte mich vor, um den Streit zu schlichten, bevor er richtig ausbrach. »Hey, das Basketballteam der Mädchen spielt überwältigend, und sie könnten dem Jungenteam tonnenweise Tipps geben, wenn sie wollten. Hier geht es nicht ums Geschlecht, sondern um ein Team, das zusammenarbeitet und gemeinsam kämpft. Vielleicht können wir uns gegenseitig unter die Arme greifen.«

Die Mädchen nickten und wirkten leicht besänftigt. Alle drehten sich zu Jeff zurück und warteten, dass er weiterredete. Er sah mir ein oder zwei Sekunden lang schweigend in die Augen, bevor er fortfuhr. Ich zwang mich, erst wegzublicken, sobald er es tat, obwohl meine Instinkte mich anschrien, sofort wegzuschauen. Es war nicht einmal Mittag. Nach der Versammlung hatte ich noch genug Zeit, um Augenkontakt mit Mia herzustellen. Ich müsste heute Nacht nicht mit Jeff vorliebnehmen.

»Großartig. Das gemeinsame Training wird das jeweilige Training der beiden Teams ersetzen, das kurzfristig für heute nach der Schule anberaumt wurde. Ich will euch alle dort sehen.«

Jeff ging zu dem Stuhl neben Thor und setzte sich, als Coach Mahoney und Coach Carter aufstanden und über neue Strategien zu reden begannen und worauf wir uns während Jeffs Trainingsstunden konzentrieren sollten. Mahoney beendete seine Ausführungen mit den Worten: »Coach Carter und ich werden beim heutigen gemeinsamen Training anwesend sein. Anschließend werden eure Teamkapitäne die jeweiligen saisonvorbereitenden Trainingsstunden organisieren und durchführen. Noch Fragen?«

Er war bereits auf dem Weg zur Treppe. Dort wartete er einen Moment, dann nickte er rasch und sagte: »Ihr seid entlassen.«

Ich stand auf und ging zu Jeff. Oberflächlich sah man ihm nichts an, aber ich bemerkte die kleinen Dinge, etwa die Art, wie er seine Hände in die Hosentasche steckte und sie dann wieder herauszog. Er war frustriert, und ich konnte es ihm nicht einmal verübeln. Das hier war Neuland – auf einmal musste er die Leitung des Teams mit jemandem teilen. Es gefiel ihm ganz und gar nicht, dass die Spieler erst nach meiner Meinung fragten, bevor sie ihm zustimmten.

»Tut mir leid wegen der Sache vorhin. Ich finde deinen Plan toll. Das Team wollte wohl nur sichergehen, dass wir an einem Strang ziehen.«

Jeffs Lächeln war angespannt, aber er zuckte gelassen mit den Schultern. »Du bist der Ko-Kapitän.« Dann drehte er sich zu ein paar Jungs aus dem Team um.

Ich ging die Stufen hinunter, die von der Bühne führten, und durchschritt die Aula. Mia und Addie waren bereits an der Tür und beobachteten die Menge, die die Korridore hinabeilte. Ich stand einen Schritt hinter ihnen, mit einem Schlag verunsichert, was ich sagen sollte.

Da blickte Addie von mir zu Mia. Sie öffnete den Mund, dann klappte sie ihn wieder zu. Ich konnte kaum ihre Stimme ausmachen, während sie sich davonstahl. »Bis später.«

Meine Augen waren auf Addies Rücken geheftet, bis sie hinter einem großen Kerl in Lederjacke verschwand. Wieder mal kam ich nicht umhin, mir zu wünschen, ich könnte in ihrem Gesicht ähnlich leicht lesen wie in dem der meisten anderen.

»Ich bin heilfroh, dass du in der Schule weniger gefährlich bist als hinter dem Steuer eines Autos.« Mias Stimme war sanft, doch ein Hauch von Sarkasmus lag darin.

Ich trat einen Schritt vor, um neben ihr zu stehen. »Ja, hier ist es schwieriger, für sich oder andere eine Bedrohung darzustellen, aber ich gebe mein Bestes. Ich laufe ständig mit Scheren herum, und heute Morgen habe ich mich furchtbar an einem Blatt Papier geschnitten.«

»Nur weiter so, vielleicht wirkst du dann irgendwann wie ein ganz normaler Teenager.« Sie blickte mich hastig an, und als sich unsere Augen trafen, stieg ein Glücksgefühl in mir auf. Lächelnd schüttelte sie den Kopf. »Ich sollte jetzt lieber gehen. Bis später.«

Ich grinste, während sie ging.

»Hey, Mann.« Finn tauchte hinter mir auf. »Ich bin nicht dein Gepäckträger. Hier, dein Rucksack!«

Ich wirbelte herum, begegnete seinem Blick und fluchte leise. Dann rief ich mir das Fußballtraining nach der Schule ins Gedächtnis. Ich hätte noch eine Chance, Mia beim Training zu sehen. Ich musste unbedingt herausfinden, ob ihr Traum von gestern Nacht eine Ausnahme gewesen war – und je früher mir das gelang, desto besser.

»Bitte, lassen Sie ihn mich wiederholen«, flehte ich.

Mr. Nelson runzelte die Stirn, und ich versuchte, seinen Traum aus meinem Gedächtnis zu verbannen. Diesem glänzenden Kahlkopf dabei zuzusehen, wie er mit meiner Mom herummachte, war kein Bild, über das ich länger als nötig nachdenken wollte. »Tut mir leid, Parker. Du musst dich das nächste Mal einfach mehr anstrengen.«

»Ich darf in diesem Kurs nicht noch mal durchfallen.« Mom mochte es nicht sonderlich gestört haben, als meine Noten von einem A zu einem B abgerutscht waren, aber bei einem D würden bei ihr sicherlich alle Alarmglocken schrillen.

»Eine Nachhilfegruppe für Chemie trifft sich nach der Schule in der Bibliothek. Du solltest dich ihr anschließen.«

Ich seufzte. »Okay ... danke.« Verzweifelt suchte ich nach einem Weg, ihn zu überreden, und unterdrückte ein Würgen, als mir die offensichtliche Lösung wie Schuppen von den Augen fiel. Na gut. Wenn ich mir Mom vom Hals halten wollte, mussten Opfer gebracht werden.

Ich war schon halb aus dem Klassenzimmer, als ich stehen blieb und mit den Fingerknöcheln über die Kante eines Tisches fuhr. Sie war glatt, poliert von Jahren des ständigen Gebrauchs. »Wissen Sie, meine Mom hat kürzlich von Ihnen gesprochen«, sagte ich und drehte mich wieder um.

Mom würde mich umbringen – sie waren nur einmal miteinander ausgegangen, und ich wusste aus erster Hand, dass der einzige Mann, von dem sie träumte, auch nach all den Jahren noch, mein Dad war.

Mr. Nelsons Kopf schoss so schnell hoch, dass mich das flimmernde Licht der Leuchtstoffröhre, das sich in seinem Schädel spiegelte, regelrecht blendete. »Ja?«

»Ja. Nur dass Sie bei dem Date lustig waren.«

»Wirklich?« Seine Augen wurden groß, bevor er sich wieder unter Kontrolle hatte. »Ich meine, ja. Wir hatten Spaß, aber danach hatte sie immer so viel zu tun. Ich dachte …«

»O ja, ihr Job ist echt stressig. Und wenn sie dann auch noch Zeit damit vergeuden muss, sich um mich und meine Noten zu sorgen, ist das eine große Belastung für sie.« Ich zuckte mit den Schultern und ging ein paar Schritte zur Tür. »Aber ich bin sicher, sie wird nächsten Sommer oder irgendwann wieder Zeit haben.«

Mr. Nelsons Augen verengten sich. Er war zwar kein Idiot, aber offensichtlich verzweifelt. »Schon mal was von Machtmissbrauch gehört, Parker?«

Ich blieb stehen, streckte die Hände mit den Handflächen nach oben und konzentrierte mich auf die Gefühle, die ich vermitteln wollte – Ehrlichkeit und Naivität. »Ich mache keine Versprechungen und habe keinerlei Macht, aber dass meine Mom schwer beschäftigt ist, ist wahr. Außerdem schadet es doch niemandem, wenn ich den Test wiederhole. Es ist ja nicht so, als würde ich schummeln oder Sie wegen einer Note bestechen.«

Mr. Nelson nickte bedächtig und ließ das Buch laut zuklappen. »Morgen, während der Freistunde. Das ist deine allerletzte Chance.«

»Vielen Dank. Das weiß ich wirklich zu schätzen.« Ich setzte ein breites Lächeln auf und eilte zur Tür, bevor er seine Meinung noch einmal ändern konnte.

Kurz bevor ich draußen war, murmelte er: »Verbessere deine Noten, Parker, und du könntest ein verdammt guter Politiker werden.«

7

Auf dem Weg zum Training war Thor genau hinter mir. Und ich meine *genau hinter mir.* Er saß mir derart im Nacken, dass ich das Gefühl hatte, der Kerl wäre mein Schatten. Ich wurde langsamer, um neben ihm zu gehen, aber als er mich mit seinen kleinen schwarzen Augen anstarrte, entschied ich, dass es die Mühe vielleicht nicht wert war. Den restlichen Weg zum Fußballfeld joggte ich.

»Das war sicher lustig. Man sollte mehr Zeit mit Thor verbringen«, sagte Finn kichernd, als ich neben ihm stehen blieb und Thor an uns vorbei zur Tasche mit den Fußbällen neben dem Torpfosten rannte. »Gab's was Neues, oder war er der Alte und hat sich aufgeführt, als wollte er dich in einen Mixer stecken?«

»War eigentlich wie immer. Auch wenn er diesmal ein paar Dinge durcheinandergebracht und etwas über eine Forke und ein Messerset gefaselt hat.«

Finn lachte. »Diesmal keine echten Drohungen?«

»Keine echte Unterhaltung.«

»Hört sich gut an.« Finn nickte, während er seine Schienbeinschoner zurechtrückte.

Ich holte tief Atem und entspannte meine Muskeln. Beim Fußball konnte ich am besten abschalten. Auf dem

Feld war ich ein völlig normaler Teenager. Dann schoss Adrenalin durch meinen Körper und hielt mich wach. Mein Muskelgedächtnis ließ jede Bewegung geschmeidig und leicht wirken. Beim Spielen fühlte es sich nicht an, als befänden sich mein Geist und mein Körper im Kriegszustand. Ich musste nicht denken.

Wir waren die Ersten auf dem Feld, aber eine Traube Mädchen kam aus den Schultüren auf uns zu. Ich versuchte Mia auszumachen und sah sie als Letzte herauskommen. Alle anderen Mädchen redeten und lachten, doch Mia war allein – bis Addie vom Spielfeldrand auf sie zulief und neben ihr hertrottete.

Innerhalb weniger Minuten waren alle auf dem Feld und blickten gespannt zu mir. Ich stöhnte auf. Jeff schien zu allem zu spät zu kommen. Nicht einmal die Coaches waren pünktlich.

»Okay, lasst uns mit ein paar Runden anfangen: drei ums Feld und dann fünf Sprints von einem Tor zum anderen.«

Alle setzten sich in Bewegung, und ich holte schließlich Mia an der Spitze der Gruppe ein. »Habe ich das richtig gehört, sie haben dich zum Teamkapitän gewählt … und das als Zehntklässlerin? Kommst du aus einer streng geheimen Schule für Olympiakandidaten?«

»Vielleicht.« Sie lachte und verzog das Gesicht. »Aber ich glaube, es hat mehr damit zu tun, dass Jeff seine Finger im Spiel hatte und ihnen ans Herz gelegt hat, mich zum Kapitän zu wählen. Ich wünschte, er hätte das nicht getan.« Zwei Mädchen aus dem Team von letztem Jahr drängten sich schubsend an Mia vorbei, und sie taumelte in mich hinein. Noch bevor ich ihr helfen konnte, hatte sie das Gleichgewicht wiedergefunden und lief weiter, mit hoch erhobenem Haupt und angespanntem Kiefer. »Er tut mir damit wirklich keinen Gefallen.«

»Ja, das sehe ich.« Wir liefen eine weitere Runde schweigend nebeneinander her, bevor ich mich nicht länger zurückhalten konnte und fragte: »Und, wie ist der Name dieser Olympia-Schmiede? Vielleicht sollte ich sie mir mal genauer anschauen.«

Sie lächelte, gab aber keine Antwort und hatte die Augen fest auf den Boden geheftet.

»Tut mir leid, wenn das zu persönlich ist. Ich bin nur neugierig ...«

»Kein Problem.« Sie sprintete davon, noch bevor ich den Satz beenden konnte.

Ich fluchte leise. Sie zu verscheuchen war das Letzte, was ich wollte. Nicht bevor ich in Erfahrung gebracht hatte, was ich über sie wissen musste: Warum ihre Träume so einzigartig waren und ob sie irgendwelche sonderbaren Einschlafrituale hatte, von denen ich wissen müsste. Zugegebenermaßen recht seltsame Fragen, aber das spielte sowieso keine Rolle. Sie wollte nicht einmal preisgeben, auf welcher Highschool sie früher gewesen war. Das Mädchen war verschlossen wie ein Tresor.

Als alle die Sprints absolviert hatten, tauchten auch die Coaches und Jeff auf. Jeff teilte unseren Spielern jeweils zwei Mädchen zu und ließ sie Fußballtechniken üben, während wir ihnen Tipps und Feedback gaben. In meiner Gruppe waren zwei Zehntklässlerinnen, an die ich mich vage aus der Junior High erinnerte: Kim und Christina.

Sie hatten beiden schon einmal im Verein gespielt, aber bisher nie an Wettkämpfen teilgenommen. Ich brachte ihnen ein paar meiner besten Ballannahmetricks bei und ließ sie dann den Ball hin- und herspielen, während sie an mir vorbeidribbeln sollten, ohne ihn abgeluchst zu bekommen. Die ersten beiden Male gelang es ihnen, bis ich ihre Bewegungsmuster kannte. Anschließend nahm ich ihn ihnen dreimal hintereinander weg.

»Na gut, ich gebe auf.« Kim ließ sich auf den Boden neben dem Ball plumpsen und funkelte mich an. »Woher weißt du, wann wir ihn abspielen? Es ist fast so, als könntest du unsere Gedanken lesen.«

Ich blieb vor ihr stehen und streckte die Hand aus. »Das ist einfach. Ich kann es euch beibringen.«

Sie sah mich skeptisch an, doch sie packte zu, und ich zog sie wieder hoch.

»Schau mir genau zu. Christina, versuch an mir vorbeizukommen.«

Christina näherte sich und dribbelte den Ball geschickt vor und zurück. Ich beobachtete ihre Bewegungen und folgte mit meinem Körper, überließ meinen Muskeln die Kontrolle.

»Du siehst auf ihre Füße, aber es sind nicht ihre Füße, die dir verraten, in welche Richtung sie will.«

Christina täuschte nach links an, doch im letzten Moment tauchte sie nach rechts ab und brachte den Ball direkt vor mein ausgestrecktes Bein. Erstaunt schüttelte sie den Kopf, als der Ball hinter sie rollte.

»Es sind ihre Augen.« Ich drehte mich zu Kim zurück, merkte jedoch, dass sich beide Teams um uns versammelt hatten und mir lauschten. Ich schwieg und blickte fragend zu Coach Mahoney.

»Was meinst du damit?«, fragte Kim.

Beide Coaches nickten mir aufmunternd zu.

»Nun, sie wird nicht blindlings drauflosstürmen. Wenn man in ihre Augen sieht, kann man erkennen, wohin sie höchstwahrscheinlich will.« Ich drehte mich zu Christina zurück und gab ihr mit einer Handbewegung zu verstehen, es noch einmal zu versuchen. »Schaut diesmal auf ihren Oberkörper.«

Sie kam auf mich zu und täuschte die andere Seite an. Wiederum stoppte ich ihren Ball und ließ ihn abprallen. »Habt ihr gesehen, wie er sich geneigt hat, kurz bevor sie die Richtung geändert hat? Wenn ihr Oberkörper und ihre Augen sagen, dass sie nach rechts geht ... nun, dann geht sie nach rechts.«

Alle Anwesenden verstummten, als ich den Ball holte, den ich in Richtung der offenen Zuschauertribüne geschossen hatte. Dann hörte ich Coach Mahoney rufen: »Tut euch paarweise zusammen. Versucht, den nächsten Zug eures Gegenübers vorauszuahnen.«

Kurz bevor ich den Ball erreichte, hob Addie ihn auf und reichte ihn mir. »Das war ziemlich beeindruckend. Du hörst dich fast so an, als wüsstest du, was du tust.«

Ich lächelte. »Im Großen und Ganzen weiß ich das auch.« Ich warf einen Blick aufs Spielfeld und sah Mia, die auf der anderen Seite mit Jeff trainierte. Sie war ziemlich gut, aber er auch. Keiner von beiden schien in der Lage zu sein, den Ball am anderen vorbeizudribbeln. Ich drehte mich zu Addie zurück, doch sie war schon weitergegangen.

Die folgenden dreißig Minuten arbeitete ich mit Christina und Kim, und am Ende nahmen sie mir den Ball ebenso leicht weg, wie ich ihn ihnen wegstibitzt hatte. Das

Mädchenteam war viel besser, als ich erwartet hatte. Sie mussten nur lernen, wie man richtig zusammenarbeitete, und ein paar neue Tricks hatten noch niemandem geschadet. Mia war allerdings mit Abstand die Beste von ihnen. Wenn jemand den Respekt des Teams gewinnen könnte, dann sie, auch wenn ihr die Art, wie Jeff ihr die Rolle als Kapitän aufgezwungen hatte, die Sache nicht einfach machen würde.

Nach weiteren dreißig Minuten Training zeigte uns Addie ein paar gute Stretchübungen, und die Coaches schickten uns in die Umkleide.

»Meinst du wirklich, sie können es schaffen?«, fragte Addie und joggte neben mir her. Auf der anderen Seite gesellte sich Finn zu uns.

»Was schaffen?« Da sah ich Mias braunhaarigen Schopf ein paar Meter vor mir. Ich musste sie irgendwie einholen.

»Glaubst du, die Mädchen können dieses Jahr gewinnen?«

»Sicher, warum nicht?«

»Wenn du Jeff dazu bringen könntest, noch ein paar gemeinsame Trainingseinheiten anzuberaumen, hätten sie vielleicht wirklich eine Chance.« Addie sah mich lächelnd an.

Ich zuckte mit den Schultern. »Wir treffen uns drinnen.«

Nach einem Sprint durch die Schultüren nahm ich einen raschen Schluck aus dem Trinkbrunnen und sah genau im richtigen Moment auf, um Mias Blick einzufangen, während sie in die Umkleide huschte. Mein Timing war perfekt. Sie lächelte, dann war sie fort.

Ich konnte nichts dagegen tun, dass sich ein breites Grinsen auf mein Gesicht stahl, während ich meine Sonnenbrille aufsetzte. Finn und Addie standen hinten bei den Türen und warteten, dass sich die Menschentraube lichtete. Ich nahm einen weiteren Schluck aus dem Trinkbrunnen, bevor ich sie wieder ansah. Ich hatte es geschafft. Jetzt musste ich nichts weiter tun, als nach Hause zu gelangen, ohne jemandem in die Augen zu schauen. Und dann würde ich herausfinden, ob Mias Träume heute ebenso einzigartig waren wie gestern. Ich würde herausfinden, ob sie wirklich die Antwort auf all meine Gebete sein könnte.

»Hör auf«, sagte Finn, als er an mir vorbeikam. »Du siehst bescheuert aus.«

Addies Lächeln schwand, während sie gegen den Strom an Fußballspielern ankämpfte und sich zurück durch die Tür drängelte. Ich konnte kaum ihre Stimme ausmachen, als sie irgendwas davon murmelte, dass sie im Wagen warten würde.

Sobald ich in Mias Traum eintauchte, empfand ich Frieden und Harmonie. Zum ersten Mal seit Jahren ließ ich zu, dass ich mich bei der Hoffnung auf ein anderes Leben besser fühlte, statt die Enttäuschung zu fürchten, die sie zwangsläufig mit sich brachte.

Dieser Traum war nicht so ruhig wie ihr erster. Das Tosen von Wellen war zu hören, die sich am Ufer brachen, mich aber dennoch beruhigten. Wasser rollte über meine gereizten Nerven und die Knoten in meinem Rücken. Die Luft schmeckte nach Ozean, salzig und nass.

Ich öffnete die Augen und blickte in einen wütenden Himmel hoch über einer Klippe. Das aufgewühlte Meer lag weit unten. Auf der anderen Seite der Bucht erhob sich ein wunderschöner weißer Leuchtturm mit kleinen Fenstern, die in marineblauen Rahmen gefasst waren. Das Licht schnitt durch den Nebel wie ein Skalpell.

Mein Tastsinn erwachte zum Leben, und ich spürte, wie sich der Stein unter meinen Füßen ausbildete. Obwohl sich das Bild völlig von ihrem vorherigen Traum unterschied, bestand er ebenfalls nur aus einer einzigen Schicht. Alles fühlte sich so echt an ohne die anderen Ebenen, die sonst im Hintergrund für Chaos sorgten. Er ähnelte der Realität so sehr, dass ich fest überzeugt war, wieder schlafen zu können.

Dann durchströmte mich vage Traurigkeit.

Ich drehte mich um und suchte nach Mia. Sie stand hinter mir, trug wieder dasselbe weiße Sommerkleid. Es flatterte im Wind um ihre Beine. Die Umgebung war neu, aber alles andere war wie zuvor. Sonderbar … alles an ihren Träumen verletzte jegliche Regeln, die ich bisher aufgestellt hatte.

Eine Staffelei, völlig identisch mit der aus ihrem ersten Traum, war vor ihr aufgebaut. Mit zusammengekniffenen Augen starrte sie zum Leuchtturm und biss sich auf die Lippe, dann hob sie einen Pinsel auf und steckte sich das hintere Ende seufzend in den Mund. Ich machte einen Schritt zur Seite, um das Bild auf der Leinwand zu sehen – es war leer. Mia stand reglos da.

Ihr Gesicht war von so viel Frust erfüllt, dass es fast schmerzlich war, sie anzuschauen. Für einen Moment wünschte ich, sie könnte mich sehen, damit ich sie fragen konnte, was ihr auf dem Herzen lag. Doch es war nur ein Traum. Ihre Wut und Traurigkeit hatten wahrscheinlich nicht einmal was mit ihrem richtigen Leben zu tun. Außerdem wusste ich, weshalb ich hier war, und musste mich vergewissern, ob es wieder funktionieren würde.

Ich sah mich nach einem Plätzchen zum Schlafen um. Erregung packte mich und schwemmte einen Teil von Mias Schwermut fort. Der geeignetste Ort schien neben einem Felsvorsprung zu sein, wo dunkelgrüne Ranken den Boden bedeckten. Sie kräuselten und schlangen sich ineinander, versteckten sich vor dem rauen Wetter. Zögerlich tastete ich mit dem Fuß nach den Kletterpflanzen. Sie waren weich, ohne Nadeln und Dornen. Ich lehnte mich zurück, und der Vorsprung schützte mich perfekt vor dem rauen Wind.

Der Anblick von Mia, die stirnrunzelnd ihr Bild betrachtete, was das Letzte, was ich sah, bevor unsägliche Erschöpfung über mich hinwegspülte wie eine der stürmischen Wellen tief unten. Und schließlich taumelte ich in den tiefen Schlaf hinein, nach dem ich mich so gesehnt hatte.

8

Nach zwei Nächten in Mias Träumen fühlte ich mich fantastisch, besser als jemals zuvor. Ihre Träume waren vielleicht das Beste, was mir je widerfahren war. Allmählich fing ich an zu glauben, dass ich diesen Fluch mit Mias Hilfe womöglich überleben könnte. Sie zu sehen, mit ihr Augenkontakt aufzunehmen, ihre Träume … nur daran konnte ich im Moment noch denken. Und nun, da ich die Wiederholungsprüfung von Mr. Nelson bestanden hatte, musste ich auch an nichts anderes mehr denken.

Ich lehnte gegen meinen Wagen, während die Kälte des kühlen Metalls durch das Hemd in meine Haut sickerte. Ich überlegte kurz, mir meine Jacke überzuziehen, aber ich fror gern. Ich genoss es, mich so lebendig zu fühlen.

Ab und an winkte ich den Schülern zu, die an mir vorbeikamen, aber mein Interesse galt allein den Schultüren. Ich hatte Mia den ganzen Tag über nicht zu Gesicht bekommen, doch sie musste diesen Ausgang nehmen. Ich konnte sie nicht verfehlen – das hoffte ich zumindest. Der Parkplatz hatte sich fast geleert. Ein Kerl in einer schwarzen Lederjacke stand am Fuß der Treppe zum Schulgebäude und versperrte mir die Sicht. In letzter Zeit schien mir dieser Typ ständig im Weg zu sein. Unsere Schule war nicht besonders groß, und ich kannte die meisten vom Sehen oder sogar mit Namen. Warum kannte ich ihn dann nicht? Meine Hände zitterten, und ich machte einen Schritt nach links, damit ich um ihn herumsehen konnte. Konnte ich Mia seinetwegen verpasst haben?

Als Addie mir die Hand auf den Ellbogen legte, zuckte ich zusammen und hätte ihr fast die Nase gebrochen.

»Pass auf, Parker! He!«

»Oh, tut mir leid, Addie.« Ich änderte meine Position, damit ich gleichzeitig sie und die Treppe im Auge behalten konnte. Vorsichtig legte ich ihr die Hand auf die Schulter, bis sie mich schließlich ansah. »Bei dir alles okay? Hab ich dir wehgetan?«

Sie schüttelte den Kopf und rieb sich die Nasenspitze, die von der kalten Luft bereits rot war. »Was tust du hier?«

»Was meinst du?« Ich ließ den Arm sinken und warf einen weiteren Blick über ihre Schulter zur Treppe.

»Du starrst schon zur Tür, seit ich rausgekommen bin. Ich habe dich dreimal gerufen. Was ist los?«

»Nichts.« Ich zuckte mit den Achseln, und meine Augen wanderten zurück zur Treppe.

Sie machte einen Schritt zur Seite. »Wer ist es?«

»Was?«

»Auf wen wartest du?«

Ich suchte nach einer plausiblen Erklärung. »Jeff.«

»Oh.« Ich war erleichtert, dass ihre Stimme wieder normal klang. »Er hat Mia abgeholt und ist vor der letzten Stunde gegangen. Sie hat irgendeine Art von Therapie.«

Unwillkürlich schnellte mein Kopf zu ihr herum. »Ist sie in einem deiner Kurse?«

Sie biss sich kurz auf die Lippe, bevor sie sagte: »Oh … es ist Mia.«

»Was?« Verwirrt schüttelte ich den Kopf.

Finn kam zu uns spaziert und lehnte sich ebenfalls gegen das Auto. »Was ist Mia?« Er zog eine Dose Dr. Pepper aus seinem Rucksack und öffnete sie, bevor er sich an mich wandte: »Und warum reden wir schon wieder über sie?«

Ich ignorierte ihn und riss meine Wagentür auf.

»Parker mag sie«, sagte Addie mit sanfter Stimme. Ihr Gesicht war schwierig zu lesen, wie immer.

Finn trank einen großen Schluck, dann grinste er. »Ja? Kommt jetzt der Teil, wo wir ›verliebt, verlobt, verheiratet‹ singen?«

Ich schüttelte den Kopf, verärgert über die Wendung, die das Gespräch genommen hatte. »Wir sehen uns morgen.«

»Bis dann«, schaffte Finn mit dem Mund voll Dr. Pepper zu sagen.

Addie winkte, ohne mich direkt anzusehen, und drehte sich weg.

Als ich auf meinen abgewetzten Ledersitz glitt, sah ich Addie, die Finn gegen die Schulter boxte, während sie zum Haupteingang der Schule marschierten. Ich war froh, dass sie heute Schwimmtraining hatte und Finn in der Bibliothek Nachhilfe gab. Mein Gehirn schwirrte noch von den vergangenen achtundvierzig Stunden, und ich brauchte Zeit zum Nachdenken – allein.

Meine Chance auf echten Schlaf hatte ich heute vertan. Realistisch betrachtet konnten Mias Träume nicht jede Nacht gleich sein, aber bisher schienen sie zumindest ein Muster aufzuweisen. Ich konnte es nicht mit Sicherheit sagen, aber … ihre Träume könnten womöglich meine Rettung sein.

Die Angst um meine Zukunft war allgegenwärtig. Alles, was ich sagte, tat und sogar dachte, war davon betroffen. Seit Jahren verlor ich an Kraft und schulterte die Furcht allein.

Jetzt hatte sich alles verändert. Vielleicht gab es eine Antwort. Vielleicht lautete sie Mia. Fieberhafte Hoffnung und Verlangen erfüllten plötzlich die Leere in mir. Ich versuchte, die unterschwellige Angst auszublenden, die immer noch tief in mir verwurzelt war.

Es spielte keine Rolle. Nichts spielte mehr eine Rolle außer der Möglichkeit einer anderen Zukunft.

Die Frau an der Kasse hatte blassgrüne Augen. Ähnlich wie bei Gras im Winter schien irgendetwas die Leuchtkraft aus ihnen gesaugt zu haben. Sie war traurig, selbst als sie nickte und mir einen schönen Tag wünschte. Auf ihrem Namensschild stand *Agnes*, und sie hatte es mit kleinen blauen Blumenstickern beklebt. Ich wollte ihr eigentlich nicht in die Augen sehen, aber machte es denn überhaupt einen Unterschied, wessen Träume ich mir ansah? Wenn es nicht Mias waren, waren es auf jeden Fall schlechte Neuigkeiten, egal, wer der Träumer war. Ich runzelte die Stirn, während ich die Einkäufe, um die mich Mom gebeten hatte, in den Kofferraum meines Autos lud.

Sobald der Traum einsetzte, konnte ich sie spüren. Da ich nun wusste, wie es sich ohne die unterschiedlichen Schichten anfühlte, waren sie greifbarer denn je. Wie alle Träumer außer Mia hielt auch Agnes mich in ihren Träumen und fern von meinen eigenen gefangen.

Ich hasste sie und ihren nach Putzmittel stinkenden Traum. Mit aller Gewalt versuchte ich, dem Drang zu widerstehen, meinen Kopf – oder noch schlimmer, ihren – gegen den Boden zu schlagen, und bohrte mir die Fäuste in die Oberschenkel, bis ich spürte, wie die Wut verrauchte. Es war nicht ihre Schuld. Nichts von all dem war ihre Schuld.

Kinderstimmen hallten durch den Korridor. Im Fernsehen lief eine Quizshow, aber Agnes drehte kein einziges Mal den Kopf, um hinzusehen. Immer und immer wieder staubte sie den Tisch ab, obwohl das Zimmer makellos sauber war.

Das Bild war scharf wie eine Erinnerung, doch es gab ein paar Dinge, die sich überschnitten. Derselbe Stapel Untersetzer war an fünf verschiedenen Orten auf dem Couchtisch aus massiver Eiche zu sehen. Bei der Quizshow gab es jedes Mal, wenn ich hinsah, andere Kandidaten, aber jeder von ihnen schien gleichermaßen real. Es war, als würden sich verschiedene Erinnerungen überlappen.

Die Haustür öffnete sich, und ein untersetzter Mann in Hemd und Krawatte betrat das Wohnzimmer. Das Gefühl, das Agnes aussandte, veränderte sich so rasch, dass mir schwindlig wurde. Nackte Angst erfüllte meinen Körper vom Kopf bis zu den Zehen, und ich bereute jeden gewalttätigen Gedanken, den ich in Bezug auf sie gehabt hatte. Das Geräusch der Kinder am anderen Ende des Gangs verstummte, und ich hörte, wie sich eine Tür schloss.

»Hallo, Liebling.« Agnes versteckte ihren Staubwedel hinter dem Rücken. Von meiner Position aus konnte ich sehen, dass dic Federn in ihren zitternden Händen zuckten.

Der Mann grunzte und sank in den Lehnstuhl, der dem Fernseher am nächsten stand.

Agnes reichte ihm die Fernbedienung und räumte den Staubwedel in den Wandschrank. Innerhalb weniger Sekunden war sie mit einem kühlen Bier zurück.

Er schnappte es sich mit einem Nicken, ohne überhaupt in ihre Richtung zu schauen. »Was gibt's zum Abendessen?«

»Hackbraten«, antwortete sie und wich zurück in die Küche. »Er ist in ein paar Minuten fertig.«

Ihre Furcht war immer noch da, aber Agnes schien zuversichtlicher zu sein. Ich plumpste auf den Teppich und lehnte mich gegen die Holzvertäfelung an der Wand. Sie mochte sich vielleicht besser fühlen – ich aber nicht. Zweifellos hatte er sie schon einmal geschlagen. Die Zeichen waren unmissverständlich.

Agnes deckte den Tisch und rief die Kinder ins Wohnzimmer. Zwei blonde Kinder kamen den Flur hinabgelaufen. Der kleine Junge war ruhiger als alle Kinder, die ich jemals in meinem Leben gesehen hatte. Er konnte nicht älter als fünf sein. Seine Schwester war vielleicht ein oder zwei Jahre älter und schlich vor ihrem Bruder auf und ab. Es dauerte einen Moment, bis ich erkannte, dass sie sich zwischen ihren Bruder und ihren Dad schob.

Die Kinder setzten sich an den Tisch, und Agnes brachte ihrem Mann ein Tablett an den Sessel. Sie aßen schweigend. Alle am Tisch starrten stumm auf ihre Teller. Dann streckte Agnes den Arm aus, um ihrem Sohn Milch in den Becher zu füllen. Er hob ihn hoch, doch er glitt ihm versehentlich aus der Hand. Wie in Zeitlupe fiel das Glas auf den Tisch.

Panik zuckte wie ein Blitz durch den Raum. Noch bevor ich einmal blinzeln konnte, war das kleine Mädchen mit einem Geschirrtuch aus der Küche zurück. Der Junge starrte entsetzt auf das Glas, aber er gab kein Geräusch von sich, während ihm Tränen in die Augen schossen.

Agnes beeilte sich, alles aufzuwischen, aber sobald ihr Ehemann ihr einen Blick zuwarf, schickte sie die Kinder aus dem Zimmer. Ich hörte das leise Schniefen der beiden im Gang, während Agnes das Durcheinander mit zitternden Fingern zu beseitigen versuchte.

»Es tut mir leid, Ray.«

Er seufzte und drückte auf der Fernbedienung des Festplattenrekorders auf Pause. Als er aufstand, stellte ich mich ihm in den Weg. Ich wollte das nicht sehen. *Bitte, keinen Schritt weiter*.

Aber er war ein Teil des Traums, und ich war nur ein Traumseher. Er marschierte direkt durch mich hindurch, und ich spürte überhaupt nichts. Ich kniete mich auf den Boden, völlig hilflos, und wünschte, ich hätte in die Augen irgendeines anderen Menschen als dieser armen Frau gesehen.

»Alles, worum ich dich bitte, ist, dass es sauber ist.« Seine Stimme grollte tief, und Agnes' Angst stieg ins Unermessliche, während sie vor ihm zurücktaumelte. Er packte sie an der Schulter und stieß sie gegen die Wand. Ich beobachtete, wie sie zu Boden glitt. Mein Arm explodierte mit ihrem Schmerz, aber ich rührte mich nicht und zuckte auch nicht zusammen. Sie schrie nicht laut auf, und ich wollte gemeinsam mit ihr stark sein, mit ihr und für sie … obwohl sie nicht einmal wusste, dass ich hier war.

»Ich weiß. Es war ein Unfall. Es tut mir so leid.«

Er packte sie am Kinn, krallte sich in ihrer Kehle fest und zerrte sie auf die Beine. »Willst du etwa nicht, dass ich glücklich bin?«

Sie nickte und rang nach Atem, bevor er sie wieder zu Boden schleuderte. Mir tat alles weh, und das nicht nur am Körper. Wir schnappten im Gleichklang nach Luft, und ich spürte, wie der Wille zu kämpfen aus meinem Körper sickerte, so wie er auch aus Agnes verschwunden war.

»Tu das ja nie wieder!« Er ging zurück zu seinem Lehnstuhl und drückte auf die Fernbedienung.

Agnes flüsterte: »Das werde ich nicht.« Hastig wischte sie sich die Tränen von den Wangen und stand taumelnd auf. Oben an ihrer Ohrmuschel hatte sie eine blutende Wunde, und an ihrem Hals sah ich den roten Handabdruck ihres Mannes. Mit zitternden Fingern löste sie ihren Dutt und versuchte, ihre dünnen braunen Haare so zu drapieren, dass sie ihren Hals und ihr Ohr bedeckten. Vorsichtig stapelte sie die Teller und eilte den Korridor hinab zum Kinderzimmer.

Als der Traum verblasste und in einen anderen über ihre Arbeit überging, ballte ich die Fäuste und presste sie gegen meine Stirn. Es war zu schlimm. Die Menschen hatten dunkle, verstörende Geheimnisse, und jedes Mal, wenn ich in ihre Gedanken eindrang, wurde auch in mir etwas dunkler. Ich spürte die Finsternis, die sich aus den Albträumen der anderen in mein Gehirn hineinwand. Wie lange würde es noch dauern, bis sie mich veränderte – meine Vorstellung von dem, was normal war?

Oder hatte sie das bereits?

Als ich erwachte, war mein Körper schweißbedeckt, und von diesem Moment an ging es stetig bergab. Ich konnte nicht einmal an Essen denken, ohne mich übergeben zu wollen, und ich konnte auch nicht aufhören zu zittern. Es war viel schlimmer als jede Grippe, die ich jemals gehabt hatte.

Der frühmorgendliche Regen fiel in dunstigen Tropfen auf meine Windschutzscheibe, während ich die Schatten vor dem Supermarkt beobachtete, die sich auf unnatürliche Art verzerrten. Beinahe konnte ich Dinge in ihnen sehen, die sich bewegten, durch sie hindurchglitten – Dinge, die nicht echt sein konnten. Ich schauderte, als mich das hell erleuchtete Innere des Ladens zu sich rief. Hoffentlich konnten mir die Schatten nicht hineinfolgen, aber das, was ich dort drinnen vorhatte, war nicht weniger beängstigend.

Meine Hände bebten so heftig, dass ich die Arme verschränken und meine Ellbogen an die Seiten pressen musste. In Mias Träumen zu schlafen schien das Zittern zu lindern, aber jetzt, nach nur einer Nacht ohne sie, war es mit voller Wucht zurück. Ich wollte nicht darüber nachdenken, was es bedeuten mochte, wenn ich sie heute schon wieder verpassen würde … oder sich ihre Träume heute Nacht veränderten.

Zu dieser frühen Tageszeit war der Laden fast leer. Ich hatte noch zwanzig Minuten, bevor ich in die Schule musste. Dann schluckte ich schwer und klopfte Agnes auf die Schulter. Sie wirbelte herum, und ihr erschrockenes Gesicht verzog sich zu einem mitleidvollen Lächeln, als sie mich sah.

Agnes – Träume voller Schläge und Gewalt.

»Oh, Kleiner, du siehst aber nicht besonders gut aus. Brauchst du eine Apotheke?«

Seit ich aufgewacht war, hatte ich mich gefragt, wie ich mich ihr nähern sollte. Ich konnte Mr. Flints Ehefrau nicht mehr helfen – sie war bereits tot –, aber Agnes war es nicht. Ich hatte die Nase voll davon, hilflos zu sein, hatte die Nase voll davon, meinen Fluch stillschweigend hinzunehmen, der mich gegen meinen Willen lebendig in diesem Albtraum gefangen hielt.

Dieses Mal würde ich etwas tun.

Meine Kiefer waren so fest aufeinandergepresst, dass ich nicht reden konnte. Das Papier in meiner Hand mischte sich ein. *Ich* mischte mich in den privatesten Teil ihres Lebens ein. Meine Hand zitterte, als ich Agnes die Liste mit Frauenhäusern und Anlaufstellen gab, die ich sofort nach dem Aufstehen ausgedruckt hatte.

»Das ist eine Liste von Stellen, die Ihnen helfen können.«

Verwirrung machte sich in ihrem Gesicht breit, als sie das Blatt nahm und einen Blick darauf warf. In Sekundenschnelle schoss ihre Hand zu ihrem Mund, und sie schüttelte den Kopf.

»Agnes, dort sind Sie in Sicherheit«, flüsterte ich. Meine Arme sanken hinab.

»Ich weiß nicht, wovon du sprichst«, murmelte sie. Als sie den Blick auf mich richtete, sah ich die schmerzhafte Demütigung in ihren Augen. »Wer bist du?«

Ich schüttelte den Kopf, wusste nicht, was ich sagen sollte. Agnes drückte das Blatt Papier gegen meine Brust und versuchte sich wegzudrehen. Ich streckte die Hand aus, um ihre Schulter zu berühren, aber sie zuckte zusammen, und ich ließ es sein. Das war genau das, wovor ich Angst gehabt hatte. Wie sollte ich ihr helfen? Ich konnte nicht einmal erklären, woher ich von ihrem Schicksal wusste.

Ich schritt um ihre Kasse herum und legte das Papier auf das Laufband.

»Für den Fall, dass Sie Ihre Meinung ändern.« Dann drehte ich mich um und ging aus dem Laden in den Nieselregen hinaus.

Sobald ich am Wagen war, trat ich frustriert gegen die Reifen. Ich legte die Stirn gegen das kalte, nasse Metall der Tür und versuchte, eine weitere Welle der Übelkeit niederzukämpfen. Warum offenbarte mir dieser Fluch die Geheimnisse der Menschen, ohne dass ich ihnen helfen konnte?

Ich konnte mir keinen Reim darauf machen, aber es schien fast so, als würde der echte Schlaf durch Mias Träume einen Rebound-Effekt mit sich bringen, denn mein Gesundheitszustand verschlechterte sich dramatisch. Wenn das stimmte, musste ich so oft wie möglich in Mias Träume gelangen, bevor es noch schlimmer wurde.

Ich stieg ein und startete den Wagen. Als ich vom Parkplatz fuhr, sah ich Agnes in dem kleinen Gässchen neben dem Laden. Sie lehnte an dem Backsteingebäude, nass und schluchzend, mein Blatt Papier fest an die Brust gepresst.

Zumindest wusste ich, dass sie es behalten hatte.

9

»Es geht um Fußball, Mrs. Cooper.« Ich lächelte und hielt Augenkontakt, während ich ihr eine fette Lüge auftischte. »Ich wollte mit Mia wegen der kommenden Saison sprechen.«

Nach Agnes hatte ich keinerlei Skrupel mehr zu lügen, wenn ich dadurch weiteren schrecklichen Träumen entgehen konnte. Ich konnte so nicht leben – nicht wenn ich wusste, dass es eine Alternative gab.

Vergangenen Monat hatte mir Mr. Nelson die Aufgabe übertragen, einer der Sekretärinnen, nämlich Mrs. Cooper, nach der Schule beim Sortieren von Anmeldeformularen zu helfen. Sie träumte von Fußballspielen an der Schule, war ein eingefleischter Fan.

Einen Moment lang wippte ihr brünetter Kopf auf und ab, und ihr strenger Dutt wackelte bei jeder Bewegung mit. Sie schien verwirrt zu sein. »Und warum kannst du Mrs. Greene nicht selbst nach ihrem Stundenplan fragen?«

»Das ist ja das Problem. Ich kann sie nirgends finden. Hätte ich ihren Stundenplan, dann könnte ich sie zumindest irgendwo abpassen.« Ich warf wieder einen Blick auf die Uhr und hoffte, ich könnte Mrs. Cooper überzeugen, bevor Mia in ihre nächste Klasse ging. Der Geruch nach

Toner und Papier durchdrang das Büro. Mir drehte sich bereits der Magen um vor Nervosität, und der Geruch machte es noch schlimmer. Im Augenblick war ich der einzige Schüler im Raum, aber in wenigen Minuten würde es klingeln, und dann wäre das Sekretariat gerammelt voll.

»Ja, nun ... hm ...« Die Schulsekretärin richtete ihre Aufmerksamkeit auf ihren hellblauen Pullover und zupfte sich einen Fussel von der Vorderseite. Ich musste meine Taktik ändern.

»Ich verstehe.« Resigniert hob ich die Hände und machte einen Schritt zurück. »Ich meine, da gibt es wahrscheinlich Probleme wegen dem Datenschutz und so. Ich wollte nur mit ihr darüber reden, dass wir ein weiteres gemeinsames Training anberaumen sollten. Es wäre toll, wenn wir uns gegenseitig unterstützen können. Sie wissen schon, um dieses Jahr mit beiden Teams die Landesmeisterschaften zu gewinnen.«

Mrs. Coopers Augen wurden einen Moment lang glasig. Ich kannte ihren Schwachpunkt. Keine Schule in unserem Bundesstaat hatte seit über dreißig Jahren gleichzeitig den Titel mit den Mädchen *und* Jungen geholt.

»Mal sehen, ob ich sie auch allein finde.« Ich zuckte mit den Achseln und warf mir den Rucksack über die Schultern. »Ihnen einen schönen Tag, Mrs. Cooper.«

»Nun ja ...« Mit einem Räuspern drehte sie sich zu ihrer Tastatur zurück. »Ich meine, wenn es um das Wohl des Schulsports geht ...«

Das Blatt Papier, das durch den Drucker kam, schien mich geradezu anzuschreien. Alles um mich herum erstarrte, während es sich Zentimeter um Zentimeter den

Weg nach draußen bahnte. Endlich war der Ausdruck fertig, und die Sekretärin reichte ihn mir mit einem verschlagenen Grinsen. »Ihr schafft es, Boulders.«

»Vielen Dank.« Als mehrere Schüler zum Schreibtisch stürmten, schlich ich zur anderen Seite des Büros. Ich war derart darauf konzentriert gewesen, Mias Stundenplan zu ergattern, dass ich das Klingeln überhört haben musste. Doch so voll, wie es draußen im Gang war, musste es längst geläutet haben.

Mia hatte als Nächstes Sport. So sehr ich sie auch sehen wollte, wäre es wohl keine gute Idee, einfach in die Mädchenumkleide zu spazieren. Ich musste Geduld haben. Nur ein einziger Blick in ihre Augen, und schon wäre ich in der Lage, wieder in ihre Träume einzutauchen.

Vorsichtig faltete ich das Blatt zusammen und öffnete meinen Rucksack. Nachdem ich eine Weile meine Stifte und Unterlagen umgeschichtet hatte, fand ich eine Mappe und steckte den Stundenplan vorsichtig hinein. Er war meine Rettungsleine – die letzte Flasche Wasser in der Wüste.

Als ich den Kopf hob, sah ich Jeff Sparks, der mich mit seinem Blick durchbohrte. Etwas an seinem Ausdruck verriet mir, dass er einen Teil meiner Unterhaltung mit Mrs. Cooper mitbekommen hatte. Ich zwang mich, ihm trotz des schuldbewussten Schauders, der mir den Rücken hinablief, in die Augen zu sehen. Es machte die Sache nicht gerade leichter, dass Thor hinter ihm stand, blutrünstig und kampfbereit wie immer.

»Hi. Alles klar?«

»Was machst du da?« Jeffs Ton war beiläufig, während er die Mappe beäugte, die immer noch aus meinem Rucksack lugte. Er wusste *genau*, was ich getan hatte.

»Musste mich nur um ein paar Probleme mit meinem Stundenplan kümmern.«

»Hm-hm, ich verstehe.« Er bückte sich und ließ seine Tasche zu Boden gleiten. Alles an ihm war so relaxt. Ich fragte mich, ob mir mein schlechtes Gewissen nur einen Streich spielte. Vielleicht hatte er gar keine Ahnung. »Jetzt alles okay?«

»Ja, ich denke schon.« Ich ging einen Schritt auf die Tür zu, doch im nächsten Moment hatte er mir den Weg versperrt.

Er packte meine Schulter mit einer Hand und drückte sich näher an mich. Alles Ungezwungene in seinem Gesicht war verschwunden, und meine Muskeln spannten sich blitzschnell an. »Parker, sei auf der Hut. Ich glaube, du …«

»Parker?« Addies Stimme kam von hinter dem Schalter. »Du siehst blass aus. Bei dir alles in Ordnung?«

»Ja, mir geht's gut.« Ich nickte und versuchte, gesund auszusehen … bis ich merkte, dass ich überhaupt nicht mehr wusste, wie das ging.

Jeffs Gesicht zeigte prompt wieder ein Grinsen. Er ließ die Hand zurück an seine Seite gleiten und hob seine Tasche auf. »Hi, Addie. Was tust du da hinten?«

Ihr Lächeln ließ mich tief Luft holen. »Ich bin diese Stunde Schwesternhelferin.«

»Oh, wie cool!« Jeffs Grinsen wurde breiter, er zwinkerte ihr zu. »Dann weiß ich ja jetzt, an wen ich mich für meine Doktorspielchen wenden muss.«

Ich mochte Jeff auf dem Fußballfeld, aber wenn ich mitbekam, wie er sich in Anwesenheit von Mädchen aufführte, schüttelte es mich. Dass er diese Worte an Addie gerichtet hatte, ließ den Wunsch in mir aufkommen, *ihn* fest zu schütteln.

Lachend verdrehte Addie die Augen. »Ja klar. Sicher. Nur in deinen Träumen.« Sie trat hinter dem Schreibtisch hervor und stellte sich neben mich. Ihre Hand strich für einen Moment über meinen Handrücken, und ich versuchte angestrengt, meine Atmung unter Kontrolle zu bekommen. »Solltet ihr zwei nicht im Unterricht sein oder so?«

Jeff zwinkerte und legte ihr den Arm um die Schulter. »Oder so.«

Addie sah mich an, und diesmal hatte ich eine ziemlich klare Vorstellung davon, was sie dachte. Ich unterdrückte ein Lachen. Jeff hatte sich die falsche Zehntklässlerin ausgesucht. Sie packte seine Hand und wirbelte wie eine Ballerina unter seinem Arm hindurch, bevor sie hinter den Schalter trat und in Jeffs Richtung sagte: »Ich lasse Mindy wissen, dass du wieder an Doktorspielchen interessiert bist. Sie ist nächste Stunde Schwesternhelferin, nicht wahr?« Addie stützte die Ellbogen auf die Holzplatte, setzte eine fast schon ins Lächerliche gehende Unschuldsmiene auf, klimperte mit den Wimpern und zwinkerte ihm dann zu. »Wie ich gehört habe, hat das Krankenzimmer deine Initialen quasi in den Türrahmen eingeritzt.«

Ich hustete bei dem erschrockenen Ausdruck auf Jeffs Gesicht, doch Addie ließ sich nichts anmerken. Mindy war Jeffs Immer-mal-wieder-Cheerleader-Freundin und berühmt für ihre spektakulären Eifersuchtsanfälle. Jeder wusste, dass sie beim letzten Mal, als er ein anderes Mädchen geküsst hatte, die Fahrerseite seines Autos mit einem Schlüssel bearbeitet hatte, auch wenn sie das nie zugegeben hatte.

Jeff räusperte sich und versuchte, die peinliche Angelegenheit mit einem Lachen abzutun, gerade als der Gong ertönte.

»Äh, ich sollte jetzt gehen.« Ich hatte eine Freistunde und war deshalb nicht in Eile, aber das wussten die beiden nicht. Außerdem wurde Addie locker mit Jeff fertig, selbst mit gefesselten Händen und während sie sich gleichzeitig die Nägel lackierte. »Dann bis später!«

Addie winkte mir matt zu, und ich drehte mich hastig um und marschierte aus der Tür. Da rief mir Jeff nach: »Morgen nach der Schule Training, nicht vergessen!«

Als ich zu meinem Spind kam, griff ich in die Mappe und holte das Blatt Papier heraus, für das ich gelogen hatte. Vorsichtig faltete ich Mias Stundenplan und steckte ihn in die Hosentasche. Ihn dort zu spüren gab mir ein Gefühl der Sicherheit. Ich würde eine Lösung finden. Alles würde gut werden.

Der Spiegel hinter der Glasvitrine mit den Pokalen sprang mir wieder ins Auge, doch mein Spiegelbild ähnelte mir kein bisschen. Ein Schaudern packte mich. Der Kerl, den ich dort sah … seine Augen waren kalt, berechnend … und verzweifelt.

Nachdem ich mir mit den Händen übers Gesicht gerieben hatte, starrte ich erneut mein Spiegelbild an. Jetzt sah es wieder aus wie ich. Eine optische Täuschung? Oder hatte mich Mia bereits mehr verändert, als ich gedacht hätte?

»Mia?«

Ihre marineblauen Augen trafen meine, und eine sofortige Welle der Erleichterung spülte über mich hinweg. Jede Lüge, die ich heute Morgen im Sekretariat erzählt hatte, war diesen einen Moment wert gewesen. Ich hatte Blickkontakt mit ihr gehabt. Wenn es mir nun gelänge, den ganzen restlichen Tag über niemand anderem in die Augen zu sehen, hätte ich es geschafft.

Allerdings war gerade einmal Mittag. Vielleicht war der Plan doch nicht ganz ausgereift.

»Oh, hi.« Sie schaute nach unten und spießte eine Kartoffel von ihrem Tablett auf.

Ich nahm in der Cafeteria ihr gegenüber am Tisch Platz, berauscht von dem Adrenalin, das durch meine Adern floss. Kein stilles Hinnehmen mehr all der qualvollen Tiefschläge, die mir der Fluch verpasst hatte. Es war an der Zeit, dass ich die Kontrolle übernahm. Heute Nacht würde ich Mias Träume erleben.

Mit einem Blick auf meine Hände hielt sie unvermittelt inne und ließ das Stück Kartoffel sinken, das sie sich gerade in den Mund hatte schieben wollen. »Isst du denn nichts?«

»Oh.« Meine Augen glitten zu meinen leeren Händen, die wieder zitterten. Sie bebten immer noch gegen meine Beine, als ich sie rasch in die Taschen meiner weiten Jeans stopfte und zur Mittagessensschlange hinüberspähte. Wann hatte ich das letzte Mal etwas gegessen? Gestern Mittag? Der Versuch, mich zu erinnern, endete mit schrecklichen Kopfschmerzen. Aber das spielte keine Rolle.

»Ich bin nicht hungrig.« Die Worte kamen wie ein Grunzen aus mir heraus; ich war selbst überrascht. Ich erkannte meine eigene Stimme nicht wieder.

Sie hob eine Augenbraue, sagte aber nichts, während sie weiteraß.

Die Geräusche in der Cafeteria umgaben uns, das Klappern von Geschirr, Menschen, die sich unterhielten. Ich hätte mir am liebsten in den Hintern getreten, weil ich die Sache nicht besser durchdacht hatte. Meine gesamte Aufmerksamkeit war allein darauf gerichtet gewesen, sie zu finden und Blickkontakt aufzunehmen – ohne mir die nächsten Schritte zu überlegen.

»Also …« Ich räusperte mich. »Du spielst gern Fußball.«

Mia hörte auf zu essen und neigte den Kopf leicht zur Seite. »Wow, du bist ein echter Detektiv. Wie hast du das nur herausgefunden?«

»Oh, ja.« Ich lachte gekünstelt. Die peinliche Stille, die folgte, ließ meine Hände wieder feuchtkalt kleben, während ich in meinem Kopf verzweifelt nach irgendeinem anderen Gesprächsthema kramte. Das konnte doch nicht so schwierig sein. Ich redete andauernd mit Mädchen und hatte nie solche Schwierigkeiten. Vielleicht lag die Sache bei Mia anders, weil es das erste Mal seit sehr langer Zeit war, dass ich von jemandem etwas wollte – nein, sogar unbedingt brauchte.

Nach ein paar Minuten schüttelte sie leicht den Kopf und blickte sich um. Dann beugte sie sich vor und flüsterte: »Hör mal, du scheinst ein netter Kerl zu sein. Aber was auch immer du einschmeißt – ich bin nicht interessiert, und du solltest auch damit aufhören. Du siehst echt fertig aus.«

Ich blinzelte fassungslos. »Warte mal, ich nehme keine …«

Mia stand auf, und ihre Augen wirkten traurig. Sie zuckte mit den Schultern. »Geht mich ja auch nichts an, ich sage bloß … Entzug.« Dann nahm sie ihr Tablett und ging weg.

Seufzend starrte ich ihr eine Minute lang nach.

Entzug.

Ich schüttelte den Kopf und wünschte, es wäre so leicht.

Der Rest des Nachmittags war schrecklich. Ich war gut darin, Lehrern das Gefühl zu geben, ich würde ihnen zuhören, ohne direkten Augenkontakt zu ihnen aufzunehmen, aber bei Finn hatte ich das noch nie vortäuschen müssen. Bei Lehrern musste ich einfach nur ganz hinten sitzen, und vom anderen Ende des Klassenzimmers aus konnten sie nicht wissen, ob ich ihnen in die Augen oder auf ihre Stirn sah. Außerdem hatte ich mittelprächtige Noten, weshalb sie es ohnehin nicht kümmerte.

Finn hingegen war viel aufmerksamer, als ich ihm zutraute.

Ich rieb mir ständig die Augen, um ihn nicht direkt ansehen zu müssen. Nachdem er zum dritten Mal fragte: »Was zum Teufel ist denn mit deinen Augen los?«, gab ich schließlich auf.

»Mir geht's nicht so gut. Ich glaube, ich muss nach Hause.«

Finn runzelte die Stirn, nickte jedoch, und ich verschwand Richtung Parkplatz.

Auf dem Weg zum Auto kickte ich einen Stein weg. Er erinnerte mich an mein Leben, während er hin und her hüpfte, um das Gleichgewicht zu finden – ein unmögliches Unterfangen, wo selbst die kleinste Unebenheit im Asphalt seine Richtung ändern und ihn auf ein neues Ziel zustürzen ließ.

Auf gar keinen Fall wollte ich mir Probleme mit Finn einhandeln. Dieses Mal würde er der Sache noch keine große Bedeutung beimessen, aber für die Zukunft bräuchte ich einen besseren Plan.

Nach zwei Nächten in Mias Träumen knallte meine Spindtür scheppernd zu, und Finn grinste mich von der anderen Seite an. Der Aufdruck auf seinem T-Shirt lautete: *Ich bin schizophren. Und ich auch.*

»Hi. Bist du heute ein bisschen weniger komisch drauf?«

»Was meinst du?« Ich lehnte mich zurück, blickte um ihn herum und suchte den Gang zum millionsten Mal an diesem Tag ab. Mia hätte längst hier entlangkommen müssen, aber sie war nirgends zu sehen.

»Nun ja, du führst dich in letzter Zeit irgendwie psycho auf. Vor zwei Tagen bist du nach Hause gegangen, weil du krank warst. Und dann bist du gestern einfach mitten am Tag verschwunden, hast Jeffs Training geschwänzt und Addie und mich ohne Mitfahrgelegenheit im Regen stehen gelassen.« Finn hob die Augenbrauen und bewegte den Kopf zur Seite, um mir die Sicht auf den Flur zu versperren. »Kein Problem. Ich meine, der nette Lastwagenfahrer, bei dem wir per Anhalter mitgefahren sind, schien fast normal zu sein – obwohl ich ein kleines bisschen Schiss hatte, als ich den Spaten und das Seil hinter den Sitzen bemerkt habe.«

»Tut mir leid, ja – mir geht's wieder besser. Danke«, murmelte ich. Ich trat um ihn herum und kniff die Augen zusammen.

Finns Hand stieß mich zurück zu den Schließfächern. Fest.

Ich drehte mich zu ihm. »Was soll das?« Er seufzte und sah zu den Menschen, die an uns vorbei den Gang hinabströmten. »Hör mal. Du musst damit aufhören.«

»Womit aufhören? Du bist derjenige, der mich gegen die Wand gestoßen hat.«

»Das ist nicht gut.«

»Ich habe nicht den blassesten Schimmer, wovon du redest.«

»Diese ganze Mia-Besessenheit. Du musst sie in Ruhe lassen.«

»Was?«

Finn stöhnte auf und lehnte sich gegen einen Spind. »Du verwandelst dich allmählich in einen Irren. Ich versuche nur, dir zu helfen. Jedem fällt auf, dass du sie anstarrst und immer dort auftauchst, wo sie ist. Sie wird sich nie für dich interessieren, wenn du nicht aufhörst, dich wie ein verdammter Ted Bundy aufzuführen. Das wird sogar *mir* langsam unheimlich.«

Meine Fäuste ballten sich zusammen. »So ist das nicht.«

»Wie ist es dann, Parker? Was ist hier los? Du benimmst dich wirklich, wirklich eigenartig. Und wenn ich dir einen Rat geben darf: Mädchen mögen keine eigenartigen Jungs. Glaub mir, ich spreche aus Erfahrung.« Er warf mir ein schiefes Grinsen zu und trat einen Schritt zurück.

Wut brodelte in mir hoch. Er hatte keine Ahnung, was los war. Er würde niemals verstehen, wie sehr es schmerzte, wenn jede Zelle deines Körpers aufhörte, mit deinem Gehirn zu kommunizieren. Wie beängstigend es war, zu sterben und niemandem davon erzählen zu können. Wie konnte er sich anmaßen, mir vorschreiben zu wollen, was ich tun sollte?

»Du kannst das nicht verstehen, okay? Lass mich einfach in Ruhe.«

Ich hatte die Schnauze voll. Er hatte mich nicht ernst genommen, als ich ihm damals von meinem Fluch erzählt hatte. Jetzt würde ich es nicht noch einmal versuchen. Er musste die Sache einfach auf sich beruhen lassen.

Als ich mich wegdrehen wollte, wurde ich von seiner Hand auf der Schulter gestoppt. Mein Zorn entlud sich schlagartig. Ich wirbelte herum und holte ohne nachzudenken aus. Erst nachdem ich den Schmerz spürte, der durch meine Finger zu der Stelle ausstrahlte, wo meine Hand seine Wange berührte, begriff ich, was ich getan hatte.

Finn prallte rücklings gegen den Spind, die Augen weit aufgerissen. Ein Keuchen hallte durch den Korridor, und der Schreck in Finns Gesicht brachte mich jäh auf den Boden zurück. Seine Wange hatte bereits einen leuchtenden Rotton angenommen, und ein paar Tropfen Blut sickerten aus der Wunde, wo seine Schläfe gegen den Spind geknallt war. Ich spürte, wie mein Mund aufklappte, und dann schloss ich ihn wieder, als sich meine Wut mit einem plötzlichen Anflug von Reue mischte. Die beiden Gefühle trafen aufeinander und ließen mich in einem inneren Widerstreit zurück. Ich hatte ihn nicht schlagen wollen, aber es war auch nicht so, als hätte er es nicht verdient.

Finn schüttelte den Kopf und stellte sich kerzengerade hin. »Was zum Teufel ist in dich gefahren? Du kannst dich gern wieder melden, wenn du dich entschieden hast, dich nicht mehr wie ein Arschloch zu benehmen.«

Als er davonging, war sein Rücken so steif, dass er überhaupt nicht mehr wie er selbst aussah. Aus irgendeinem

Grund stimmte mich das trauriger als alles andere. Ich blickte mich um und sah, dass alle um mich herum wie festgefroren dastanden und mich neugierig anstarrten.

»Was?«, rief ich.

Wie auf ein Stichwort fand die Zuschauermenge etwas Interessanteres zum Anschauen, und flüsternd machte sie sich auf den Weg in ihre Klassen.

Dann war ich wieder allein – und fühlte mich auch so.

Ich lehnte mich gegen meinen Spind und wartete darauf, dass sich mein Puls und meine Atmung wieder normalisierten. Was war nur los mit mir? Das war nicht ich. Finn hatte das nicht verdient. Was hatte ich mir nur dabei gedacht? Ich stellte Dinge an, die ich nie getan hätte, bevor Mia in mein Leben getreten war. Ich war außer Rand und Band. Schon die ganze Woche konnte ich an nichts anderes denken, als sie wiederzusehen, und war unfähig, mich auf meine Kurse zu konzentrieren. Ich hatte ihren Stundenplan auswendig gelernt, brauchte jedoch das zerknitterte Blatt Papier in meiner Hosentasche, um mich sicher zu fühlen. Nichts war mehr von Bedeutung, wenn es mir nicht gelang, sie zu sehen.

Fühlte sich eine Sucht so an?

Ich war so lange ohne richtigen Schlaf ausgekommen, dass ich vergessen hatte, wie unglaublich gut er tat. Und nun, da ich einen Vorgeschmack bekommen hatte, war ich süchtig danach. Meine Situation war im Grunde viel schlimmer, als ich gedacht hätte.

Ich trat einen Schritt vor und erhaschte im Spiegel der Glasvitrine mit den Pokalen eine Bewegung. Als ich den Blick hob, erkannte ich zwei Gestalten statt einer: mich und einen Kerl, der genau hinter mir stand.

Ich wirbelte herum, aber da war niemand. Ich war allein im Gang.

Mein Herzschlag dröhnte in meinen Ohren. Mit einer langsamen Kreisbewegung drehte ich mich zurück zum Spiegel, doch diesmal war nur ich zu sehen. Mein Spiegelbild war blass und keuchte auf. Zum allerersten Mal sah ich so verängstigt aus, wie ich mich fühlte. Allmählich begann ich, diesen Spiegel zu hassen.

Nachdem ich tief Atem geholt hatte, marschierte ich in meinen nächsten Kurs. Verzweifelt versuchte ich, das eisige Gefühl in meiner Magengegend abzuschütteln, und rieb mit der Handfläche über die kleine Ausbuchtung in meiner Tasche, in der Mias Stundenplan steckte.

Koste es, was es wolle, ich musste schlafen.

10

Während des Wochenendes hatte ich Mittel und Wege gefunden, Augenkontakt mit Mia herzustellen, doch am nächsten Tag in der Schule verpasste ich sie. Als der Gong den Schulschluss einläutete, versuchte ich, nicht über die Entzugserscheinungen nachzudenken, die mich wie ein Sattelschlepper überrollen würden, falls ich sie nicht aufspüren konnte.

Mit Wucht schoss ich den Fußball so fest, wie ich nur konnte. Er flog gute drei Meter über das Tor hinweg und hüpfte über den Grashügel dahinter. Jeffs Fußballtraining hatte keinerlei Priorität mehr für mich, insbesondere nach dem, was mit Finn passiert war. Das Wort Training klang in meinen Ohren wie ein Schmerz, gegen den ich im Moment nicht ankämpfen konnte.

Doch Kicken war für mich immer der beste Weg gewesen, um Stress abzubauen. Jetzt war ich also hier und verfehlte das etwas krumme, verwaiste Tor in dem leeren Park ein paar Blocks von meinem Zuhause entfernt – wie erbärmlich. Gab es ein stärkeres Wort als frustriert? Inzwischen war ich längst darüber hinaus.

Ich saß eine Minute lang auf dem kalten, abgestorbenen Gras, während sich der Himmel über mir allmählich verdunkelte. Wessen Träume würde ich wohl heute Nacht sehen? Offensichtlich nicht Finns und bitte, o Gott, nicht die meiner Mom. In den vergangenen Monaten hatte ich mir zu häufig ihr buntes Potpourri aus Immobilien und Sorgen anschauen müssen. Doch ein zufälliger Fremder barg ein zu hohes Risiko. Das war schon verdammt oft ein Schuss in den Ofen gewesen.

Ich riss eine Handvoll gelb verfärbtes Gras aus und warf es hoch, aber es schwebte nur kurzzeitig in die Luft, bevor es auf den Boden zurückfiel. Nicht ansatzweise der brachiale Effekt, den ich mir vorgestellt hatte. Selbst meine Wutausbrüche waren mitleiderregend.

Ich hörte einen dumpfen Knall und blickte gerade noch rechtzeitig auf, um einem Fußball auszuweichen, der auf mein Gesicht zuflog – *mein* Fußball.

»Oh, ups.« Beim Klang von Mias Stimme klopfte mein Herz so laut, dass es jeden anderen Gedanken verdrängte.

»Ups«, wiederholte ich.

»Ich dachte, du wärst gut.« Sie ließ ihren eigenen Ball fallen und dribbelte ihn in meine Richtung. Ihren Füßen zuzusehen riss mich aus meinem Nebel heraus. Meine Muskeln spannten sich instinktiv an, und ich sprang auf.

»Ich bin gut.« Ich kam näher, ahmte ihre Bewegungen nach.

Mit einem schnellen, unerwarteten Ausfallschritt schwang sie das Bein nach links und schoss den Ball knapp außerhalb meiner Reichweite ins Tor hinter mir. Sie starrte mir in die Augen und runzelte die Stirn. »Vielleicht würde es helfen, wenn du zum Training kämst …«

Ich machte eine Drehung und rannte los, um beide Bälle zu holen. Nachdem ich ihr den Ball zurückgeworfen hatte, stellte ich mich hinter meinen. Direkter Augenkontakt mit ihr ließ mein Blut kochen. Ich brauchte einen Moment, um Atem zu schöpfen.

»Hat sich Jeff etwa beschwert?« Ich schloss die Augen und ließ meinen Körper die Kontrolle übernehmen. Bei Mias Antwort öffnete ich die Augen und betrachtete sie.

»Nicht bei mir, aber ich habe zufällig mitbekommen, wie er heute mit Mahoney gesprochen hat. Er war nicht gerade leise.« Sie schoss ihren Ball mit der Spitze ins Aus und forderte mich mit einem Wink auf, meinen näher zu bringen.

»Ich verstehe.« Ich hob meinen Ball auf und klemmte ihn mir unter den Arm, während ich auf sie zuschritt.

»Und, was genau ist es? Zu gut, um mit deinem Team zu trainieren, weshalb du es lieber allein tust?« Ihre Stirn legte sich in Falten, aber um ihre Mundwinkel zuckte ein Lächeln.

»Ja. Ich versuche, mich so wenig wie nötig unters gemeine Volk zu mischen.« Ich ließ den Ball vor mir zu Boden fallen, berührte ihn aber nicht – noch nicht. Ich wollte diesen Moment auskosten.

»Klingt sinnvoll.« Mia nickte, dann wurden ihre Augen kalt. »Mir ist zu Ohren gekommen, dass du dich heute mit Finn geprügelt hast. Deinem besten Freund? Nicht so cool … selbst für eine Berühmtheit wie dich.«

Ich spürte, wie sich die Muskeln in meinem Kiefer verkrampften, und brennende Wut flammte in mir auf. Statt zu antworten, konzentrierte ich mich auf den Ball und versuchte, meine Gefühle in Schach zu halten, bevor ich etwas sagte, das ich später bereuen würde.

Meine Muskeln bewegten sich automatisch. Sie waren

ein perfekt eingespieltes Team, um den Ball nach vorne zu kicken – von links nach rechts und rechts nach links, vor und zurück, dann wieder vor. Mias Augen beobachteten mich, und ihr Mund war fest zusammengepresst, als sie verstummte und versuchte, bei meiner Beinarbeit mitzuhalten.

Wir bewegten uns im Gleichschritt, und dann sah ich es – das kurze Aufblitzen des Triumphs in ihren Augen. Sie hatte eine Chance gewittert, aber ich auch. Ich täuschte nach links an, und sie schluckte den Köder. Als sie dorthin stürzte, wohin ich ihrer Meinung nach wollte, schnalzte ich den Ball um sie herum nach rechts und ins Tor.

Mia betrachtete mich eingehend, während ich mit dem Ball zurückkam, und verschränkte die Arme vor der Brust. Ihr Gesicht verdunkelte sich vor Verwirrung. »Du *bist* gut.«

»Danke. Du auch.«

»Ich weiß.« Mia rieb sich mit den Händen über die Arme. Die Sonne war untergegangen, und selbst mir wurde langsam kalt. »Ich verstehe dich einfach nicht, Parker. In der einen Minute bist du völlig normal, und in der nächsten führst du dich total verrückt auf.«

Mein Abwehrmechanismus gewann die Oberhand, und ich wurde wütend … mal wieder. Verrückt? Allmählich begann ich, dieses Wort zu hassen. »Was willst du von mir? Eine Erklärung? Ich habe keine.«

»Nein.« Ihr Gesichtsausdruck gefror, und sie joggte übers Feld, um ihren Ball zu holen. »Ich will, dass du darüber hinwegkommst. Akzeptier einfach, dass ich kein Interesse an dir habe. Halt mich aus deinem verkorksten Leben raus.«

»Ich wünschte, das wäre so einfach.« Mein Lachen kam so kalt und hart heraus, dass sie zusammenzuckte, und am liebsten hätte ich es sofort zurückgenommen. Stattdessen sagte ich leise: »*Du* hast es verkorkst.«

»Wie auch immer.« Mit gesenktem Blick wich sie ein paar Schritte zurück, bevor sie sich seufzend wegdrehte. Mit geballten Fäusten marschierte sie aus dem Park. Ich widerstand dem Drang, sie einzuholen und mich zu entschuldigen. Was hätte ich auch sagen sollen?

Die schweren Wolken, die sich über dem Rush Beach auftürmten, verdunkelten den Himmel lange vor Sonnenuntergang. Grüppchen von Schülern drängten sich um das Lagerfeuer und suchten die Wärme. Die Luft roch ranzig, wie alter Fisch in kochendem Wasser.

Nach vier Nächten Schlaf fühlte ich mich großartig. Ich lehnte mich nach hinten und streckte die Beine aus, die klamm vom nassen Sand waren. Wasser sickerte durch meine Jeans, doch das kümmerte mich nicht. Ich wollte noch nicht näher ans Feuer. Von hier hatte ich eine bessere Aussicht. Eigentlich hatte ich überhaupt nicht herkommen wollen – der Großteil des Teams hatte sich seit der Versammlung letzte Woche auf das Lagerfeuer gefreut, aber ich wäre nicht aufgetaucht, wäre ich Mia im Laufe des Tages über den Weg gelaufen. Das hier war meine letzte Chance.

Und es hatte sich gelohnt. Mia stand auf der anderen Seite des Feuers, in der Nähe der Bäume, und unterhielt sich lachend mit Addie. Ich hatte gar nicht mitbekommen, wie eng ihre Freundschaft in so kurzer Zeit geworden war. Wahrscheinlich weil Addie nicht mehr mit mir redete, seit sie wusste, dass ich Finn geschlagen hatte. Sie warf mir einen eisigen Blick zu, bevor sie mir den Rücken zuwandte.

Ich nahm eine Handvoll Sand und warf ihn so fest ich konnte in die Luft. Der Wind zerschnitt ihn in zwei Teile, bevor er zurück auf den Boden fiel. Entschuldigungen gehörten nicht gerade zu meinen Stärken, aber ich musste unbedingt mit Finn sprechen und ihm sagen, dass es mir leidtat. Ich wusste bloß nicht, wie ich ihm mein Verhalten erklären sollte. Ihm die Wahrheit zu sagen kam nicht infrage.

Zumindest sah mich Addie noch gelegentlich an. Finn hingegen hatte mich diese Woche keines einzigen Blickes gewürdigt. Jetzt stand er neben dem Lagerfeuer und unterhielt sich mit Anna Connors und Jasmine Blackwell. Addie und Jasmine waren in der Junior High unzertrennlich gewesen. Sie hatte mehr Albträume, in denen sie ertrank, als ich für gesund hielt, und immerhin war ich auf diesem Gebiet Experte. Sie am Strand zu sehen war sonderbar. Ich fragte mich, ob sonst noch jemand ihre nervösen Blicke in Richtung Wasser bemerkte.

Die weißen Buchstaben auf Finns dunklem Langarmshirt leuchteten im Schein des Feuers: *Gib mir ein Taschentuch. Ich hab die Nase voll.*

Unwillkürlich musste ich lachen, auch wenn ich vermutete, dass ich gemeint war. Als ich mich zurücklehnte, rieselte mir ein wenig Sand in den Kragen meines T-Shirts. Die Wolken hoch oben bewegten sich so schnell, es war fast hypnotisierend. Ab und an blitzte für einen Moment ein Stern auf, bevor sein Licht im nächsten von der aufgewühlten Wolkenmasse geschluckt wurde.

Ein paar Schüler hatten sich neben dem Feuer um einen

Tisch mit einem riesigen Bottich Punsch versammelt. Matt und Leroy vom Fußballteam hoben den Deckel an und gossen etwas hinein. Ich schüttelte den Kopf. Also keinen Punsch mehr für mich. Es war schon schwer genug, meinen Körper und Geist ohne irgendwelche Aufputschmittel unter Kontrolle zu halten.

Matt fing meinen Blick auf und kam zu mir herüber. Schwungvoll setzte ich mich auf und schaute aus Gewohnheit auf die Uhr. Es wurde spät, aber das spielte keine Rolle. Ich wusste, wessen Träume ich sehen wollte, und das würde mir auch gelingen. Matt hockte sich zwischen mich und das Feuer. Letztes Jahr hatten wir uns beim Training gut verstanden, doch ich war nicht hier, um mich zu unterhalten, und er versperrte mir die Sicht.

Ich hob einen schartigen Stein von der Größe meiner Faust auf und drückte ihn kurz. Das spitze Ende bohrte sich in meine Handfläche, und ich lockerte den Griff. Dann zog ich ihn durch den Sand und grub eine Furche zwischen Matt und mich. Jetzt verlief dort eine Grenze. Ich war von allen anderen getrennt. Konnte er das denn nicht sehen und mich einfach in Ruhe lassen?

»Was ist los mit dir?« Er nahm eine Handvoll Sand, ließ ihn durch die Finger gleiten und zerstörte meine Linie. Als ihm die Hälfte des Sands ins Gesicht blies, musste ich mich zwingen, nicht zu lachen.

»Was meinst du?«

»Du bist beim Training nicht aufgetaucht, und Jeff scheint sauer zu sein.« Er drehte sich zu mir.

»Und?«

»Hör mal, ich wollte dich nur warnen. Er meinte, wenn du dich nicht bis zum Saisonanfang in den Griff bekommst, wird er mit Coach Mahoney darüber reden, dich ersetzen zu lassen.« Nervös hin und her rutschend blickte er zum Wasser hinaus. »Ich finde bloß, du solltest nicht Ko-Kapitän sein, wenn du dir nicht mal die Mühe gibst, beim Training zu erscheinen.« Ich musterte ihn einen Moment, bevor ich mich zurücklehnte, um wieder freie Sicht auf Mia zu haben. »Du willst meinen Platz, Matt? Ist es das?«

Sein Gesicht wurde knallrot. Ich hatte also ins Schwarze getroffen. »Leck mich, Parker! Ich wollte dir nur helfen.« Er stand auf und ging zurück zum Feuer.

Es war nicht so, dass ich mir nichts aus Fußball machte. Und da sich meine Noten gerade im freien Fall befanden, wäre der Sport meine einzige Möglichkeit, aufs College zu gelangen. Ich hatte zwar nie wirklich daran geglaubt, dass ich so lange leben würde, doch nun, mit Mia, gab es eine realistische Chance. Und diese Aussicht war so viel wichtiger als Matt, der meinen Platz als Stammspieler einnehmen wollte, dass es fast lächerlich wirkte, überhaupt Zeit an diesen Gedanken zu verschwenden.

Mein Blick glitt zurück zu Mia, immer und immer wieder. Sie glich einem Magneten. Mein Plan war, sie abzupassen, sobald sie gehen wollte. Aber die Angst, sie könnte verschwinden, ohne dass ich ihr in die Augen gesehen hatte, schnürte mir die Luft ab. Dennoch konnte ich sie nicht ansprechen, solange Addie bei ihr war. Ihr Zorn war aus der Ferne schlimm genug. Aus der Nähe könnte ich ihn nicht ertragen, gerade da ich ihn verdiente.

Ich zog die Schultern hoch und ließ dann wieder locker, versuchte, die Anspannung in meinem Hals zu lösen, während ich meine Schuldgefühle beiseiteschob. Ich musste mich auf Mia konzentrieren.

Sie trug eine riesige Jacke, wahrscheinlich von Jeff geborgt. Es gefiel mir, wie ihre kleinen Hände kaum aus den langen Ärmeln herausschauten. Wäre ich nicht derart auf ihre Träume fixiert – und würde meine eigene Regel in Bezug auf Mädchen brechen –, hätte ich mich vielleicht auch aus anderen Gründen für sie interessiert. Aber wie die Sache stand, sollte ich mich wohl auf eine Sucht beschränken.

Ich bemerkte erst, dass ich sie mehrere Minuten lang angestarrt hatte, als ich Jeffs Blick auffing. Jetzt löste er sich von einer der Cheerleaderinnen und schweifte hinüber zu Mia, um mir die Sicht zu versperren. Er ergriff ihre Hand und versuchte sie Richtung Lagerfeuer zu ziehen.

Sie erstarrte und rührte sich keinen Zentimeter. Ihre Beine zitterten, und sie schüttelte heftig den Kopf. Addie legte Jeff lächelnd die Hand auf den Arm, flüsterte ihm etwas ins Ohr und drehte sich dann wieder zum Feuer. Jeff lachte, zuckte mit den Schultern und ging allein zurück.

Mein Arm begann wehzutun, und ich begriff, dass ich den Graben gedankenverloren immer weiter gebohrt hatte. Er war jetzt fast dreißig Zentimeter tief. Im Licht des Lagerfeuers glitzerte der Stein rot.

Als ich mich nach hinten abstützte, schoss mir ein bohrender Schmerz durch die Hand. Kleine Schnittwunden und ein paar rötlich-schwarze Blutstropfen waren zu sehen, so fest hatte ich den schartigen Rand des Steins umklammert. Ich hatte mir die Handfläche aufgeschürft und es nicht einmal bemerkt. Das Rot auf dem Stein war mein eigenes Blut.

Nachdem ich die Hände an meiner dunklen Jeans abgewischt hatte, versuchte ich vergeblich, Sand und Blut abzurubbeln. Warum brachte mich diese Mia-Sache derart aus dem Lot? Kaum zu glauben, dass es noch nicht einmal zwei Wochen her war, seit ich mich zum ersten Mal in ihre Träume begeben hatte. Manchmal hatte ich das Gefühl, nicht mehr derselbe Mensch zu sein. Wäre ich klüger, wäre ich die Sache ganz anders angegangen, geschickter, besser – aber das alles hatte mich völlig unvorbereitet getroffen.

Ich schaute gerade noch rechtzeitig auf, um zu sehen, wie Mia Addie zuwinkte und in Richtung Parkplatz verschwand. Hastig sprang ich auf und rannte los, um sie noch abzupassen. Ich brauchte nur eine Minute, einen Blick, dann würde ich sie gehen lassen.

Schlitternd kam ich vor ihr zum Stehen. Meine Füße waren zerkratzt und schmutzig, da ich vergessen hatte, mir am Strand die Schuhe wieder anzuziehen. Mia sprang beiseite und stieß ein leises Quietschen aus, bevor sie mich böse anfunkelte.

»Was zum Teufel stimmt nicht mit dir?«

»Tut mir leid, ich ...« Mein Kopf war vollkommen leer.

»Im Ernst, würde mir Addie nicht ständig versichern, dass du dich erst seit Kurzem so komisch aufführst, würde ich mich allmählich fragen, ob man dich nicht lieber einweisen sollte.« Sie lachte kurz, aber in ihrer Stimme klang ein scharfer Unterton mit, den ich bisher noch nie gehört hatte.

Ich müsste mich bei Addie bedanken, weil sie Partei für mich ergriff – falls sie je wieder mit mir sprach und trotz der Tatsche, dass in letzter Zeit tatsächlich vieles für eine Gummizelle und eine Zwangsjacke sprach. Ich legte die Hände auf meine Knie und tat so, als würde ich atemlos keuchen, um Zeit zu gewinnen und darüber nachzudenken, was ich sagen sollte.

»Hör mal, ich fühle mich echt geschmeichelt.« Mias Ton war nun eine Spur weicher. »Ich meine, du bist wirklich süß, aber lass uns ehrlich sein. Du tauchst überall auf, wo ich bin, und die Art, wie du dich benimmst – langsam flippe ich aus.«

Ich stellte mich gerade hin. »Was?«

»Komm schon, Parker. Meinst du wirklich, ich bemerke nicht, dass du mich anstarrst? Oder wie du am Wochenende zu uns nach Hause gekommen bist, um Jeff zu sprechen? Soll ich dir wirklich abnehmen, du hast nicht gewusst, dass er bei einer Besprechung mit Coach Mahoney war? Einer Besprechung, wie mir Jeff später erzählt hat, bei der du ebenfalls hättest sein sollen? Also echt.« Sie scharrte mit den Füßen und blickte weg. »Und gerade eben am Strand hatte ich das Gefühl, als würdest du mir mit deinem Blick ein Loch in den Kopf bohren.«

»Tut mir leid. Mir gefallen einfach nur deine … deine Augen?« Eigentlich hätte es eine Aussage sein sollen, keine Frage. Am liebsten hätte ich mich geohrfeigt.

Sie starrte mich ungerührt an. »Meine Augen?«

»Ja, du hast hübsche Augen.«

Mia errötete und blickte dann über meine Schulter. »Oh, vielen Dank.«

Mein Verstand suchte verzweifelt nach irgendetwas, um die Stille zu füllen. »Also, äh, ich habe gehört, du malst.«

Ich wusste sofort, dass es ein Fehler gewesen war. Ihre Träume waren meine einzige Quelle, aus der ich vom Malen wusste. Ich hoffte inständig, dass es überhaupt einen Bezug zur Realität gab.

Ihr Blick wurde eisig. »Da hast du wohl was Falsches gehört.« Sie schüttelte den Kopf und sah wieder weg. »Ich male nicht mehr.« Sie konzentrierte sich auf etwas hinter mir, und ihre Augen weiteten sich. Ihre Stimme war so leise, dass ich sie kaum verstand.

»Oh, oh.«

»Oh, oh, was?«, fragte ich, kurz bevor Thor mich an der Schulter packte und gegen die nächst gelegene Kiefer presste.

»Auch hallo.« Meine Augen konzentrierten sich auf seinen Hals, während ich versuchte, mich gegen seine Umklammerung zu wehren. Ich wusste nicht, warum er sich einmischte, aber da Jeff der einzige Mensch war, den er nicht zu hassen schien, war es wohl logisch. Jeff stand neben Thor, die Arme vor der Brust verschränkt.

»Lass ihn los.« Jeff seufzte und zerrte an Thors Arm, bis er mich wieder freigab. Jeff wirkte wütend, was jedoch nichts war im Vergleich zu dem Zorn, den sein Bodyguard ausstrahlte. »Mal ehrlich, Parker, was ist hier los?«

Meine Schulter schmerzte, wo sie gegen die raue Baumrinde geschrammt war. »Was meinst du? Was ist *sein* Problem?« Ich nickte in Richtung Thor, und er knurrte.

Jeff trat einen Schritt vor und schob mich ein Stück von der kleinen Menschenmenge fort, die sich um uns versammelt hatte. Er zog den Kopf ein und zwang mich, ihm in die Augen zu sehen.

Ich stopfte die Hände in die Hosentaschen, hauptsächlich um keinesfalls der Versuchung zu erliegen, Jeff zu erdrosseln.

»Merkst du denn nicht, dass du ihr Angst einjagst? Du musst einen Gang runterschalten. Alle haben es langsam satt, wie du dich in letzter Zeit aufführst.« Seine Augen funkelten, doch seine Stimme war ruhig. Ein weiteres Gefühl blitzte in ihnen auf, etwas Dunkles, aber es war verschwunden, bevor ich es richtig einordnen konnte.

»Jeff, mach nicht so einen Wirbel darum.« Von hinten drang Mias Stimme zu mir.

Ich suchte nach ihr, fand aber zuerst Addie. So hatte sie mich noch nie angesehen: voller Abscheu. Solange ihr Blick auf mir ruhte, fiel es mir unglaublich schwer, überhaupt ans Atmen zu denken.

Kopfschüttelnd drehte sich Addie um und stapfte zurück zum Feuer. Es kostete mich eine Sekunde, Mia zu finden. Unsere Augen trafen sich für den lebensrettenden Bruchteil einer Sekunde, bevor sie wegsah.

Jeff fuchtelte mit der Hand in ihre Richtung. »Geh heim, Mia.«

»Schön, ich wollte sowieso gerade los«, schnaubte Mia. »Nicht dass mich jemand nach meiner Meinung gefragt hätte, aber ich wünschte, ihr *alle* würdet mich in Ruhe lassen.«

Sie stürmte davon. Ich müsste ebenfalls bald aufbrechen, um niemand anderem versehentlich in die Augen zu sehen. Die Vorfreude auf eine weitere Nacht in Mias Träumen war zu verlockend, und ich wollte es auf keinen Fall vermasseln.

Einen Moment lang sagte niemand ein Wort. Jeff zuckte mit den Schultern und sah Mias Wagen nach, der aus dem Parkplatz scherte. Ich richtete die Augen auf den Boden. Die kleine Menschenansammlung am Rand des Strands wurde größer, beobachtete uns schweigend. Als ich bemerkte, dass auch Finn dabei war, entschied ich, die Sache mit Jeff abzuwiegeln. Außerdem war ich sicher, dass Thor mit links aus mir Kleinholz machen könnte. Wer wollte sich schon mit jemandem wie ihm anlegen?

»Ich wollte niemandem Schwierigkeiten machen. Das war alles ein großes Missverständnis.« Ich starrte auf einen Punkt genau neben Jeffs Augen und zuckte mit den Achseln.

»Kein Problem«, sagte er, gerade laut genug, dass ihn jeder hörte.

Als Thor ging, warf mir Jeff ein schiefes Lächeln zu, legte mir einen Arm um die Schultern und flüsterte mir ins Ohr: »Nur mit der Ruhe, okay?« Dann ließ er mich los und joggte zurück zum Feuer.

Die anderen folgten Jeff. Noch bevor er die halbe Strecke zum Lagerfeuer zurückgelegt hatte, hatte er zwei kichernde Mädchen im Arm und scherzte lautstark mit Matt.

Finn war der Einzige, der sich nicht gerührt hatte. Er starrte zu Boden, und ich wartete ab. Ich war wie festgefroren, hin und her gerissen zwischen dem Gefühl, ihn schrecklich zu vermissen, und dem überwältigenden Verlangen, vom Parkplatz zu stürmen, bevor Finn hochsah und meine Hoffnung auf Schlaf zerstören konnte. Aber er hob nicht den Blick. Nach ein paar Sekunden peinlicher Stille drehte er sich einfach auf dem Absatz um und ging zurück zum Feuer. Ich hasste mich dafür, Erleichterung zu verspüren.

Ich wollte zu meinen Schuhen zurückhasten, erstarrte dann aber, als ich den Kerl in der Lederjacke sah, denjenigen, der mir vor ein paar Tagen die Sicht auf dem Parkplatz versperrt hatte. Er watete bis zu den Knöcheln im

Wasser – völlig verrückt. Es musste eiskalt sein. Verwundert fragte ich mich, wer so verdreht sein könnte, doch es war zu finster, um sein Gesicht auszumachen.

Er wandte sich um, und meine Haut prickelte. In der Dunkelheit spürte ich seine Augen auf mir.

Thor schürte das Feuer mit einem langen Stock. Funken schossen in die Luft und lenkten mich ab. Der Lederjackentyp bewegte sich nicht aus dem Wasser, doch er beobachtete mich die ganze Zeit über, während ich mir meine Schuhe schnappte und zum Parkplatz ging.

11

Während der vergangenen drei Wochen hatte ich mehr Schlaf bekommen als vorher in Jahren. Mia machte mir die Sache zwar nicht gerade leicht, aber es war die Mühe wert. Beim Aufwachen war mein Bewusstsein bis zum Rand mit Bildern und Erinnerungen meiner *eigenen* Träume erfüllt, was mir seit Jahren nicht mehr geglückt war. Ich fühlte mich auf eine Art ganz, die ich nie für möglich gehalten hätte. Lustige Träume, bizarre Träume, sogar Albträume – ich liebte alle. Mia hatte mir eine völlig neue Welt eröffnet, die Welt meiner eigenen Fantasie, und sie wusste nicht einmal was davon.

Meine Träume zeigten keine Probleme auf, die nicht zu lösen waren. Sie durchfluteten mich nicht mit Gefühlen, mit denen ich nicht umgehen konnte. Meine Träume geschahen und verschwanden dann wieder. Sie waren vorübergehend, vergänglich und entspannend.

Die wechselhafte Beliebigkeit meiner eigenen Träume untermauerte meine Theorie, dass ich in einer der realistischen Schichten gefangen war, sobald ich die Träume anderer sah. Aber mal im Ernst – das war keine echte Überraschung. Mein Verstand schlief nicht. Mein waches Bewusstsein fand die Stelle, die meine Vernunft ansprach, und führte mich zu der Schicht, die der Wirklichkeit am nächsten war und den Naturgesetzen zumindest nicht völlig widersprach.

Ich hüpfte aus dem Bett und lächelte im Spiegel an meiner Tür die abschwellenden Ringe unter meinen Augen an. Normal schlafen zu können war so unglaublich großartig. Ich konnte denken. Ich konnte mich konzentrieren. Und die schlimmen Erinnerungen und Albträume, die ich in den Köpfen anderer Menschen mit angesehen hatte, verblassten. Selbst meine Koordination verbesserte sich – alles dank Mia und ihrer unglaublichen Träume.

Außerhalb dieser Träume lief es mit Mia weniger erfreulich. Während der ersten Woche war sie genervt, weil ich jeden Tag draußen vor ihrem letzten Kurs auf sie wartete, und das hatte sie mir auch unverhohlen ins Gesicht gesagt. Aber seit dem Tag des Lagerfeuers hatte sie aufgehört, mir die Meinung zu sagen, und hastete einfach immer so schnell wie möglich an mir vorbei. Mein bloßer Anblick schien sie bereits zu ängstigen.

Ich versuchte, es nicht noch schlimmer zu machen – ich sah ihr kurz in die Augen und verschwand dann. Je weniger Komplikationen, desto besser.

Als ich mich auf meinen Schreibtischstuhl plumpsen ließ, um meine Unterlagen für die Schule zusammenzusuchen, fiel mein Blick auf das Fußballfoto aus der sechsten Klasse, das an meiner Wand hing. Finn grinste so breit, dass ich fast jeden Zahn in seinem Mund sehen konnte, und hatte einen Arm um meine Schultern geworfen. Ich vermisste ihn, aber jedes Mal, wenn mir in den Sinn kam, mich bei ihm zu entschuldigen, rief ich mir ins Gedächtnis, wie viel leichter es war, Mias Träume zu sehen, wenn

Finn mich nicht ablenkte. Allein aus diesem Grund war mir die Entscheidung leichtgefallen, mich von Jeffs Fußballtraining und Finn fernzuhalten.

Ich streckte mich, nahm das Bild ab und stopfte es in eine meiner Schreibtischschubladen. Im Moment wollte ich nicht über ihn nachdenken. Ich hatte auch noch nicht mit Addie geredet, obwohl es mir aus irgendeinem Grund schwerer fiel, mich von ihr fernzuhalten.

In der Schule schienen alle einen ziemlich weiten Bogen um mich zu machen, was wohl ein schlechtes Zeichen war. Doch das interessierte mich nicht. Ich ignorierte es zusammen mit der Stimme in meinem Kopf, die mir immer wieder zuraunte, dass das alles falsch war. Diese Stimme tiefer in mein Unterbewusstsein zu drängen stellte sich als recht einfach heraus, denn alles andere in mir war plötzlich so viel lebendiger.

Ich schüttelte meine Zweifel ab und sprang unter die Dusche. Ich konnte schlafen, und das war wundervoll. Es war alles, was zählte.

Nachdem ich es am nächsten Tag nur mit Mühe und Not geschafft hatte, nach Schulschluss Augenkontakt mit Mia herzustellen, stand ich in einer der Schultoiletten, wartete und lauschte. Sobald es auf den Gängen ruhig war, schlich ich mit gesenktem Kopf und meiner Sonnenbrille auf der Nase aus einem Seitenausgang der Schule zum Parkplatz.

Ich hatte meinen Wagen fast erreicht, als Matt mich mit voller Wucht anrempelte. Mein Rucksack glitt mir von den Schultern, und meine Sonnenbrille flog in hohem Bogen auf den Boden, wo sie zerbrach.

»Ups.« Matt konnte das Lachen kaum zurückhalten.

Hätte ich ihn dazu nicht ansehen müssen, hätte ich mich mit ihm angelegt. Ich bereute, was mit Finn passiert war. Bei Matt hingegen hätte ich keinerlei Gewissensbisse.

»Nicht sehr lustig, Matt«, murmelte ich ohne einen Blick in seine Richtung. Ich hob meinen Rucksack auf, ließ die Sonnenbrille jedoch einfach liegen und marschierte weiter. Nur noch ein paar Meter, und ich wäre den Schwachkopf los.

Ich taumelte, als sich mir ein bulliger Körper direkt vor meinem Auto in den Weg stellte – Thor. Er packte mich mit beiden Händen so fest an den Schultern, dass ich die entstehenden blauen Flecken schon jetzt bis tief in meine Knochen spürte. Heißer Zorn brodelte in meiner Brust. Blindwütig riss ich den Kopf hoch und starrte in seine kleinen dunklen Augen.

Matt kam zu uns herüber und lachte. »Er wollte bloß nicht, dass du hinfällst.«

Ich war nicht sicher, was mich wütender machte: Dass sie mir so zusetzten, oder dass Thor mich gezwungen hatte, ihn anzusehen. Ich riss beide Ellbogen nach oben und lockerte seinen Griff auf meinen Schultern. Ein leises Knurren grollte in seiner Brust, doch er trat beiseite, als Matt ihn wegwinkte.

»Pass auf dich auf, Parker«, sagte Matt, während ich in meinen Wagen stieg und den Motor anließ.

Ich fuhr eine Weile ziellos umher, denn ich musste nachdenken. Na toll! Wenn ich keinen Traum mit meiner Enthauptung sehen wollte – der nicht gerade ganz oben in der Top Ten meiner Lieblingsträume stand –, dann musste ich einen Weg finden, Mia wiederzusehen. *Noch heute Abend.*

Ich schlug auf das Lenkrad ein und fuhr immer weiter. Das würde nicht einfach werden. Ihre Reaktion auf mich war erschreckend – allerdings nicht erschreckend genug, um sie in Ruhe zu lassen. Es war nicht meine Schuld, dass ich zu solch extremen Maßnahmen greifen musste, um den Schlaf zu bekommen, den alle anderen als gegeben voraussetzten. Mein Fluch hatte mich in der Gewalt. Ich hatte keine andere Wahl.

Ich wusste, dass Mia am Abend im Einkaufszentrum arbeiten würde. Als ich mich umblickte, konnte ich ein Schaudern nicht unterdrücken. Bei meinem »ziellosen« Umherfahren war ich geradewegs zu ihr gelangt. Ich war nur einen Block entfernt vom Einkaufszentrum, ohne auch nur eine bewusste Entscheidung getroffen zu haben.

Ob ich nun widerstehen wollte oder nicht, ihre Träume zwangen mich wiederzukommen. Sie erstaunten mich jede Nacht aufs Neue. Jede Umgebung war schöner als die vorige, jede ebenso wert, gemalt zu werden, wie die letzte. Doch sie selbst berührte mit dem Pinsel nie die Leinwand und sah jedes Mal frustriert aus. Wäre ihre Traurigkeit nicht von ihren sonderbaren Träumen gedämpft, so wäre es wohl unmöglich, unter der Last ihrer Trauer auch nur zu atmen.

Ich wünschte, ich könnte etwas tun, um ihr zu helfen, insbesondere falls ihr Schmerz irgendwie mit der Realität zu tun hatte. Unwissentlich hatte sie mir mehr geholfen, als ich mir das je erhofft hätte.

Nachdem ich zu einem in der Nähe gelegenen Fast-Food-Restaurant gefahren war, schlug ich Zeit tot, indem ich etwas aß und auf meinem Handy herumspielte. Eine knappe Stunde, bevor das Einkaufszentrum schloss, fuhr ich langsam auf den Parkplatz und suchte die Reihen nach Mias lilafarbenem Van ab. Sobald ich ihn sah, parkte ich meinen Wagen ein paar Stellplätze entfernt.

Ich lehnte mich in meinem Sitz zurück, rollte das Fenster herunter, drehte die Musik auf und legte die Füße aufs Armaturenbrett. Es gab schlimmere Arten, seinen Abend zu verbringen. Außerdem war Mia jede Sekunde des Wartens wert.

Gerade als ich mich entspannte, schoss ein schwarzes Motorrad an meinem Auto vorbei und parkte in der Nähe des Haupteingangs. Ich richtete mich in meinem Sitz auf, als ich den Fahrer mit seiner schwarzen Lederjacke erkannte – derselbe Kerl wie zuvor. Es wurde allmählich dunkel, aber unter dem grellen Licht sah ich einen Aufnäher an der rechten Seite seiner Jacke, den ich bisher nicht bemerkt hatte. Er sah aus wie ein Piratenschädel, aber statt einer Augenklappe trug er zwei – eine auf jedem Auge.

Meine Haut kribbelte, und ein lebhafter Erinnerungsfetzen blitzte in mir auf. Mein Dad, der neben mir stand, während ich in seinem Zimmer auf dem Bett hüpfte. Er hatte gekichert und mich gebeten, ihm seine Geldbörse zu geben. Als ich sie von seinem Nachttisch holte, hatte ich denselben Totenkopf gesehen – zwei Augenklappen, die in das abgewetzte Leder geritzt waren. Ich hatte ihn gefragt, was das war. Ich konnte immer noch seine sonore Stimme hören, die in meinem Kopf widerhallte.

»Das soll mich an Dinge erinnern.«

»Woran denn?«

Während Dad seine Geldbörse nahm und in die Gesäßtasche steckte, hob er mein Kinn an, bis ich ihm in die Augen sah. »Dass ein Blinder mehr sieht, als man glaubt.«

Die Erinnerung verblasste, und ich holte zitternd Atem. Es war lange her, dass ich mir Gedanken über meinen Dad gemacht hatte. Der stechende Schmerz in meiner Brust zeugte davon. Aus dem Fenster gebeugt versuchte ich, das Gesicht des Fahrers zu erkennen, aber er nahm seinen Helm erst ab, als er durch die Türen des Einkaufszentrums und außer Sicht war.

Ich musste unbedingt wissen, wer er war. Offensichtlich ging er auf meine Schule, doch ich konnte ihn einfach nicht zuordnen, zumindest nicht, ohne sein Gesicht gesehen zu haben. Der Aufnäher war wahrscheinlich das Zeichen irgendeiner alten Rockband oder etwas in der Art, aber trotzdem brauchte ich mehr Informationen. Ich schwor, am nächsten Tag in der Schule besser Acht zu geben und herauszufinden, wem die Jacke mit dem blinden Totenkopf gehörte.

Dann schob ich den Kerl aus meinem Bewusstsein und konzentrierte mich wieder auf das, was wirklich wichtig war: Mia. Ich drehte das Radio lauter und versuchte, die Erinnerungen an meinen Dad unter tosendem Schlagzeugwirbel und einem raffinierten Gitarrensolo zu begraben.

Als Mia schließlich auftauchte, war der Parkplatz fast leer. Sie trug eine kleine silberne Handtasche, die sie munter schwang, und sang leise vor sich hin. Ich wartete und versuchte verzweifelt, mich nicht wie eine sprungbereite Raubkatze zu fühlen. Dann stieg ich aus meinem Wagen und trat zwischen sie und ihren Van. Ich hob die Hand und winkte.

Sobald sie mich sah, erstarrte sie. Ihr entsetzter Gesichtsausdruck verriet mir, dass ich nicht hätte kommen dürfen. Sie schluckte schwer, dann griff sie in ihre Tasche.

»Ich habe ein Pf…Pfefferspray.« Ihre Stimme zitterte so heftig, dass ich Schwierigkeiten hatte, sie zu verstehen.

»Hey! Ich wollte doch nur hallo sagen.« Ich wich einen Schritt zurück, blieb dann aber stehen. Ich wollte sie in Ruhe lassen, doch sie hatte den Blick gesenkt. Ich war nicht sicher, ob sich unsere Augen getroffen hatten – und ich *musste* sichergehen. Warum konnte sie mir nicht geben, was ich brauchte?

Ich hatte noch nie jemanden gesehen, der so verängstigt war – oder doch. In Agnes' Augen hatte dieselbe Panik gestanden wie jetzt in Mias. War ich etwa genauso schlimm wie dieser brutale Ehemann? Wenn ich heute Nacht Albträume bekam, wüsste ich zumindest, woher sie stammten.

Frustration, Wut, Angst und Schuldgefühle strömten durch mich hindurch.

Ich wollte sie trösten und gleichzeitig zwingen, mir in die Augen zu schauen. Eine Idee hatte wie ein Parasit mein Bewusstsein infiziert: Hätte ich eine Waffe, würde sie wahrscheinlich tun, was ich wollte. Ich schluckte die Galle hinunter, die meine Kehle hinaufkroch. Obwohl ich mich vor mir selbst ekelte, trieb mich dieses verzweifelte Verlangen immer weiter.

Ich kämpfte den Drang nieder wegzusehen, und machte einen Schritt in ihre Richtung. »Mia, bitte. Beruhige dich.«

Sie keuchte erschrocken auf und kramte hastig in ihrer Tasche, suchte nach etwas, wahrscheinlich nach dem Pfefferspray. Ich blieb wie angewurzelt stehen, und sie schaute schließlich auf.

Ihre Augen waren derart von Panik erfüllt, dass ich zusammenzuckte, aber etwas Finsteres in mir gewann die Oberhand. Dieses Dunkle gestattete mir nicht einmal, den

Blick abzuwenden, sondern sorgte dafür, dass ich ihr fest in die Augen sah, bevor es mich wieder freigab.

»Okay, ich gehe. Ich wollte dich nicht erschrecken.« Auf wackeligen Beinen ging ich zum Auto zurück. Selbst als ich den Parkplatz verließ, konnte ich ihre kleine Gestalt im Rückspiegel sehen. Sie schlug die Hände vors Gesicht und zitterte am ganzen Körper.

Ich parkte um die Ecke. Im Wagen war es stickig und klaustrophobisch eng. Ich schleppte mich ins Freie und holte stoßweise Atem. Meine Finger krallten sich in meine Haare, dann hämmerte ich mit der Faust gegen das Autodach. Durch meinen Kopf zog sich eine Gefechtslinie. Wie konnte ich entscheiden, auf welche Seite ich mich stellen sollte? Es war kein fairer Kampf: mein Leben gegen ihre Angst?

Ein Teil von mir wandte ein, dass Mia keine Schuld träfe. Warum sollte sie wegen meiner Probleme leiden?

Der andere Teil wütete wegen der ganzen Situation. Alles, was ich tat, war gerechtfertigt. Ich hatte meiner erschreckenden Zukunft mit stoischer Ruhe ins Auge gesehen, wer konnte es mir verübeln, wenn ich die einzige Möglichkeit ergriff, sie abzuwenden? War es meine Schuld, dass ich zu solch drastischen Mitteln greifen musste, um am Leben zu bleiben? Schlaf war eine unabdingbare Notwendigkeit, das hatte ich gelernt. Ohne ihn konnte ich nicht leben.

Es gab keinen Ausweg aus dieser verzwickten Situation, und jedes Mal, wenn ich eine Regel beugte, brach die dunklere Seite von mir sie entzwei. Ich konnte sie spüren, wusste nun, woher sie stammte. Sie war der Teil in mir, der mich bei Verstand gehalten hatte, als der Fluch mich traf, mir beistand, als Dad uns verlassen und Mom die ganze Zeit gearbeitet hatte. Der Teil, der mir geholfen hatte, einen Albtraum nach dem anderen zu überleben. Doch ihn interessierte nichts anderes, für ihn war nur wichtig, dass ich am Leben blieb. Jeder Schritt, den ich tat und den ich früher nicht getan hätte, schien diesen Instinkt zu nähren. Für mich zählte nur noch mein Überleben. Moralische Überlegungen waren unwichtig. Ich wollte widerstehen, wollte nicht diese Sorte Mensch sein ... aber wenn ich aufhörte, wäre das mein Todesurteil.

Egal, wie sehr ich mich deswegen hasste, mein Leben war wichtiger als ihre Panik. Mit ihrer Angst würde sie eines Tages zu leben lernen.

Und vielleicht hatte die Sache auch eine gute Seite. Mia mochte sich vor mir fürchten, aber ich könnte über sie wachen. Wenn sie nachts allein über einen leeren Parkplatz spazierte, könnte ihr jemand auflauern, der viel gefährlicher war als ich. Wenn ich dafür sorgte, dass ihr nichts zustieß, könnte ich all den Schmerz wiedergutmachen, für den ich verantwortlich war. Ich könnte sie vor jeder echten Gefahr beschützen. Immerhin fügte ich ihr keine körperlichen Schmerzen zu.

Ruckartig holte ich ein paarmal tief Luft und brachte den Krieg, der in mir tobte, zum Verstummen. Es störte mich ein wenig, dass ich nicht mit Sicherheit sagen konnte, welche Seite gewonnen hatte.

Am nächsten Tag fühlte ich mich besser. Ich hatte jetzt einen Plan. Es war ein Riesenfehler gewesen, nach der Arbeit auf einem dunklen Parkplatz auf Mia zu warten. Wenn ich es mir recht besah, war es kein Wunder, dass sie Angst gehabt hatte.

Mein neuer Plan sah anders aus. Er würde funktionieren.

Nachdem ich einen leeren Parkplatz gefunden und aus dem Wagen gestiegen war, war es zehn vor neun. Nur noch zehn Minuten, bis das Einkaufszentrum schloss. Ich versuchte mir ein Lächeln zu verkneifen. Es war immer noch genügend Zeit, um in ihr Geschäft zu gehen und ein paar Einkäufe zu erledigen.

Und so, in aller Öffentlichkeit, würde sie sich viel weniger fürchten. Ich konnte mich im Laden etwas umsehen, Augenkontakt herstellen und dann verschwinden. Ich wäre sogar bereit, etwas zu kaufen, wenn sie mir nur in die Augen blicken konnte, ohne gleich auszuflippen.

Es war eine vorübergehende Lösung. Natürlich konnte ich nicht jeden Tag etwas kaufen, ohne dass mir bald das Geld ausginge. Aber im Moment war es die einzige Idee, die ich hatte.

Ich ging durch den Haupteingang des Einkaufszentrums und stieß geradewegs mit Mr. Totenkopf zusammen. Und jetzt erkannte ich mehr als nur seine alte Lederjacke. Er hatte braune Haare, schlammig-braune Augen und eine Igelfrisur, die ihn irgendwie wild aussehen ließ. Er war ungefähr fünf Zentimeter kleiner als ich … und ich hatte sein Gesicht nie zuvor gesehen. War er neu in der Gegend?

»Verzeihung«, raunte er und senkte rasch den Blick, während er an mir vorbeihastete und in Richtung Parkplatz joggte.

Ich hatte nicht einmal die Zeit, mich bei ihm zu entschuldigen, weil ich ihn angerempelt hatte, geschweige denn, ihn wegen des blinden Totenkopfaufnähers zu befragen. Viel zu schnell war er verschwunden. Kopfschüttelnd ging ich weiter.

Als ich Mias Laden erreichte, war ich überrascht, dass er leer war. Ich schaute auf die Uhr und stöhnte auf – er würde in wenigen Minuten schließen. Das gesamte Einkaufszentrum war wie ausgestorben. Während ich eintrat, versuchte ich gleichgültig auszusehen. Gelegentlich blieb ich vor einem Regal stehen, doch die ganze Zeit über suchten meine Augen das Geschäft nach Mia ab. Ich wollte gerade resigniert aufgeben, als ich sie in einer Nische im hinteren Bereich bemerkte.

Sie stand mit dem Rücken zu mir, faltete und strich Jeans auf einem Tisch glatt. Ich konnte mich nicht zurückhalten. Sie war zum Greifen nah. Ich trat einen Schritt vor, und sie erstarrte. Allerdings drehte sie sich immer noch nicht um, sondern arbeitete einfach weiter. Einen Moment lang fragte ich mich verwundert, ob sie es überhaupt war. Als ich mich langsam um den Tisch bewegte, erhaschte ich einen Blick auf ihr Profil – definitiv Mia –, aber sie starrte weiterhin stur nach unten.

Die Hälfte der Lichter im Laden ging aus. Ich schaute ins Einkaufszentrum zurück und sah, dass es auch dort dunkler geworden war. Es musste das Schließungssignal für die Kunden sein. Die plötzliche Düsternis machte alles ein wenig unheimlich. Ich musste die Sache so schnell wie möglich über die Bühne bringen.

Ich holte tief Luft. Eigentlich dürfte es doch nicht so schwer sein. Warum musste sie alles so kompliziert machen?

Ohne den Blick zu heben oder sich irgendwie anmerken zu lassen, dass sie mich bemerkt hatte, wandte sich Mia dem nächsten Tisch zu und glättete die restlichen Jeans. Ich fluchte leise. Mit dem gedämpften Licht und dem leeren Laden war es jetzt keine Spur besser als auf dem Parkplatz – außer dass sie hier kein Pfefferspray hatte.

Kopfschüttelnd schnappte ich mir vom nächsten Tisch eine Jeans in meiner Größe. »Hey, Mia. Könntest du mir kurz helfen?«

Sie reagierte nicht.

»Mia?« Ich streckte den Arm aus und berührte mit der Jeans ihre Schulter.

Sie fuhr so schnell herum, dass ich einen Satz nach hinten machte. Ihr gesamter Körper zuckte zurück, als hätte ich sie geschlagen. Mit offenem Mund beobachtete ich, wie sie in ein Metallregal stürzte. Das Geräusch, wie sie mit dem Kopf gegen eine scharfe Kante knallte, hallte im leeren Laden wider. Ihr Körper sank zu Boden. Ich glaubte schon, sie hätte das Bewusstsein verloren, da hörte ich ihr Stöhnen. Sie hob das Gesicht zur Decke, und zerlaufene Mascara-Tränen rollten ihr über beide Wangen.

Übelkeit brannte in meinem Magen. Ich wusste nicht, ob ich ihr helfen oder davonlaufen sollte, also tat ich gar nichts. Ich starrte einfach auf die Katastrophe, die ich angerichtet hatte.

Immer wieder stöhnte sie »Nein«.

Ich betrachtete Mia und das Chaos, das ich angerichtet hatte. Sie war völlig kaputt, und es war meine Schuld.

»Es ...« Meine Stimme brach. »Es tut mir leid. Lass mich dir helfen«, murmelte ich, während ich einen Schritt auf sie zumachte.

Sie weinte noch heftiger, schlang beide Arme um ihre Knie und verbarg das Gesicht.

»He, was ist da los?«

Ich drehte mich um und sah einen älteren Mann, der aus dem vorderen Teil des Ladens nach hinten kam. Er trug ein schwarz-weiß gestreiftes Hemd und ein Schildchen mit dem Namen *Chad*.

»Ich ... sie ...« Schließlich gab ich auf und klappte den Mund zu. Nie im Leben hätte ich das Chaos hier erklären können.

Chad trat um mich herum zu Mia und berührte einen immer größer werdenden, roten Fleck an ihrem Hinterkopf. Ich schauderte. Augenblicklich wandte er sich zu mir um und zog ein Walkie-Talkie von seinem Gürtel.

»Ich rufe die Security.«

Alles war so schrecklich schiefgelaufen. Ich hatte es vermasselt. Ich sah wieder zu Mia und bemerkte, dass ihre dunkelblauen Augen auf mir ruhten. Als sie meinen Blick traf, zuckte sie zusammen und drehte sich hastig weg.

»Es tut mir leid, Mia.«

Dann rannte ich los.

12

Mit voller Absicht sah ich allen Menschen in die Augen, an denen ich auf meinem überhasteten Weg ins Freie vorbeikam. Nach dem, was ich getan hatte, verdiente ich nicht die Ruhe, die Mias Träume mir brachten. Ich war ein Freak, ein Monster. Als ich mein Spiegelbild im Schaufenster eines Ladens sah, begegneten mir die kalten Augen, die ich schon einmal im Spiegel in der Schule gesehen hatte. Nur dass sie mich diesmal nicht sonderlich überraschten.

Und als ich blinzelte, war mein Gegenüber nicht verschwunden.

Sobald ich draußen war, konnte ich es nicht länger zurückhalten. Ich übergab mich in ein Gebüsch an einer dunklen Ecke, bis ich nur noch unkontrolliert zitterte. Ich hatte mich in etwas Schreckliches verwandelt. Und noch schlimmer – ich wusste nicht, ob ich mir Einhalt gebieten konnte. Die Dunkelheit in meinem verräterischen Gehirn suchte bereits nach einem neuen Weg, Mia in die Augen zu sehen. Ich hatte dieser dunklen Seite die Kontrolle überlassen, viel zu viel Kontrolle.

Ich musste sie zurückbekommen.

Instinktiv fuhr ich zu Finns Haus. Ich hatte meinen absoluten Tiefpunkt erreicht. Ich brauchte Hilfe, und er war im Moment meine einzige Rettung. Ich brauchte einen Freund. Ich hoffte nur, er könnte nach allem, was ich ihm angetan hatte, immer noch dieser Freund sein.

Addie öffnete die Tür. Als sie mich sah, machte sie ein langes Gesicht, und ihre Enttäuschung war, als hätte man mir ein Stück Bauch herausgerissen. Es war dumm von mir gewesen herzukommen.

»Was willst du?« Sie verschränkte die Arme vor der Brust und wirkte ebenso einladend wie ein *Geschlossen*-Schild.

Nach einem kurzen Räuspern versuchte ich zu lächeln, aber das schien sie sogar noch wütender zu machen.

»Finn ... ich brauche Finn«, sagte ich mit einem Blick über ihre Schulter. »Bitte?« Ich klang jämmerlich, doch das kümmerte mich nicht.

Finn kam in den Flur. Sein Sweatshirt war leuchtend blau, und es war schon lange her, dass ich ihn in einem Oberteil gesehen hatte, auf dem kein witziger Spruch abgedruckt war. Als er mich sah, machte er auf dem Absatz kehrt und wollte wieder gehen.

»Bitte!« Ich drängte mich an Addie vorbei ins Wohnzimmer. »Du musst mir zuhören. Ich hatte unrecht.« Alles, was ich sagte, entsprach der Wahrheit, aber ich sagte es nur, weil es meine letzte Hoffnung war. Ich hätte ihn nach Strich und Faden belogen, hätte ich angenommen, ihn dadurch bewegen zu können, wieder mit mir zu sprechen. Noch schlimmer – ich würde ihm die Wahrheit sagen.

Er blieb mit dem Rücken zu mir stehen, und ich wartete ab. Nach einer vollen Minute drehte er sich mit eiskalter Miene zu mir um. Seufzend ging er an mir vorbei zur

Haustür, tätschelte Addie den Kopf und erklärte schließlich: »Ich bin bald zurück. Aber zumindest sollte ich mir anhören, was der Idiot zu sagen hat.«

Addie nickte, funkelte mich jedoch weiterhin finster an, während ich hinter Finn ins Freie trat. In letzter Sekunde packte sie mich am Arm und drückte fest zu: »Wenn du ihm noch mal wehtun solltest, werde ich dich höchstpersönlich verprügeln, das schwöre ich«, zischte sie, zu leise, als dass Finn sie gehört hätte. Sie war ein dünnes Etwas, aber ihre Augen meinten es todernst.

»Keine Sorge, Addie. Ich war bescheuert – euch beiden gegenüber. Das kommt nicht wieder vor.«

»Ich weiß, wie du früher mal warst.« Sie holte tief Atem und ließ meinen Arm los. »Das bist nicht du, Parker. Du bist nicht … so.«

Ich hoffte, sie behielte recht. »Ich versuche, alles wieder ins Lot zu bringen.«

Sie nickte und flüsterte: »Gut«, bevor sie mir die Hand auf die Brust legte und mich sanft aus der Tür schob.

Finn saß auf der Fahrerseite meines Autos. Die Knoten, die jeden Muskel in meinem Körper zusammenschnürten, lösten sich ein wenig. Vielleicht hatte ich unsere Freundschaft doch nicht unwiederbringlich zerstört.

Finn würde mir zuhören. Wenn er mir nun auch noch *glaubte*, musste ich dieses Grauen nicht allein durchstehen.

Und ich hatte es satt, mich allein um alles zu kümmern.

Sobald ich ins Auto stieg, warf ich ihm die Schlüssel zu. »Wohin fahren wir?«, wollte ich wissen.

»Wenn ich schon deine hässliche Visage anschauen muss, wirst du mir dafür zumindest einen Milchshake spendieren.« Seine Stimme klang angespannt, während er den Schlüssel drehte und das Auto zum Leben erweckte.

»Das ist das Mindeste, was ich dir schulde.«

»Ja, genau.«

Schweigend fuhren wir zum *Shake Stop*. Es war eine ruhige Nacht, ohne Regen oder Wind, und es gab sehr wenige andere Autos auf der Straße. Alles um mich herum war das genaue Gegenteil des Chaos, das in meinem Kopf herrschte.

Eine Panikwelle nach der anderen spülte über mich hinweg, wenn ich daran dachte, ihm erklären zu müssen, dass ich ein Traumseher war. Aber mir blieb keine andere Wahl. Ich brauchte ihn, damit er mir half zu entscheiden, was ich mit dem schrecklichen Durcheinander in meinem Leben anstellen sollte. Scham stieg in mir hoch, und ich versuchte, sie abzuschütteln, indem ich mich auf jeden seiner Träume konzentrierte, an den ich mich erinnern konnte. Ich musste ihm so viele Details wie möglich liefern, um überhaupt eine Chance zu haben, ihn zu überzeugen.

Mein größtes Problem, das mir im Weg stand, war, dass sich viele Menschen nicht an ihre Träume erinnerten. Bei Finn war das allerdings nicht immer so. Er hatte mir ein paar seiner lustigeren Träume erzählt – und es war immer sonderbar gewesen, seine Version der Geschichten zu hören. Immerhin hatte ich sie auch gesehen, und da ich nicht schlief, erinnerte ich mich normalerweise an viel mehr als er. Ich hoffte nur, wir würden uns jetzt an dieselben Details erinnern.

Finn suchte einen Ecktisch weit weg von den anderen Gästen aus und nippte an seinem Schokoladenshake, bevor er mich fest anstarrte. »Und? Raus damit.«

»Zuerst möchte ich mich bei dir entschuldigen, dass ich dich geschlagen und mich so aufgeführt habe.« Mit einem nichtssagenden Grunzen sah er weg, und ich fuhr fort. »Ich meine es ernst. Dafür gibt es keine Entschuldigung. Ich war schlicht und ergreifend ein Idiot.«

»Idiot ist das richtige Wort.« Er schien sich ein wenig zu entspannen und nickte mir zu, damit ich weiterredete.

Ich räusperte mich und bohrte mir die Fingerknöchel in die rechte Hand. »Okay, meine Geschichte klingt verrückt, aber sie ist die Wahrheit, also lass mich bitte ausreden.«

Finn nickte wortlos.

»Ich bin nicht wie alle anderen – ich meine – ich schlafe nicht so wie ihr.«

Ich legte eine Pause ein, um eine Reaktion von Finn zu erhalten, aber es kam keine. Er wartete, dass ich fortfuhr. Das war schwierig. Es war seltsam. Und es gab keinen Grund anzunehmen, dass er mir überhaupt glauben würde. Ich straffte die Schultern und redete einfach weiter.

»Wenn ich abends einschlafe, sehe ich die Träume anderer Menschen.«

Finns Augen trübten sich, und sein Mundwinkel zuckte, als wäre er unsicher, ob er antworten sollte. »Den Witz hast du schon mal vor ein paar Jahren gebracht …«

»Ich weiß, und ich weiß, dass ich gesagt habe, es wäre ein Witz, aber das stimmte nicht. Es hört sich verrückt an, aber es ist mein voller Ernst. So ist es jetzt seit vier Jahren, und ich kann es beweisen. Deine Träume habe ich öfter gesehen als die irgendeines anderen Menschen. Abgesehen von den vergangenen paar Wochen, erinnerst du dich da an einen deiner Träume?«

Finn schüttelte den Kopf. Seine Stimme klang wie ein

leises Knurren, als er endlich antwortete. »Verdammt noch mal! Ich bin mit dir hierhergekommen, weil ich dachte, du hättest mir etwas Wichtiges zu sagen, und stattdessen tischst du mir einfach eine alte Geschichte auf? Du warst echt mal ein toller Freund, aber jetzt ist für dich auf einmal alles nur noch ein großer Witz.«

»Ich meine es ernst, Finn. Bitte. Ich erinnere mich an einen von letztem Monat!«, schrie ich buchstäblich, als er aufstehen wollte.

Er blieb stehen und setzte sich dann mit einem Seufzen wieder hin. »Ich weiß nicht, warum, aber ich gebe dir noch dreißig Sekunden. Du solltest mich beeindrucken – und das schnell.«

»Okay, in deinem Traum hast du gegen einen Hai gekämpft – auf einem Surfbrett.«

Finns Gesichtsausdruck veränderte sich nicht, aber er drückte die Schultern durch. »Weiter.«

Ich presste die Fingerspitzen fest in meine Stirn und kramte in meinem Gedächtnis nach Einzelheiten, von denen ich niemals gedacht hätte, dass sie einmal wichtig sein könnten.

»Oh! Und noch einer – der ist allerdings schon eine Weile her – vielleicht sechs Monate? Du warst der König des Meervolks, und ich war dein Diener. Und ... und da war diese Meerjungfrau. Sie war unglaublich heiß. Ihr Name war Cassie oder, äh, Cassa ...«

»Cassandra.« Finns ehrfurchtsvolles Flüstern unterbrach mich, und seine Augen wurden groß. Sein Mund öffnete und schloss sich wie bei einem Fisch, bevor er einen Ton herausbrachte. »Wie ... w...wie? Habe ich dir etwa davon erzählt?«

»Nein. Ich habe ihn gesehen.«

»Ich kann mich nicht erinnern, ihn dir erzählt zu haben.« Finn redete langsam und schüttelte schließlich den Kopf. »Aber das muss ich wohl. Das ist einfach unmöglich.«

Er sah aus, als wollte er im nächsten Moment wieder aufstehen, weshalb ich rasch fortfuhr. »Okay, dann frag mich nach einem. Einem, von dem du sicher bist, dass du ihn mir gegenüber nie erwähnt hast. Aber es darf keiner aus den letzten drei oder vier Wochen sein.«

»Na schön«. Er zögerte und nahm einen weiteren Schluck von seinem Milchshake. »Letztes Jahr hatte ich ein paarmal einen Albtraum. Ich hatte kurz überlegt, dir davon zu erzählen, habe es dann aber doch gelassen. Er hat auf einer Insel begonnen. Sag mir, was passiert ist.«

»Den hab ich gesehen!« Ich kniff die Augen fest zusammen und versuchte mit aller Gewalt, mir Details ins Gedächtnis zu rufen. »Die Insel war verlassen. Ich weiß nicht, wie du dorthin gekommen bist, aber dann tauchte dieses Kreuzfahrtschiff auf, das dich mitgenommen hat. Und auf dem Schiff hat es gespukt. Ein Haufen Untoter hat dich zu einem der ihren gemacht, und du musstest sie unterhalten.« Ich hielt inne, da ich ihn nicht bloßstellen wollte. Es war die schlimmste Version von »Copacabana« gewesen, die ich je gehört hatte.

Finn stieß ein leises Pfeifen aus. Seine Augen waren weiter aufgerissen als eigentlich menschenmöglich. Ich fragte mich, wie groß sie noch werden könnten, bis sie ihm aus dem Kopf fallen würden. »W…Wie ist das passiert?«, fragte er schließlich.

»Keine Ahnung. Es hat einfach irgendwann angefangen.«

»Wann?«

Erleichterung glitt über mich hinweg, und ich konnte zum ersten Mal seit einer gefühlten Ewigkeit wieder richtig atmen. »Vor vier Jahren. Ich kann dir nicht sagen, wie froh ich bin, dass du mir glaubst – ich war nicht sicher, an wie viele andere Träume ich mich noch erinnern würde.«

Finn schüttelte den Kopf. »Nicht so schnell. Noch einen. Er war mein Lieblingstraum vor ein paar Monaten. Wenn ich mich recht erinnere, habe ich ihn auch geträumt, als du mal bei mir übernachtet hast. Ich war ein Pirat.«

Ich nickte grinsend. Als könnte ich den jemals vergessen!

»Wie hieß ich?«

»Finn – Pirat ohne Verstand und Sinn. Das hat dir gefallen, weil es sich gereimt hat«, sagte ich, ohne mit der Wimper zu zucken.

»Du warst auch in meinem Traum. Wer warst du?«

Ich schloss die Augen, bevor ich antwortete. »Patrice – die Bardame.«

Finn prustete los und schlug mit der flachen Hand auf den Tisch. »Verdammt, wie *machst* du das?«

Ich schüttelte den Kopf. »Ich weiß es nicht, aber ganz ehrlich – das ist nichts Gutes.«

»Wie kannst du das sagen? Es ist unglaublich! Und raus mit der Sprache, träumen die Cheerleaderinnen manchmal von mir?« Finn lehnte sich zurück und grinste selbstbewusst.

Wir brachen beide in lautes Gelächter aus und starrten uns eine Minute lang fest in die Augen. Vermutlich hatte er es immer noch nicht ganz begriffen. Aber ich hätte niemals gedacht, wie gut es tun würde, mein Geheimnis jemandem anzuvertrauen. Niemals hätte ich einen Ausgang erwartet, der nicht mit einer Zwangsjacke endete.

Finn *glaubte* mir. Er hatte mir zugehört, und jetzt würde er mich verstehen. Ich war nicht mehr allein. Das Lachen schien den Druck herauszulassen wie ein Loch in einem Ballon. Wenn meine Probleme gelöst werden könnten, dann würde mir Finn dabei helfen. Das hatte er schon immer.

Das Restaurant um uns herum hatte sich geleert. Es waren jetzt nur noch zwei andere Tische besetzt, eines mit einer Familie und das andere mit einem älteren Pärchen. Finn war eine Weile still und trank dann einen Schluck von seinem Milchshake.

»Was?« Ich war ziemlich sicher, was nun folgen würde, aber ich wollte, dass er es selbst aussprach.

»Nun, das ist alles total abgefahren, aber es erklärt immer noch nicht, warum du dich bei Mia in einen solchen Freak verwandelt hast. Sie hat Addie gestern weinend angerufen.« Sein Gesicht wurde hart. »Sie meinte, du hättest ihr nach der Arbeit auf dem Parkplatz aufgelauert. Wenn das stimmen sollte – bist du völlig verkorkst.«

Ich verzog das Gesicht. Immerhin hatte er das Schlimmste ja noch gar nicht gehört. »Es stimmt.«

»Was hast du dir nur dabei gedacht? Was ist nur mit dir los, wenn es um sie geht?«

»Hauptsächlich bin ich ein Idiot, aber es gibt noch eine weitere Erklärung. Die Kehrseite davon, ein Traumseher zu sein, ist die, dass man keinen normalen Schlaf bekommt. Es ist, als wäre ich die ganze Zeit über wach. Ich kann einfach nicht mehr richtig schlafen, und das wird mich umbringen – und zwar schnell.«

Finn riss die Augen auf. »Was meinst du damit, du bist ein ›Traumseher‹? Gibt es noch andere wie dich?«

Ich schüttelte den Kopf. »Das glaube ich nicht. So nenne ich mich einfach selbst. Zumindest habe ich noch nie andere getroffen oder auch nur von ihnen gehört, aber es ist klug, es nicht gerade an die große Glocke zu hängen, wenn du verstehst, was ich meine.«

»Ja, das klingt vernünftig.« Er schwieg eine Weile, bevor er fortfuhr: »Keinen Schlaf? Das ist wirklich hart. Schlafen ist ... na ja, meine Lieblingsbeschäftigung.«

»Ja, schlafen ist super.« Ich schnappte mir seinen Milchshake und nahm einen Schluck. »Schlaf ist auch für das Problem mit Mia verantwortlich.«

»Wie das?«

»Aus irgendeinem Grund kann ich in *ihren* Träumen ... schlafen. In *ihren* Träumen kann ich einschlafen. Zum ersten Mal seit vier Jahren bin ich nicht mehr müde. Du kannst dir gar nicht vorstellen, wie unglaublich gut sich das anfühlt. Ich brauche das so sehr. Das Problem ist, dass ich nur die Träume der Person sehe, mit der ich als Letztes Augenkontakt hatte, bevor ich ins Bett gehe. Also musste ich Mia immer als Letzte sehen, jeden Tag ...«

»Und sie musste dich sehen.«

»Richtig. Und das ist mein Problem.« Ich seufzte.

Finn nickte und rührte in seinem Milchshake. »Ich bin ziemlich sicher, dass Schlaf zu den Grundbedürfnissen gehört, die sie in Biologie aufgelistet haben. Essen, Wasser, Schlaf. Irgend so was. Ich weiß nicht, ob es noch mehr gibt.« Er hielt inne. »Aber du musst aufhören, sie zu stalken. Es muss irgendeinen anderen Weg geben.«

»Ich weiß. Du hättest ihr Gesicht sehen sollen, als sie

mich bemerkt hat.« Ich schluckte und blickte weg. »Es war so schlimm. Ich würde ihr nie etwas antun, aber sie hat schreckliche Angst vor mir. Es ist fürchterlich.«

»O Mann! Das ist echt Mist.« Er legte die Stirn eine Minute auf den Tisch und rollte den Kopf dann von einer Seite zur anderen. Fast entsetzte es mich, wie gelassen er meine sonderbaren Neuigkeiten aufnahm, aber so war Finn. Er überraschte mich immer wieder.

Mit einem Schlag drängte etwas an die Oberfläche, das mir seit geraumer Zeit Sorgen bereitete. Noch nie hatte ich Gelegenheit gehabt, mit jemandem darüber zu reden, aber jetzt schien der passende Zeitpunkt gekommen zu sein.

»Hey, kann ich dich etwas fragen?«

»Sicher.«

»Stört es dich? Dass ich in den letzten vier Jahren so oft in deinem Kopf herumgespukt bin?«

Finn betrachtete mich eine Minute, bevor er den Kopf schüttelte. »Nein. Sollte es das?«

»Wahrscheinlich nicht.« Ich zuckte mit den Schultern. »Ich fühle mich immer nur, als wäre ich ein Eindringling.«

»Ich schätze mal, da ich keine Kontrolle über das habe, was ich träume, gibt es auch nichts, was mir peinlich sein müsste.« Er nahm einen langen Schluck von seinem Milchshake. »Außerdem finde ich meine Träume ziemlich cool.«

Ich lachte. »Das sind sie auch.«

Er nickte, dann rieb er mit den Knöcheln seiner Hand über die Tischplatte. »Und bist du sicher, dass Mia die Einzige ist, die solche Träume hat? Solche, in denen du schlafen kannst?«

»Nicht zwangsläufig, aber ich habe unzählige Träume von ganz unterschiedlichen Menschen gesehen ... keiner von ihnen war wie ihrer.«

»Irgendeine Idee, was ihre so anders macht?«

»Nicht die geringste.« Ich hielt ein paar Sekunden die Luft an, dann ließ ich sie langsam wieder entweichen. »Ich verstehe das wirklich nicht. Ich wünschte, ich täte es.«

Plötzlich schoss sein Kopf in die Höhe, und er sah mich seltsam an. »Vier Jahre? Versteh mich bitte nicht falsch, aber wie kann es sein, dass du immer noch am Leben bist?«

Mein Blick glitt zum Tisch, und ich betrachtete einen Riss in der Kunststoffplatte. »Keine Ahnung. Ich hätte nie gedacht, dass ich so lange überleben würde.«

Als ich den Kopf wieder hob, sah ich, dass Finn erblasst war und mich anstarrte, bis ich mich räusperte und dann wegschaute.

»Das ist verrückt. Letztes Jahr oder so habe ich manchmal gedacht, dass du irgendwie krank aussiehst, aber du warst fast immer in der Schule, und deshalb habe ich den Gedanken beiseitegeschoben. Ich hätte nie gedacht, dass du im Sterben liegst.« Er schien traurig zu sein, und mich überkam das überwältigende Verlangen, das Thema zu wechseln.

»Egal, spielt keine Rolle.« Ich zuckte mit den Achseln und dachte krampfhaft darüber nach, was ich ansonsten sagen könnte – aber mir fiel nichts ein.

»Du sagtest, du wirst *sterben.*« Finn starrte mich mit offenem Mund an. »Wie kann das keine Rolle spielen?«

»Ich kann es nicht ändern – und du hast es selbst gesagt, diese ganze Mia-Sache muss aufhören.«

Er schloss den Mund und kratzte sich am Kinn, während er die Autos draußen auf der Straße betrachtete. »Du weißt doch, sie und Addie sind jetzt richtig gute Freundinnen. Sie hängt ständig bei uns ab.«

Ich hatte nicht den blassesten Schimmer, worauf er hinauswollte. Natürlich wusste ich, dass sie häufig bei ihnen war. Solche Dinge lernte man, wenn man einen Menschen überallhin verfolgte. Ich schluckte eine Woge der Übelkeit hinunter und nickte.

»Vielleicht könnten wir sie überzeugen, dass du kein Freak bist, und dann könntest du sie ein paarmal die Woche bei uns zu Hause sehen. Kein Nachspionieren, kein Stalken – nur abhängen.« Finn spielte an seinem rechten Ohr herum, wie immer, wenn er nachdachte.

Die dunkle Seite meines Bewusstseins schrie *»JA!«* zu jeder Möglichkeit, in Mias Nähe zu kommen, aber ich ignorierte sie. Alles, was dieser finstere Teil von mir wollte, war höchstwahrscheinlich eine schlechte Idee. Zumindest für den Augenblick war es jedoch der einzige Plan, der funktionieren konnte, bis ich mehr Kontrolle über mich hatte und mir wieder vertrauen konnte.

»Ich weiß nicht so recht. Am Anfang wäre es wohl ein guter Plan gewesen, aber ich habe vermasselt, dass es jetzt noch klappen könnte. Sie will nicht in meiner Nähe sein, und das aus gutem Grund.«

»Aber wir können nicht zulassen, dass du wegen Schlafmangel den Löffel abgibst. Wir überlegen uns etwas.«

Und das war es, einfach so.

Ein Gefühl der Wärme breitete sich von meiner Brust bis in meine Arme aus. Nie hätte ich gedacht, wie sehr ich das brauchte. Jemanden, der wusste, dass ich im Sterben lag und der mir helfen wollte, dieses Schicksal zu durchkreuzen. Genau danach hatte ich mich gesehnt, es aber nicht bekommen. Ich wollte, dass es eine andere Person wusste … und dass es sie kümmerte.

Ich wollte jemanden, von dem ich mich verabschieden konnte.

Nach einem Räuspern zuckte ich mit den Schultern und stand auf. »Wenn du das sagst.«

Es war der lahmste Spruch, den ich kannte, aber ich wusste einfach nicht, was ich sonst sagen sollte. Eine rührselige Ansprache hätte uns beide nur in Verlegenheit gebracht. Dennoch wollte ich irgendwie meine Dankbarkeit ausdrücken.

Finn stand auf und warf seinen Becher in den Abfalleimer. Er fischte meine Autoschlüssel aus der Tasche und ging aus der Tür. Ich holte ihn ein, als wir den Wagen erreichten.

»Hey, ähm … danke, dass du mir glaubst.«

Er grinste und boxte mir gegen die Schulter. »Hey, ähm … danke, dass du in Wirklichkeit nicht so psycho bist, wie ich dachte.«

13

Es war eine fürchterliche Idee. Nervös schritt ich in Finns Küche auf und ab und wischte mir die feuchten Hände zum gefühlt millionsten Mal an der Jeans ab. Wie lange hatte ich mich meiner dunklen Seite nun widersetzt – vielleicht vierundzwanzig Stunden? Ich war kläglich gescheitert. Und obwohl ich wusste, dass es Finns Plan war, machte es die Sache nicht besser. Ich musste anfangen, Mias Bedürfnisse mit einzubeziehen – und im Moment bedeutete das, mich so weit von ihr fernzuhalten wie möglich. Ich hätte mich niemals von ihm überreden lassen dürfen, egal wie gut seine Absichten waren.

Finn fläzte sich am Küchentisch. Es sah aus, als schliefe er. Seit einer Ewigkeit hatte er keinen Muskel gerührt, aber seine Baseballkappe war so tief ins Gesicht gezogen, das es schwierig zu sagen war. Als er sich plötzlich aufsetzte, zuckte ich zusammen.

»Parker, du musst dich beruhigen. Deine Nervosität bringt mich zum Schwitzen, und das heißt schon was. Immerhin hast du die Tür offen gelassen, und es schneit hier drinnen praktisch.«

»Oh, tut mir leid.« Ich ging zur Hintertür und stieß sie mit dem Fuß zu. »Wann wird sie hier sein?«

»Keine Ahnung. Ihr Van hat in letzter Zeit öfter mal den Geist aufgegeben, deshalb setzt Jeff sie hier ab.« Finn lehnte sich in seinem Stuhl zurück. »Wenn du jetzt ausflippst, wird es auch nicht schneller gehen.«

Mit einem Schulterzucken ließ ich mich auf den Stuhl neben ihm plumpsen und rollte meinen Kopf hin und her, in dem vergeblichen Versuch, meine angespannten Muskeln zu lockern. Ich schnappte mir eine Orange aus der Obstschale auf dem Tisch und umfasste sie mit der Hand. »Ich weiß gar nicht so recht, ob ich überhaupt will, dass sie kommt.«

»Versprochen. Das klappt schon.« Er kaute auf dem Ende eines Bleistifts herum, während er zur Haustür spähte.

»Das kannst du nicht wissen.«

»Nein, aber war eine von deinen Ideen gut?«

Ich schluckte schwer und klopfte mit der Orange gegen die Tischplatte. Meine Ideen waren Mist gewesen. Meine Ideen hatten alles unendlich viel schlimmer gemacht – wahrscheinlich unwiederbringlich.

Finn versuchte, seine Nervosität herunterzuspielen, doch er wirkte fast genauso angespannt wie ich. Seine Hände waren ein todsicheres Anzeichen. Wir waren völlige Gegensätze: Wenn er glücklich war, konnte er nicht still sitzen. Im Moment waren seine Arme vor der Brust verschränkt, die Hände unter die Achseln geklemmt. Sie reglos zu halten war das Einzige, was er kontrollieren konnte.

Finn beobachtete mich mit einem Gesichtsausdruck, der irgendwo zwischen Gelächter und Angst eingefroren war. Seine Augen klebten auf meinen Händen. Erst als ich nach unten sah, bemerkte ich, dass ich die Orange immer noch auf den Tisch knallte – fest. Saft sickerte aus den Rissen in der Schale und tropfte über meine Finger auf den Tisch. Ich stand auf, warf die ramponierte Orange in den Müll und nahm eine Serviette, um die Sauerei aufzuwischen. Ich hatte nicht den blassesten Schimmer, was in letzter Zeit mit meinen Händen los war. Es war fast, als führten sie ein Eigenleben. Dann setzte ich mich wieder neben Finn.

»Tut mir leid. Ich hab nicht aufgepasst.«

»Nein, echt? Wenn du Saft willst, hättest du nur was sagen müssen.« Finn blickte auf den Klumpen zerquetschter Orangenschalen im Mülleimer und verzog das Gesicht. »Alles okay bei dir?«

»Ja, alles klar.«

Es war nicht die Wahrheit, und wir wussten es beide. Das war's. Wenn wir es heute nicht schaffen würden, könnten wir es für immer vergessen. Ich würde Mia in Ruhe lassen. Das verdiente sie nach allem, was ich ihr angetan hatte. Es war die einzige Alternative, die ich in Betracht zog. Und anschließend würde ich hoffen, jemand anderen wie sie zu finden, bevor es zu spät war.

Ich schüttelte den Kopf. Dieser Gedanke war so absurd, dass ich am liebsten laut gelacht hätte. Es gab *niemanden* wie sie, niemanden mit ihrer Fähigkeit.

Ich hatte es geschafft, das einzige Mädchen, das mir helfen konnte, wegzustoßen und in panische Angst zu versetzen. Typisch!

Ein Auto fuhr die Auffahrt entlang, und ich sprang von meinem Stuhl hoch. Es klingelte an der Tür. Ich hörte Addie die Treppe zum Flur herunterhüpfen. Sie hatte kein Wort mit mir gewechselt, seit ich mich am Abend zuvor bei Finn entschuldigt hatte. Aber irgendwie war es ihm gelungen, sie zu überzeugen, Mia für heute einzuladen, während ich hier war. Ich hatte keinen Schimmer, welches Druckmittel er gegen seine Schwester in der Hand hatte, doch er musste es richtig gut angestellt haben. Dennoch hatte mich Finn heute ein halbes Dutzend mal angefleht: »Führ dich bitte nicht wie ein Freak auf!«

Ja, als hätte ich mir das ausgesucht!

Falls Addie mir eine zweite Chance gäbe, würde ich ihr beweisen, dass ich immer noch derselbe Mensch war wie früher. Ich würde nicht zulassen, dass ich Mia noch mal verletzte.

Das Herz dröhnte mir in den Ohren, und ich wäre fast aus der Hintertür gestürzt. Alles war so unwirklich. Meine Füße waren wie festgefroren, aber mein Fluchtinstinkt schob mich an wie ein Güterzug.

»Cool bleiben, okay?«, flüsterte Finn, drückte mich zurück auf den Stuhl und holte ein Päckchen UNO-Karten von der Küchenzeile. Ich nahm sie ihm aus der Hand, da ich irgendetwas brauchte, um damit herumzuspielen.

Ich hörte, wie Addie die Tür öffnete, während ich die Karten aus der Schachtel nahm und jedem Wort, jedem Atemzug, jedem Knarzen des Bodens gebannt lauschte.

»Hey!«, sagte Addie, doch dann verstummte sie und redete mit leiser, besorgter Stimme weiter: »Was ist los?«

Meine Hand erstarrte. Die UNO-Karten waren längst vergessen. Ich war Mia absichtlich den ganzen Tag über aus dem Weg gegangen. Diesmal war ich nicht der Schuldige.

»Ich … ich weiß nicht, was ich tun soll.« Mias Stimme klang so kleinlaut und verängstigt.

Obwohl ich für ihren Kummer nicht verantwortlich war, wurde ich von einer Woge der Schuld getroffen. Diesmal steckte ich vielleicht nicht dahinter, aber ich war sicher, dass sie sich meinetwegen schon häufig elend gefühlt hatte.

Das Geräusch der zuknallenden Tür hallte im ruhigen Haus wider, und ich fürchtete schon, Addie hätte Mia nach draußen gebracht. Doch dann hörte ich sie wieder reden.

»Heute nach der Schule … habe ich eine E-Mail bekommen.« Ihre Stimme zitterte bei jedem Wort.

Ich blickte zu Finn und sah seine Verwirrung, die sich mit meiner messen konnte. Er neigte den Kopf und zeigte mit hochgezogener Augenbraue auf mich. Ich schüttelte den Kopf. Ich kannte nicht einmal ihre E-Mail-Adresse.

»Von wem?« Addies Stimme war angespannt. Ich wusste, dass sie wahrscheinlich an mich dachte. Wen sonst sollte sie nach meinem Verhalten auch verdächtigen, Mia etwas geschrieben zu haben, das sie derart aus der Fassung brachte? Ich hielt den Atem an und flehte im Stillen, dass Mia meinen Namen reinwaschen würde.

»Es ist ziemlich offensichtlich, aber ich kann es nicht beweisen. Er hat die Mail nicht unterschrieben.« Mias Stimme klang gedämpft, als hätte sie die Hände vor dem Gesicht. Verbitterung und Angst schwangen in jedem ihrer Worte mit. Meine Schuldgefühle fühlten sich an wie ein Gewicht, das auf der stumpfen Seite einer Klinge ausbalanciert wurde und sich jedes Mal, wenn sie sprach, tiefer in meine Brust bohrte. »Er hat Dinge gesagt … schlimme Dinge. Er w…will mir wehtun.«

Mein Atem kam in einem Schwall heraus und ließ sich nicht länger zurückhalten. Ich hörte ein Keuchen im Nebenzimmer, und Finn starrte mich an, als wäre ich ein Volltrottel. So fühlte ich mich auch.

Im Bruchteil einer Sekunde war Mia vom Sofa aufgesprungen und in die Küche gestürzt. Als ihre suchenden Augen meine trafen, konnte ich ein Schaudern nicht unterdrücken. Sie erblasste, sah jedoch nicht weg. Dunkle Flecken von ihrer zerlaufenen Wimperntusche hatten sich einen Weg über ihre tränennassen Wangen gebahnt. Addie kam herbei, stellte sich kopfschüttelnd hinter sie und starrte wütend von Finn zu mir und wieder zurück.

Mir schwirrte der Kopf, und ich hatte nur noch den einen Gedanken, auf den ich mich konzentrierte. Ich musste ihr helfen und ihr beweisen, dass ich es diesmal nicht war. »Mia, lass mich die E-Mail sehen.«

Ihre Augen wurden groß, dann verzog sich ihr Gesicht vor Wut, bevor sie antwortete: »Du bist wirklich völlig verrückt, oder? Was ist nur los mit dir?« Sie hob eine Hand und rieb sich den Hinterkopf, und meine Gedanken pulsierten bei der Erinnerung an den größer werdenden roten Fleck von letztem Abend. Die verquere Genugtuung, die ein finsterer Teil von mir empfand, ließ mich würgen. Ich hatte in ihre Augen gesehen, und die Dunkelheit in mir war befriedigt.

Was war nur aus mir geworden?

»Wie geht es deinem Kopf?« Ich ließ meine Stimme so ruhig wie möglich klingen.

Mias Gesicht war vor Wut und Angst verzerrt. »Ich m… musste es nicht nähen lassen. Tut mir leid, dich enttäuschen zu müssen.«

Addie legte Mia eine Hand auf die Schulter, doch sobald sie sie berührt hatte, wirbelte Mia herum.

»Du wusstest, dass er hier ist?« Der Ausdruck von Verrat auf Mias Gesicht war herzzerreißend, und Addie zuckte zusammen.

»Nein ... ich meine, ja. Es war ein Fehler. Tut mir leid.« Addie funkelte mich finster an, und ich hatte nicht die Kraft, ihr in die Augen zu sehen.

»Mia.« Finn stand auf, versuchte die Wogen zu glätten.

»Red nicht mit mir! Du bist ebenfalls krank, weil du dich mit ihm abgibst.«

Finn fiel die Kinnlade herunter, und er sank seufzend auf seinen Stuhl zurück. Sein Plan war restlos gescheitert.

»Ich war das nicht«, sagte ich leise. Zum ersten Mal schien Mia tatsächlich zuzuhören. Ich wollte, dass sie mich nicht länger anstarrten, als wäre ich ein Monster. Und erst recht wollte ich glauben, dass sie im Unrecht waren. Dass ich nicht langsam zu dem wurde, für den sie mich sowieso schon hielten. »Ich will dir nicht wehtun.«

Mia glich einer Statue, während sie mich beobachtete. Nur ihre Hände bewegten sich, und sie zitterten so sehr, dass ich überrascht war, dass nicht ihr gesamter Körper bebte. Auf einmal hatte ich den Eindruck, als würde ich einer Zeitbombe zusehen, die jeden Moment hochgehen konnte.

Ich wollte ihre Hände packen, damit sie nicht weiter so zitterten, wusste aber, dass es ein großer Fehler wäre. Ihr Blick war zu verhalten, um daraus lesen zu können, ob sie meinen Worten Glauben schenkte oder nicht. Und falls nicht, wäre es wohl keine sonderlich gute Idee, sie zu packen.

Wut und Groll stiegen in mir auf, und ich versuchte mit aller Gewalt, nicht der Böse zu sein. Wenn jemand Mia verletzen oder ihr Angst einjagen wollte, wollte ich helfen. Ich *musste* helfen – es war die einzige Möglichkeit, allen zu beweisen, dass sie falschlagen.

Ich wusste, es wäre dumm, sie zu berühren, also ging ich ins Wohnzimmer und holte stattdessen ihren Rucksack. Mit langsamen, bedächtigen Schritten kam ich in die Küche zurück und legte ihn auf den Tisch.

Die anderen wirkten wie starre Porträts und nicht wie echte Menschen. Nur in ihren Augen, die jeder meiner Bewegungen folgten, schien Leben zu stecken.

»Bitte, lass mich dir helfen.« Ich griff nach dem Reißverschluss, in der Hoffnung, sie hätte die E-Mail ausgedruckt, um sie Addie zu zeigen.

Bevor der Rucksack auch nur halb offen war, entriss ihn mir Mia.

Ihr ganzer Körper zitterte vor Wut und Angst, aber sie wich nicht zurück und starrte zu mir hoch. Ihre Augen verflochten sich mit meinen, und der Zorn in ihnen schien kurz vor dem Überkochen zu sein. Als sie schließlich sprach, verzerrten ihre zusammengebissenen Zähne ihre Stimme zu einem leisen Knurren. »Bleib. Weg. Von. Mir!«

Dann rannte sie aus der Haustür.

In der Stille, die nun folgte, verkrampften sich alle meine Muskeln. Ich gab auf, brach auf dem Stuhl zusammen und legte den Kopf auf den Tisch. Ich rührte mich nicht einmal, als mir Addie einen Hieb auf den Hinterkopf versetzte.

»Was ist nur los mit dir? Merkst du gar nicht, was du ihr da antust?«

»Er hat das nicht getan, Addie.« Die Traurigkeit in Finns Stimme kam meiner gleich.

Addie seufzte. »Ich will auch nicht wahrhaben, dass er die E-Mail geschrieben hat, aber er ist definitiv nicht ganz unschuldig.«

Mein Kopf bewegte sich keinen Zentimeter, doch als ich hörte, wie sie sich zum Gehen umdrehte, sagte ich: »Ich muss diese E-Mail sehen. Ich will ihr helfen.«

Addie blieb wie erstarrt im Türrahmen stehen, oder zumindest klang es danach, und als ich sie wieder reden hörte, war sie den Tränen nahe. »Parker, ich hätte niemals gedacht, dass ich das je zu dir sagen würde, aber bitte tu uns allen einen Gefallen. Halt dich von Mia fern – und von meiner Familie –, bis du dir Hilfe gesucht hast.«

Nachdem sie fort war, konnte ich mich ein paar Minuten nicht dazu durchringen, mich zu rühren. Jede Hoffnung, jeder Traum, dass sich alles zum Besseren wenden könnte, war aus meinem Körper gesaugt worden. Es war vorbei. Warum klammerte ich mich derart an einem Leben fest, das nicht viel länger dauern und nur Erschöpfung und Schmerz für alle bedeutete, die mir am Herzen lagen?

Ich wusste nicht, was mehr wehtat – Addie, die den Glauben an mich verloren hatte, oder Finns beharrliche Hoffnung. Sie waren zwei der wichtigsten Menschen in meinem Leben, und einer von ihnen lag falsch.

Wenn Addie falschlag, was spielte es dann für eine Rolle? Mein Leben war sowieso ein Scherbenhaufen.

Wenn Finn falschlag, wäre ein schneller Tod das Beste, worauf ich hoffen konnte, und die einzige Möglichkeit zu verhindern, wieder jemanden zu verletzen.

Es war so still, dass man fast hätte glauben können, ich wäre völlig allein, wäre Finn nicht ab und an auf seinem Stuhl hin und her gerutscht. Ich stöhnte auf. Wie war es möglich, dass selbst dann, wenn wir es besser machen wollten, alles nur noch schlimmer wurde?

Als ich mich aufsetzte, stellte ich überrascht fest, dass Finn seine Sonnenbrille aufgesetzt hatte. Ich hatte nicht die Kraft, ihn zu fragen, warum, also hob ich einfach nur die Augenbrauen.

»Ja. Ich trage auch nachts Sonnenbrillen. Ich bin schrecklich cool.«

»Was tust du da?«

Finn zuckte mit den Schultern. »Du musst heute Nacht ihre Träume sehen.«

Ich schüttelte den Kopf und streckte den Arm nach seiner Brille aus, doch er duckte sich weg.

»Ich werde nicht zulassen, dass du dich aufgibst – besonders nicht jetzt.«

Bittere Enttäuschung sickerte durch meine Venen, und ich konnte meine Stimme nicht mehr ruhig halten. »Warum nicht? Wir haben es versucht, und sieh nur, was wir angerichtet haben! Aufzugeben erscheint mir im Moment die beste Alternative zu sein.«

»Aber du darfst nicht aufgeben.« Finn zuckte mit den Schultern und stand auf. »Sieh dir ihre Träume zumindest heute noch mal an. Vielleicht geben sie dir einen Hinweis darauf, wer ihr diese E-Mail wirklich geschickt hat.«

»Du hast sie doch selbst gehört. Sie will, dass ich sie in Ruhe lasse. Mich um meinen eigenen Kram kümmere.« Meine Stimme klang kalt, selbst in meinen Ohren.

So sehr ich meine dunklen Instinkte nicht gewinnen lassen wollte, fiel es mir gleichzeitig schwer, mich mit der einzigen Person zu streiten, die mir glaubte.

»Nach allem, was sie deinetwegen durchgemacht hat –

sollltest du dich da nicht vergewissern, dass dieser Kerl keine echte Bedrohung darstellt?« Finn öffnete die Hintertür und schob mich hinaus.

Ich wusste, dass er mich manipulierte, aber er hatte ja auch nicht ganz unrecht. Zumindest das schuldete ich Mia.

Noch bevor ich etwas erwidern konnte, redete er weiter. »Erzähl mir morgen, was du herausgefunden hast. Addie würde mir niemals vergeben, wenn wir zulassen, dass Mia nach dem heutigen Fiasko etwas zustößt. Und da du im Moment der Hauptverdächtige bist, würdest du wohl im Gefängnis landen. Wo es, wie ich gehört habe, ziemlich beschissen ist.« Er schloss die Tür, und ich hörte kaum mehr sein dumpfes »Gute Nacht«, als sie ins Schloss fiel.

14

Mias Traum traf mich bis ins Mark. Verschwunden waren die friedlichen Szenen und die Leichtigkeit der Anfangssequenz. Ihre Traumschichten vibrierten so heftig, dass es sich anfühlte, als würde sie mich mit ihnen schlagen. Die Wucht erschütterte mich, bis meine Zähne schmerzten.

Ich versuchte mich in dem Wahnsinn zu orientieren. Der Albtraum wirbelte in schierem Chaos um mich herum. Mia und ich waren ganz in Schwarz gekleidet, eingehüllt in Schatten. Sie saß neben mir auf dem Boden, umschlang die Knie, schluchzte und wiegte sich vor und zurück. Überall um uns herum schwirrten andere Ebenen des Traums – ein Aufblitzen von Bildern, Albträumen und Erinnerungen, die sich in einem Strudel der Verwirrung überlagerten. Jedes Geräusch wurde tausendfach zurückgeworfen.

Mein Bewusstsein schreckte vor dem Bombardement auf meine Sinne zurück, wollte den Albtraum nicht wahrhaben, der meinen idyllischen Zufluchtsort verdrängt hatte. Mias Träume waren nicht so. Hier gab es nichts Friedliches oder Schönes mehr.

Ich kniete mich neben sie und hielt mir in dem verzweifelten Versuch, nicht den Verstand zu verlieren, die Ohren mit den Fäusten zu. Ich war doch für das hier nicht verantwortlich … oder?

Der Lärm verhallte, bis ich nur noch ein schwaches Rauschen hörte. Der Geruch nach Verbranntem kitzelte mir in der Nase. Erleichterung durchfuhr mich, bis Mias Schluchzen lauter wurde und mich ihre Gefühle trafen. Es war eine Mischung aus bitterster Not und Angst, die mich keuchend und mit weit aufgerissenen Augen zurückließ. Unter diesem wildem Schmerz konnte ich nicht denken. Was war nur los?

Das Wirbeln ließ nach, und wir befanden uns auf einmal in einem grasbewachsenen Vorgarten. Die anderen Schichten mussten sich kurzzeitig abgespalten haben. Das Haus vor uns war dunkel, aber ich sah, wie sich plötzlich ein Feuer von einem Fenster zum nächsten ausbreitete. Innerhalb weniger Sekunden stand das Gebäude in Flammen.

Das war der Moment, als ich das Schreien vernahm.

Zuerst dachte ich, es wäre Mia, aber dann erkannte ich, dass es aus dem obersten Stock des Hauses kam. Mia rollte sich auf die Seite, schlang beide Arme um den Kopf. Ihr Kummer floss direkt in mich hinein. Ihn zu beenden war alles, was zählte. Unfähig, die Augen zu schließen oder das Geräusch gänzlich auszublenden, schlug sie wie wild um sich, versuchte sich wegzudrehen.

Das Kreischen im Haus wurde lauter, und ich zwang mich, die lodernde Feuersbrunst anzusehen. Wenn Mia sich dem hier stellen musste, würde ich es auch tun.

In dem Haus bewegten sich Gestalten. Ich sah Gesichter im oberen Stockwerk – ein Mann und eine Frau, beide älter. Die Frau hatte lange braune Haare, der Mann eindringliche blaue Augen. Es mussten ihre Eltern sein.

Ich beobachtete, wie sie gegen das Fenster klopften. Der Mann hantierte am Riegel herum, versuchte ihn zu öffnen.

Rauch nahm mir die Sicht, und ich konnte nichts mehr erkennen. Doch dann, als die Flammen die beiden Gestalten umschlossen, wurden sie leuchtend hervorgehoben. Die Arme fest um den anderen geschlungen, verschmolzen sie mit dem Feuer, und innerhalb weniger Sekunden war alles ruhig.

Mias keuchender Atem erfüllte die Stille, und ich kauerte mich neben sie. Mein Magen verknotete sich. Ich wusste, meine Tränen spiegelten die ihren. So viel Schmerz. Ich betete zu Gott, dass dies keine Erinnerung war, aber tief in meinem Inneren wusste ich es besser. Die Schärfe des Himmels, die Sterne, die Eindringlichkeit der Hitze, der Geruch – alles war zu klar umrissen, um nur ein Traum zu sein. Das hier war real. Kein Albtraum könnte so echt sein – so schrecklich.

Mia hatte zusehen müssen, wie ihre Eltern verbrannten.

Ich saß neben ihr und barg den Kopf in meinen Händen. Entsetzt musste ich mir eingestehen, wie sehr ich ihre Probleme noch verstärkt hatte. Kein Wunder, dass sie keine meiner Fragen über ihre Vergangenheit beantwortet hatte. Nie im Leben hätte ich gedacht, dass sie Zeuge von etwas derart Fürchterlichem gewesen war.

Ich wusste, ich konnte Mia im Traum nicht berühren, aber das war zu viel. Ich konnte ihr nicht einfach nur zusehen, nicht bei all dem Kummer, den sie durchlitt. Ich streckte mich und schlang beide Arme um ihre zitternden Schultern. Verblüfft keuchte ich auf, als ich den weichen Stoff ihres T-Shirts unter den Fingern spürte, sie sich an mich lehnte und an meiner Brust weinte. Dann legte sie die Arme um mich und zog mich so fest an sich, dass ich kaum Luft bekam. Ich spürte ihren Schmerz, der allmählich verflog. Es war so sonderbar und ergab keinen Sinn, aber irgendwie schien es mir gelungen zu sein, ihr durch den Albtraum zu helfen. Aus irgendeinem Grund glitt meine Berührung nicht einfach durch sie hindurch.

Ich hielt sie mehrere Stunden, während die wirbelnden Schichten kamen und gingen. Wir saßen im Gras, und Mia schluchzte an meiner Brust, bis die Flammen das Haus in Schutt und Asche gelegt hatten. Ich sog ihre Traurigkeit in mich auf und strich ihr mit der Hand über die weichen Haare. Sie roch nach Salz und Blumen. Mein Versuch, sie zu beruhigen, besänftigte meine eigenen Schuldgefühle, obwohl ich das überhaupt nicht verdient hatte.

Nachdem die Flammen erloschen waren, lösten sich das Haus und der Vorgarten in der Dunkelheit auf. Mias Atem kam nun in leisen Stößen, und auch die wurden immer ruhiger, während sie allmählich die Kontrolle über sich zurückgewann. Die anderen Ebenen ihres Traums verblassten im Hintergrund, und ich wusste, ich sollte versuchen zu schlafen, doch ich konnte sie – wollte sie – nicht verlassen. Nicht in diesem Albtraum. Das schuldete ich ihr. Insbesondere da ich wusste, dass sie mich hier spüren konnte.

»Vielen Dank«, flüsterte Mia.

Ihre kleinen Hände strichen mir über den Rücken, was mir einen Schauer über die Wirbelsäule jagte. Sie versuchte herauszufinden, wer ich war. Ihre Finger glitten an meinen Schultern entlang und meinen Oberarm hinab, bis sie das Gesicht von meiner Brust hob und mir in die Augen blickte.

Ihr Ausdruck verwandelte sich von Neugier in pures Entsetzen, und im Bruchteil einer Sekunde war Mia aufgesprungen. Ich glitt zu Boden, während ihre Panik durch meine Nerven schoss und sie wund und rau zurückließ. Als sie den physischen Kontakt zu mir unterbrach, schien sie Verwirrung zu packen. Sie wirbelte vor und zurück, mit suchenden Augen und Armen, die sie schützend vor sich ausstreckte. Anscheinend konnte sie mich nicht mehr sehen.

Ich erstarrte, versuchte durch ihre Angst zu atmen. Ich hatte gehofft, ich könnte ihr zeigen, wer ich wirklich war, ihr beweisen, dass ich ihr nichts tun wollte – wenn auch nur in ihren Träumen. Aber es war zwecklos. Es war meine Schuld. Ich hatte diesen Horror in ihr geweckt. Als er wie ein Skalpell durch mich hindurchglitt und mein Innerstes durchtrennte, wehrte ich mich nicht. Ich verdiente jede Wunde.

Bevor ich mich versah, veränderte sich der Traum und umwehte uns wie Stoff im Wind, bis wir in unserer Schule ankamen. Ein Gewitter ließ das Gebäude erzittern.

Mia rannte zur Wand und legte den Lichtschalter um. Nichts geschah. Ein typisches Albtraumszenario. Meine Muskeln verkrampften, spürte ich doch, dass dieser Traum kaum besser werden würde als der vorherige.

Ein leises, grauenhaftes Kichern kam von der anderen Seite des Gangs, gefolgt von Schritten. Ich kniff die Augen zusammen, und Mia blieb stehen, starr wie eine Statue, während wir beide auszumachen versuchten, wer die Person war. Der Fremde verharrte im Schatten.

Dann wurden die Schritte schneller, und ein wildes Knurren erfüllte die Luft. Bei Mias Fluchtinstinkt sträubten sich mir die Nackenhaare. Sie rannte den Gang hinab, weg von der unheimlichen Gestalt. Erst wurde ich von ihr mitgerissen, dann rappelte ich mich auf und sprintete neben ihr her.

Der Gang schien sich endlos zu erstrecken, und der Verfolger kam mit jedem Atemzug näher. Mia rannte, bis sie sich keuchend die Seite hielt. Mein Herz pochte von der Anstrengung in meinen Ohren. Wir erreichten das Ende des Korridors, aber statt der Türen, die hinaus zum Parkplatz führten, baute sich vor uns eine Wand mit Schließfächern auf – eine Sackgasse.

Mia suchte nach etwas, mit dem sie sich verteidigen könnte, aber da war nichts. Sie versuchte einen Spind nach dem anderen zu öffnen, um sich in einem zu verstecken, doch sie waren allesamt verschlossen.

Neue Gefühle gesellten sich jetzt zu der Angst – ein Hauch von Wut und Verwirrung. Mein eigener Zorn vermischte sich mit ihnen. Ich wollte Mia unbedingt helfen, sie vor jedem weiteren Schmerz beschützen. Zusehen zu müssen, wie ihre Eltern starben, und dann auch noch ein unheimlicher Stalker wie ich, der ihr wie ein Schatten folgte? Sie hatte genug ertragen müssen. Wenn jemand friedliche Träume verdiente, dann Mia.

Die Schritte wurden langsamer, und wieder hallte dieses beunruhigende Lachen von den Wänden wider.

»Bitte – lass mich in Ruhe«, wimmerte Mia.

»Du weißt, dass ich das nicht kann.« Die Stimme aus dem Schatten war tief, verzerrt und rau. »Ich habe dir doch gesagt, was ich für dich empfinde.«

»Jemanden zu bedrohen hat nichts mit Liebe zu tun.« Mia spuckte die Worte förmlich aus.

»Vielleicht weißt du nicht, was echte Liebe ist.«

Der Verfolger war jetzt nur noch wenige Meter entfernt, und ihre Unterhaltung ließ mich schaudern. Ich war nicht mehr sicher, ob ich überhaupt noch wissen wollte, wer er war. Der Kerl entzündete ein Streichholz, und ich würgte, als ich eine finstere, kältere Version von mir erblickte, die eine Fackel hochhielt. Nein, das konnte nicht wahr sein!

Das höhnische Grinsen in meinem Gesicht und das eisige Funkeln in meinen Augen waren dunkler, als ich es jemals in einem Spiegel gesehen hatte – fast unmenschlich –, und dennoch wusste ich sofort, wer es war. Mia kannte mich besser, als ich vermutet hätte, und besser, als gut für sie war. Sie hatte die Dunkelheit in mir wahrgenommen und diesen Teil von mir in ihren Albträumen zum Leben erweckt.

Und hier konnte ich nicht einmal versuchen, ihn zu kontrollieren.

Angst pulsierte in Mia, als sie sich vor der Flamme wegdrückte und der Dunkle näher kam. Ich wollte nicht sehen, was Mia mir alles zutraute, doch gleichzeitig konnte ich die Augen nicht abwenden. Während ich in der Ecke stand, zitterte mein ganzer Körper inmitten all der Angst, die ich in ihr ausgelöst hatte.

Der Dunkle streckte sich nach ihr und berührte ihr Gesicht. Sie zuckte zusammen. Da packte er sie an den Haaren und knallte ihren Kopf gegen den Spind. Mein Schädel explodierte mit ihrem Schmerz. Mia kreischte, Blut rann ihr über das Gesicht.

»Du wirst lernen, mich zu lieben – und niemand anderen.« Die Stimme gehörte jetzt mir, nicht der rauen Verzerrung von vorhin. Aber das war doch Unsinn … ich konnte das nicht sein. Ich hatte noch nie etwas Derartiges gesagt, nichts darüber, Mia zu »lieben«. Es sei denn, es stand in der E-Mail, von der Mia glaubte, sie stamme von mir. Mir war übel von all den Gefühlen und Bildern. Der Dunkle in dem Traum mochte nicht ich sein, aber er nährte sich von der Realität, die ich für Mia geschaffen hatte. Durch das, was ich getan hatte, glaubte sie nun, dass ich dieser Kerl war.

Als Mia so leise flüsterte, dass man es kaum verstand, brachte der Dunkle die Fackel näher an ihr Gesicht. Sie erstarrte wie ein Reh im Scheinwerferlicht, unfähig, sich zu bewegen. Mein Körper versteifte sich, als ich ihre nackte Angst spürte. Nachdem ich den Albtraum mit dem Tod ihrer Eltern gesehen hatte, verstand ich, warum. Es wunderte mich nicht mehr, dass sie sich geweigert hatte, als Jeff sie am Strand näher ans Lagerfeuer hatte schieben wollen.

Ich beobachtete, wie ich – *er* – eine Strähne ihres Haars packte und sie ans Feuer hielt. Mia schrie auf, als die Flamme emporschoss und fast ihren Kopf erreichte, bevor der Dunkle sie zwischen zwei Fingern ausdrückte. Er lachte. Er genoss es, sie zu quälen.

Ich wollte ihn aufhalten, aber ich konnte nicht. Meine Fäuste glitten einfach durch ihn hindurch. Anscheinend konnte ich den Träumer berühren – zumindest bei Mia war mir das gelungen –, aber ich war machtlos, was den Traum selbst betraf. Donner erschütterte das Gebäude von außen wie ein Spiegelbild der Frustration, die in mir grollte.

Der Dunkle – mein anderes Ich – öffnete einen Spind und zog einen Metallständer heraus. Fluchend trat ich einen Schritt zurück. Dieser Spind war verschlossen gewesen, als Mia vor wenigen Sekunden an ihm gerüttelt hatte.

Der Dunkle steckte die Fackel in den Ständer, die Flamme viel zu nah an Mias Gesicht gerichtet. Ihr gesamter Körper zitterte so heftig, dass der Spind hinter ihr ein sonderbares Klappern von sich gab, das in dem leeren Korridor widerhallte.

Der Dunkle packte mit einer Hand ihren Schopf und presste ihr Gesicht an seines. Seine andere Hand wanderte unverblümt über ihren Körper, und Mia schrie entsetzt auf.

Schaudernd wich ich zurück. Ich konnte das nicht, wollte ihre Gefühle nicht spüren, wollte kein Teil davon sein.

Egal, was er tat, Mia schien sich nicht rühren zu können. Ihre Augen waren starr auf das Feuer geheftet. Meine schlimmsten Ängste spielten sich direkt vor mir ab, und ich spürte Mias Panik – die Panik *meines* Opfers. Wie hatte ich zulassen können, dass ich in ihrem Leben zu diesem Monster geworden war? Steckte es in mir und wartete nur darauf, an die Oberfläche zu gelangen?

Nein, es war schlimmer. Ich wusste, es hatte bereits Kontrolle über mich gewonnen.

Der Dunkle knallte Mias Kopf wieder gegen den Spind und knurrte: »Küss mich jetzt, oder du wirst dir wünschen, es getan zu haben.«

Mia zuckte mit keiner Wimper. Sie hob die Augen nicht von der Flamme, aber sie war immer noch da und wollte nicht kampflos aufgeben. Ihre Wut flackerte auf, als sie den Mund öffnete und beide Lippen nach innen sog, bis nur noch ein dünner Streifen Rosa blieb. Mia war stark. Sie war immer noch sie selbst.

Der Dunkle brüllte, ein Geräusch der unsäglichen Wut, das ich noch nie zuvor gehört hatte. Er rammte Mias Kopf gegen den Spind. Rubinrotes Blut tropfte zu Boden. Dann tat er es wieder. Und wieder. Und wieder.

Ihre Augen waren immer noch offen, doch ihr Blick starrte ungerichtet in die Ferne, während der Traum allmählich verschwamm.

»Hör auf!« Ich spürte förmlich, wie sich meine Stimme meiner Kehle entriss. Mein Kopf wurde von einer Schmerzwelle nach der anderen gebeutelt. »Hör auf, ihr wehzutun!«

Nichts veränderte sich, niemand hörte mich. Ich schrie weiter, bis meine Kehle rau war, hämmerte mit den Händen gegen den Spind, bis sie bluteten, aber sie machten kein Geräusch. Ich kroch tiefer in die Ecke, zitternd und schluchzend, während ich mir selbst dabei zusah, wie ich Mia mit den Fäusten zu einem blutigen Brei verarbeitete. Abgesehen von ihren dunkelblauen Augen war ihr Gesicht nicht wiederzuerkennen. Sie starrten nicht mehr in die Flamme, sondern schienen direkt mich anzusehen. Mein *echtes* Ich. Mit einem letzten markerschütternden Knall gegen den Spind schlossen sich ihre Augen und erlösten mich aus meiner ganz persönlichen Hölle.

15

Als Mom hörte, wie ich mich im Bad übergab, verbot sie mir, in die Schule zu gehen. Es war Freitag, und ich wusste, dass ich einen Geschichtstest verpassen würde, doch das interessierte mich nicht. Ich war natürlich nicht wirklich krank, aber zu Hause zu bleiben klang verlockend. Jedes Mal, wenn ich blinzelte, sah ich Bilder von Mias Albtraum vor meinem geistigen Auge, und es drehte mir den Magen um.

Also blieb ich zu Hause und war wieder allein. Ich hatte versucht zu schlafen, in meine weiße Leere zu flüchten – wenn auch nur, um den Bildern zu entkommen, die meinen Kopf plagten wie Luftpistolen, die aus großer Nähe abgefeuert wurden. Doch zum ersten Mal seit Jahren gelang es mir nicht.

Noch einmal zu erleben, was ich in Mias Albtraum gesehen hatte, war das Letzte, was ich wollte, aber die Bilder krallten sich beharrlich an mir fest. Jeder Erinnerungsfetzen sorgte für weitere Fragen und Sorgen.

Wer hatte die E-Mail geschickt? Was stand darin? Wie war das Feuer ausgebrochen, das ihre Eltern auf dem Gewissen hatte?

Irgendwann in Mias erster Woche hatte Addie gesagt,

dass sie zur Therapie ging. Das war gut. Wenn dieses Feuer eine Erinnerung war, insbesondere eine frische, dann bräuchte sie jede Hilfe, die sie bekommen konnte. Ich musste Mia dazu bringen, dass sie mit mir redete, mir die Fragen beantwortete, die mir auf der Seele brannten. Doch die Wahrscheinlichkeit, dass es dazu kam, und zwar bald, war gleich null.

Außerdem hatte der Traum neue Fragen aufgeworfen. Zum Beispiel, wie es möglich war, dass ich sie berühren konnte? War dies ein weiterer Aspekt, der Mia einzigartig machte? Seit Jahren hatte ich nicht mehr versucht, einen Träumer zu berühren, was also war jetzt anders? Konnte ich nun alle Menschen berühren? Hatte sie mich tatsächlich gesehen? Würde sie sich daran erinnern?

Ich schnaubte und boxte mit der Faust in das Dekokissen auf dem Sofa. Nur dieses eine Mal wollte ich, dass sich etwas als einfach herausstellte.

Es klopfte an der Tür. Ich blickte zur Uhr auf der Mikrowelle. Die Schule war aus, und ich hatte angenommen, dass Finn nach gestern Abend irgendwann hier auftauchen würde.

Als ich die Haustür öffnete, verschwand das Grinsen aus seinem Gesicht. »Wow, du bist wirklich krank? Ich hatte gedacht, das wäre nur eine Ausrede. Du siehst schrecklich aus.«

»Nicht richtig krank, aber ich fühle mich schrecklich, ja.« Ich lehnte mich gegen die Arbeitsplatte, dankbar für den Umstand, dass Mom erst spät nach Hause käme. Wenn Finn fand, ich sähe schlimm aus, würde Mom wahrscheinlich ausflippen.

Finn zog einen Stuhl heraus und setzte sich rittlings

darauf, um mich ansehen zu können. Stirnrunzelnd verschränkte er die Arme über der Lehne. »Was ist passiert?«

»Keine Ahnung.« Ich schüttelte den Kopf. »Weißt du, was mit Mias Eltern geschehen ist?«

»Nein. Addie weiß es vielleicht, aber sie redet seit gestern nicht mehr mit mir. Mias Eltern waren in dem Traum?«

»Im ersten Teil.« Ich ging zum Tisch und zog ebenfalls einen Stuhl heraus. Mein Körper war zu schwer, um mich aufrecht zu halten. Ich verschränkte die Arme, stützte mich auf der Tischplatte ab und sank auf den Stuhl. »In dem Traum saß sie in ihrem Vorgarten und hat beobachtet, wie ihre Eltern bei einem Hausbrand gestorben sind.«

Finn blickte weg und schwieg eine Minute. Als er wieder sprach, war seine Stimme leise und düster. »Du glaubst, das ist wirklich passiert?«

Ich dachte darüber nach, es abzustreiten, doch wem sollte das nützen? »Ja.«

»Verdammt!« Finn ging zum Kühlschrank und schnappte sich ein Dr. Pepper. Er hielt mir auch eines hin, aber ich schüttelte den Kopf.

»Und dann wurde der Traum noch schlimmer.«

Finn trat nervös von einem Bein aufs andere, während er den Deckel seines Getränks aufschraubte und sich dann wieder hinsetzte. »Was kann schlimmer sein, als das mit anzusehen?«

»Die Bilder waren nicht so schlimm wie die Gefühle«, murmelte ich.

Finn stellte sein Getränk vor sich auf den Tisch. »Hä?«

»Ich konnte fühlen, was sie fühlte. Das ist nichts Neues, so geht mir das bei allen Träumern. Normalerweise ist es auch nicht so schlimm.« Ich rieb mit den Knöcheln über die Tischplatte und blickte auf. »Aber dieses Mal war es schrecklich.«

»Oh.« Mit aufgerissenen Augen stürzte er sein Getränk hinunter. »Wow.«

Wir schwiegen. Sein hastiges Schlürfen hallte im Zimmer wider. Die Uhr an der Küchenwand tickte die Sekunden fort. Keine Geheimnisse mehr. Ich musste nicht mehr mit allem allein klarkommen. Ich konnte ihm reinen Wein einschenken.

»Jemand hat sie in der Schule den Flur entlanggejagt. Ich glaube, sie hat große Angst vor Feuer – was logisch ist, wenn das mit ihren Eltern wirklich so abgelaufen ist.« Mit einem Schlag platzte alles aus mir heraus, wie ein Gift, das ich krampfhaft zurückgehalten hatte – als könnte es mich töten, wenn ich es weiterhin unterdrückte. »Nun ja, als der Kerl sie eingeholt hat … war ich das.«

Finn verzog das Gesicht. »Du hast sie gejagt? Warum?«

»Das war nicht ich. Sie hat nur geträumt, dass ich es wäre. Sie hält mich für denjenigen, der ihr die E-Mail geschickt hat, und deshalb hat sie in ihrem Traum …« Ich fuhr die Holzfaser auf dem Tisch mit dem Finger nach. »Ich musste mir selbst zusehen, wie ich der Böse war.«

Finn nippte an seinem Getränk und zupfte an seinem Ohr. Dann stand er auf und verließ das Zimmer. Ein paar Sekunden später kam er mit meinem Basketball zurück. »Komm. Lass uns ein paar Körbe werfen, während wir reden.«

Ich zuckte mit den Schultern und folgte ihm nach draußen. Finn stand auf der Freiwurflinie, die wir mit dreizehn auf meine Einfahrt gemalt hatten. Er warf, traf aber nur das Netz. »Und, hat der andere sie erwischt?«

»Ja.«

»Und?« Er holte sich den Ball und warf ihn mir zu. Ich versuchte es ebenfalls und verfehlte den Korb – es war mir egal. Durch meinen Kopf wirbelten immer noch Erinnerungsfetzen des Albtraums.

»Sie hält mich für ein Monster. Was auch immer in dieser E-Mail steht, muss schlimm sein.« Wie von selbst glitten meine Hände in mein Haar und zogen daran. Aus irgendeinem Grund tat der Schmerz gut. Vielleicht verdiente ich ihn einfach.

»Was ist dann passiert?« Finn umklammerte den Ball so fest, dass sich seine Knöchel abzeichneten. Im Vergleich zum Rest seiner Haut waren sie schneeweiß.

Ich holte tief Atem und redete leise, sah überallhin, nur nicht zu Finn. »In dem Traum habe ich ihr eine Fackel ans Haar gehalten und ihren Kopf gegen den Spind geschlagen, bis sie so blutig war, dass ich ihr Gesicht nicht mehr erkannt habe.« Ein Schauder packte mich, und ich schwang die Arme vor und zurück, um ihn abzuschütteln.

Finn stieß ein leises Pfeifen aus, bevor er einen weiteren Wurf machte. »Hat dein anderes Ich etwas gesagt?«

Ich dachte nach. »Irgendwas darüber, dass er Mia dazu bringen wird, ihn zu lieben.«

»Okay, wir wissen also, dass dieser Psychotyp das wahrscheinlich in seiner E-Mail geschrieben hat.« Finn dribbelte den Ball beim Reden durch seine Beine. »Und bei dieser Art von Gewalt können wir wohl annehmen, dass er ein paar ziemlich schlimme Drohungen ausgesprochen hat.« Er drehte sich auf einem Bein, um mich anzusehen. »Hast du irgendeine Idee, wer es in Wirklichkeit sein könnte? Ist vorher mal jemand in ihren Träumen aufgetaucht?«

»Nein, sie war immer allein, bis jetzt. Ihre Träume waren bis gestern Nacht ziemlich eintönig.«

»Ist das normal? Immer wieder denselben Traum zu haben?«

»Nun ja, Albträume können sich schon wiederholen, wegen der sehr starken Gefühle, die sie auslösen, aber bei anderen Träumen ist mir das noch nie untergekommen. Andererseits ist vieles an Mias Träumen sonderbar.« Ich schnappte mir den Ball von Finn, versuchte einen weiteren Wurf von der 3-Punkte-Linie – und verfehlte. »So wie gestern Nacht, da hat sie während des Feuers geweint, und ich habe sie umarmt. Bisher konnte ich die Träumer nie berühren. Aber als ich sie im Arm gehalten habe, konnte sie mich spüren. Das ist definitiv etwas Neues.« Ich rieb mir die Augen und blinzelte ein paarmal. Sie ließen sich nicht mehr scharf stellen.

Ein Grinsen stahl sich auf Finns Gesicht. »Ihr habt Händchen gehalten – wie süß!«

Ich versuchte zu lachen, aber es hörte sich selbst in meinen Ohren gezwungen an. »Ja, bis sie mein Gesicht gesehen hat und völlig ausgeflippt ist – das war der Moment, als der andere Teil des Traums eingesetzt hat.«

Finns Lächeln schwand, doch er hörte nicht auf zu dribbeln. »Und du bist sicher, dass du noch nie zuvor in einem Traum jemanden berührt hast?«

»Ja. Ich habe es probiert, aber es hat nie geklappt. Allerdings ist das nun auch schon wieder eine Weile her. Vielleicht hat sich etwas verändert.«

»Aber was?«

»Keine Ahnung, aber ich mache das schon länger. Vielleicht habe ich im Laufe der Zeit mehr Kontrolle erlangt?«

Ich zuckte mit den Schultern. »Ich weiß es beim besten Willen nicht.«

Finn nickte und machte einen Korbleger. Dann holte er sich den Ball und wandte sich mir zu. »Und, wie sollen wir herausfinden, wer die E-Mail in Wirklichkeit geschickt hat?«

Ich starrte ihn an. Ich hatte nicht wirklich erwartet, dass Finn mir weiterhin helfen wollte. Nach vergangener Nacht fühlte ich mich nutzlos – vielleicht wären alle besser dran, wenn ich einfach weglaufen würde und nie mehr zurückkäme. Doch falls es der E-Mail-Freak ernst meinte und Mia etwas antäte, nachdem ich fort war, würde ich mir das niemals verzeihen.

Geschickt luchste ich Finn den Ball ab und machte meinen ersten Korb. »Als Erstes sollten wir uns überlegen, wer etwas gegen sie haben könnte.« Ich dribbelte den Ball eine Minute lang und zuckte dann mit den Schultern. »Ich bin ihr auf Schritt und Tritt gefolgt und habe nichts bemerkt. Die einzigen Menschen, mit denen ich sie gesehen habe, waren Jeff und Addie.«

»Ja, wir brauchen vielleicht Hilfe, um hier weiterzukommen.«

»Dann haben wir zwei Möglichkeiten. Mia zu fragen, was keine echte Option ist, oder irgendwie Zugriff auf ihren Computer zu bekommen. Die E-Mail und die E-Mail-Adresse zu sehen, wären wohl ein guter Ausgangspunkt.«

»Im Grunde haben wir drei.« Finn hob den Ball auf und dribbelte ihn ein bisschen, bevor er zu einem Drei-Punkte-Wurf ansetzte – *versenkt.* »Wir könnten versuchen, Addie zu überzeugen, uns zu helfen. Sie und Mia hängen die ganze Zeit zusammen ab. Wenn wir sie auf unsere Seite bringen, könnte sie helfen herauszufinden, wer die E-Mail geschrieben hat. Durch sie kämen wir viel leichter an Informationen.«

Ich runzelte die Stirn. »Sie redet nicht mal mehr mit *dir*. Wie kommst du darauf, dass sie mir helfen würde?«

»Wir sprechen hier von Addie. Wenn jemand sie überzeugen kann, dann du. Sie ist schon fast genauso lang mit dir befreundet wie ich. Vertrau mir. Sie *will* glauben, dass du keiner der Bösen bist.«

Ich war mir nicht so sicher, zuckte aber nur mit den Schultern. Im Moment wäre alles einen Versuch wert.

Finn nickte. »Siehst du dir auch ihre Träume an?«

»Nein.«

Er schnappte sich den Ball und hielt ihn fest umklammert. »Warum nicht?«

Ich kramte in meinem Verstand nach einer plausibleren Erklärung als der Wahrheit. Finn würde es nicht gutheißen, wenn ich sagte, dass seine Schwester das einzige Mädchen war, das ich wirklich mochte. Ich wollte Finns und meine Freundschaft nicht riskieren, selbst wenn es nicht gegen den Brüder-Kodex verstoßen hätte. Und nach dem, was Finn darüber dachte, dass Jeff mit Matts kleiner Schwester ausging, kam es einfach nicht infrage.

»Keine Ahnung«, sagte ich schließlich, zuckte dann mit den Schultern und entriss ihm den Ball. *Tolle Antwort. Spitze!*

»Nun, das musst du – heute Nacht.« Finn holte sich den Ball zurück. »Dann kannst du morgen mit ihr darüber reden.«

Allein die Vorstellung, noch jemandem zu erzählen, dass ich ein Traumseher war, kam mir vollkommen verrückt vor. Es war nicht so, dass ich Addie nicht vertraute, doch sie hielt mich ohnehin schon für durchgeknallt. Es wäre riskant, ihre Träume mit ihr zu besprechen. Ich ballte ein paarmal die Fäuste, öffnete sie wieder und ließ die Anspannung durch sie hindurchgleiten.

»Ohne eine weitere Alternative als der, sich Zugang zu Mias Computer zu verschaffen und ihr Passwort zu hacken, ist es wohl einen Versuch wert.« Ich sah Finn in die Augen. Es war beunruhigend, ihn so grimmig zu erleben. So Finn-untypisch.

Ich nahm den Ball und dribbelte, genoss das kontrollierte Gefühl in den Händen. »Eine Nacht wird aber nicht ausreichen. Womöglich erinnert sie sich nach einer Nacht nicht an genügend Einzelheiten. Es müssen schon ein paar Tage sein, um auf der sicheren Seite zu sein.«

»Dann mal los! Wir brauchen ihre Hilfe, um Mia zu überzeugen, dass du unschuldig bist.«

Mein nächster Wurf prallte am Korbbrett ab, doch Finn sprang hoch und schob den Ball ins Netz.

»Das ist zum Kotzen. Warum zum Teufel bist du nicht im Basketballteam?«

»Ich bin bescheiden.« Er grinste. »Ich will nicht den gesamten Ruhm für mich allein einheimsen. Damit auch Loser wie du ein wenig in den Genuss kommen.«

Ich lachte. »Wow. Wie großzügig von dir!«

Er zuckte mit den Schultern. »So bin ich nun mal.«

Ich klemmte mir den Ball unter den Arm und ging zurück zum Haus. Mit einem Plan in der Tasche fühlte ich mich gleich viel besser, selbst wenn es verrückt klang, Addie einzuweihen. Nach vergangener Nacht kam es nicht mehr infrage, einfach nichts zu tun.

16

Addie dazu zu bewegen, mir in die Augen zu schauen, stellte mich vor eine größere Herausforderung, als ich erwartet hatte. Als Finn und ich zu ihm nach Hause fuhren, hatte sie sich in ihr Zimmer zurückgezogen und kam erst zum Abendessen wieder heraus. Am Tisch starrte sie wutentbrannt auf ihren Teller. Ich konnte den Dampf förmlich sehen, der sich an ihrer Stirn kräuselte. Mr. und Mrs. Patrick wussten, dass etwas nicht stimmte, schienen jedoch in die Einzelheiten nicht eingeweiht zu sein. Sie bombardierten Addie mit Fragen und wechselten besorgte Blicke, als ihre Tochter Antworten nuschelte, ohne sie anzusehen.

Nach der gefühlt tausendsten Frage seufzte Addie und bat, aufstehen zu dürfen.

»Bist du sicher, dass du genug gegessen hast?«, fragte Mrs. Patrick, während sie Addies kaum berührte Spaghetti beäugte.

»Ja. Ich bin satt.« Addie schob den Stuhl zurück und ging in den Garten hinterm Haus.

»Keine Sorge, ich kümmere mich darum.« Finn schnappte sich Addies Teller und schob die Spaghetti samt Soße grinsend auf seinen. Seine Eltern lachten. Finn bohrte mir einen Ellbogen in den Magen, gerade als ich meinen letzten Bissen hinunterschlucken wollte.

Ich hustete. »Vielen Dank fürs Abendessen. Ich sollte jetzt lieber nach Hause fahren.«

»Gern geschehen, Parker«, sagte Mrs. Patrick lächelnd.

»Jederzeit.« Mr. Patrick winkte.

Finn nickte und aß ungerührt weiter, während ich aus der Hintertür spazierte.

Addie saß auf der Hollywoodschaukel. Sie blickte auf und sah mir endlich in die Augen, bevor sie genervt aufstöhnte und sich wieder wegdrehte.

Ich hatte bekommen, was ich wollte, aber irgendwie reichte mir das nicht.

»Ich weiß, du willst das nicht hören«, sagte ich leise. »Aber irgendwie bringe ich das wieder in Ordnung.« Ich ging langsam die Treppe hinunter, da räusperte sie sich, und ich drehte mich zu ihr um.

»Es ist nicht so, dass ich es nicht hören will.« Die Enttäuschung, die in Addies Stimme lag, schmerzte mehr, als ich mir eingestehen wollte. »Ich wünschte nur, ich könnte dir glauben.«

In der ersten Nacht fand der Großteil von Addies Träumen im Musikgeschäft des Einkaufszentrums statt. Mehrere Bands tauchten spontan auf und gaben Mini-Konzerte. Großartig, wenn es sich um Neon Trees oder Daughtry handelte – nicht so toll, wenn es eine dieser Disney-Girliebands war. Zumindest war es nicht langweilig. Ihren Gefühlen nach zu urteilen, schien sie fast durchweg dieselben Bands zu mögen wie ich. Was zwar keine echte Überraschung war, ihr aber weitere Punkte auf der Coolness-Skala einbrachte, ohne dass Addie es überhaupt nötig hätte.

Am zweiten Tag lief ich ihr buchstäblich in die Arme, als sie aus dem Supermarkt kam. Sie schnaubte ein wenig, doch nachdem ich ihr geholfen hatte, das Brot und den Salat vom Boden aufzuheben, und ich mich viermal bei ihr entschuldigt hatte, war sie besänftigt.

In dieser Nacht spazierte Addie im Traum allein durch den Park. Das Mondlicht tauchte alles in sanften Schimmer. Ihre blasse Haut leuchtete. Sie war wunderschön. Ich gab mir alle Mühe, mir einzureden, sie sähe immer noch wie eine magere Zehnjährige aus, aber das tat sie beileibe nicht … ihre Haare lockten sich über ihre Schultern, und ihre schlanke Taille ging geschmeidig in die Hüften über. Addie war eines der hübschesten Mädchen, das ich kannte, und mit Abstand das beeindruckendste. Es war fast eine Strafe, sie so gut zu kennen und zur Untätigkeit verdammt zu sein.

Wir gingen schweigend durch den Park. Allem Anschein nach gab es weder ein Ziel noch einen Grund, hier zu sein. Der kühle Wind wirbelte etwas Nebel vom Bach auf, der nun den Weg vor uns verdeckte. Es war friedlich. Die anderen Schichten des Traums waren weit entfernt und ruhig. Ich fragte mich kurz, ob ich nun schlafen könnte, aber das sanfte Summen der Ebenen im Hintergrund hielt mich von einem Versuch ab.

Addie ging in die Hocke und drehte sich um, als ein Geräusch hinter uns ertönte. Es war gedämpft und fremdartig, eine Mischung aus einem Knurren und schleifendem Metall. Ich konnte die Quelle nicht ausmachen, und nach einem kurzen Moment war es wieder still. Addie biss sich auf die Unterlippe, und ihre Augen suchten die Schatten um uns herum ab. Sie hatte Angst, aber gleichzeitig war sie von einer Zuversicht erfüllt, die mich überraschte. Was auch immer dieses Geräusch verursacht hatte, sie war bereit, ihm die Stirn zu bieten.

Schließlich wandte sie sich ab und ging wieder los. Das Geräusch wiederholte sich nicht, doch den restlichen Traum über war sie ein wenig schreckhaft.

Dann wurde alles um mich herum schwarz, und ich hörte nur noch den Wind. Ich blinzelte und bemerkte dann die letzten Blätter, die an einem Baum ganz in der Nähe hingen. Der Wind zwang ihnen seinen Willen auf, und bei jeder Böe wurden weitere Blätter weggeblasen und wehten zu Boden. Ich beobachtete ihr Treiben, und es dauerte einen Moment, bis ich begriff, dass ich Addie nicht mehr sah.

Ich war ganz sicher in ihrem Traum gewesen, aber jetzt war ich hier … und sie offenbar nicht. Doch wenn ich in letzter Zeit irgendetwas gelernt hatte, dann, dass ich in Wirklichkeit nichts über meinen Fluch wusste. Zudem wollte ich lieber glauben, Addie einfach nicht mehr sehen zu können, als dass ich schlafwandelnd auf einen Baum geklettert war.

Als hätte ich nicht schon genug Probleme.

Ich wusste nicht, wo ich mich befand oder wie ich hierhergekommen war – was eher für meine Addie-Unsichtbarkeitstheorie sprach. Die Kälte schnitt durch mich hindurch wie ein Messer, aber ich wusste, dass es nichts bedeutete. In Träumen konnte alles sehr echt wirken. Ich war sehr weit oben. So wie mein Fluch funktionierte, müsste ich, wenn ich sprang, plötzlich auf den Boden verfrachtet werden, bevor ich dort aufprallte. Ich hatte genügend Klippensprung-Szenarien miterlebt, um das zu wissen.

Wenn es kein Traum war, würde ich mir wahrscheinlich jeden Knochen im Leib brechen. Weshalb ich es nicht auf einen Versuch ankommen ließ.

Licht strömte aus dem linken Fenster im ersten Stock des Hauses vor mir. Es kam mir irgendwie bekannt vor, aber in der Dunkelheit war das schwierig zu beurteilen. Ich blinzelte ein paarmal und versuchte auszumachen, ob es sich bei der Gestalt, die sich im hellen Licht bewegte, um Addie handelte. Als sie die Kapuze an ihrem Sweatshirt nach hinten schob und ihr das dunkle Haar ins Gesicht fiel, keuchte ich auf.

Es war nicht Addie.

Es war Mia.

Wie hypnotisiert beobachtete ich sie, während sie sich ans Fußende ihres Betts setzte. Ihre Schultern zuckten nach hinten, als sie sich Schuhe und Socken auszog. Ich konnte ihr Gesicht erst erkennen, als sie eine Bürste zur Hand nahm und ihre Haare damit bearbeitete. Sie weinte.

Mit jedem Bürstenstrich schien sie ruhiger zu werden. Wenn das hier echt war und sie mich sehen konnte, würde sie auf der Stelle Jeff und Mr. Sparks auf mich hetzen – oder die Polizei anrufen –, aber sie warf keinen Blick zum Fenster. Doch wie konnte das hier echt sein? Warum konnte ich Addie nicht mehr sehen? Wie konnte es immer noch ihr Traum sein, wenn ich sie nicht einmal mehr spürte?

Und unsinnig oder nicht, aber ich konnte nicht leugnen, wie wunderbar es war, Mia ohne Beklemmung anschauen zu können. Es war wunderbar, sie zu beobachten und nicht von Schuldgefühlen geplagt zu werden. Alles hier stimmte mich traurig, doch ich war nicht sicher, wessen Traurigkeit ich spürte.

Ich weiß nicht, wie lange ich dort saß – noch lange, nachdem Mia schlafen gegangen war. Ich rutschte ein wenig an der rauen Rinde herum und fragte mich, wann ich in einen weiteren von Addies Träumen überwechseln würde. Meine Überzeugung, dass dies hier nicht echt war, geriet derart ins Wanken, dass ich nur mit größter Vorsicht den Baum hinabkletterte. Ich setzte mich auf den Boden und zitterte, bis der Traum endete und ich in meine eigene Leere zurückkatapultiert wurde.

Warum nur klammerte ich mich mit aller Gewalt an einem Leben fest, das so sehr einem Albtraum glich, dass ich den Unterschied nicht mehr erkannte?

Der nächste Tag war ein Sonntag, und ich stellte erst mittags fest, dass außerdem Halloween war – mein Gehirn war so damit beschäftigt gewesen, über den sonderbaren Addie-Mia-Traum nachzugrübeln, dass ich meinen Lieblingsfeiertag glatt vergessen hatte. Ich war daran gewöhnt, nichts über meinen Fluch zu wissen, aber dennoch … irgendetwas an diesem Traum beunruhigte mich.

In dieser Nacht gelang es mir nicht, Addies Träume zu sehen. Sie war mit Mia zu einem Scary-Movie-Kino-Marathon gegangen, und da meine Mom ständig nörgelte, dass ich nie zu Hause war, verbrachte ich den Abend mit ihr. Wir spielten Scrabble und verteilten Süßigkeiten an die verkleideten Nachbarskinder. Dann musste ich mir eine von Moms langweiligen Traumpräsentationen ansehen. Sie verkaufte Grundstücke am Strand, und es war eigentlich mehr eine Auktion. Ständig sprangen die Leute auf und überboten sich mit ihren Angeboten.

Ihr schien es zu gefallen. Ich allerdings langweilte mich.

Am nächsten Tag hatte ich den Gipfel der Erschöpfung überschritten. Meine Entzugserscheinungen hatten sich ein wenig gelegt, aber ich war viel müder als zu dem Zeitpunkt, bevor ich Mia getroffen hatte. Sobald meine Wachsamkeit nachließ und meine Gedanken umherschweiften, quälten mich Erinnerungsfetzen von Mias blutigem Gesicht und dem Feuer, das an ihrem Haar leckte. Addies Träume waren eine willkommene Ablenkung gewesen, doch ich hatte in ihnen nicht schlafen können.

Bei Finn zu Hause lief nach der Schule eine sonderbare Gameshow. Wir sahen sie uns mit seinem Dad an, während wir darauf warteten, dass Addie vom Schwimmtraining zurückkam. Meine Lider fühlten sich an, als wären sie aus Blei – sie waren unsäglich schwer. Es war unmöglich, die Augen offen zu halten, solange wir auf dem bequemen Sofa saßen. Doch statt aufzustehen und mit aller Gewalt wach bleiben zu wollen, lehnte ich mich zurück, um wenigstens meine Augen auszuruhen.

Doch auch jetzt bahnten sich Erinnerungen an Mias Albtraum einen Weg an die Oberfläche, egal, wie oft ich sie wegschob. Ich entschied, nicht mehr dagegen anzukämpfen, und wartete ab, was sie mir zeigen wollten. Angst verschleierte Mias Gesicht, als sie sich umdrehte und weglief. Eine schattenhafte Gestalt war ihr auf den Fersen, aber sie konnte sie nicht sehen – sie sah nur mich. Sie weinte jedes Mal, wenn sie einen Blick zu mir zurückwarf, doch ich konnte einfach nicht aufhören, ihr zu folgen. Ich konnte nicht zulassen, dass er sie erreichte. Er verfolgte sie, und ich verfolgte ihn. Mein Atem ging stoßweise. Ich holte auf, schien ihn aber nicht einholen zu können. Wenn es mir nicht gelänge, das wusste ich, dann würde er sie töten. Ich musste sie retten. Ich musste Mia retten.

»Parker.« Ich hörte die flüsternde Stimme eines Mädchens, und eine Hand drückte meine Schulter. »Parker.«

»Mia?«, murmelte ich und versuchte die Augen zu öffnen. Sogleich versteifte sich die Hand und glitt fort. Als ich schließlich meine Lider auseinanderbekam, kniete Addie mit traurigen haselnussbraunen Augen neben mir. Sie sah eher verletzt als wütend aus.

»Setz dich auf! Alle anderen sind beim Abendessen, und du hast so schwer geatmet, dass ich Angst hatte, du hättest einen Herzinfarkt.« Sie blickte auf den Teppich und sagte leise: »Ich hätte dich wohl einfach liegen lassen sollen.«

Ich wollte mich rechtfertigen, aber mein schwerfälliges Gehirn hatte Probleme, Gedanken zu formulieren, ganz zu schweigen von einer schlagfertigen Antwort. Was war gerade geschehen? Es war kein richtiger Traum gewesen – ich war sicher, dass ich nicht richtig eingeschlafen war. Ich hatte einfach nur aufgehört, gegen die Bilder anzukämpfen. Vielleicht eine Art Tagtraum? Als versuchte mein Unterbewusstsein, mir etwas zu sagen, und fände keinen anderen Weg, es zu tun. Sonderbar. »W…Wie spät ist es?«

»Die Uhr steht auf dem Kaminsims. Sieh selbst nach.« Addie zuckte mit den Schultern und schnappte sich ihren Rucksack. Nach außen wirkte sie völlig anders als das Mädchen, das ich früher immer geärgert hatte. Hinter ihr zeigte die Uhr 18:57 an.

»Komm schon, Addie. Tu mir das nicht an.« Ich griff

nach ihrer Hand, um sie am Weggehen zu hindern, aber sie riss sie weg, und meine Finger umschlossen Luft.

»Ich? *Ich* tue dir das an?« Sie kämpfte mit ihrem Rucksack und versuchte ihn sich über die Schultern zu schieben, während sie sich zum Gang umdrehte. »Du bist nicht mal annähernd der Mensch, für den ich dich gehalten habe. Und ich werde es dir nie verzeihen, wenn du Finn mit runterziehst.«

Ich stand auf und versperrte ihr den Weg. »Es ist nicht so, wie du denkst.«

Addie gab die Sache mit dem Rucksack auf und ließ ihn einfach zu Boden fallen. Ihre Hände ballten sich zu Fäusten. »Oh, wirklich? Was habe ich denn da falsch verstanden? Bist du nicht völlig ausgetickt? Bist du etwa nicht beim ersten Mädchen, für das du etwas empfindest, zum Superstalker geworden? Sie hat schon genug durchgemacht, verstehst du?« Ihre Schultern hoben und senkten sich bei jedem Atemzug.

»Es tut mir leid, dass ich mich wie ein Freak aufgeführt habe«, sagte ich und machte einen Schritt auf sie zu. »Aber ansonsten tut mir nichts leid. Manchmal musst du mir einfach vertrauen. Manchmal liegst du falsch.«

Addie stellte sich auf die Zehenspitzen und sah mir fest in die Augen. Die Wut war immer noch da, aber jetzt rollten ihr Tränen die Wangen herab. »Dann solltest du dafür sorgen, dass ich nicht immer recht behalte.«

Es tat weh, ihren Schmerz zu sehen. Ich hob die Hand und strich mit dem Daumen eine ihrer Tränen fort. Ihre Haut war so weich. Meine Finger glitten über ihr Kinn und zu ihrer Schulter. Ich starrte ihr in die Augen, wollte mehr als alles andere auf der Welt, dass sie mich verstand. »Mia ist nicht das erste Mädchen, für das ich Gefühle habe. Ich *mag* sie nicht einmal. So ist das nicht. Sie ist … sie ist nicht *du*, Addie.«

Addie blinzelte, wich aber nicht zurück. Sie war so nah. Meine Hand lag auf ihrer Schulter, und der Drang, sie an mich zu ziehen, war fast überwältigend – doch ich durfte es nicht, nicht jetzt. Wenn ich jemals eine Chance bekäme, ihr Vertrauen zurückzugewinnen, musste ich beweisen, dass ich nicht derjenige war, der Mia bedrohte … zumindest nicht mehr.

Die Hintertür öffnete sich, und die Stimmen von Finn und Mr. Patrick wehten ins Haus, die darüber diskutierten, welche chinesischen Nudeln die besten waren. Ich ließ den Arm sinken.

Addie wischte sich die Tränen von den Wangen, öffnete die Vordertür und blickte auf ihre Füße, während sie mir mit einer Handbewegung zu verstehen gab, dass ich nun gehen sollte.

Ich stand allein auf der obersten Treppenstufe und wünschte inständig, ich könnte ihre Gedanken lesen. Für eine Sekunde verwob sich Addies Blick mit meinem. Dann schloss sie die Tür und ließ mich in dem dämmrigen Licht der Veranda allein.

Dies musste die letzte Nacht sein. Mia brauchte Hilfe – und wir brauchten Addie.

Als ihr Traum einsetzte, stand sie im Schatten und beobachtete sich selbst als kleines Kind – sie war vielleicht fünf oder sechs. Ihr jüngeres Abbild saß auf der alten Metallschaukel, die die Patricks damals im Garten gehabt hatten. Addies kastanienbraunes Haar war länger und fiel ihr in Wellen den Rücken hinab. Miniversionen von Finn und mir kickten einen Fußball hin und her. Die ganze Szene kam mir irgendwie bekannt vor. Es musste eine Erinnerung sein, aber wir hatten schon hundertmal so zusammen abgehangen – ich wusste nicht, warum sie sich gerade an diesen Tag so eindringlich erinnerte.

Sie begann zu schaukeln und summte dabei leise vor sich hin. Wolken zogen auf, schnitten uns vom Sonnenlicht ab. Der Wind frischte auf, wirbelte Addies Haare umher, doch sie schien es nicht zu bemerken. Ein paar Minuten später explodierte die Luft in einem dieser abrupten Oakviller Stürme. Es goss in Strömen, und innerhalb von Sekunden war alles nass. Während der jüngere Finn und ich ins Haus stürzten, erfüllte der Geruch von Elektrizität die Luft, und ein ohrenbetäubendes Grollen ließ die Fenster erzittern. Dann erkannte ich endlich, welche Erinnerung in Addies Traum verflochten war.

Die kleine Addie war allein draußen. Ihr war kalt, und sie wurde immer nasser. Sie weinte auf der Schaukel. Ihr winziger Körper zitterte, und eine lange Locke verhedderte sich in der Kette der Schaukel. Sie rief nach Finn, dann nach mir, doch ihre leise Stimme wurde vom tobenden Sturm überdeckt.

Minuten vergingen, während sie an ihrer Haarsträhne zog, zerrte und riss, verzweifelt bemüht, sich zu befreien. Ich wartete auf den Moment, als mein jüngeres Ich auftauchte und ihr half. Jetzt erinnerte ich mich wieder vage. Die Zeit dehnte sich endlos, während Addie unablässig versuchte, ihr Haar aus der Kette zu bekommen. Sie schluchzte und schreckte jedes Mal hoch, wenn es am Himmel blitzte und der Donner um sie dröhnte.

Schließlich gab Addie auf. Weinend und zitternd saß sie auf ihrer Schaukel, die Arme um den Kopf gelegt, vergeblich bemüht, sich vor dem immer heftiger werdenden Gewitter zu verstecken. Das war der Moment, in dem der siebenjährige Parker endlich zur Tür kam. Er rannte hinaus, packte sie am Arm und wollte sie mit sich ziehen. Sie kreischte vor Schmerz auf, als sich ihre Haarsträhne straff zog. Hastig streckte er den Arm aus und versuchte, ihr das Haar zu entwirren. Ihre dünnen Ärmchen schlangen sich um seine Hüften, als er im Regen den Knoten löste. Schließlich gelang es ihm, sie zu befreien. Sie rannten ins Haus und beobachteten vom Fenster aus den Sturm. Wenige Sekunden später traf der Blitz die Schaukel, die versengt und angeschmort zurückblieb.

Ich sah Addie an, während sie ihren Traum betrachtete. Ein sanftes Lächeln umspielte ihren Mund, und ich wusste, dass ich es auf einen Versuch ankommen lassen musste. Mit der Hand berührte ich sie an der Schulter, und sie drehte sich zu mir um. In ihrem Gesicht war keine Spur der Wut zu erkennen, die seit Kurzem ihr ständiger Begleiter war. Sie schien mich beinahe zu erwarten.

»An dem Tag warst du ziemlich cool.« Sie redete leise, fast so, als wären es nur ihre Gedanken. Dann kam sie näher und schlang ihre Arme um meine Taille, genau wie im Traum.

Ich zog sie an mich, wie ich es mir schon so viele Male in meiner Fantasie vorgestellt hatte, und sie fühlte sich sogar noch besser an, als ich erhofft hatte. Unsere Körper schienen perfekt zusammenzupassen. Ich schob mein Kinn auf ihren Kopf. Sie roch wie im richtigen Leben, und eine unerwartete Glückseligkeit drang tief in meine Haut.

»Ich bin nicht so böse, wie du denkst.«

Ich hoffte, sie könnte mich hören und spüren, war aber nicht sicher.

»Im Stillen habe ich dich immer meinen Held genannt. Von diesem Tag an warst du es auch für mich.« Addie runzelte die Stirn. »Zumindest bis du dich in diesen miesen Typen verwandelt hast.«

Ihre Augen wurden traurig, und sie wollte sich umdrehen, aber ich ließ sie nicht los. Ich fürchtete, ich könnte ansonsten die Verbindung zwischen uns verlieren.

Etwas an der Art, wie sie redete, war ebenfalls anders – so einfach und jung, als wäre ein Teil von ihr immer noch das kleine Mädchen auf der Schaukel. Sie konnte mich hören, konnte mich sehen. In ihren Träumen vertraute sie mir immer noch.

Vielleicht war es an der Zeit, diesen Fluch zu meinem Vorteil zu nutzen.

»Addie, du musst mir etwas versprechen.«

Sie blickte zu mir hoch und hob die Augenbrauen. »Was?«

»Morgen, wenn ich zu dir komme und dich bitte, mir zuzuhören, wirst du dann versuchen, diese Erinnerung und dieses Gespräch im Gedächtnis zu behalten? Wirst du mir zuhören?«

Für einen Moment trafen sich unsere Augen, und sie nickte.

»Okay.«

Ich nahm einen tiefen Atemzug und ließ sie gehen. Sie wandte sich einer anderen Erinnerung zu und war sich meiner nicht mehr bewusst, als wäre ich niemals hier gewesen. Als wäre das alles hier nie passiert.

Ich drückte die verschränkten Arme gegen meinen Brustkorb und versuchte, die kribbelnde Hoffnung im Magen zu kontrollieren.

Morgen würde ich herausfinden, ob ich einen Träumer tatsächlich beeinflussen konnte.

17

Der nächste Tag zog sich so schleppend hin, dass ich meine letzte Schulstunde nur überlebte, indem ich mir hundert verschiedene Möglichkeiten ausdachte, die Uhr an der Wand zu zerstören. Da Addie und ich in verschiedenen Stufen waren, hatten wir keine Kurse zusammen, was den Tag noch viel länger erscheinen ließ. Ich wusste, was auf dem Spiel stand. Entweder konnte sie mich für völlig verrückt erklären, oder sie konnte mir glauben. Die Hilfe von Mias bester Freundin wäre ein großer Vorteil, um meine Probleme zu lösen, aber es war mehr als das. Ich wollte Addie zurück auf meiner Seite haben, zurück in meinem Leben. Ich wollte unbedingt, dass sie wieder an mich glaubte. Und wenn sie mir sagen konnte, was in der E-Mail stand oder Mia sogar davon überzeugen konnte, dass ich nicht der Absender war, wäre das natürlich auch nicht zu verachten.

Darüber hinaus musste ich einfach wissen, ob sie sich an mich in ihrem Traum erinnerte. Denn wenn sie es tat, könnte das ebenfalls alles verändern.

Ich lehnte mich gegen die Spinde vor dem Chemielabor, um nicht nervös auf und ab zu gehen. Chemie war Addies letztes Fach an diesem Tag. Ich hoffte, sie auf dem Weg zum Parkplatz abfangen und überreden zu können, mit mir zu sprechen.

Zuallererst musste ich jedoch meine Schlüssel von Finn zurückbekommen, da er in letzter Zeit das Fahren übernommen hatte. Nachdem ich ihn zum vielleicht vierzehnten Mal hatte murmeln hören, dass er lange genug leben wollte, um aufs College zu gehen, hatte ich ihm entnervt die Schlüssel zugeworfen – und er hatte sie mir nie zurückgegeben.

Ich war so schrecklich müde. Mit jedem Tag, der verstrich, schienen meine Lider fünf Kilo schwerer zu werden. Ich konnte sie kaum noch offen halten – klar zu sehen war längst ein Ding der Unmöglichkeit.

Es war, als hätte sich mein Körper an echten Schlaf mit Mia gewöhnt und verhielt sich nun mehr wie der eines normalen Menschen. Und jetzt, nach nur einer Woche ohne Mias friedliche Träume, holten mich die vier Jahre ohne Schlaf ein. Ohne ihre Träume, ohne echten Schlaf, konnte ich nicht länger durchhalten.

Ein Schüler bog am anderen Ende des Korridors um die Ecke, und ich erhaschte einen Blick auf eine braune Igelfrisur. Als ich genauer hinsah, war er auch schon im nächsten Klassenzimmer verschwunden. Er trug nicht seine gewohnte Jacke, aber ich hätte schwören können, dass es der Totenkopf-Typ war. Bei allem, was mit Mia geschehen war, hatte ich völlig vergessen, ihn zu suchen und herauszubekommen, wer er war.

Der Schulgong ertönte, und ich machte einen großen Satz, was ein paar Zehntklässlerinnen auf der anderen Seite des Gangs zum Kichern brachte. Ich grinste und schüttelte den Kopf, als sie mir lächelnd zuwinkten. Addie war schon halb den Korridor entlanggesprintet, bevor ich überhaupt bemerkte, dass sie an mir vorbeigekommen war. Den Rucksack schulternd, beeilte ich mich, sie einzuholen, aber unzählige Schüler strömten aus den Klassenzimmern und hielten mich auf.

Da kam Coach Mahoney um die Ecke spaziert. »Parker! Ich muss mit dir reden.«

Addie war bereits aus der Tür. Ich hatte keine Zeit, stehen zu bleiben. Außerdem war es nicht dasselbe, ein paar – nun gut, die meisten – von Jeffs Trainingsstunden zu verpassen, oder das Training von Coach Mahoney. »Ich komme morgen in Ihr Büro, Coach!«, rief ich über die Schulter und legte einen Zahn zu. Ich kannte Mahoney lange genug, um zu wissen, dass ihm die Leistung auf dem Feld wichtiger war als taktische Manöver. Und was meine Leistung anging, hatte er sich noch nie beschwert.

»Parker!«, rief er ein zweites Mal.

Ich sprintete durch die Türen, hastete die Treppe hinunter und holte Addie dennoch erst ein, als wir den Parkplatz erreicht hatten.

»Addie, warte!«, schrie ich, als meine Füße fünf Meter hinter ihr auf Asphalt trafen.

Addie erstarrte, dann wirbelte sie herum und funkelte mich an.

Addie – Träume von spontanen Konzerten, unheimlichen Spaziergängen im Park … und mir.

Zuerst überschattete ein Ausdruck voll fassungsloser Wut ihr Gesicht, aber als sie den Mund öffnete, kam nichts heraus. Sie schloss ihn wieder und wartete. Verwirrung lag in ihren Augen. Es dauerte eine ganze Minute, bis ich erkannte, dass sie mir die Möglichkeit gab, etwas zu sagen.

»Wir müssen reden.« Alles an der Art, wie sie mich drohend anstarrte, schrie mir zu, dass sie eigentlich Nein sagen, mich anbrüllen wollte. Also drängte ich weiter: »Es ist wirklich wichtig. Bitte.«

Mit einem entnervten Seufzen rammte sie sich die Hände in die Hüften und ging auf mich zu. »Schön. Was gibt's?«

»Können wir irgendwo hingehen?« Ich wusste einfach nicht, womit ich beginnen sollte. Im Grunde hatte ich nicht erwartet, dass sie zustimmen würde, und mitten auf dem Schulparkplatz schien nicht gerade der beste Ort zu sein, um ein solches Gespräch zu führen.

»Großartige Idee!« Finn erschien wie aus dem Nichts und schob Addie und mich in Richtung meines Wagens. Auf seinem T-Shirt stand: *Sleepaholic – wake me when it's over.*

Wahrscheinlich sollte ich mir auch eines davon besorgen.

»Wir gehen alle?«, knurrte Addie.

»Wir machen's kurz. Versprochen.« Ich öffnete die Beifahrertür für sie und kletterte dann auf den Rücksitz. Meine Mom hatte mir früher immer einen Klaps auf die Schulter gegeben, wenn ich einem Mädchen die Tür nicht aufhielt. Es hatte nicht wirklich wehgetan, aber ihren Standpunkt verdeutlicht. Und nun war es mir längst in Fleisch und Blut übergegangen. Finn fuhr uns vom Parkplatz, und ich versuchte, meine Gedanken zu sortieren.

Addie gab mir ungefähr dreißig Sekunden, bevor sie in ihrem Sitz herumwirbelte und sagte: »Okay, sag, was du zu sagen hast.«

»Erinnerst du dich daran, was du heute Nacht geträumt hast?«

Ihre Augen wurden groß, bevor ihr Gesicht an Farbe verlor. »Nein, warum?«

Ich öffnete den Mund, um etwas zu erwidern, war aber unsicher, was ich sagen sollte. Ihrem Gesichtsausdruck nach log sie, doch ich wollte mir keine falschen Hoffnungen machen.

Addie wandte sich an Finn. »Wohin fahren wir?«

»Nirgendwohin«, sagte er mit einem Grinsen. »Ich will nur sichergehen, dass du nicht weglaufen kannst.«

Sie drückte sich an die Tür und verschränkte die Arme vor der Brust, bevor sie ihren funkelnden Blick auf mich richtete. »Und? Du interessierst dich also für meine Träume?«

»Nicht direkt.« Ich machte eine Pause, hielt es aber für das Beste, den Namen Mia zumindest nicht gleich am Anfang fallen zu lassen. »Ich habe dieses … dieses Talent …«

»Talent?« Addie hob eine Augenbraue, aber ihre Neugier schien jetzt die Oberhand über ihre Wut zu gewinnen.

»Ja. Ich kann die Träume anderer Menschen sehen. Und während der letzten paar Nächte habe ich deine gesehen.«

Ihre Augen schossen verwirrt zwischen Finn und mir hin und her, als würde sie glauben, die Pointe verpasst zu haben. »Äh?«

»Beweis es! Gib ihr Beispiele.« Vor einer roten Ampel hielt Finn an und blickte zu seiner Schwester. »Obwohl sie dir niemals glauben wird, falls sie sich an ihre Träume nicht erinnert.«

Addie wirkte mit jeder Sekunde entnervter.

Ich schüttelte den Kopf. »Ich bin ziemlich sicher, dass sie sich erinnert.«

»Ich bin hier!«, fauchte sie. »Wenn ihr mit mir reden wollt, dann tut es. Wenn nicht, bringt mich nach Hause. Auf der Stelle!«

»Tut mir leid.« Im Kopf ging ich ihre Träume durch und versuchte zu entscheiden, mit welchem ich anfangen sollte.

»Vor ein paar Tagen hast du geträumt, du wärst im Einkaufszentrum – im Musikgeschäft.« Ich musterte eingehend ihr Gesicht, aber sie gab keine Gefühlsregung preis. »Da waren lauter Bands und haben gespielt. Das war ziemlich cool.«

Addie seufzte und rieb sich mit den Händen das Gesicht. Finn ließ den Blick zwischen ihr und der Straße hin und her wandern. Nach einer Minute lehnte sie sich wieder an die Tür und sah mich mit traurigen Augen an.

»Damit hast du nichts weiter bewiesen, als dass du wirklich so unheimlich bist, wie Mia sagt – und wahrscheinlich sogar mehr als nur ein bisschen verrückt.« Sie funkelte Finn an. »Er ist doch dein Freund. Kannst du ihm denn keine Hilfe besorgen? Es seiner Mom sagen?«

»Ich glaube ihm.«

»Nein. Tust du nicht.« Zweifel und Verachtung brannten sich abwechselnd in Addies Gesicht.

Finn parkte den Wagen vor dem Park auf der anderen Seite der Grundschule, drehte den Kopf zu seiner Schwester und warf ihr einen so ernsten Blick zu, wie ich ihn noch nie an ihm erlebt hatte. »Doch, tue ich.«

Dankbarkeit stieg in mir auf. Irgendwann müsste ich mich für all das hier bei ihm revanchieren.

Addie warf die Hände in die Luft, bevor sie sie wieder auf ihre Knie legte. »Nun, dann habt ihr beide nicht mehr alle Tassen im Schrank.«

Etwas in ihrem Gesicht zeugte mehr von Besorgnis denn von Wut. Als fürchtete sie, dass das, was wir sagten, doch wahr sein könnte. Ich musste weiterbohren – durfte nichts zurückhalten.

»Irgendwann diese Woche hattest du einen Traum, in dem du im Park warst. Etwas hat dich verfolgt, dich aber nicht eingeholt.« Meine innere Stimme warnte mich, den Traum vor Mias Fenster anzusprechen. Ich war immer noch nicht sicher, was es gewesen war, und jegliche Erwähnung von Mia konnte dazu führen, dass Addie völlig dichtmachen würde.

Finn lachte und hämmerte mit der Faust aufs Lenkrad. »Wovor hattest du Angst? Etwa Eichhörnchen?«

Sie boxte ihm in die Schulter. »Halt den Mund!«

Ich runzelte die Stirn und sah Finn kopfschüttelnd an. Er durfte sich nicht über sie lustig machen, nicht jetzt.

Er verstand meinen Wink und nickte schulterzuckend. »Ich brauche sowieso etwas frische Luft.« Finn stieg aus dem Auto und ging zu einem nahe gelegenen Pavillon mit einem Trinkbrunnen.

Addie hob das Kinn und sah mich an. In ihren Augen spiegelte sich unsägliche Verwirrung. Ihre Hände umklammerten den Saum ihres lila-grau-gestreiften Hemds. »Ich erinnere mich an den Parktraum. Wie kannst du … wie kannst du davon wissen?«

»Das habe ich dir doch schon gesagt. Ich habe zugesehen.« Ich holte tief Atem und hoffte inständig, sie würde meinen Worten Glauben schenken.

Sie schüttelte den Kopf. »Um ehrlich zu sein, weiß ich nicht mal genau, ob ich dir überhaupt glauben *will*. Wenn es wahr sein sollte, dann hast du mich irgendwie abgehört.

Meine Träume sind privat, und ich will nicht, dass du in ihnen herumschnüffelst. Aber wenn es gelogen ist, dann bist du verrückt und total durchgeknallt.«

»Oh.« Ich war ein Idiot. Genau das war der Grund, warum ich Addies Träume bisher gemieden hatte. Irgendwie hatte ich geahnt, dass sie so reagieren würde. Ich legte die Hand hinter die Kopfstütze ihres Sitzes, widerstand jedoch dem Drang, Addie zu berühren. »Es tut mir leid. Wenn es dich tröstet – vor dieser Woche habe ich mir deine Träume nie angesehen. Und ich werde es auch nie wieder, wenn du mir bloß glaub…«

Sie hob den Blick und fiel mir ins Wort. Ihre Augen waren eindringlich. »Hast du … ich meine, wissen die Menschen, dass du da bist? Können sie dich sehen? Reden sie mit dir?«

»Wenn ich sie berühre, können sie mich sehen, und ich kann mit ihnen reden. Aber ich weiß nicht, ob sie sich daran erinnern.« Ich machte eine Pause, zu nervös, um zu fragen, obwohl mich die Antwort brennend interessierte. »Gestern Nacht hast du geträumt, dass wir jünger waren und sich dein Haar während eines Sturms in der Schaukel verheddert hat. Nach der Erinnerung habe ich dich berührt …«

Addie keuchte auf, ihre Hand flog an ihren Mund. Mit der anderen umfasste sie meine, suchte nach Halt. Geflüsterte Worte drangen zwischen ihren Fingern hindurch.

»Ich erinnere mich an dich.«

Die Tragweite ihrer Worte schoss durch mich hindurch, rasch und unerwartet wie ein Wüstensturm, der einen Laster voll Sand in meiner Kehle zurückließ. Nach dem vierten Versuch zu schlucken, brachte ich endlich ein Wort heraus.

»Aus deinem Traum?«

Sie nickte verhalten. Eine Hand bedeckte immer noch ihren Mund, als wollte sie sich selbst vom Reden abhalten. Ihre andere Hand zitterte. Ich umschloss sie mit meinen Händen und hielt sie fest.

»Woran genau erinnerst du dich?«

Addies Hand glitt von ihrem Mund in ihren Schoß, und sie biss sich auf die Lippe. »An alles, glaube ich.« Sie schloss die Augen und lehnte sich in den Beifahrersitz zurück. »Ich erinnere mich, dass du auch noch nach der Erinnerung da warst. Es ist sonderbar, weil du zu dem Zeitpunkt richtig dazugehört hast, als wärst du Teil des Traums.«

Sie öffnete die Augen. »Aber als ich dich heute gesehen habe, habe ich mich daran erinnert, dass du dabei warst, und irgendwas war anders, so als wäre es eine eigenständige Erinnerung.«

»Du erinnerst dich also an unser Gespräch? Was habe ich gesagt?« Ich versuchte, mir keine trügerischen Hoffnungen zu machen. Das zählte nur, wenn sie sich an alles erinnerte und wenn es bei jedem funktionierte und nicht nur bei ihr. Trotzdem war es unglaublich, dass sie sich überhaupt an mich erinnerte.

Addies Stirn kräuselte sich. »Wir haben über das Gedächtnis gesprochen – und du hast mich gebeten, mich an das Gespräch zu erinnern, falls du später mit mir darüber reden willst. Richtig?«

Der Atem, von dem ich gar nicht bemerkt hatte, dass ich ihn die ganze Zeit über angehalten hatte, rauschte aus mir heraus. »Ja, das war's im Großen und Ganzen.«

Sie holte tief Luft und runzelte die Stirn. »Nun, da das keine Erklärung – oder Rechtfertigung – für all den Mist

ist, den du in letzter Zeit abgezogen hast, sollte ich jetzt lieber gehen.« Sie zog ihre Hand weg und faltete sie in ihrem Schoß.

Ich räusperte mich. »Da gibt es noch mehr.«

Addie lehnte sich zurück und sah mir fest in die Augen. Sie wirkte erleichtert. »Ich hoffe, es ist gut. Raus damit.«

Es dauerte nur ein paar Minuten, um ihr zu erklären, wie mein Fluch funktionierte. Ich erzählte ihr von meinem Schlafmangel und der Art, wie Mias Träume schlagartig alles verändert hatten. Nachdem ich geendet hatte, seufzte sie.

»Das also ist der Grund, warum du immer so müde aussiehst.« Sie biss sich auf die Lippe und legte dann die Hand auf meinen Arm, bevor sie fortfuhr. »Es tut mir leid. Ich wusste nicht ... ich habe ein paar ziemlich unschöne Dinge gesagt.«

Ich zuckte mit den Schultern. »Das ist schon okay. Ich habe auch ein paar unschöne Dinge getan.«

»Ich weiß, aber ...« Sie drückte meinen Arm. »Du wirst also sterben, wenn ... wenn wir keine Lösung finden?«

Ich nickte, und ihr Gesicht wurde aschfahl. Ich wusste nicht, was ich sagen sollte. Bisher hatte ich noch niemanden wegen meines möglichen bevorstehenden Todes beruhigen müssen. Vielleicht war es falsch, aber bei dem Ausdruck des Entsetzens auf Addies Gesicht fühlte ich mich schon nicht mehr ganz so allein. Es war ein Trost, den ich noch nie zuvor erlebt hatte.

Sollte ich sterben, würde ich zumindest vermisst werden ... und nicht nur von Mom und Finn.

Da klopfte Finn ans Fenster, und wir zuckten beide erschrocken zusammen. Addie kurbelte die Scheibe herunter.

»Hier draußen ist es kalt. Wenn ihr zwei jetzt mit Rummachen fertig seid …«

»Du kannst mich mal«, fiel ihm Addie ins Wort.

Finn lachte, ging ums Auto herum und glitt auf den Fahrersitz, doch Addie nahm die Hand nicht von meinem Arm. »Nun, ich weiß es zu schätzen, dass du es mir erzählt hast, wirklich, aber was genau erwartest du von mir? Warum hast du mich eingeweiht?«

»Wir hatten gehofft, du könntest uns mit Mia helfen.« Ich versuchte, ihren Gesichtsausdruck zu lesen, aber er verdüsterte sich und wurde undurchdringlich.

»Du bist also nicht derjenige, der die E-Mails geschickt hat?«

»Nein, das war ich nicht. Warte mal … E-Mail*s*? Sie hat mehr als eine bekommen?« Ich spürte, wie mir bei der Erinnerung an Mias Albtraum ein Schauder den Rücken hinablief.

»Ja, sie bekommt alle paar Tage eine. Es sind schon mindestens zwei oder drei.« Addie ließ meinen Arm los und rieb mit den Fingern über ihre Knie. Sie schien jetzt nervöser zu sein als während meines ganzen Geständnisses.

»Was ist los?« Finn sah so verwirrt aus, wie ich mich fühlte.

»Es ist nur … wäre es *Parker* gewesen …« Addie blickte zu mir und dann zurück zu ihrem Bruder. »Ich wusste einfach, dass er ihr niemals wirklich etwas antun würde. Ich dachte, er würde sich einen bösen Scherz mit ihr erlauben, was schlimm genug ist. Aber wenn es jemand anders ist … wer kann schon sagen, was er vorhat.«

»Ganz genau.« Ich nickte. »Wir brauchen deine Hilfe, um herauszufinden, wer ihr in Wirklichkeit diese Mails schickt.«

Finn legte einen Arm um seine Kopfstütze und drehte sich so, dass er uns beide ansah. »Wenn uns das gelingt, können wir vielleicht genügend Beweise sammeln, um Mia zu überzeugen, dass es nicht Parker ist.«

Addie seufzte und beugte den Kopf über das Armaturenbrett. »Da seid ihr bei mir an der falschen Adresse.«

Mir drehte es den Magen um. »Warum?«

»Seit dem Tag, als sie bei uns war und dich dort gesehen hat, lässt Mia kein Wort mehr über die E-Mails fallen. Ich meine, sie erzählt mir, wenn sie eine bekommen hat, aber wenn ich sie frage, was darin steht oder ob sie immer noch denkt, dass sie von dir ist, flippt sie völlig aus. Sie hat dann regelrecht Panikattacken – schüttelt den Kopf und fängt an, richtig heftig zu atmen. Dann stürzt sie davon. Nach drei solcher Reaktionen …« Addie zuckte mit den Schultern. »Habe ich aufgehört zu fragen.«

Mein Körper sackte auf der Rückbank zusammen. Sicher, Addie glaubte mir, aber es würde uns nun doch nichts helfen. Jedes Mal, wenn ich kurz vor der Lösung meines Problems stand, zog jemand eine riesige Steinmauer zwischen mir und der Ziellinie hoch.

Und ich hatte die Nase voll davon, ständig gegen Steinmauern zu rennen.

Als ich aufblickte, sah ich Addie und Finn, die sich beide von ihren Vordersitzen zu mir beugten und mich scharf musterten. Sie sahen traurig aus … und verängstigt.

»Es tut mir leid«, sagte sie.

»Ist schon okay. Wir müssen einfach einen anderen Weg

finden.« Ich kniff die Lider fest zusammen, dann öffnete ich sie wieder. »Ich muss ihre Träume sehen – vielleicht finde ich einen Hinweis.«

»Nein, schlechte Idee.« Finn schüttelte den Kopf. »Du willst das doch nicht noch mal durchmachen.«

»Was durchmachen?« Addie warf mir einen Blick zu, aber ich schüttelte den Kopf und schaute aus dem Fenster Richtung Park. Ich schaffte es nicht, noch jemandem von dem Albtraum zu erzählen. Ihn in meinem eigenen Kopf wie in Endlosschleife zu durchleben, war schlimm genug.

»Mia hatte einen Albtraum wegen dem Kerl, der sie bedroht. Und in ihrer Vorstellung ist Parker dieser Typ. Ist nicht lustig, dir selbst dabei zusehen zu müssen, wie du Böses tust.«

Addie verzog das Gesicht.

»Seid ihr sicher, dass wir es nicht allein rausfinden können? Gibt es da jemanden, den ihr für fähig haltet, die E-Mails zu schicken?«, fragte Finn und zupfte wieder an seinem Ohr.

»Nein, keine Ahnung.« Ich fühlte mich unwohl und rutschte auf dem Sitz herum.

»Was ist mit Thor?« Mit einem Hoffnungsschimmer im Gesicht drehte sich Finn erneut zu mir um. »Er ist verrückt, hat Aggressionsprobleme und hat sich außerdem in Bezug auf Mia ziemlich komisch verhalten, oder?«

»Er macht so ziemlich jedem Angst, auch ohne sich groß anzustrengen.« Addie nickte Finn zu. »Er könnte es sein.«

»Außerdem scheint er es zu genießen.« Finn kramte in seinem Rucksack herum.

Ich zuckte mit den Schultern. »Vielleicht, aber ich glaube, dass Mia nur wichtig für ihn ist, weil sie Jeffs Pflegeschwester ist. Er scheint kein sonderliches Interesse an ihr zu haben, außer wenn er mich ihr vom Leib halten muss. Und wir sind sicherlich alle der Meinung, dass das irgendwie gerechtfertigt ist.«

»Nun, lasst uns eine Liste der Verdächtigen aufstellen.« Finn fischte einen Stift und ein Blatt Papier aus seiner Tasche.

Addie bedeckte den Mund mit der Hand und versuchte, ein Lachen zu unterdrücken.

»Was?« Finn blickte auf. »Ich habe mit Begeisterung Cluedo gespielt.«

Ich hob die Achseln. »Dann mal los.«

»Wir sollten jeden Typen einbeziehen, mit dem wir sie gesehen haben.« Finn schrieb *Thor* auf seinen Zettel und *Jeff* darunter. »Dann ist da dieser Kerl, den sie von der Arbeit im Einkaufszentrum kennt. Chad.« Es war lahm, aber er war die einzige andere Person, die mir einfiel. Finn setzte den Namen auf die Liste und sah mich dann erwartungsvoll an.

Es war eine Minute lang still, und Addie seufzte. »Es ist schwer vorstellbar, dass jemand, den wir kennen, etwas so Schreckliches tun könnte. Und es muss nicht mal jemand sein, den wir kennen. Es könnte jemand von ihrer alten Schule sein.« Sie lehnte den Kopf gegen den Sitz und stöhnte. »Ich wünschte, sie würde einfach mit mir reden.«

»Ich finde schon einen Weg, ihre Träume zu sehen. Es spielt keine Rolle, wie heftig es für mich ist«, erklärte ich bestimmt, obwohl mein Magen genau das Gegenteil sagte. »Wenn das unsere einzige Chance ist, einen Hinweis zu bekommen, tue ich es. Sie braucht unsere Hilfe.«

Keiner der beiden widersprach. Sie sahen mich einfach

nur an. Ich wusste, sie wollten helfen, aber ich war der Einzige, der wirklich etwas tun konnte. Außerdem halfen sie mir schon mehr, als sie jemals geahnt hätten. Es war schön zu wissen, dass sie mir glaubten.

Ich hatte keine andere Wahl. Meine einzige Chance wiedergutzumachen, was ich Mia angetan hatte, war, sie zu beschützen. Selbst wenn es mich umbrachte, würde ich dafür sorgen, dass ihr keine Gefahr drohte. Außerdem hatte ich immer gewusst, dass ich so nicht für immer leben könnte. Ebenso gut könnte ich auf meinem Weg ins Jenseits etwas Sinnvolles tun.

»Ich kann weiterhin versuchen, Mia zu überreden, sich mir anzuvertrauen oder mir zumindest die E-Mails zu zeigen.« Addies Stimme klang matt.

Ich beugte mich vor. »Ja, aber bedräng sie nicht zu sehr, damit sie nicht austickt. Sie braucht eine Freundin.«

Addie nickte, auch wenn sie hilflos aussah. »Ich denke, ich könnte zumindest die Sache mit dem Augenkontakt vereinfachen.« Sie blickte mich so sanftmütig und traurig an, dass mich der schmerzhafte Drang überkam, alles wieder in Ordnung zu bringen.

»Vielleicht kann ich das versuchen, was ich bei dir getan habe, und schauen, ob ich in ihren Albträumen zu ihr vordringen kann«, sagte ich. »Vielleicht funktioniert es.« Ich versuchte optimistisch zu klingen, obwohl ich im Grunde nicht daran glaubte.

Für Mia war ich schlicht und ergreifend ihr lebendig gewordener Albtraum.

18

»Nur noch ein kleines Stück.« Addies Augen funkelten, während sie erneut an meiner Hand zog. Ich hatte nicht die Kraft, so schnell zu gehen, wie sie wollte. Aber sie ließ nicht locker, bis wir die Tür zur Krankenstation erreicht hatten.

Als wir durch die Tür traten, erhob sich Mrs. Allison hinter ihrem Schreibtisch. Ihr Haar glich einem flauschigen Footballhelm, doch sie hatte ein freundliches Gesicht. »Hallo, Addie.« Mit Besorgnis in den Augen sah sie zu mir. »O nein, dir geht es wohl nicht so gut.«

Ich warf erst Addie einen raschen Blick zu, dann der Krankenschwester. »Nein. Irgendwie nicht.«

»Parker hat in letzter Zeit starke ... äh ... Kopfschmerzen. Er hat jetzt eine Freistunde, und ich dachte, er könnte vielleicht eines der Krankenzimmer zum Lernen benutzen. Mit all den anderen Schülern in der Bibliothek fällt es ihm schwer, sich zu konzentrieren.« Addie sah mich an und nickte mir aufmunternd zu.

»O ja, im Grunde eher Migräne.« Ich hob eine Hand und rieb mir den Nacken. »Es ist furchtbar schwer, mich dort drinnen zu konzentrieren.«

»Du Armer!« Mrs. Allison legte mir den Handrücken

auf die Stirn. Nach einem Moment nickte sie. »Migräne kann einem das Leben zur Hölle machen, nicht wahr?«

Ich nickte.

»Addie, sei doch so lieb und führ ihn in das hintere Krankenzimmer. Das wird sowieso nur als Abstellkammer benutzt.«

»Kein Problem.« Addie hüpfte geradezu, während sie mich über den ruhigen Gang zu einem Zimmer führte, das zur Hälfte mit Kartons vollgestopft war. Sie ging hinein, ließ ihren Rucksack fallen und stapelte ein paar Kisten gegen die hintere Wand.

»Addie …« Ich ließ meinen Rucksack auf den Boden fallen und half ihr. »Und warum muss ich hier drinnen lernen?«

»Das musst du gar nicht.« Sie warf mir ein wunderschönes Lächeln zu und wuchtete einen weiteren Karton auf den Stapel an der Wand.

»Oh.« Mein Kopf war wie leergefegt. Ich hatte nicht den blassesten Schimmer, was ich sagen sollte. Wenn sie mir so nah war, konnte ich nicht klar denken.

»Ausgezeichnete Antwort.« Addie lachte und wandte sich wieder den Kartons zu. Sie schien mir ihren Plan nicht verraten zu wollen, bis sie mit Aufräumen fertig war. Deshalb entspannte ich mich einfach und half ihr. Nach ein paar Minuten war das Zimmer ordentlich, und ich ließ mich verwirrt auf die Pritsche in der Ecke plumpsen.

Addie schob die Tür mit dem Fuß zu und setzte sich dann neben mich aufs Bett. Mir wurde schmerzlich bewusst, wie gut sie roch und dass ihr Bein meines berührte. Ich wusste nicht, warum, aber das war alles, worauf ich mich konzentrieren konnte. Sie roch frisch, nach Seife und Orangensaft. Ihr Geruch sog alles Nützliche in meinem Kopf auf und verwandelte mein Gehirn in einen Schwamm. Ich schloss die Augen und holte tief Atem.

»Das ist genau das, was ich mir gedacht habe.«

Meine Augen flogen auf, und ich starrte sie an. Es war unmöglich, dass sie dasselbe dachte wie ich.

»Wirklich?«

»Oder vielleicht nicht?« Ihre Stirn legte sich in Falten. »Das wird gut, nicht wahr?«

Ich nickte automatisch. »Wahrscheinlich?«

Addie legte den Kopf schief und zupfte an einer Haarsträhne. Ihr Mundwinkel schoss in die Höhe. »Du hast keine Ahnung, wovon ich rede, oder?«

»Nicht den leisesten Schimmer.« Grinsend zuckte ich mit den Achseln. »Aber es ist sehr unterhaltsam.«

Sie kicherte. »Das habe ich eingefädelt, damit du ein bisschen Extra-Ruhe bekommst.« Sie breitete die Hände aus und klopfte auf die Pritsche, auf der wir saßen.

»Oh.« Ich sah mich in dem stillen, fensterlosen Raum um. Es war nicht so, als hätte ich nicht versucht, mich in den Lernstunden auszuruhen, aber das Einzige, was mir ein Nickerchen brachte, war ein wenig Frieden für mein Gehirn. Bei all dem Geschnatter und Gekicher in der Bibliothek funktionierte es sowieso nicht. Hier drinnen war es ruhig. Es war genial. *Sie* war genial.

Sie biss sich auf die Lippe und ließ den Blick von meinen Augen zum Kissen hinter mir gleiten.

»Es ist perfekt, Addie.« Ich schlang einen Arm um sie und drückte sie fest an mich.

»Gut.« Sie entspannte sich und legte einen Arm auf meinen Rücken. »Ich wollte dir einfach helfen.«

Wie war es möglich, dass sie nicht wusste, wie sehr sie mir bereits geholfen hatte? Ich schob den Finger unter ihr Kinn und hob es an, bis sie mir in die Augen sah.

»Danke … für alles.«

Ihre Augen und ihre Lippen waren so nah, dass ich ihren Atem auf meiner Haut spürte. Ich räusperte mich und ließ ihr Kinn los, doch sie wich nicht zurück. Ein scherzhaftes Funkeln leuchtete in ihren Augen, als wollte sie mich necken, mich in Versuchung führen, es einfach zu tun.

»Gern …« Sie zwinkerte mir mit einem sanften Lächeln zu. »Geschehen.«

Es gab nichts, was ich lieber getan hätte, als mich an sie zu schmiegen und ihre weichen Lippen auf meinen zu spüren. Aber das durfte nicht sein. Das Letzte, was ich im Moment brauchte, war eine weitere Komplikation oder Finn, der wieder auf mich sauer war.

Ich legte den Kopf auf das Kissen und die angewinkelten Beine über ihren Schoß. Sie war gefangen. »Und, ist das die Pritsche, die Jeff benutzt? Sollten wir nicht lieber etwas Desinfektionsmittel holen?«

Sie lachte und lehnte die Stirn an mein Bein. »Ja, das ist sie, aber keine Sorge. An meinem ersten Tag als Schwesternhelferin bin ich mit einer Flasche Bleichmittel hergekommen. Niemand will *das* in seinem Krankenzimmer haben.«

»So ein hervorragender Service.« Ich schüttelte das Kissen aus und grinste zu ihr hoch.

»Glaubst du wirklich, wir finden heraus, wer hinter Mia her ist? Werden wir ihr helfen können?« Ihre Stimme klang traurig.

Ich wusste nicht, was ich antworten sollte. Addie zu

trösten wäre ein Kinderspiel, doch ich wollte nicht mehr lügen. »Keine Ahnung. Aber ich verspreche, ich werde alles in meine Macht Stehende tun, um auf sie aufzupassen.«

»Das weiß ich.« Sie drehte ihr Gesicht zu mir, und ihre Augen trafen meine. »Versprich mir, dass du auch auf dich aufpasst, ja?«

Als ich in ihre traurigen Augen sah, verlor ich alle Willenskraft. Obwohl ich gerade geschworen hatte, die Wahrheit zu sagen, würde ich nun wie gedruckt lügen, nur um zu sagen, was sie hören wollte. Nichts war wichtiger, als dass sie sich besser fühlte. »Versprochen.«

Sie lächelte, und in dieser Sekunde wusste ich, dass sich die Lüge gelohnt hatte.

Meine Lider waren so schwer, dass ich sie kaum noch offen halten konnte. Flatternd schlossen sie sich. Ich bemerkte kaum, dass Addie unter meinen Beinen hindurchglitt und aus der Tür schlüpfte.

Eine Extrastunde Ruhe am Tag brachte nicht alles in Ordnung, aber es half besser, als ich erwartet hätte. Ich war nicht weniger müde, doch mein Gehirn schien besser zu funktionieren.

Darüber hinaus arrangierte Addie den besten Zeitpunkt, um Augenkontakt zu Mia herzustellen, und sorgte dafür, dass sie dann am richtigen Ort war. Anschließend lenkte sie Mia ab, damit die nicht ausflippte.

Finn setzte das Gerücht in die Welt, dass ich mich kürzlich einer Augenoperation unterzogen hatte und meine Augen noch sehr lichtempfindlich waren. Daraufhin warfen mir die anderen zumindest keine sonderbaren Blicke mehr zu, weil ich im Schulgebäude eine Sonnenbrille trug, und die Lehrer erlaubten mir, sie auch während des Unterrichts zu tragen.

Wenn Mia lange Unterricht hatte, schaffte ich es sogar zu ein paar von Jeffs Trainingsstunden. Jeff schien jetzt weniger sauer zu sein, weil ich mich öfter blicken ließ. Es war eine Win-win-Situation.

Meine Freunde waren einfach wunderbar.

Selbst Mias Albträume besserten sich – oder zumindest meine Einstellung zu ihnen. Während der Traum eigentlich jedes Mal fast identisch ablief, lag der Unterschied in mir: Wenn ich schon in Mias Albträumen stecken musste, weigerte ich mich, der Böse zu sein.

Ich konnte auch der Gute sein.

Es war der einzige Weg, wie ich gegen meine größte Angst ankämpfen konnte. Den Tod selbst fürchtete ich nämlich gar nicht mehr so sehr. Natürlich stand er nicht ganz oben auf meiner Wunschliste, aber ich hatte größere Angst vor dem Dunklen in mir. In Mias Träumen konnte ich ihm in seiner menschlichen Gestalt entgegentreten. Ihren Traum konnte ich nicht beeinflussen, aber wenn ich Mia beweisen konnte, dass ich sie im Traum nicht verletzen wollte, könnte ich sie womöglich überzeugen, dass es im echten Leben ebenso war.

Als ich das erste Mal zurück in ihren Albtraum geriet, erreichten wir die Sackgasse mit den Spinden, wo ich alles von der Ecke aus beobachtete und mich gegen den kommenden Schmerz und Horror stählte. Gebannt wartete ich darauf, dass das Monster das Streichholz entzünden und mein Gesicht offenbaren würde.

»Jemanden zu bedrohen hat nichts mit Liebe zu tun.«

»Vielleicht weißt du nicht, was echte Liebe ist.« Mit

einem höhnischen Lächeln zündete er die Fackel an, während er mit meiner Stimme die längst vertrauten Worte sprach.

Mia duckte sich vor den Flammen weg, und ich schlich auf ihre andere Seite. Mein Kiefer schmerzte, so fest biss ich die Zähne zusammen. Wilde Entschlossenheit durchflutete mich neben ihrem Schmerz und ihrer Angst. Dieses Mal müsste sie ihm nicht allein die Stirn bieten. Ich packte ihre Hand und drückte fest zu. Sie hockte wie erstarrt da und starrte auf die bedrohlichen Flammen, die immer näher kamen, doch nach ein paar Sekunden spürte ich, wie sie matt zurückdrückte.

Ich schob mich näher an ihre Schulter heran und wollte ihr ins Ohr flüstern, auch wenn ich nicht wirklich sicher war, was ich sagen sollte. Allein die Hoffnung, dass sie sich an meine Worte erinnern könnte, ließ mich den Mut aufbringen.

»Mia, ich bin's. Die E-Mails sind nicht von mir.«

Für einen Moment glaubte ich, ihre Augen würden zur Seite wandern – ein rascher Blick in meine Richtung. Aber es war zu düster, um es mit Gewissheit zu sagen.

Der Dunkle streckte den Arm aus und berührte ihr Gesicht. Sie zuckte zusammen, als er ihre Haare packte und ihren Kopf gegen den Spind knallte. Mein Kopf pochte. Mia kreischte auf, und Blut rann ihr seitlich an der Schläfe hinab.

»Du wirst lernen, mich zu lieben – und niemand anderen.«

Ich kämpfte den Ekel hinunter, der mich bei diesen Worten überkam, die noch dazu mit meiner Stimme gesprochen wurden. Ich drückte ihr noch fester die Hand und versuchte, einen Weg zu finden, Mia aus ihrem Albtraum herauszureißen.

Ihre Augen konzentrierten sich auf mich, und die Zeit blieb stehen.

»Du bist das Monster.«

Ihre geflüsterten Worte trafen mich wie eine Abrissbirne mitten in die Brust. Alle Hoffnung in mir wurde zerschlagen, als ich den Dunklen beobachtete, der die Angst in ihren Augen sichtlich genoss, während er seine Fackel näher heranbrachte. Ihre Gefühle ließen mich schwach zurück – hilflos und unfähig, das Chaos zu beseitigen, das ich heraufbeschworen hatte. Ich konnte ihr nicht helfen. Ich ließ die Hand sinken und schlich in die Ecke. Die Niederlage zermalmte mich, als wäre ich ein Käfer unter einem Schuh.

Das hier war ein Fehler. Ich konnte es nicht noch einmal tun.

Ich versuchte, die Szenerie um mich herum auszublenden. Ein Schauder durchzuckte mich bei der Panik, die Mia erfasste, als er ihre Haare mit der Flamme berührte. Ich hob den Blick und erstarrte. Meine Augen fixierten den einzigen Unterschied zwischen diesem Albtraum und dem vorherigen, nämlich Mias Hand. Ich hatte sie gehalten, während ich mit ihr gesprochen hatte. Es war der einzige Teil ihres Körpers, der sich bewegte. Die Hand zuckte ziellos herum, glitt hierhin und dorthin. Sie suchte nach etwas.

Sie suchte nach *mir*.

Ich sprang auf und packte ihre Hand. Im selben Moment schien ein wenig Anspannung aus ihr zu weichen. Sie umklammerte meine Finger so fest, dass es wehtat, doch es kümmerte mich nicht. Ich umschloss ihre Hand mit meinen beiden und übertrug ihr jedes bisschen Kraft, das noch in mir war. Anschließend verblassten ihre Gefühle ein wenig, als würde das Wissen, dass sie nicht allein war, die bedrohliche Situation entschärfen. Ich wusste genau, wie sich das anfühlte.

Mit geschlossenen Augen stand ich neben Mia und rieb ihr mit beiden Daumen über den Handrücken. Ich redete sanft auf sie ein, erinnerte sie immer wieder daran, dass das alles nicht echt war. Es war nur ein Albtraum, der bald vorbeiging. Selbst als ich spürte, wie ein paar Tropfen heißes Blut auf mein Gesicht spritzten, und im Gang das Dröhnen ihres Kopfes gegen den Spind widerhallte, hielt ich ihre Hand fest umschlossen. Mein Körper erzitterte bei ihrem Schmerz, doch ich ließ nicht los. Mit den Fingern klammerte sie sich an mich, selbst nachdem wieder Stille eingekehrt war und sich der Albtraum allmählich auflöste.

Als ich am nächsten Morgen erwachte, waren meine Zehen fast erfroren. Das Fenster stand sperrangelweit offen. Ich konnte mich nicht erinnern, es geöffnet zu haben, wusste aber, dass mir irgendwann im Laufe der Nacht heiß gewesen war. Ich schüttelte den Gedanken ab. Nachdem ich Mias Albtraum erneut miterlebt hatte, war ich fast hoffnungsvoll. Ich wollte unbedingt wissen, ob sie nun anders auf mich reagieren würde. Ich überprüfte mehrmals ihren Stundenplan und ging früher zur Schule. Dann überredete ich Finn, mit mir draußen auf dem Gang vor ihrem ersten Kurs zu warten, während ich ihm erzählte, was geschehen war.

Als sie den Korridor entlangkam, erstarrte sie und durchbohrte mich mit ihrem Blick.

Mia – Träume vom Tod ihrer Eltern … und wie sie von mir ermordet wurde.

Ihre Augen waren schmale Schlitze, aber gleichzeitig lag Verwirrung in ihnen. Das war doch schon mal etwas. Sonst tat sie immer so, als würde allein mein Anblick ihr Schmerzen bereiten. Diesmal nicht.

Dann rannte jemand in sie hinein, und mit einem leichten Kopfschütteln beendete sie den Augenkontakt.

Finns Augen wurden groß, als Mia ohne einen weiteren Blick in unsere Richtung im Klassenzimmer auf der anderen Seite des Gangs verschwand. Das konnte nur eines bedeuten.

Mia erinnerte sich an etwas. Es konnte nicht anders sein.

»Das ist mir ein schöner Ko-Kapitän. Taucht nur beim Training auf, wenn es ihm passt.« Ich hörte Matts Gemurmel und drehte mich zu ihm um.

Finn wirbelte ebenfalls herum und nahm mich wie üblich sofort in Schutz.

»Hör mal … hey!«, brachte Finn in einem Schwall hervor, als wir beide gegen die Spinde geworfen wurden. Keiner von uns hatte Thor kommen gesehen, doch er spazierte durch uns hindurch, als würde er das Band an der Ziellinie durchschneiden. Sein mürrisches Knurren erklang, während er ohne eine Entschuldigung an uns vorbeimarschierte.

Es dauerte einen kurzen Moment, bis wir kapiert hatten, was geschehen war. Finn hatte eine Schnittwunde unter dem Auge, Blut rann ihm die Wange herab. Ich sprintete Thor hinterher, packte ihn an der Schulter und riss ihn so fest herum, wie ich nur konnte. Er verlor das Gleichgewicht und knallte zu Boden.

»Was ist dein Problem?«, schrie ich ihn an, während die umstehenden Schüler hastig zurückwichen.

Matt stand lachend daneben, machte jedoch keinerlei Anstalten, für eine Seite Partei zu ergreifen. Offenbar war unsere Fußballmannschaft längst kein eingeschworenes Team mehr.

Im nächsten Moment war Thor schon wieder aufgesprungen. Er war überraschend schnell. Das wusste ich vom Fußball – es wäre allerdings gut gewesen, mir das in Erinnerung zu rufen, *bevor* ich ihn zu Boden stieß. Im nächsten Moment legte sich seine riesige Hand um meine Luftröhre. Ich knallte mit voller Wucht gegen die Wand, und meine Füße baumelten dreißig Zentimeter über dem Boden.

Finn zerrte an Thors Arm, aber noch bevor er seinen Griff lockern konnte, packte Matt ihn an der Schulter und warf Finn gegen die Spinde auf der anderen Seite des Flurs. »Halt dich da raus, Finn! Wir versuchen nur, unserem sogenannten *Kapitän* beizubringen, was passiert, wenn er die Mannschaft verrät.«

Der Rand meines Sichtfelds verdunkelte sich, aber schließlich gelang es mir, einen meiner wild um sich schlagenden Füße gegen die Wand zu stemmen und ihn dann mit aller Kraft in Thors Magen zu rammen. Er flog rückwärts, taumelte gegen Finn und presste ihn erneut gegen die Spinde. Wir gingen allesamt keuchend in die Knie.

Unser Schulleiter, Mr. Lint, drängte sich durch die Gruppe Schüler, die sich um unsere Schlägerei versammelt hatte. Ich sah den Totenkopf-Typen ganz hinten in der Menschenmenge, aber im nächsten Moment war er verschwunden. Der Kerl hatte wirklich ein Händchen, immer im richtigen Moment unterzutauchen. Mr. Lint scheuchte die restlichen Schüler in ihre Klassenzimmer und drehte sich erst wieder zu uns um, als die meisten fort waren.

Dann warf er das schulterlange graue Haar in den Nacken und schüttelte den Kopf. Etwas an seinen Gesichtszügen und der Art, wie er sich bewegte, erinnerten mich an William Shakespeare in einer Strickweste. »Was ist hier los?«, fragte er.

»Er hat uns angegriffen«, murmelte Finn und hielt sich die Seite. »Wir haben uns bloß gewehrt.«

Was nicht ganz der Wahrheit entsprach, denn hätte ich Thor nicht zu Boden geworfen, wäre die Situation nicht so eskaliert. Dennoch war ich ihm dankbar.

»Es war ein Missverständnis, Direktor Lint.«

Ich wirbelte zu der Stimme herum und sah Jeff, der ein paar Meter hinter uns an einem Spind lehnte. Ich hatte nicht einmal bemerkt, dass er hier war. Finn stieß überrascht den Atem aus, und ich wusste, was er dachte. Der Schulleiter vergötterte Jeff und würde alles, was er sagte, für bare Münze nehmen.

»Ein Missverständnis?« Direktor Lint hob eine Augenbraue. Sein Blick glitt zum Blut auf Finns Wange und Schulter und meinem Fußabdruck auf Thors weißem Hemd.

»Ja.« Jeff ging auf Thor zu und steckte die Hand aus. Thor nahm sie und zog sich hoch. »Thor hat wahrscheinlich nicht aufgepasst und versehentlich die beiden Jungs hier angerempelt. Sie dachten, er hätte es absichtlich getan, und dann ist die Sache aus dem Ruder gelaufen.«

»Nun ja.« Lint beäugte uns noch einmal. »So was kann wohl passieren.«

Jeff kam zu mir und half mir auf die Beine. Dann legte er mir die Hand auf die Schulter. »Und wirklich, niemand hat sich ernsthaft verletzt. Ist also keine große Sache. Nicht wahr, Parker?«

»Ja, sicher.« Ich schob seinen Arm weg und ging zu Finn, der sich mühsam aufrappelte. »Allerdings sollte Finn zur Krankenschwester gehen, wegen dem Schnitt an seiner Wange, mit der er *versehentlich* gegen den Spind geknallt ist.«

Lint nickte und rieb die Hände aneinander. »Nun, dann ist ja alles geklärt. Könntest du ihn zur Krankenstation bringen, Parker?«

»Ja, kein Problem.«

Liv Campbell kam im Gang an uns vorbei. Ihre Cheerleader-Uniform passte perfekt zu ihrer quirligen Persönlichkeit. Sie ließ den Blick über unser Grüppchen schweifen, bevor er sich in mich hineinbrannte. Ich erwartete das übliche Lächeln, das sie mir normalerweise zuwarf, stattdessen sah sie rasch weg. Ihr Gesichtsausdruck war unmissverständlich – pure Angst.

Ich fluchte leise und schüttelte den Kopf. Wenn sie davon gehört hatte, wie ich Mia im Einkaufszentrum in Panik versetzt hatte, dann wusste es wahrscheinlich die halbe Schule. Perfekt! Als wäre nicht schon alles kompliziert genug.

Wir gingen zur Krankenstation, während die anderen in die entgegengesetzte Richtung verschwanden. Jeff zuckte mit den Schultern. Sein Lächeln war schmal, aber irgendwie echt. Es war richtig gewesen, dass er eingeschritten war. Wir hätten alle der Schule verwiesen werden können.

Sobald Jeff und Thor außer Hörweite waren, keuchte Finn auf, auch wenn es ihm ansonsten gut zu gehen schien. »Dieses Jahr wird einfach immer besser. Jede Minute wird ein Kerl mit einem riesigen Scheck und ein paar heißen Mädchen in Bikinis auftauchen.«

Ich lachte und nahm ihm seinen Rucksack ab. »Träum weiter.«

»Du weißt, dass Matt und Thor dich aus der Mannschaft werfen wollen?« Er sah mich von der Seite an und schnaubte.

Ich öffnete die Tür zur Krankenstation und wartete, dass er eintrat. »Ja.«

Er nickte. »Wollte nur sichergehen.«

19

Es war ein sonderbares Gefühl, Mia zu folgen und darauf zu achten, dass sie mich zur Abwechslung einmal *nicht* sah, aber ich wusste nicht, wie ich sonst Verdächtige für unsere Liste finden sollte. Finn und ich parkten auf der anderen Straßenseite des Green Leaf Medical Office Komplex … nun schon zum vierten Mal diese Woche. Es war fast eine Stunde vergangen, seit wir gesehen hatten, dass Mia hineingegangen war. Auf einem Messingschild neben der Tür stand: *Dr. Clive G. Freeburg C. Ht – Hypnotherapeut.*

In der breiten Fensterfront neben der Vordertür der Praxis hingen immer noch ein paar unechte Spinnweben und tanzende Miniaturskelette zur Dekoration in den Ecken, obwohl Halloween längst vorbei war. Aber zumindest hatten wir so freien Blick auf den Empfangstresen und das Wartezimmer. Eine Arzthelferin schien es nicht zu geben, nur einen beleibten älteren Mann mit dünnem silbernem Schnurrbart und einer Drahtgestellbrille, der Mia die Tür öffnete, wenn sie klingelte. Seine Glatze, die von einem grau melierten Haarkranz genau über den Ohren eingefasst war, schimmerte im schwindenden Abendlicht. Er führte sie immer durch die Tür auf der rechten Seite und war bisher der einzige Mensch, den wir je in der Praxis gesehen hatten. Es war unschwer zu erkennen, dass es sich um Dr. Freeburg persönlich handeln musste.

Eine Bewegung im Inneren ließ mich aufschrecken, und ich beobachtete, wie Mia mit ihrem Therapeuten im Schlepptau aus der Tür kam. Sie unterhielten sich noch eine Minute im Türrahmen. Seine Hand ruhte auf ihrer Schulter, doch als sie etwas sagte, tätschelte er ihr auf eine Art den Arm, die mir missfiel. Er stand sowieso meistens viel zu nah bei ihr, aber diese Berührung war einfach … irgendetwas stimmte nicht mit diesem Typen. Mia lächelte und lachte dann laut, blind für sein aufdringliches Verhalten. Doch die Art, wie er sie musterte, erinnerte mich an einen sabbernden Fettwanst, der vor einem endlosen Nachspeisen-Büffet stand.

Finn gähnte. »Ich weiß nicht mal genau, was Hypnotherapie überhaupt ist, aber dieser Kerl scheint etwas richtig zu machen.«

»Ja, sie sieht nach jedem Termin besser aus.«

»Das ist gut. Erinnerst du dich an das erste Mal, als sie schluchzend herausgekommen ist?« Finn runzelte kopfschüttelnd die Stirn. »Weinende Mädchen haben etwas an sich, das ich einfach nicht ertragen kann.«

»Trotzdem glaube ich, dass wir ihn auf die Liste setzen sollten.« Ich nahm das Blatt und kritzelte seinen Namen darauf. Insgesamt hatten wir jetzt sechs Verdächtige: Dr. Freeburg, Thor, Jeff, Chad, Mr. Sparks und Matt, den wir hinzugefügt hatten, nachdem er mit Mia letzte Woche im Kino gewesen war.

Sechs – und keiner von ihnen entsprach auf den ersten Blick dem Typus unheimlicher Stalker. Wäre das eine Partie Cluedo, wir würden haushoch verlieren.

»O ja. Definitiv. Wenn du mich fragst, bräuchten wir für ihn eine ganz eigene Freak-Liste.«

Finn ließ den Motor meines Autos an und fädelte sich ein paar Wagenlängen hinter Mias Truck in den Verkehr.

»Da stimme ich dir zu.«

Ich stützte den Ellbogen an der Tür ab und drehte den Kopf zu Finn. Eine Sache hatte mich beunruhigt, aber ich hatte darauf gesetzt, schnell Antworten zu finden, damit ich es nicht zur Sprache bringen müsste. Diese Hoffnung hatte sich jedoch nicht erfüllt. »Mia glaubt wirklich, dass ich derjenige bin, der die E-Mails schickt.«

»Nun ja, du hast dich eine Weile wie ein echter Soziopath aufgeführt.« Finn nahm die Augen nicht mal von der Straße.

»Ich weiß.« Ich betrachtete ihren lilafarbenen Pick-up ein paar Wagen vor uns und runzelte die Stirn. »Aber was, wenn mehr dahintersteckt?«

Jetzt warf mir Finn einen Blick zu. »Zum Beispiel?«

»Keine Ahnung.« Ich schüttelte den Kopf. »Es kommt mir nur so vor, als würde sie es *wissen*. Vielleicht steht etwas in der E-Mail?«

»Warum sollte es jemand dir in die Schuhe schieben wollen?«

»Das ist genau die Frage, die ich mir gestellt habe.« Ich drehte den Kopf weg und lehnte die Stirn gegen die Scheibe. »Und noch wichtiger, wer würde mir das antun wollen?«

Finn gab keine Antwort, doch als ich zu ihm schaute, zupfte er sich am Ohr. Er dachte über meine Worte nach. Das war alles, worum ich ihn bitten konnte.

Wir folgten Mia, bis sie in ihr Viertel bog, nur um sicherzugehen, dass sie wirklich nach Hause fuhr. Finn sah mich an und bog in die nächste Auffahrt, um den Wagen zu wenden. Ich rieb mir die Augen im Licht der untergehenden Sonne. Es fühlte sich so gut an, sie zu schließen, so notwendig. Zwei Wochen waren seit Mias erstem Albtraum vergangen, und von ihren friedlichen Träumen fehlte seitdem jede Spur. Dabei lechzte ich regelrecht nach ihnen, mental und körperlich.

»Du siehst echt fertig aus. Soll ich dich nach Hause fahren und das Auto heute Nacht behalten?« Bevor ich antworten konnte, fügte er hinzu: »Ich hol dich dann morgen vor der Schule ab.«

»Nein, schon in Ordnung. Fahr einfach zu dir nach Hause.« Den ganzen Weg über riss ich die Augen auf und versuchte, wach auszusehen. »Ich komm schon allein nach Hause.«

Finn sah skeptisch aus, schaltete jedoch in den nächsten Gang hoch.

Ich hatte fast die Hälfte des Wegs zu meinem Haus hinter mich gebracht, als ich das schwarze Motorrad hinter mir bemerkte. Im Schein der Straßenlaternen sprang mir der Aufnäher auf seiner Jacke sofort ins Auge. Der blinde Totenkopf.

Nach all der Zeit, die ich darauf verwendet hatte, Mia zu verfolgen, wusste ich, wie man es richtig anstellte. Ich wollte sicher sein, dass er mir wirklich folgte und es nicht nur ein seltsamer Zufall war, weshalb ich ein paarmal plötzlich abbog. Als er immer noch hinter mir war, fuhr ich auf den Parkplatz eines Supermarkts. Ich blieb im Wagen sitzen, bis ich sah, wie er drei Reihen schräg hinter mir zum Stehen kam.

Wer war dieser Kerl? Was wollte er von mir? So sehr ich es nach dem, was ich Mia angetan hatte, selbst verdient hätte, einen Stalker zu haben, war ich zu müde, um das noch länger zu ertragen.

Ich stieg aus, aber statt zum Eingang des Supermarkts zu gehen, drehte ich mich um und lief direkt auf meinen Verfolger zu. Er war schnell, hatte mich offenbar beobachtet. Noch bevor ich die erste Reihe Autos hinter mir gelassen hatte, schaltete er den Motor an und raste in die Dunkelheit. Eine Frage ging mir nicht mehr aus dem Kopf … was genau hatte er gesehen?

Als ich zurück zu meinem Wagen kam, fügte ich den Totenkopf der Liste unserer Verdächtigen hinzu.

Wenn ich keinen Zahn zulegte, würde ich zu spät kommen … mal wieder.

Während ich mir einen Bagel aus der halb leeren Tüte auf der Küchenzeile angelte, warf ich den Rucksack über die Schulter und war fast schon aus der Tür, als mich die Stimme meiner Mom erstarren ließ.

»Parker, warte!« Sie saß im Dunkeln, in der hintersten Ecke des Wohnzimmers.

Sonderbar. Ich hatte angenommen, dass sie bereits zur Arbeit gegangen war.

Das war nicht gut.

»Ich komme zu spät.«

»Du kommst jetzt her und redest mit mir.« Mom streckte sich und knipste die Lampe auf dem Beistelltisch neben sich an. »Und du wirst erst gehen, wenn wir uns unterhalten haben.«

Mein Rucksack rutschte mir von der Schulter, als ich sie

ansah. Sie war immer noch in Morgenmantel und Pantoffeln. Ihre Augen waren geschwollen und rot.

Mom – Träume vom Verlust meines Dads … und mir.

»Was ist los?« Meine Muskeln fühlten sich wie Blei an. Ich konnte mich nicht bewegen. »Ist es Dad?«

Ihre Stirn runzelte sich vor Verwirrung, und sie schüttelte den Kopf. »Nein.« Ihre Stimme war steif, unnahbar.

Ich stieß den Atem aus, den ich angehalten hatte. Ich war ein Narr. Er würde nicht zurückkommen. Er würde niemals zurückkommen. »Was ist dann los?«

»Wo warst du letzte Nacht?«

Ich schüttelte den Kopf. »Wovon redest du? Ich war hier.«

»Hör auf zu lügen!« Im Bruchteil einer Sekunde war sie aufgesprungen. »Ich habe heute Morgen um vier nach dir gesehen, und du warst fort. Wo also warst du, Parker? Wo?«

Die Wiederholung dieses einsilbigen Worts war wie ein Leuchtturm, der durch den Nebel meines Verstands glitt. Er blendete wie ein Fernlicht und offenbarte das Monster, zu dem ich geworden war.

Die Erinnerung, wie ich im Baum vor Mias Fenster gesessen hatte, traf mein Gehirn wie ein Schnellzug. Es presste mir die Luft aus den Lungen. Das Ganze war mir nicht wie ein Traum vorgekommen, weil es kein Traum gewesen war. Ich hatte vor ihrem Fenster gesessen und sie beobachtet. Ich hatte keine Erinnerung daran, wie ich dorthin gekommen war, keine Erinnerung, wie ich auf den Baum geklettert und nach Hause zurückgekehrt war.

Das war aber nicht gestern Nacht, ermahnte ich mich.

Wo also hatte ich gestern Nacht gesteckt? Und dann der Morgen, als mein Fenster offen gestanden hatte – war ich da ebenfalls nachts hinausgeschlichen?

Ich schloss die Augen und konzentrierte mich darauf, nicht umzukippen und meine Lungen mit Sauerstoff zu versorgen, während ich in völlige Panik verfiel. Was geschah nur mit mir? Mein Leben erschien mir auf einmal, als würde ich mich im Traum eines Fremden beobachten.

Ich hatte die Kontrolle über alles verloren – Schule, Fußball, Schlaf, mein gesamtes Leben. Selbst mein Verstand begann, mich zu hintergehen.

»Sag mir bitte, wo mein sechzehnjähriger Sohn um vier Uhr morgens sein muss, Parker, denn seitdem sitze ich hier und versuche, mir einen Reim darauf zu machen.« Ihre Fäuste waren geballt, und sie ging zwischen mir und dem Sessel hin und her. Sogar bei Dads Verschwinden hatte ich sie nie so wütend erlebt.

»Hast du gesehen, wie ich zurückgekommen bin?«, fragte ich und war selbst überrascht, wie ruhig meine Stimme klang. Mein Verstand suchte krampfhaft nach einer Erklärung, während ich mich mit aller Gewalt davon abhielt, mich in der Embryonalstellung auf dem Boden zusammenzukauern.

Wo war ich gewesen? Die Wahrheit war einfach und erschreckend zugleich: Ich hatte nicht den leisesten Schimmer.

»Nein. Als ich noch mal nach dir gesehen habe, hast du geschlafen. Du musst durchs Fenster gestiegen sein.« Tränen rollten ihr das Gesicht herab, doch sie schien kein bisschen weniger wütend zu sein.

»Ich habe nur …« Ich verschränkte die Arme und suchte nach irgendeiner Antwort. Ich konnte überall gewesen sein, alles Mögliche getan haben …

»Glaube ja nicht, dass du dich damit herauswinden kannst. Es interessiert mich nicht, wie lange du fort warst. Du schleichst nicht mitten in der Nacht aus dem Haus!«

»Ich bin einfach nur spazieren gegangen, Mom. Beruhige dich.«

Merkte sie denn nicht, dass es nicht gerade hilfreich war, wenn sie derart ausflippte?

Seufzend kam sie auf mich zu, bis sie regelrecht auf meinen Zehen stand. Als sie sprach, war ihre Stimme so weich und voller Schmerz, dass sie sich wie ein Eiszapfen in mein Herz bohrte. »Sehe ich wirklich so bescheuert aus?« Dann nahm sie meine Hand. »Parker, ich weiß, dass irgendetwas los ist. Irgendetwas stimmt nicht, und ich will dir helfen, aber das kann ich nicht, wenn du nicht mit mir redest. Ich verstehe einfach nicht, was hier passiert. Alles, worum ich dich bitte, ist ein wenig Ehrlichkeit. Ich verspreche auch, nicht sauer zu werden.«

Es war nicht ihre Wut, vor der ich mich fürchtete. Sie durfte die Wahrheit einfach unter keinen Umständen erfahren. Sie wäre so enttäuscht von mir, dass ich derart die Kontrolle über mich verloren hatte. Ich konnte nicht noch jemand sein, der sie im Stich ließ, eine weitere Bürde. Ich würde die Sache selbst in Ordnung bringen, ohne ihre Hilfe.

»Mom, die Schule ist zurzeit echt stressig. Ich musste den Kopf klar kriegen, denn sonst hätte ich nicht schlafen können.« Ich versuchte, nicht zusammenzuzucken.

»Hast du die Schlaftabletten, die Dr. Brown dir gegeben hat, überhaupt ausprobiert?«

»Die helfen nicht, Mom.« Ich trat mit dem Zeh gegen den Teppich. »Aber das ist nicht so wichtig, es ist alles okay.«

»Nein, ist es nicht, Liebling. Ich weiß, dass es das nicht ist.« Sie packte mich am Arm und zog mich zu sich. »Ich meine, wenn es etwas Illegales ist …«

»O Mann, das schon wieder?« Hastig entriss ich mich ihrem Griff und wich zurück. Ich konnte damit nicht umgehen, nicht jetzt. »Zum millionsten Mal, ich bin clean. Obwohl ich mir auch gleich was einschmeißen könnte, wenn du mich sowieso beschuldigst, Drogen zu nehmen.«

»Parker, du brauchst Hilfe«, schrie Mom, als ich kehrtmachte und aus dem Haus marschierte.

»Nein, Mom. Zumindest nicht von dir.« Ich knallte die Tür hinter mir zu und war verschwunden, bevor ich ihr Rufen oder Weinen hören konnte.

Ich fuhr nur wenige Minuten, hielt an und stieg aus dem Auto. Ich zitterte. Meine ganze Welt lag in Scherben. Der Wagen war zu klein, schien mich zu erdrücken, mir den Atem zu nehmen. Ich musste richtige Luft atmen – frische Luft.

Hinter einem vertrockneten Rosenbusch, zwei Blocks von meinem Haus entfernt, fiel ich auf die Knie und versuchte zu verstehen, wie es passieren konnte, dass ich Traumseher meines eigenen Lebens geworden war.

An diesem Abend starrte ich mir im Spiegel über meiner Kommode in die Augen. Vielleicht, wenn ich nur fest genug hinsah, könnte ich erkennen, wer ich in Wirklichkeit war. Ich konnte jetzt fast beide Seiten sehen, die Dunkelheit und das Licht, in einem immerwährenden Kampf.

Und ich konnte nicht zu dem zurück, der ich früher einmal gewesen war.

Parker – Träume von ... träumt nicht, lebt allein auf Kosten anderer.

Welche Sorte Freak saß auf einem Baum und beobachtete ein Mädchen durch ihr Zimmerfenster? Was war aus mir geworden?

Mit zitternden Fingern öffnete ich den Reißverschluss meines Rucksacks und holte das zerknitterte Papier und einen Stift aus der vorderen Tasche. Als mein Kugelschreiber das Blatt berührte, begann mein Handy auf dem Nachttisch zu vibrieren. Ich stellte es auf stumm, ohne auch nur nachzusehen, wer angerufen hatte. Es mussten Finn oder Addie sein, und ich wusste, was sie wollten.

Heute in der Schule hatte ich einen großen Bogen um sie gemacht, doch ich würde sie nicht lange auf Abstand halten können. Ich musste akzeptieren, wie gefährlich ich in Wirklichkeit war, wenn ich nicht wusste, was ich tat und derart die Kontrolle über mich verlor.

Und ich könnte mir niemals verzeihen, wenn ich ihnen etwas antäte.

In einem einzigen schnellen Zug schrieb ich meinen eigenen Namen ganz unten auf die Liste der Verdächtigen. Jeder Buchstabe fühlte sich wie ein Brandzeichen auf meiner Haut an, als würde allein das Aufschreiben es wahr machen. Ich stopfte die Liste in meinen Rucksack und konnte nur mit letzter Kraft dem Drang widerstehen, meinen Namen zu löschen und alles zurückzunehmen. Ich konnte nur noch hoffen, dass ich falschlag.

Als mein Blick zur Kommode glitt, sah ich dort meine Zahnseide liegen. Es grenzte ans Lächerliche, dass etwas so Kleines mich zurückhalten könnte. Aber wenn ich mein Handgelenk an den Bettpfosten band, würde ich am Morgen zumindest wissen, ob ich das Haus verlassen hatte oder nicht. Die Zahnseide würde mich nicht so anlügen, wie es meinem Gehirn gelang. Von nun an würde ich wissen, ob ich die Nacht im Bett verbracht hatte.

Addie und Finn halfen mir weiterhin, Augenkontakt mit Mia herzustellen, auch wenn sie ahnten, dass ich etwas vor ihnen verheimlichte. Es hätte mich nicht überraschen dürfen. Sie waren immer da, wenn ich sie am meisten brauchte.

Mias wunderschöne Träume waren nicht zurückgekehrt, doch ihr Albtraum verlor jede Nacht ein wenig von seinem Schrecken, und der Schmerz ebbte ab. Der Anfang war immer der Gleiche. Da es sich um eine Erinnerung handelte, würde sich das auch nicht ändern. Sie weinte vor dem brennenden Haus, und ich hielt sie, bis sie mich ansah. Es war ein festes Ritual.

Eines Nachts streckte Mia gerade die Hand nach mir aus, als wir in den Korridor der Schule bogen. Während sie meine Hand nahm und dann loslief, sah sie mich ein paarmal verwirrt an, ließ mich aber den restlichen Albtraum hindurch nicht los.

In der nächsten Nacht umklammerte sie meine Hand fester, während wir das Ende des Gangs erreichten. Als wir zu dem Punkt kamen, an dem sie mich normalerweise als Monster beschimpfte, schwieg sie. Stattdessen biss sie sich nur auf die Lippe und warf einen verstohlenen Blick in meine Richtung. Ich säuselte ihr leise Worte ins Ohr und versuchte sie zu überzeugen, sich zu wehren, dem Albtraum Einhalt zu gebieten, aber sie schüttelte nur schwach den Kopf, schloss die Augen und steckte beide Hände in meine. Der Albtraum dauerte an, doch wir weigerten uns, Teil der schrecklichen Dinge zu sein, die ihr Gehirn mit ihr anstellten.

Auch im echten Leben war allmählich ein Unterschied zu bemerken. Wenn Mia mich in der Schule ansah, wirkte sie eher verwirrt als verängstigt. Addie erklärte, sie wolle immer noch nicht über mich reden, aber sie flippte bei der Erwähnung meines Namens zumindest nicht mehr so aus wie früher. Vielleicht konnte ich Mia überzeugen, mir zu vertrauen – in ihren Träumen wie auch in der Realität –, selbst wenn ich mir selbst nicht traute.

Warum aber sollte einer von uns Vertrauen zu mir haben, wenn mir immer häufiger die Erinnerung an meine Nächte fehlten? Die Zahnseide war an den ersten beiden Tagen heil gewesen. Am dritten Morgen allerdings war ich aufgewacht und hatte festgestellt, dass sie gerissen war.

Am nächsten Abend wollte ich es mit einem Seil probieren. Es wäre nicht annähernd so leicht zu zerreißen wie Zahnseide, und ich musste sicher sein, dass ich sie nicht nur versehentlich beim Herumwälzen zerrissen hatte. Vielleicht war ich nur ein unruhiger Schläfer. Ich hoffte inständig, dass die vernünftigste Erklärung hier die richtige Antwort wäre. Dass es nicht so war, wie ich fürchtete.

Während ich meine verkrampften Muskeln entspannen wollte, redete ich mir ein, dass es so sein würde. Das Seil wäre am nächsten Morgen immer noch so, wie ich es am Abend verknotet hatte. Ich wünschte nur, ich könnte mir selbst glauben.

Als ich gähnend erwachte, lächelte ich bei dem Gewicht des Seils, das immer noch um mein Handgelenk zu spüren war. Doch als ich den Arm hob, gefror mein Blut zu Eis. Genau unterhalb des Knotens war das Seil durchgeschnitten. Ich besah es mir genau – ein sauberer Schnitt. Es war weder zerrissen noch abgekaut.

Ich stand auf und durchwühlte den Nachttisch nach etwas, das scharf genug war, um ein Seil zu zerschneiden. Am Abend zuvor hatte ich meine Scheren sicherheitshalber ins Arbeitszimmer gebracht. Ich suchte unter dem Bett, dann in meinem Rucksack. Nichts.

Mit der Hand fuhr ich unter meine Matratze und spürte kaltes Metall. Schwer schluckend zog ich es mit zitternder Hand heraus. Bei dem dunkelroten Teppichmesser war die Klinge noch ausgefahren. Mir stockte der Atem.

Ich ließ es aufs Bett fallen, setzte mich auf meinen Schreibtischstuhl und starrte es entsetzt an. Ich hatte es noch nie zuvor gesehen. Ich hatte nicht einmal gewusst, dass wir ein Teppichmesser besaßen.

Die Arme um die Knie geschlungen, wiegte ich mich vor und zurück und versuchte eine andere Erklärung zu finden. Nicht die Psychose, von der der Arzt gesprochen hatte. Bitte nicht. Aber ich konnte meinem eigenen Verstand nicht mehr trauen.

Wenn ich während meiner Blackouts einen solchen Erfindungsreichtum an den Tag legte, spielte es keine Rolle, ob es Zahnseide oder ein dickes Seil war. Solange ich nicht bereit war, Thor zu bitten, sich beim Schlafen auf mich zu setzen, würde ich auf die eine oder andere Art einen Weg finden, aus dem Haus zu kommen.

Ich schnappte mir das Teppichmesser, fuhr die Klinge

ein, ging in die Küche und warf es in den Müll. Meine Hände schwitzten. Mein pochender Herzschlag dröhnte in meinem Kopf, und ich lehnte die Stirn an das kühle Glas des Esszimmerfensters. Etwas in meinem Inneren riet mir, Finn um Hilfe zu bitten, aber ich war nicht bereit, jemandem zu erzählen, wie sehr ich die Kontrolle über mich verloren hatte – noch nicht. Der Gedanke, es laut auszusprechen, jagte mir mehr Angst ein als alles andere.

Als mir das Seil ausging – was überraschend schnell geht, wenn man es im Schlaf in Stücke schneidet, wechselte ich wieder zu Zahnseide. Manchmal wachte ich mit einem wund gescheuerten Handgelenk auf, so als wäre die Zahnseide einfach durchs Herumwälzen zerfetzt. Dann wiederum war mein Computer an, nicht nur der Bildschirmschoner, und das mitten in der Nacht. Einmal stand mein Fenster offen, und das Ende meines Betts war mit Schnee und Fußspuren bedeckt, ohne dass ich wusste, was ich in der Zwischenzeit getan hatte – mit wem ich zusammen gewesen war, wen ich verletzt haben könnte. Und obwohl ich den Fußspuren im Schnee draußen folgte, verriet mir das nichts. Sobald sie auf den gepflasterten Gehweg trafen, verloren sie sich.

Mittlerweile waren Wochen verstrichen – Thanksgiving stand vor der Tür –, und ich glaubte schon nicht mehr daran, jemals einen Weg zu finden, um Mia zu helfen. Aber dann veränderte sich ihr Traum noch weiter. Nach dem Feuer in ihrem Haus hörte sie früher als gewöhnlich auf zu weinen. Sie blickte nicht zu mir auf, und ich wusste, warum. Aus irgendeinem unerfindlichen Grund setzte der Albtraum immer genau dann ein, wenn sie mich ansah.

»Parker?« Mias Stimme klang dumpf an meiner Brust.

Sie war derart von widerstreitenden Gefühlen zerrissen, dass ich mich schuldig fühlte. Mein Puls raste. Niemals hätte ich erwartet, dass sie versuchen würde, mit mir zu reden.

»Ja?«

»Welcher bist du?« Ihre Worte waren nicht schwer zu enträtseln.

»Ich bin nicht das Monster, Mia.« Ich drückte sie fester an mich. Ihre zitternden Hände umklammerten mein Hemd.

»Wer ist es dann?« Sie sah zu mir hoch, und der Albtraum um uns herum veränderte sich. Als sie ihren Fehler bemerkte, kniff sie die Augen fest zu, aber es war zu spät. Die Schulwände schlossen uns ein, und ich hörte die Schritte des Dunklen, der hinter uns her war.

Ich sprintete zum Ende des Korridors und zerrte Mia buchstäblich hinter mir her. Nur einen Moment, das war alles, was ich bräuchte. Bevor er uns eingeholt hatte, zog ich Mia an mich und hob ihr Kinn, bis sich unsere Augen wieder trafen.

»Ich weiß nicht, wer es ist, aber ich verspreche dir – ich werde es herausfinden.« Ihr Blick glitt hastig zwischen mir und dem Dunklen hin und her, während sie wie benommen nickte.

Der Albtraum ging weiter, doch diesmal war er anders. Der andere war immer noch ich, aber mein Ebenbild flackerte wie das Störbild auf einem alten Fernseher. Hoffnung erfüllte mich, als ich zum ersten Mal merkte, dass Zweifel an Mia nagten.

Genau zu dem Zeitpunkt, als ich von meiner Schuld überzeugt war, stellte Mia sie infrage.

20

»Bist du sicher?«, fragte Addie in meinem längst vertrauten Zimmer in der Krankenstation der Schule. »Heute?«

Ihre Augen blickten kaum von dem wohl größten Erste-Hilfe-Kasten der Welt hoch. Sie hatte jedes der eine Million Teile vor sich auf dem Boden ausgebreitet. Während der letzten fünf Minuten hatte sie den Kasten gefüllt, ausgepackt, umsortiert und räumte jetzt wieder alles ein – während Finn die ganze Zeit im Kreis um uns herumlief. Von dem Gewusel wurde mir ganz schwindlig, und wenn Addie noch weiter auf ihrer Lippe herumkaute, würde sie bald zu bluten anfangen.

»Ich kann nicht länger warten. Bald ist Thanksgiving, und während der Herbstferien wird es noch schwieriger, als es ohnehin schon ist, mit ihr Augenkontakt herzustellen. Wir müssen es tun, solange ihr der letzte Traum noch frisch im Gedächtnis ist.« Ich lehnte mich gegen die Wand und betrachtete die Popcorn-Decke. Vielleicht war es leichtsinnig, aber uns lief die Zeit davon.

Meine Sicht flirrte, und ich schloss die Augen. Seit ein paar Tagen hatten verschiedene Teile meines Körpers mit kleinen Krampfanfällen zu kämpfen. Normalerweise waren es meine Augen oder Hände, aber an anderen Tagen hatte auch schon mein Fuß verrückt gespielt. Je länger ich ohne Schlaf auskommen musste, desto schlimmer wurde es. Mias Albträume verbesserten zwar unsere Beziehung, bedeuteten aber gleichzeitig meinen Tod.

»Ich habe euch doch von dem Traum letzte Nacht erzählt.« Ich zuckte mit den Schultern, die Augen weiterhin geschlossen. »Vielleicht wird es gar nicht so schlimm, wie ihr denkt.«

Mias Traum war nicht das Einzige, was sich vergangene Nacht zum Besseren gewandt hatte. Die Zahnseide, die mein Handgelenk ans Bett fixierte, war am Morgen unbeschädigt gewesen. Nach einem tiefen, zitternden Atemzug stieß ich die Luft langsam wieder aus. Ich war im Bett geblieben. Nach allem, was in letzter Zeit geschehen war, schien das ein gutes Zeichen zu sein.

Finn tigerte weiterhin nervös auf und ab. Seine Beine bewegten sich automatisch, als stünde er auf einem Laufband – und würde stolpern und hinten herunterfallen, falls er sein Tempo drosselte.

»Ich weiß nicht«, murmelte Addie, während sie sich abmühte, mit ihren dünnen Fingern einen riesigen Berg Kompressen zu umfassen. »Sie hat gerade erst wieder angefangen, mit mir über die E-Mails zu reden. Wenn wir ihr wirklich helfen wollen, können wir uns nicht erlauben, sie jetzt zu verschrecken.«

»Und deshalb werden wir dich bei unserem Plan auch außen vor lassen.« Das Zucken in meinen Augen hörte endlich auf. Ich glitt zu Boden, nahm ihr das Verbandsmaterial aus den Händen und legte den Stapel in einen der Kästen.

»In letzter Zeit läuft es mit ihrer Pflegefamilie nicht so gut. Mrs. Sparks ist nie zu Hause.« Addie seufzte, schlang beide Arme um die Knie und stützte das Kinn auf. »Sie tut mir so leid. Erst dieses Feuer – was allein schon Grund genug wäre, einem das restliche Leben zu verpfuschen – und dann, keine Ahnung. Es muss so hart sein, zu einer Familie geschickt zu werden, die man überhaupt nicht kennt.«

»Glaubst du, da geht etwas Komisches mit Mr. Sparks ab?«

»Nein – so wie er sich benimmt, scheint er sich um sie zu sorgen. Sie haben nur schrecklich viel um die Ohren. Mia redet nicht gern über das Thema Familie, und sie weigert sich standhaft, von ihren Eltern zu erzählen.« Addie schloss die Augen und schüttelte den Kopf. »Egal, wie oft ich nachgefragt habe.«

Ich sagte eine Weile kein Wort, bevor ich den riesigen Erste-Hilfe-Kasten zuklappte, aufstand und ihn auf das oberste Regal schob. »Wir werden niemals herausfinden, wer sie bedroht, wenn wir sie nicht überreden können, uns die E-Mails zu zeigen. Ich werde versuchen, mit ihr zu reden. Nach dem Traum heute Nacht habe ich das Gefühl, wirklich eine Chance zu haben. Wenn es uns nicht glückt, bist du unser Plan B.«

Ich streckte Addie die Hand entgegen. Als sie auf die Beine kam, wartete ich, bis ihre haselnussbraunen Augen meine trafen. »Denk dran, du weißt von nichts. Stell dich einfach dumm, und alles wird gut.«

»Keine Sorge. Das tut sie andauernd.« Finns Lachen klang matt und roboterhaft, aber ich wusste seinen Versuch dennoch zu würdigen. Er stand auf und trat neben mich.

Addie lächelte, dann bohrte sie Finn den Ellbogen in die Rippen – fest – bevor sie wieder zu mir sah. »Ich hoffe bloß, du weißt, was du da tust.«

Als es läutete, ging Finn, der sich immer noch die Seite rieb, als Erster aus dem Krankenzimmer. Er war blass, und seine Stimme hatte ihre übliche Gelassenheit verloren. »Der Gang hinter der Turnhalle?«

»Ja. In fünf Minuten.«

Er schluckte schwer und nickte, bevor er sich umdrehte und in den Massen an Schülern unterging, die durch den Flur eilten.

Addie packte meine Hand, drückte sie einmal und flüsterte mir »Viel Glück« zu. Dann ließ sie sie wieder los, ging zurück in die Krankenstation und schloss die Tür hinter sich.

Die alten Bänke, die im Flur gestapelt waren, rochen nach in Schweiß und Gatorade mariniertem Holz. Ich hockte mich auf eine und wartete. Es gab einen triftigen Grund, warum ich diesen Ort ausgewählt hatte. Zum einen kam niemand hierher. Der Gang endete am Hintereingang zur Turnhalle, weshalb er als Lager für alte Sportgeräte benutzt wurde. Zum anderen würde Mia mich hier auf der Bank erst sehen, wenn sie genau vor mir stand.

War unser Plan hinterhältig und gemein? Wahrscheinlich. Kümmerte es mich? Nein. Ich brauchte einen Ort, an dem ich sie ein paar Minuten festhalten konnte. Nur lange genug, damit sie mir zuhörte.

Der Gedanke jagte mir einen Schauder über den Rücken, aber ich schüttelte ihn ab. Im Stillen wiederholte ich das Mantra, das ich mir in letzter Zeit immer häufiger vorgesagt hatte.

Ich bin kein Monster. Ich bin kein Monster. Ich bin kein Monster.

Es zu glauben fiele mir natürlich leichter, wenn ich nicht dauernd mit zerrissener Zahnseide am Handgelenk aufwachen würde – doch dafür gäbe es sicher auch andere Erklärungen. Erklärungen, bei denen mir nicht die Haare zu Berge standen. Erklärungen, die nicht damit endeten, dass ich mit einer extra engen Zwangsjacke in der Ecke einer weißen Gummizelle saß und nur noch Blödsinn brabbelte.

Ich holte tief Atem. Wie sollte ich herausfinden, wer sie bedrohte, wenn sie mir nicht vertraute? Ich wollt ihr unbedingt helfen – und das bedeutete doch automatisch, dass mein Verhalten damit weniger beängstigend war, oder?

Schritte hallten durch den Gang. Ich erstarrte, lauschte gebannt.

»Und Addie will mich wirklich *hier* treffen?« Mia klang mehr als skeptisch.

»Ja, ich bin ziemlich sicher, dass es hier ist.« Ich hörte die Schuldgefühle in Finns Stimme. Er war wirklich der schlechteste Lügner der Welt.

Mit einem Kopfschütteln sprang ich auf die Beine, wartete jedoch noch einen Moment, bevor ich mich zeigte.

Mias erste Reaktion fiel ungefähr so aus, wie ich erwartet hatte. Sie riss die Augen auf und öffnete den Mund zu einem Schrei. Ich trat vor und hielt die Hand hoch. »Mia, ich will bloß ein paar Minuten mit dir reden. Bitte!«

Sie sah zwischen Finn und mir hin und her, ehe sie seufzte, den Mund schloss und nickte. »Hier sind überall Schüler und Lehrer. Die würden mich alle hören, wenn ich schreie.« Sie setzte sich auf die Bank und zerrte ihr Handy aus der Jeans. Mit funkelndem Blick wählte sie die 911 und legte es sich in den Schoß. »Du hast fünf Minuten. Finn muss aber gehen. Ich bin zahlenmäßig nicht gern unterlegen. Wenn du mich anfasst oder auch nur aussiehst, als würdest du daran denken, schreie ich so laut ich kann und drücke gleichzeitig auf die Anruftaste. Verstanden?«

Finns Augen waren riesig, während er sich zu mir umdrehte. Als ich nickte, ließ er den Atem hastig entweichen. »Äh, dann gehe ich mal. Mia, ich verspreche dir, dass er dir nichts antun will. Ich hätte dich nicht hergebracht, wenn ich glauben würde, dass auch nur die geringste Gefahr besteht.«

Mia warf ihm einen frostigen Blick zu und zuckte mit den Schultern. »Du bist sein bester Freund. Ich gebe nicht sonderlich viel auf deine Meinung. Addie wird dich allerdings umbringen, wenn sie erfährt, dass du mich hierhergebracht hast.«

»Ja.« Finn verzog das Gesicht. »Bis später, Parker. Viel Glück.«

»Danke.« Ich drehte mich um und wollte mich neben Mia setzen, doch sie räusperte sich stirnrunzelnd und hielt den Zeigefinger knapp über der Anruftaste. Mit einem Kopfnicken zeigte sie auf das andere Ende der Bank. Als ich ihrer Aufforderung nachkam, hob sie den Finger vom Handy und sah mich wieder an.

Mia gab sich den Anschein, als wäre sie knallhart, aber das Zittern, das an ihren Schultern herablief, war kaum zu übersehen. Nach vergangener Woche mit all den Träumen schmerzte mich der Gedanke, dass ich sie immer noch derart ängstigte. Ich hatte gehofft, dass sich etwas verändert hätte, doch dieser Optimismus verpuffte, während sie mich ansah, als hätte ich eine Kettensäge hinter dem Rücken versteckt.

»Ich muss dir etwas sagen, und es ist wirklich schwierig

zu glauben, aber es ist die Wahrheit.« Ich sprach leise und langsam, behielt die Hände dort, wo sie sie sehen konnte. Ich versuchte, mich an all die Versatzstücke der Rede zu erinnern, die ich schon ein Dutzend Mal im Kopf durchgegangen war.

»Es tut mir leid, dass ich ein solcher Freak war – so ziemlich von unserer ersten Begegnung an.« Ich räusperte mich, um das trockene Gefühl in meiner Kehle loszuwerden. »Du hast einmal gesagt, ich wäre auf Droge, und irgendwie hattest du recht. Ich bin süchtig.«

Mias Augen wurden groß, und das Aufblitzen von Erleichterung in ihrem Gesicht machte mir Hoffnung.

»Das Problem ist, dass du meine Sucht bist – oder besser gesagt deine Träume.« Ich schüttelte den Kopf, als eine Welle der Verwirrung und Panik ihr Gesicht verdunkelte. Alles hörte sich ganz falsch an. *Du bist meine Sucht?* Verdammt, dieser Satz klang nach »Zehn Dinge, die ein Serienmörder sagen würde«. Was zum Teufel war nur in mich gefahren? Mein Gehirn und mein Mund weigerten sich, miteinander zu kooperieren.

»Was ich eigentlich sagen will … Ich sehe Träume. Ich habe deine gesehen – viele von ihnen. Früher hast du andauernd von diesen wunderschönen Orten geträumt.« Mit einem Mal platzten die Worte wie von selbst aus mir heraus. »Und du hast gemalt oder versucht zu malen, und du hattest dieses weiße Kleid an …«

Keuchend sprang Mia auf die Füße, aber das hatte ich vorhergesehen und baute mich vor ihr auf, um ihr den Weg zu versperren. Ich schlang einen Arm um ihren Rücken und hielt ihr den Mund mit der Hand zu. Ihr Handy glitt ihr aus den Fingern und fiel klappernd zu Boden.

»Schsch …« Das Wort rutschte mir heraus, und ein dunkler Schauer überlief mich. Panik blitzte in ihren Augen auf, als sie sich wehrte, aber ich war natürlich viel stärker. Sie festzuhalten fiel mir nicht schwer, und es gab niemanden, der ihr helfen konnte – niemanden außer mir.

Horror packte mich, und mir wurde schlecht bei dem Gedanken, wie sehr diese Situation ihren Albträumen ähnelte. Ich ließ sie los und wich zurück. Nein, das war nicht ich. Das würde ich nicht zulassen. Das durfte ich nicht.

Ich kämpfte gegen das Feuer in meiner Brust und zwang meine Lungen, Luft zu holen.

»Ich bin noch nicht fertig. Du musst mir zuhören.«

»Nein, muss ich gar nicht.« Sie schubste mich zur Seite und versuchte, sich an mir vorbeizudrängeln. »Ich kann nicht glauben, dass du mit Dr. Freeburg gesprochen hast. Das ist … du bist …«

»Was meinst du?« In meiner Verwirrung wäre es ihr fast gelungen, sich an mir vorbeizuschleichen, doch ich packte sie an den Handgelenken und drückte sie an meine Brust. »Bitte, hör mir zu! Ich weiß, wer Dr. Freeburg ist, aber ich habe nie mit ihm gesprochen.«

Mit ihrem vollen Gewicht stemmte sich Mia von mir weg, versuchte verzweifelt, die Hände freizubekommen. »Lass los! Bisher hast du mir nur Lügen aufgetischt.«

Ich umschloss ihre Handgelenke und konnte gerade noch dem Drang widerstehen, sie gegen die Wand zu pressen und mit Gewalt zu zwingen, mir zuzuhören. Die Dunkelheit in mir loderte auf, und am liebsten hätte ich Mia weggestoßen, damit die Finsternis nicht weiter um sich greifen konnte. Ihr Blick verwob sich mit meinem, und ich sah ihr in die Augen, wollte ihr zeigen, dass ich es ernst meinte. »Mia, ich schwöre, ich sage die Wahrheit. Es kann doch nicht schaden, mir zuzuhören! Versprochen, anschließend werde ich dich um nichts mehr bitten.«

»Hast du nicht schon genug verbrochen?« Tränen schossen ihr in die Augen, und mein Herz verkrampfte sich.

Ich ließ sie los und sank auf die Bank. Sie hatte recht. Ich ertrug es nicht mehr, dass sie mich so ansah. Sie stand wie festgefroren da. Mit vor Verzweiflung brechender Stimme flehte ich um einen letzten Gefallen.

»Bitte, hör mir zu, und dann kannst du gehen. Ehrenwort!«

Angst und Mitleid lieferten sich in ihren Augen eine regelrechte Schlacht. Nach ein paar Sekunden gewann das Mitgefühl die Oberhand, und sie setzte sich wieder. »Na schön, rede!«

Ich setzte mich rittlings hin und sah sie an. Alles an ihr schrie: Das ist deine letzte Chance!

Ich musste mein Bestes geben.

»Ich kann es dir beweisen, wenn du mich lässt. Ich weiß von den Albträumen. Ich weiß von dem Monster, das du siehst – wie es dich jagt und mit deiner Angst vor Feuer spielt. Ich weiß, dass er dir sagt, du würdest lernen, ihn zu lieben.« Ich musterte meine Hände und bemerkte kaum, wie krampfhaft sie zur Faust geballt waren. Ich versuchte, mich an alles zu erinnern, an jedes noch so kleine Detail, das sie überzeugen könnte. »In deinen Träumen bin ich das Monster, und ich … ich verprügle dich, bis du das Bewusstsein verlierst, aber das bin nicht ich. Ich bin … ich bin der andere.«

Mein Atem kam nun in keuchenden Stößen, aber ich

konnte nichts dagegen tun. »Und ich weiß von deinen Eltern und dem Feuer – wie du weinend auf dem Rasen gesessen hast. Es tut mir so leid …« Ich hielt inne.

»Kann ich jetzt etwas sagen? Bist du fertig?«

Ich blickte zu ihr hoch, doch ihr Gesicht war schwierig zu lesen. Ich nickte. Wenn das, was ich bisher gesagt hatte, sie nicht überzeugen konnte – dann konnte es nichts. Dass sie mir überhaupt so lange zugehört hatte, grenzte schon an ein kleines Wunder.

»Ich werde jetzt gehen, und du wirst mich lassen.« Mia stand auf, und ich erhob mich ebenfalls. Ihre Stimme klang besonnen und entschieden, doch ihre Beine zitterten so heftig, dass sie sich kaum aufrecht halten konnte. »Und du wirst nie mehr wieder mit mir reden.«

Diese neun Worte fühlten sich wie hundert winzige, extrem scharfe Äxte an, die meinen Magen zerfetzten und blutende Wunden hinterließen. Taumelnd stand ich da, trat einen Schritt zurück und lehnte mich gegen die gegenüberliegende Wand. Mit letzter Kraft kämpfte ich den Drang nieder, einfach auf dem Boden zusammenzubrechen. »Du glaubst mir nicht? Woher sollte ich all das wissen? Das ist unmöglich!«

»Ich weiß nicht, wie du Dr. Freeburg überreden konntest, dass er mit dir über meine Therapie spricht, aber das hier muss auf der Stelle aufhören, oder ich rufe die Polizei. Keine E-Mails. Keine Gespräche mit meinem Therapeuten. Keine Addie, die du über meine Vergangenheit oder meine Familie ausquetschst.« Mia spuckte mir die letzten Worte mit so viel Gehässigkeit vor die Füße, dass ich zusammenzuckte.

»Und was ist mit dem Albtraum und den Dingen, die

der Stalker gesagt hat?« Mein Gehirn rebellierte gegen die Erkenntnis, dass Mia für alles eine Erklärung parat hatte.

Sie griff in ihren Rucksack und drückte mir ein zerknittertes Blatt Papier in die Hand. »Es gibt nur einen Menschen, der davon wissen kann, Parker – das Monster, das mir die E-Mails geschickt hat.« Sie bückte sich nach ihrem Handy, drehte sich um und ging.

Mein Gehirn suchte krampfhaft nach irgendetwas, das mir helfen könnte. Meine Stimme zitterte, und ich sackte auf der Bank zusammen. »Aber ... ich habe es getan, weil ich im Sterben liege.«

Sie drehte sich nicht einmal um, als sie rief: »Gut so!«

Ihre Antwort hallte um mich herum wider, während alles durch einen dicken Nebel zu gleiten schien. Ich öffnete das zerknüllte Papier, das sie mir zugesteckt hatte. Es war die ausgedruckte Kopie einer E-Mail von Chipp8@gmail.com. Meine Adresse lautete Chipp18. Ich las:

Das Feuer wird mir helfen, dich zu verführen.
Es dauert nicht mehr lange, bis wir zusammen sein können.
Du wirst lernen, mich zu lieben.
Das Feuer wird dich lehren, mich zu lieben.
Wenn nicht, dann bist du innerlich kaputt.
Ich werde einen Weg finden, dich in Ordnung zu bringen.

Das Blatt Papier flatterte zu Boden. Das Pochen in meinem Kopf dröhnte laut, jeder Herzschlag schepperte in meinem Gehirn wie eine Marschkapelle. Während ich Mia nachblickte, die mit steifen Schritten den Gang hinabeilte, sah ich den Schatten einer Gestalt, die ihr folgte. Ich sprang auf. *Er!* Das musste *er* sein. Ich musste sie warnen. Als ich den Mund öffnete, um ihren Namen zu rufen, blieben mir die Worte in der Kehle stecken, und ich würgte an all den Lügen, zu denen mein Leben verkommen war.

Die schattenhafte Person trat ins Licht. Groß, zerzaustes schwarzes Haar, locker sitzende Jeans ... ein vertrauter Gang.

Ich blinzelte, fest überzeugt, dass es sich um ein Trugbild handeln musste. Der Dunkle hatte Mia fast eingeholt, bevor ich mir endlich die Augen reiben und wieder hinsehen konnte. Da zersplitterte er in tausend Schatten und löste sich schließlich in den düsteren Winkeln des Korridors auf.

21

Die mächtige Eiche erzitterte im kalten Novemberwind. Die wenigen Blätter, die immer noch an den Ästen hingen, wurden eines nach dem anderen abgepflückt, und jedes wirbelte heftiger herum als das letzte, während sie vor meinem Auto auf die Straße flatterten. Ich parkte schon wieder vor Dr. Freeburgs Praxis.

Was ich mir davon versprach hierherzukommen, konnte ich nicht sagen. Ich wollte einfach mit Freeburg sprechen. Mia hatte mir bei unserer Unterhaltung sehr deutlich zu verstehen gegeben, dass sie der festen Überzeugung war, ich hätte das längst getan, weshalb ich es genauso gut auch versuchen konnte. Vielleicht konnte ich mir Klarheit darüber verschaffen, ob er tatsächlich so unheimlich war, wie er wirkte. Vielleicht hatte er auch ein paar Antworten für mich parat. Nachdem mein Plan, mich mit Mia auszusprechen, völlig schiefgegangen war, musste ich unbedingt einen Namen von der Liste der Verdächtigen streichen. Und wenn es schon nicht meiner sein konnte … dann vielleicht seiner.

Ich lehnte den Fahrersitz zurück und schloss einen Moment die Augen, um sie auszuruhen. Doch es half nicht viel. Meine Kopfschmerzen waren ganz genau so schlimm wie vorhin und pochten mit jeder Minute stärker. Jedes Mal, wenn ich die Augen zumachte, sah ich den Dunklen, der Mia den Gang hinabfolgte. Ich hatte schon früher ab und an komische Dinge gesehen, aber normalerweise passierte das, wenn ich in den Träumen anderer steckte, und endete mit einem pinkfarbenen Einhorn, das einen Nadelstreifenanzug trug.

Das hier war allerdings kein Traum. Mein Gehirn war zu meinem schlimmsten Feind geworden. Es spielte mir makabre Streiche, und ich wusste nicht, wie beunruhigt ich sein sollte. Die Sache abzublasen war das Naheliegendste. Es wäre einfach. Und ich war gut darin.

Aber mich beschlich das ungute Gefühl, dass alles noch schlimmer geworden wäre, wenn ich den Schatten meiner selbst sah. Als wäre es nicht schon heftig genug, nachts Blackouts zu haben – mit ausgewachsenen Halluzinationen würde ich nicht umgehen können. Weder jetzt noch in der Zukunft.

Es war schlimm genug, den Dunklen in Mias Albträumen zu sehen, aber dass er mir nun in die Realität folgte, kam nicht infrage. Doch das, was ich gesehen hatte, war *nicht* echt. Zumindest wollte ich nicht, dass es echt war.

Er konnte nicht echt sein.

Ich hatte tunlichst vermieden, über die E-Mails nachzudenken, hauptsächlich deshalb, weil sie meine Ängste bestätigten. Entweder wollte jemand Mia glauben machen, dass ich die Nachrichten geschrieben hatte, oder ich hatte sie während meiner Blackouts geschickt. Ich verzog das Gesicht und konzentrierte mich auf die erste Möglichkeit. Wer könnte mich hereinlegen wollen? Wer hasste mich so sehr? Diese Frage hatte mich schon seit ein paar Wochen bewegt, einer Antwort war ich bisher keinen Schritt näher gekommen. Bisher hatten wir keine echten *Verdächtigen*. Thor, Matt und Jeff erschienen wahrscheinlicher als alle anderen, aber würden sie es wirklich in Kauf nehmen, Mia zu Tode zu erschrecken, nur um mich in ein schlechtes Licht zu rücken? Und noch schlimmer … was wäre, wenn in der E-Mail mein Name stand, weil ich tatsächlich das Monster war, das den Account eingerichtet hatte? Was wäre, wenn Mia die ganze Zeit über recht hatte?

Schließlich kam Mia aus der Praxis, unterhielt sich noch eine Minute mit Dr. Freeburg und winkte ihm dann zum Abschied. Als sie in ihren lilafarbenen Truck am anderen Ende des Parkplatzes stieg, ging er wieder ins Haus. Ich drückte mich tief in meinen Sitz, schloss die Augen und bewegte mich nicht, während sie an mir vorbeifuhr. Erst als ich hörte, wie sie um die Ecke bog, stieß ich den Atem aus, den ich die ganze Zeit über angehalten hatte. Ich war sicher, das sie mich nicht gesehen hatte. Zum vielleicht hundertsten Mal im vergangenen Monat war ich dankbar, dass mein Auto klein und zu langweilig war, um Aufmerksamkeit auf sich zu ziehen. Die Situation war auch so schon angespannt genug.

Ich wartete, bis ich keine Motorengeräusche hörte, dann setzte ich mich wieder auf. Im selben Moment stieg Mr. Totenkopf auf sein Motorrad, sah mich eindringlich an und scherte aus dem Parkplatz. Ich stürzte aus dem Wagen, doch er war bereits so weit die Straße hinuntergedüst, dass ich seine immer kleiner werdende Gestalt kaum mehr ausmachen konnte.

Wenn ich bewusst nach ihm suchte, war keine Spur von

ihm zu sehen, aber jetzt war er zeitgleich mit Mia auf Dr. Freeburgs Parkplatz gewesen? Zu viele Zufälle für meinen Geschmack. Ein Anflug von Angst ließ mich erstarren. Wäre er nicht schon längst auf der Liste der Verdächtigen gewesen, hätte ich seinen Namen jetzt ganz oben platziert. Es gab nur einen Grund, aus dem er hier sein konnte.

Da erregte Dr. Freeburg, der im Empfangsbereich herumhantierte, meine Aufmerksamkeit. Er schnappte sich einen Mantel und schaltete die Lichter aus. Ich überquerte die Straße. Im Moment war nicht die Zeit, um mir Gedanken über Mr. Totenkopf zu machen. Ich musste so viel wie möglich über Dr. Freeburg und Mia herausfinden, bevor der Arzt ebenfalls verschwand. Ich trat gerade auf den Bürgersteig, als er einen kleinen Schlüssel aus der Tasche zog und die Tür abschloss.

Ich wusste, dass er eigentlich nicht mit mir über Mia sprechen durfte, aber wenn ich ihn dazu bringen könnte, mir etwas zu verraten – irgendetwas –, könnte das helfen. Außerdem kam mir bei dem Gedanken, wie er sich in Mias Gegenwart aufführte, das kalte Grausen. Er rückte ihr viel zu nah auf die Pelle, um es als harmlose Trostgeste bezeichnen zu können.

Als er sich von der Tür wegdrehte, blieb ich mitten auf der Treppe stehen und versperrte ihm den Weg. »Dr. Freeburg?«

»Ja?« Die bleiche Haut um seine schmutzig braunen Augen kräuselte sich vor Verwirrung.

»Ich bin ein Freund von Mia Greene. Ich hatte gehofft, Sie könnten mir vielleicht helfen.«

»Oh, du hast sie gerade verpasst. Sie ist vor ein paar Minuten gegangen. Tut mir leid.«

»Nein, ich meine … ich wollte mit Ihnen reden.«

Er hob die Augenbrauen, sagte jedoch nichts.

Ich wusste nicht genau, wie ich anfangen sollte, aber alles wäre besser, als stotternd herumzustehen. »Sie hat versucht, mir zu erklären, was Sie tun – das mit der Hypnotherapie. Aber ich bin nicht sicher, ob ich es wirklich verstehe.«

»Oh, nun ja. Hypnotherapie ist eine unterschätzte Kunst. Es gibt so viele verschiedene Anwendungsbereiche. Beispielsweise kann kognitive Verhaltenstherapie, die mit Hypnose kombiniert wird, von großem Nutzen sein, um Probleme wie Stress, Angst und Phobien zu bekämpfen.« Dr. Freeburg schob sich langsam an mir vorbei, erreichte den Gehsteig und eilte zu seinem Wagen, ohne mit Reden aufzuhören.

Ich passte mich seinem Tempo an und versuchte, genau zuzuhören. »Selbst Panikattacken oder Schlafstörungen sprechen auf diese Art der Behandlung gut an.«

»Phobien, so wie Feuer bei Mia?«

Er blieb stehen und drehte sich zu mir um. Stirnrunzelnd schüttelte er den Kopf. »Ich darf natürlich über keine Patienten im Speziellen reden, aber was deine Fragen in Bezug auf Phobien angeht – ja, Phobien können mithilfe von Hypnotherapie gelindert oder gar geheilt werden.«

Ich nickte und versuchte mir einen Reim darauf zu machen, was dies mit Mias Träumen zu tun haben könnte. Aus irgendeinem Grund schien sie anzunehmen, dass mir Dr. Freeburg von ihren Träumen erzählt hatte. Hatte sie etwa Schlafstörungen? »Nun, und mit Hypnotherapie tun Sie was genau? Helfen Sie den Leuten, besser zu schlafen oder … keine Albträume zu haben?«

»Nun, gegen Phobien anzukämpfen, ist ein langwieriger und komplizierter Prozess.« Dr. Freeburgs Gesichtsausdruck zeugte von Traurigkeit. »Aber was Schlaflosigkeit und andere Schlafstörungen angeht, ist Hypnotherapie teilweise sehr erfolgsversprechend. Bei manchen Menschen wirkt die Selbsthypnose sofort, bei anderen jedoch nie.«

»Selbsthypnose?«

»Ja. Normalerweise bringe ich meinen Patienten bei, sich selbst hypnotisieren zu können. Insbesondere wenn es um Schlaflosigkeit oder Nachtschreck geht – Dinge, die eintreten, wenn ich nicht anwesend bin. Es ermöglicht ihnen nicht nur zu schlafen, sondern es kontrolliert und sicher zu tun. Eine Dokumentation dieser Methode stellt sich zwar als schwierig heraus, aber ich verzeichne mit ihr immer wieder Erfolge.«

Ich spürte, wie mein Kiefer knackte, als mir die Kinnlade herunterklappte. Jetzt ging mir ein Licht auf, und mit einem Mal ergab alles Sinn. Mias Träume vom Malen – der Grund, weshalb sie so gleichförmig, so anders als die von anderen Menschen waren. Es waren durch Selbsthypnose herbeigeführte Träume.

»Daher kommen Mias Träume von den blühenden Wiesen und dem Leuchtturm und allem anderen, nicht wahr? Sie sind Teil ihrer Therapie? Sie ist hypnotisiert?«

Dr. Freeburg runzelte die Stirn. »Wie gesagt, ich darf Mias Behandlung nicht mit dir besprechen.«

»Natürlich. Ich weiß nur, dass sie diese Art Träume hat – manchmal«, murmelte ich.

Wir blieben neben einem blauen BMW auf dem Parkplatz stehen. »Ja, hm, du kannst Mia auch gern weiter befragen, falls es noch Unklarheiten gibt.«

»Noch eines … dabei geht es aber nicht um Hypnose. Hat sie Ihnen von den Drohungen erzählt, die sie erhalten hat?«

Er drehte sich bedächtig um und lehnte sich gegen das Auto. Sein Gesichtsausdruck war verhaltener als zuvor; er wirkte misstrauisch und irgendwie nervös … schuldbewusst. »Sie hat mit dir darüber gesprochen?«

Aus heiterem Himmel befiel meine linke Hand ein weiterer kleiner Krampfanfall. Sie zitterte heftig, und Dr. Freeburg entging es nicht, bevor ich sie in meine Hosentasche stecken und so tief nach unten schieben konnte, dass das Beben fast sofort aufhörte.

»Nun ja …« Mein Gehirn kramte krampfhaft nach einer Antwort, die ihn von dem ablenkte, was gerade passiert war, und ihm gleichzeitig die Zunge lösen würde. Mir fiel nichts ein – es gab keine. Also versuchte ich es mit der Wahrheit. »Sie hat angedeutet, dass sie unheimliche E-Mails erhalten hat, und ich mache mir Sorgen um sie.«

»Wie meintest du, war gleich noch mal dein Name?« Seine Augen klebten geradezu an der Hosentasche, wo meine Hand noch sporadisch zuckte.

Das Ganze nahm einen unguten Verlauf. Ich wollte nicht, dass er Mia von meinem Besuch erzählte. »Ich bin Jeff – Jeff Sparks.«

»Das ist sonderbar. Ich kenne Jeff Sparks, weil er Mia manchmal zur Therapiestunde bringt. Und das bist nicht du.« Dr. Freeburg erwiderte meinen Blick mit kalten Augen. Am liebsten hätte ich mir selbst in den Hintern getreten. Natürlich hatte er Mias Pflegefamilie kennengelernt. Welch cleverer Schachzug von mir! Ich vermisste die Tage, an denen mein Gehirn mit all dem Schritt halten konnte, was um mich herum geschah … die guten alten Zeiten.

Er zog sein Handy aus der Jackentasche. »Junger Mann, du hast dreißig Sekunden Zeit, um zu verschwinden.«

Hastig wich ich einige Schritte zurück und taumelte über den Bordstein. »Okay, na ja, danke für Ihre Zeit.«

Ich hatte mein Auto fast erreicht, als ich ihn hinter mir herrufen hörte: »Und lass das arme Mädchen in Frieden!«

Sobald ich endlich im Wagen und wieder auf der Straße war, entwich die Luft langsam aus meinen Lungen. Etwas an Dr. Freeburg war … befremdlich. Ich konnte es nicht in Worte fassen. Er schien sich in seinem Fach auszukennen und hatte Mia offensichtlich bei ihren Albträumen geholfen – zumindest, bis ich alles versaut hatte. Doch in seiner Gegenwart bekam ich Gänsehaut.

Die Sonne ging gerade unter, und Schatten krochen vor mir über die Straße. Dieselbe Finsternis schien sich auch über mein Herz zu legen. Heute Nacht würde ich in Dr. Freeburgs Träumen stecken und sehen, ob sie mir einen Anhaltspunkt gaben. Wenn er etwas über die E-Mails wusste, würden mir seine Träume vielleicht die Wahrheit verraten.

Auf dem Weg nach Hause hallten seine letzten Worte im Rhythmus des stetigen Hämmerns in meinem Kopf wider. *Lass das arme Mädchen in Frieden.*

Während ich langsam einen rasselnden Atemzug holte, schmerzte meine Brust.

Wenn das nur so leicht wäre!

22

Als ich in unsere Auffahrt bog, war Mom schon zu Hause, was mich ein wenig überraschte, da es noch nicht einmal dunkel war. Sie hatte sich nach den vergangenen ein oder zwei Wochen seit unserem Streit völlig in die Arbeit gestürzt. Wir hatten kein Wort mehr über die Auseinandersetzung fallen gelassen und waren viel zu sehr damit beschäftigt, so zu tun, als wäre es nie geschehen. Aber es ist schwierig, wütend auf sie zu sein, wenn man weiß, wie leicht es Dad gefallen war, einfach abzuhauen.

Er hatte nicht einmal einen Grund gebraucht, und weiß Gott, ich hatte Mom schon so viele gegeben.

Ich schnappte mir meine Sonnenbrille von der Sonnenblende, schob sie mir auf die Nase und stieg aus dem Auto. Nachdem ich meinen Rucksack vom Beifahrersitz geholt hatte, ging ich ins Haus.

Mom stand in der Küche und schnitt Karotten. Selbst beim Kochen trug sie ein Kostüm.

Der Blazer hing über der Stuhllehne am Tisch, und ihre Ärmel waren bis über die Ellbogen hochgerollt. Ihre kurzen braunen Haare waren mit einer Klemme hochgesteckt, und ihre Lesebrille war auf den Kopf geschoben. Typisch Mom.

Der Geruch nach selbst gemachter Hühnernudelsuppe

durchzog jeden Winkel des Hauses und ließ meinen Magen knurren. Es war mein absolutes Lieblingsessen.

»Hi, Mom. Das riecht fantastisch.« Ich stibitzte eine Karotte vom Schneidbrett und warf sie mir in den Mund.

»Hi, Parker. Wie war das Training?«, fragte sie, ohne aufzublicken.

»Gut«, log ich und machte mich in mein Zimmer auf. Jeff hielt dienstags nie Trainingsstunden ab, und ich hatte nicht einmal meine Sporttasche dabei. Und sowieso hatte ich den Großteil davon verpasst.

Als ich wie versprochen in Coach Mahoneys Büro gekommen war, hatte ich ihm erzählt, ich würde einen Fußballkurs am College besuchen, woraufhin er meinte, dass ihn das nicht interessierte, solange ich zu jeder seiner Trainingsstunden auftauchen würde, wenn die Saison begann. Aber ich wusste, dass Fußball nur ein weiteres aufgeschobenes Problem war. Es war, als würde alles, was ich in letzter Zeit tat, das Unausweichliche nur hinauszögern. Mom, Coach Mahoney, der Tod … irgendwann würde mich das alles einholen.

Ein Schauer lief mir über den Rücken, doch ich schüttelte ihn rasch ab. Solange Mom so in ihre Arbeit vertieft war, dass sie keine Zeit für mich hatte, war das okay. Vorsichtig drehte ich den Hals hin und her, um einen Teil der Anspannung abzubauen, die sich dort mit jeder neuen Lüge aufbaute.

»Wohin gehst du?«, rief mir Mom hinterher. »Abendessen ist gleich fertig.«

»Ich hab schlimme Kopfschmerzen. Ich will mich nur kurz ausruhen.« Ich schloss die Tür hinter mir, bevor Mom die Möglichkeit hatte, etwas zu erwidern.

Diesmal hatte ich nicht gelogen. Meine Kopfschmerzen waren sozusagen mein Markenzeichen. Vor allem hatte ich jedoch keine Lust auf die alte Leier, dass ich meine Sonnenbrille nicht beim Abendessen tragen sollte. Ich wusste, sie hielt es für schrecklich unhöflich, und mir ständig neue Ausreden einfallen zu lassen war ermüdend. Und heute Abend konnte ich es mir wirklich nicht leisten, mit jemand anderem Augenkontakt herzustellen. Ich musste herausfinden, was mit Dr. Freeburg los war. Wenn er nicht der Stalker war, dann würde ich Mr. Totenkopf ausfindig machen und überprüfen, woraus seine Träume bestanden. Auch wenn ich bisher bei der Suche nach ihm noch kein großes Glück gehabt hatte.

Ich schlüpfte aus meinen Schuhen und lehnte mich in die Kissen zurück. Freeburg schlief wahrscheinlich noch nicht, obwohl er mir wie einer dieser langweiligen Früh-ins-Bett-Geher vorkam. Vielleicht konnte ich mich noch ein wenig in meiner angenehmen Leere ausruhen, bevor ich in seinen Traum gesogen wurde.

Ein sanftes Klopfen an der Tür weckte mich. Ich blinzelte zur Uhr – es waren fast fünfundvierzig Minuten vergangen.

»Parker?« Moms Stimme drang leise durch die Tür. »Schläfst du?«

»Nicht mehr.«

Sie öffnete die Tür einen Spalt, und ich musste das Zusammenzucken nicht einmal spielen, um meine Augen zu verbergen. Eine Million Glühbirnen gingen in meinem Kopf an, und ich warf den Arm übers Gesicht.

»Hey, Mom, kannst du das Licht ausschalten?«

»Oh, tut mir leid«, murmelte sie und trat ins Zimmer,

bevor sie die Tür hinter sich schloss. In ihrer Stimme hallte dieser vertraute besorgte Ton mit. »Geht's dir gut? Du siehst schrecklich aus.«

»Ja«, sagte ich. »Migräne.«

»Willst du eine Tablette?«, fragte sie leise.

Dad hatte früher ständig Migräneanfälle gehabt. Das war eines der wenigen Dinge, an die ich mich erinnerte. Weshalb sie normalerweise als Ausrede gelegen kamen, die Mom gut nachvollziehen konnte, auch wenn es im Moment sogar der Wahrheit entsprach.

»Wenn du möchtest, kann ich dir das Abendessen aufs Zimmer bringen«, fügte sie hinzu.

»Das wäre toll. Danke.«

Mom lehnte sich vor und gab mir in der Dunkelheit einen Kuss auf die Stirn. »Kein Problem, Liebling. Solange es dir bald besser geht, okay?«

Ich nickte und rollte mich auf die Seite.

Ein paar Minuten später war sie mit dem Abendessen und ein paar Ibuprofen zurück. Ich ließ die Augen fest geschlossen, während sie im Halbdunkel herumging.

»Finn hat heute Abend dreimal angerufen. Er klang besorgt.« So wie sie das sagte, war es mehr eine Frage als eine Aussage.

»Ich rede morgen in der Schule mit ihm.«

»Addie hat auch angerufen.«

»Okay.«

»Du bist nicht ... ich meine, ihr zwei seid nicht zusammen, oder? Denn das wäre schön. Sie ist ein richtig süßes Mädchen.«

Ich stöhnte auf. »Nein, Mom. Sie ist bloß eine Freundin.«

»Immer mit der Ruhe. War doch nur eine Frage.« Sie

beugte sich vor und drückte mir leicht die Schulter. »Nun, bleib liegen und ruf, wenn du noch etwas brauchen solltest.«

Da ich mich wegen meiner barschen Reaktion schuldig fühlte, schlang ich einen Arm um ihre Schultern. Irgendwie musste ich all die Lügen wiedergutmachen, solange mir noch Zeit blieb. Sie hatte das nicht verdient. »Danke fürs Abendessen, Mom.«

»Gern geschehen.«

Ich war nicht sicher, warum, aber als ich das Lächeln in ihrer Stimme hörte, fühlte ich mich gleich besser als den ganzen bisherigen Tag über.

Ich rollte mich wieder auf die Seite und starrte blinzelnd auf die roten Ziffern meines Weckers. Es war fast Mitternacht.

Mit einem Ruck setzte ich mich auf, holte tief Atem und ließ ihn langsam ausströmen. Meine Füße platschten auf den Boden, und ich versuchte aufzustehen, doch die Zahnseide riss meinen Arm nach hinten. Ich zerrte die Hand vor, bis ich ein Reißen spürte, und stand auf. Meinem Kopf ging es ein kleines bisschen besser, weshalb vielleicht ein Schluck Wasser genügen würde.

Das Haus lag still da. Vor knapp einer Stunde hatte ich Mom zu Bett gehen gehört. Ich goss mir ein Glas Wasser aus dem Kühlschrank ein und ging zurück in mein Zimmer. Auf halbem Weg vernahm ich ein sonderbares, fiependes Geräusch. Ich erstarrte und horchte auf das leise Brummen, doch dann war alles wieder ruhig. Ich ging ins Zimmer, schloss die Tür und hörte es plötzlich wieder. Es kam aus meinem Rucksack.

Als ich ihn aufhob, spürte ich, dass die Seitentasche vibrierte. Oh, mein Handy! Ich hatte vergessen, dass ich es dort hineingesteckt hatte. Ich zog es heraus. Auf dem Bildschirm leuchtete ein Foto von Finn auf, der einen riesigen, ausgehöhlten Kürbis über dem Kopf trug. Addie hatte es letztes Jahr an Halloween geschossen. Ich klappte das Handy auf.

»Hallo?«

Am anderen Ende der Leitung folgte verblüfftes Schweigen, bevor Finn schließlich antwortete. »Was. Ist. Los?« Er betonte jedes Wort, als wäre es das bedeutendste, das er je von sich gegeben hatte. Ich konnte mir ein Lächeln nicht verkneifen.

»Äh … ich habe geschlafen. Wovon redest du?«

»Verdammt! Du hast heute Morgen mit Mia gesprochen, dann bist du abgehauen, und wir haben nichts mehr von dir gehört. Du wolltest mich nach der Schule nach Hause fahren und bist nicht aufgetaucht. Addie und ich haben dich dauernd angerufen.« Im Hintergrund hörte ich Addie leise reden. Sie quietschte kurz auf, wie sie das immer tat, wenn sie aufgebracht war.

Finn holte tief Atem. »Was ist passiert?«

Ich zuckte zusammen. »Tut mir leid, dass ich euch versetzt habe. Das hatte ich total vergessen. Dafür habe ich mich mit Dr. Freeburg unterhalten und …« Ich hielt inne, weil ich nicht genau wusste, was ich über Dr. Freeburg erzählen sollte. Wahrscheinlich wäre es besser zu warten, bis ich seine Träume gesehen hatte.

»Du hast mit ihrem Therapeuten gesprochen?«

»Im Ernst, Finn, hörst du mir überhaupt zu?«

»Hi, Parker, wie geht es dir?« Unvermittelt drang Addies Stimme aus der Leitung. Sie musste sich den Nebenanschluss geschnappt haben.

»Hi, Addie. Mir geht's gut. Freeburg schien zumindest zu wissen, wovon er redet.« Ich kratzte mich am Kopf und gähnte. »Oh, aber ich hab mich gefragt, ob einer von euch beiden diesen neuen Typen an der Schule kennt? Dunkle Haare, trägt eine Lederjacke mit einem Aufnäher an der Schulter, auf dem ein Totenkopf und zwei Augenklappen zu sehen sind?«

»O ja, und er hält einen Papagei in seinem Spind?« Finn lachte, und dann hörte ich einen dumpfen Schlag, gefolgt von einem »Aua!«

»Ich glaube, ich habe ihn schon mal gesehen … aber ich bin nicht sicher.« Addie schwieg einen Moment. »Es ist sonderbar … ich kann mich erinn…«

»Warum interessierst du dich überhaupt für ihn?«, unterbrach Finn sie. »Hat Mia ihn erwähnt?«

»Nein, ich sehe ihn nur ständig, vor allem, wenn ich Mia folge. Ich habe mich bloß gefragt, ob ihr wisst, wer das ist.«

»Glaubst du, er könnte der Stalker sein?« Jetzt lag kein ironischer Unterton mehr in Finns Stimme.

»Vielleicht. Keine Ahnung.« Es folgte eine kurze Stille, bevor Addie das Thema wechselte.

»Und, was war mit Mia?« Im Vergleich zu Finns Stimme klang ihre jetzt weich. »Ich hatte das Gefühl, als würde sie mir aus dem Weg gehen. Es ist also nicht so gut gelaufen?«

Ich setzte mich auf den Bettrand und band mir mit einem neuen Stück Zahnseide die Hand am Holz fest.

»Nein, ich hab's total vermasselt. Aber zumindest habe

ich ein paar Dinge erfahren, also war es kein völliger Reinfall.«

»Zum Beispiel?« Finns Stimme hallte sonderbar, so wie es passiert, wenn zwei Telefone gleichzeitig im selben Raum benutzt werden.

»Hört mal, können wir morgen weiterreden? Ich sollte mir jetzt wirklich erst mal seine Träume ansehen, dann weiß ich morgen wahrscheinlich mehr.« Ich gähnte und kletterte unter die Bettdecke.

»Wessen Träume? Freeburgs?«, fragte Finn leise. Ich wusste, sie wollten Antworten, bevor ich auflegte, aber ich hatte einfach keine Kraft mehr.

»Ja. Ich glaube, das könnte helfen.«

»Wirklich? Warum?« Addie klang skeptisch.

»Das erklär ich morgen.«

Ich konnte regelrecht hören, wie Finn am anderen Ende der Leitung den Kopf schüttelte. »Wenn's sein muss. Morgen früh – aber dann bringst du mich auf den neuesten Stand.«

»Dann bringst du *uns* auf den neuesten Stand«, fügte Addie hinzu.

»Versprochen. Gute Nacht, ihr zwei.«

»Gute Nacht«, antworteten sie im Chor.

Die Worte hallten in der Leitung wider, bis ich zweimal ein leises Knacken hörte und dann nur noch Stille.

23

Ich war überrascht, als das kribbelnde Gefühl einsetzte und ich in Dr. Freeburgs Traum hineinglitt. Ich war nicht sicher, wie lange ich in meiner traumlosen Leere gewesen war, aber allem Anschein nach war er eine größere Nachteule, als ich ihm zugetraut hätte.

Der Traum hüllte mich ein und hörte sich an wie gedämpfte Luft, die sich kräuselte, wie ein geschlossener Windkanal. Mir stieg der Duft von moschusartigem After Shave in die Nase, das den Geruch von Schweiß nicht zu überdecken vermochte. Der leicht verbrannte Geruch einer Autoheizung, die auf Hochtouren arbeitete, wehte zu mir herüber. Ich saß auf der Rückbank von Dr. Freeburgs Wagen. Er stand, aber ich konnte nicht sagen, wo wir waren, da sich alles außerhalb des Autos in einem weißen Nebel verlor. Ich hatte das schon häufig erlebt. Es bedeutete, dass Dr. Freeburgs Fokus auf etwas anderem lag, dass alles außerhalb des Autos keine Bedeutung hatte.

Die unterschiedlichen Schichten des Traums schienen durch den Nebel zu gleiten wie Geister, die verschwommen vom Jenseits ins Diesseits glitten: der Schatten einer älteren Frau, die ihre Finanzen besprach, ein kleiner Junge, der in einem riesigen Hinterhof auf einem Baum spielte.

Vorne auf dem Fahrersitz spielte Dr. Freeburg nervös an seiner Fliege herum. Er klipste sie sich an, löste sie wieder, richtete sie und klipste sie sich abermals an, bevor er sich mit der Hand das Haar zurückstrich. Schließlich öffnete er nickend die Tür und trat ins Freie.

Als sich sein Fokus veränderte, wurde ich an einen neuen Ort außerhalb des Wagens katapultiert. Wir parkten direkt vor meiner Schule. Verwirrt blickte ich mich um. Jedes Detail entsprach bis ins Kleinste der Wirklichkeit, bis hin zu einem geschwärzten Fleck auf dem Rasen links neben dem Haupteingang. Ein Mitschüler in meinem Chemiekurs hatte während der ersten Schulwoche die falschen Stoffe zusammengemischt und diesen Ort ausgewählt, um sich seines Fehlers zu entledigen.

Meine Kiefer spannten sich reflexartig an. Eine solche Detailtreue musste zumindest teilweise auf einer Erinnerung basieren, doch die Dunstschleier bedeuteten, dass der Rest Fantasie war. Der Fleck auf dem Rasen bewies, dass Freeburg im Laufe der letzten beiden Monate an meiner Schule gewesen sein musste, und noch dazu mehrmals, um all diese Einzelheiten im Gedächtnis zu behalten.

Als ich mich zur Haupttreppe umwandte und Mia in einem Rock die Stufen herabjoggen sah, der viel kürzer war als jeder, den sie jemals getragen hatte, wurde mir bewusst, wo hier die Fantasie ins Spiel kam. Ich fragte mich, was passieren würde, wenn ich einem Träumer in seinem Traum einen Kinnhaken verpasste.

»Hallo, Dr. Freeburg«, sagte sie mit einem koketten Augenzwinkern. »Ich bin bereit für meinen Termin.«

Okay, zumindest war es keine Erinnerung. Ich zweifelte ernsthaft daran, dass sich Mia bei ihrem Therapeuten so benehmen würde. Oder überhaupt bei irgendjemandem.

Dr. Freeburg nickte und räusperte sich mit einem dümmlichen Grinsen, bei dem ich mich am liebsten übergeben hätte. »Mein Auto steht gleich dort drüben.«

Die Fahrt zu seiner Praxis dauerte doppelt so lang wie nötig. Der perverse Therapeut konnte seinen anzüglichen Blick nicht von ihr lassen. Jedes Mal, wenn er schaltete, berührte seine Hand ihren Oberschenkel, und Mia kicherte. Im Wagen war es unerträglich heiß, und meine Sicht verschwamm, verzerrte die Welt um mich herum. Ich konnte einfach nicht zusehen, wie er seine Fantasien mit Mia auslebte.

Ohne nachzudenken, streckte ich den Arm aus und packte seinen Sicherheitsgurt an der Stelle, wo er in der Karosserie verschwand. Erschrocken blinzelte ich zweimal, als ich begriff, dass ich mit aller Gewalt am Gurt zog und Dr. Freeburg zu erwürgen versuchte. Ich ließ los, angewidert von mir selbst. Der Therapeut hustete einmal, schien ansonsten jedoch wohlauf zu sein.

Ich starrte auf meine Hände, die nun untätig in meinem Schoß lagen. Die roten Streifen an den Stellen, an denen ich den Sicherheitsgurt gepackt hatte, verblassten allmählich. Was hatte ich nur getan? Ihn in seinem eigenen Traum ermorden wollen? War das überhaupt möglich? Ging mir die Vorstellung, dass er Mia in einer bloßen Fantasie missbrauchte, derart zu Herzen?

Was mich allerdings weit mehr erschreckte, war das Feuer, das in meinem Inneren brannte. Eine verzweifelte Neugier. Der unstillbare Drang herauszufinden, ob es möglich wäre. Die Dunkelheit in mir wollte mehr erfahren – wollte wissen, ob ich jemanden im Traum verletzen könnte.

Ich schauderte und schob das verstörende Verlangen so gut ich konnte beiseite.

Wir bogen auf den Parkplatz seiner Praxis ein, und ich folgte ihnen widerstrebend ins Gebäude. Dr. Freeburg ließ Mia zuerst die Treppe hinaufgehen, wobei er mit unverhohlener Gier auf ihre wohlgeformten Beine starrte. Ich konnte nicht mehr hinsehen. Sie hatte wirklich schöne Beine, aber bei der Vorstellung, dass mir dieselben Gedanken wie dem Therapeuten durch den Kopf schossen, hätte ich mich am liebsten kopfüber von einer Klippe gestürzt.

Sein Büro lag auf der rechten Seite. Das Zimmer roch nach altem Kaffee und Lavendel aus einem dieser elektrischen Lufterfrischer. Die Wände waren in Blau- und Grautönen gestrichen, und durch das große Fenster hatte man einen schönen Blick auf den Park auf der anderen Seite des Parkplatzes. Ein riesiger schwarzer Ledersessel stand einer Veloursledercouch gegenüber.

Sofort legte sich Mia mit einem verführerischen Lächeln auf die Couch. Der Arzt nahm in seinem Sessel Platz, und Mia schloss die Augen. Die nächsten paar Minuten sprach er mit tiefer, beruhigender Stimme auf sie ein, und sie glitt entspannt in einen hypnotischen Zustand. Abgesehen von ihrem lächerlich kurzen Rock konnte ich mir gut vorstellen, dass die Sitzungen tatsächlich so abliefen, wenn er sie in Hypnose versetzte.

Das hatte ich so nicht erwartet. In der folgenden Stille lauschte ich den Autos, die draußen auf der Straße vorbeifuhren, und hatte Schuldgefühle, weil ich so schlecht von ihm gedacht hatte. Der Traum wurde sogar noch deutlicher, seit er mit der Hypnose begonnen hatte. Jetzt mussten es hauptsächlich Erinnerungen sein – zu viele Details für eine Fantasie. Aber welche Teile waren erfunden? Abgesehen von Mias absurdem Aufzug war das schwierig zu sagen.

Ich holte tief Atem und ließ die Luft zusammen mit der Anspannung aus meinem Körper strömen. Vielleicht bekäme ich einen Teil ihrer letzten Therapiesitzung mit. Vielleicht könnte ich mehr über die E-Mails in Erfahrung bringen.

Ein leises Quietschen unterbrach meine Gedanken, und ich drehte mich zu Dr. Freeburg um, der behutsam einen Polsterhocker aus der Ecke neben die Couch schob. Er setzte sich, und ich beobachtete, wie er eine Hand auf Mias Knöchel legte und langsam an ihrem Bein hinaufglitt.

Plötzlich gab es nicht mehr genug Luft zum Atmen. Ich wich zu seinem Schreibtisch zurück und suchte nach einem Fluchtweg. Ich wünschte, ich könnte einfach das Fenster öffnen und hinausspringen. Ein gebrochenes Bein wäre die Sache wert, wenn es bedeutete, dass ich seinem Traum entfliehen könnte.

Nein, keinem Traum. Es wirkte immer noch wie eine Erinnerung.

Mias leise, vertrauensvolle Stimme plauderte Geheimnisse aus: Sie vermisste ihre Eltern, fühlte sich schrecklich allein und sprach über ihre Pflegeeltern, während die ganze Zeit seine Hände wie Ratten über ihren Körper huschten. Mia zuckte zusammen, und ich hörte seine beruhigende Stimme, die ihr versicherte, dass alles gut werden würde. Dass es nichts gäbe, wovor sie sich fürchten müsste. Sie könne ihm vertrauen, und sie würde sich besser fühlen, wenn er fertig war. Er würde dafür sorgen, dass sie sich besser und glücklicher fühlen würde – zufrieden.

Mein Atem kam jetzt in flachen Stößen. Dr. Freeburg war derjenige, der diese E-Mails an Mia verschickte – er *musste* es einfach sein. Aber warum hängte er die Sache mir an?

Seine Erinnerung wurde von meiner Realität überblendet, und ich konnte an nichts anderes denken. Ich ertrug es nicht mehr. Ich konnte ihm nicht weiter zusehen. Ich musste ihn aufhalten.

Meine Hände durchwühlten seinen Schreibtisch nach etwas, irgendetwas, das den Lauf der Geschichte verändern würde. Da schlossen sie sich um einen kleinen Briefbeschwerer. Er lag gut in der Hand, fest und kompakt, als hätte er immer dorthin gehört. Ohnmächtige Wut trieb mich an.

Er war das Monster, und ich würde ihm ein Ende bereiten.

Instinktiv holte ich aus und schlug immer und immer wieder auf den Kopf des Therapeuten ein, bevor ich aufblickte und Mia sah. Sie hatte sich am Rand der Couch zusammengerollt. Ihre Schultern zitterten, während sie mich anstarrte und sich das Blut des Arztes in einer Kaskade aus roten Tropfen über ihr weißes T-Shirt ergoss. Ich war mir nicht sicher, wie oft ich ihn getroffen hatte. Alles um mich herum schien wie erstarrt zu sein … alles außer dem Zorn, der in mir brannte.

Dann fiel Dr. Freeburg kopfüber auf den Hocker, und ich wurde aus seinem Traum geschleudert.

24

Schweißüberströmt schoss ich hoch. Meine Finger hatten sich so fest in mein Laken gekrallt, dass die Spitzen weiß waren und ich sie nicht mehr spürte. Ich musste die Hände mit Gewalt vom Stoff losreißen, bevor ich sie ausschütteln konnte. Ein schmerzhaftes Kribbeln setzte ein, als das Blut zurückfloss.

Es war fünf nach sieben, fast schon Zeit für die Schule, aber ich würde nicht hingehen. Immer mehr Bilder aus dem Traum tauchten in meinem Kopf auf und verseuchten mein Bewusstsein, bis es sich in eine eiternde Wunde verwandelte, ekelhaft und tödlich.

Was hatte ich da getan? Ich wusste, dass es nur im Traum passiert war, aber was, wenn es irgendeine Auswirkung auf die Realität hatte? Bei Addie und Mia war es mir gelungen, die Grenze zu überschreiten, wenn auch nur ein kleines bisschen.

Ich zerriss die Zahnseide, die mich immer noch mit meinem Kopfteil verband, sprang aus dem Bett und zog mir Jeans und T-Shirt über. Mein Kopf pochte genauso schlimm wie am Abend zuvor, doch ich ignorierte es. Während ich durch die Küche rannte, schnappte ich mir meine Autoschlüssel und wollte die Hintertür gerade hinter mir zuziehen, als Mom aus der Speisekammer trat. Wie üblich trug sie bereits ein schickes Kostüm.

»Einen schönen Tag in der Schul… He! Hast du überhaupt gefrühstückt?« Stirnrunzelnd sah sie mich an und hob eine Augenbraue.

»Ja«, log ich durch die zufallende Tür und rammte den Finger in den Türöffner des Garagentors.

Als ich aus der Auffahrt bog, sah ich Mom im Türrahmen stehen. Selbst von der Straße aus konnte ich die Besorgnis in ihrem Gesicht lesen. Kummerfalten hatten sich in ihre Haut gegraben. Nicht nur ich war von all dem betroffen … mein Leben schadete auch ihr. Die Sache musste ein Ende finden. Ich musste dem ein Ende bereiten. Mit einem gekünstelten Lächeln winkte ich ihr zu und brauste die Straße hinunter.

Die Fahrt war eine einzige Qual. Etwas Dunkles und Unheilvolles war in meinem Bewusstsein erwacht. Ich war nicht sicher, was ich in Freeburgs Haus vorfinden würde. Dem Online-Telefonbuch auf meinem Handy zufolge gab es nur einen Dr. Clive G. Freeburg in der näheren Umgebung von Oakville. Wenn alles in Ordnung und der Traum tatsächlich nur ein Traum gewesen war, würde ich ihn weiter zu den E-Mails befragen. Er musste sie geschickt haben. Er war ein Perverser.

Wenn mein Eingreifen im Traum allerdings Folgen für die Realität hatte, dann wusste ich nicht, was ich tun sollte. Einen abartigen Teil meines Gehirns entzückte diese Vorstellung, und ich schob diese widerliche Finsternis zusammen mit den blutigen Bildern, die mich plagten, in die hinterste Ecke meines Bewusstseins.

Als ich endlich auf der anderen Straßenseite vor dem

Haus des Therapeuten parkte, lag es still wie ein Sarg da. Bei diesem Vergleich bebte der dunkle Teil in mir vor Freude. Mit fest zusammengekniffenen Augen lehnte ich den Kopf für einen Moment gegen das Lenkrad. Ich durfte … ich wollte diese Gefühle nicht haben. Es war an der Zeit, sich der Wahrheit zu stellen, bevor das bedrohliche Etwas, das sich in mir rührte, noch mehr Macht erlangte.

Ich brauchte Hilfe. Mein Leben war noch nie derart außer Kontrolle gewesen – und so voller Gewalt. Meiner dunklen Seite haftete eine verstörende Verzweiflung an. Sie war fest entschlossen, am Leben zu bleiben – koste es, was es wolle. Bis vor Kurzem hätte ich mich für nichts von dem, was ich in den letzten paar Monaten getan hatte, für fähig gehalten. Mia zu stalken war schrecklich, aber wenn ich tatsächlich die Kontrolle über mich verlor, würde ich nicht mehr aufhören können. Und das wäre nur der Anfang.

Ich streifte mir meine schwarzen Handschuhe über, stieg aus dem Auto und ging über die Straße. Die Haustür war abgeschlossen, aber ich fand einen Seiteneingang zur Garage, die nicht versperrt war. Dr. Freeburgs blauer BMW parkte inmitten der Stille. Das Haus war so ruhig. Erschreckend ruhig.

Eisige Kälte drang durch den Betonboden, kroch an meinen Beinen hoch und ließ mich erstarren. Ich wollte weglaufen, so weit wie möglich von hier verschwinden. Dr. Freeburg schlief höchstwahrscheinlich einfach aus, das war alles. Ich war erst sehr spät in seinen Traum hineingeglitten. Er musste müde sein.

Meine Hände zitterten so heftig, dass das Zucken selbst dann nicht aufhörte, als ich sie in meine Hosentaschen zwängte. Mein hastiger Atem wollte einfach nicht ruhiger werden, während er das Fenster von Dr. Freeburgs Auto beschlug.

Eine Gier setzte in meinem Magen ein. Ein *Verlangen*. Alles in mir sträubte sich, aber meine Füße marschierten wie von selbst durch die Garage, durch die Tür hindurch ins Haus, an der Küche vorbei und die Treppe hinauf. Als wüsste ich genau, wohin ich müsste. Erst als ich vor einer Flügeltür stand, die aller Wahrscheinlichkeit nach zum Schlafzimmer des Hausherrn führte, verlangsamte sich mein Herzschlag ein wenig.

Das ist verrückt. Ich sollte gehen. Was will ich hier?, fragte ich mich. Wenn Freeburg tatsächlich tot war – wollte ich das überhaupt sehen? Und wenn er lebte, war ich eingebrochen und hatte Hausfriedensbruch begangen – was beides Straftaten waren.

Zögerlich ging ich einen Schritt zurück und warf versehentlich ein Silbertablett vom Abstelltisch im Gang. Ein lautes Scheppern ertönte, als es auf dem Boden landete und sich dann langsam drehte, wie ein Kreisel, bevor es zum Stillstand kommt. Ich legte das Tablett zurück an seinen Platz und zwang mein Herz, leiser zu klopfen, damit ich Dr. Freeburg hören konnte, wenn er aus dem Bett kroch.

Stille.

Ich wollte verschwinden, wollte meine Füße mit Willenskraft dazu bringen, die Treppe hinabzulaufen, aber sie hörten nicht auf mich. Die Dunkelheit in mir schob das wachsende Verlangen wie eine Flutwelle über mich hinweg, und ich konnte dieser Kraft nichts entgegensetzen.

Ich muss es wissen.

Mit einem einzigen Schubser öffnete ich die Flügeltüren. In dem düsteren Licht, das durch die dicken Vorhänge drang, lag Dr. Freeburg reglos in seinem Bett. Atemlos beobachtete ich ihn zwanzig Sekunden lang. Wartete, beobachtete – ich wollte unbedingt das leichte Heben seiner Brust sehen, das winzige Zucken seiner Schulter, das beweisen würde, dass er nur schlief.

Aber da war nichts.

Ich trat näher heran. Er trug eine Schlafmaske über den Augen. Während ich um das Bett herumschlich, schob ich den Ärmel an meinem rechten Arm hoch. Ich hielt ihm die nackte Haut direkt unter die Nase, wartete auf den Hauch von warmer, lebendiger Luft. Nichts.

Es war wirklich geschehen.

Ich hatte ihn umgebracht.

Mein Herz fühlte sich an wie ein hektischer Presslufthammer in meiner Brust, während ich neben dem Bett stand. Ich konnte mich nicht bewegen. Ich konnte nicht denken. Ich konnte nicht atmen.

Meine Brust schmerzte höllisch. So viel Schmerz. Ich war ein Mörder.

Ich versuchte wegzuschauen, aber ich konnte nicht. Vor mein geistiges Auge drängte sich das Bild aus dem Traum – es hämmerte auf mich ein, genauso, wie ich Freeburgs Kopf mit dem Briefbeschwerer zertrümmert hatte. Er war tot. Die blutige Verstümmelung seines Kopfs, die Kaskade von Rot auf Mias weißem T-Shirt … da war so viel Blut, dass ich glaubte, ich müsste darin ertrinken.

Ich streckte eine behandschuhte Hand aus und hob die Schlafmaske an. Seine toten Augen starrten zur Decke über mir. Wäre da nicht dieser Blick gewesen, hätte ich mir wohl einreden können, dass er nur schlief – immerhin fehlte das Blut aus dem Traum. Aber er war dennoch tot.

Die Welt drehte sich, und alles stand kopf. Ich hatte keinerlei Kontrolle. Ich *wollte* gar keine Kontrolle, nicht mehr. Wie benommen taumelte ich aus dem Zimmer. Ich konnte das Blut überall auf meinen Händen spüren – obwohl ich die Handschuhe an meinen Fingern sah. Hatte ich Dr. Freeburg angefasst? Ich konnte mich nicht erinnern.

Als ich in den Spiegel im Gang sah, bemerkte ich den Dunklen, der mir entgegenstarrte. Überrascht machte ich einen Satz zurück. Doch er bewegte sich, wenn ich mich bewegte, blinzelte, wenn ich blinzelte. Wir waren eins. Er war in mir, dort, wo ich nicht mehr sein wollte. Ich zog mein Handy aus der Tasche, um die 911 zu wählen.

Der Dunkle verbot es mir – sie würden wissen, dass ich es getan hatte. Mein Gehirn drehte sich vor quälendem Entsetzen und versuchte verzweifelt, die Bilder auszublenden – das Zimmer, die Worte, einfach alles. Ich zog mich in mein Innerstes zurück. Ließ meine andere Seite, den Dunklen, die Macht übernehmen. Ließ zu, dass er das Handy zuklappte, mich an der Küche vorbei und aus der Garagentür hinausführte. Mit gewissenhafter Sorgfalt beließ er alles so, wie wir es vorgefunden hatten. Er ging ruhig zum Auto, startete den Motor und fuhr die Straße hinab. Die Straße lag so friedlich da, und die Anwohner ahnten nichts von dem Mörder unter ihnen.

Mörder.

Etwas in mir zerbrach.

Nein!

Ich durfte das nicht hinnehmen. Was, wenn ich es *nicht* getan hatte? Wenn Dr. Freeburg nur einem Herzinfarkt erlegen war? Er war übergewichtig und nicht mehr der Jüngste – so etwas passierte tagtäglich, oder nicht? Ich durfte nicht tatenlos zusehen, wie der Dunkle Dr. Freeburgs Leiche so zurückließ.

Ich schüttelte den Kopf. Nein, es war nicht nur der Dunkle, das war ich – Parker – es war *mein* Körper, *mein* Verstand. Ich schob das Böse mit aller Kraft, die mir noch geblieben war, beiseite. Ich würde Freeburg nicht so zurücklassen. Wer konnte schon sagen, wie lange es dauern würde, bis er gefunden wurde?

Ein Schwall Adrenalin rauschte durch meine Adern, und mit einem Schlag war ich entschlossener, mehr Herr meiner Sinne als seit langer Zeit. Ich versuchte, in meine Hosentasche zu greifen und mein Handy herauszuholen, aber meine Hand rührte sich keinen Zentimeter. Ich setzte all meine Energie darauf an, meine Hand zu bewegen, aber sie gehorchte mir nicht. Trotzig umklammerte sie das Lenkrad und folgte den Anweisungen eines anderen.

»Du willst das nicht tun.«

Ich riss den Kopf zum Beifahrersitz herum und blinzelte mehrmals, in der Hoffnung, das Bild würde verschwinden. Da saß ich – oder besser gesagt nicht ich. Es war der Dunkle. Meine Augenringe hatten sich tiefer als gewöhnlich in mein Gesicht gegraben. Meine blasse weiße Haut ließ mich anders aussehen – irgendwie grausam. Ich konnte nicht atmen. Der Dunkle war entkommen.

»Was ist los?« Meine Stimme war schwach, genau wie ich. Ich startete einen neuen Versuch, die Kontrolle über meinen Körper zurückzugewinnen – meinen Fuß auf die

Bremse zu setzen, das Handy aus der Tasche zu ziehen –, aber nichts geschah.

Das Lachen des Dunklen war so kalt, dass es in meinen Ohren schmerzte. »Oh, komm schon. Sei kein Idiot. Wenn du die Polizei anrufst, kannst du dich auch gleich in die Klapse einliefern lassen.«

»Aber er ist tot. Ich muss sie anrufen. Vielleicht ist das gar nicht meine Schuld.«

Er beugte sich vor und hob die Augenbrauen. »Oh, wirklich?«

Meine Stimme klang selbst in meinen Ohren unsicher und dumpf. »Ja.«

»Wie ist dann das Blut an deine Hände gekommen?«

»Das … das ist nicht echt. Das ist aus dem Traum.«

»Bist du dir sicher?« Der Dunkle betrachtete mich mit spöttischem Mitleid in den Augen. »Kannst du denn überhaupt noch *irgendetwas* mit Sicherheit sagen?«

Ich verschluckte mich an dem schrecklichen Gedanken, der in mir aufstieg. Der Dunkle im Auto neben mir, das Blut an meinen Händen, das nicht dort sein dürfte – es war eingetreten. Ich konnte die Realität nicht mehr vom Traum unterscheiden. *Psychose.*

»Wie soll ich ihn ge…getötet haben? Ich habe geschlafen.«

Der Dunkle lachte und nickte sarkastisch. »Gut. Diese Antwort solltest du einstudieren. Sicher … natürlich hast du geschlafen.«

Ich schüttelte heftig den Kopf, versuchte mich an irgendetwas aus der realen Welt zu erinnern, an dem ich mich festklammern konnte, aber mein angeschlagener Verstand weigerte sich. Ich sah das Blut, spürte die mörderische Wut in mir. Vor meinem geistigen Auge spielten sich dieselben Szenen immer und immer wieder ab – wie ein Lied in Endlosschleife. Das Zertrümmern seines Kopfes. Die Hitze. Das Blut. Dann das Ende des Traums, abrupt und plötzlich.

Ich war noch nie in einem Traum gewesen, der wegen etwas endete, das ich getan hatte – das war unnatürlich. Die einzige Erklärung dafür war, dass ich ihn beendet hatte.

»Ach, nimm es nicht so schwer. Wir konnten nichts dagegen tun. Er war ein perverser Mistkerl. Er hatte es verdient. Wir schlafen nie. Wir versuchen es nicht einmal mehr. Vielleicht könnten wir sogar die Ruhe bekommen, die wir brauchen, wenn du dich zur Abwechslung mal auf *unsere* Bedürfnisse konzentrieren würdest. Aber nein, alles dreht sich nur um Mia, Mia, Mia.« Der Dunkle seufzte und ließ die Fingerknöchel knacken, so wie ich das immer tat. »Ehrlich gesagt, habe ich diese kleine Störung allmählich satt. Sie hätte die Antwort auf all unsere Fragen sein können – aber nein. Sie ist nur ein weiterer Teil des Problems.«

»Nein, nein, sie hat nichts falsch gemacht«, murmelte ich und versuchte, die Kontrolle über meinen Verstand, mein Auto, mein Leben zurückzugewinnen.

»Sie hat nichts falsch gemacht«, ahmte mich der Dunkle höhnisch nach. »Du bist so ein Idiot.«

»Mia hat das nicht verdient.« Ich sprach leise, kniff die Augen zu und hoffte, dass der Dunkle im nächsten Moment verschwunden war. Als ich sie wieder öffnete, hatte sich nichts verändert. Er saß immer noch neben mir, und das Auto fuhr immer noch die Straße hinab, ungeachtet des Wahnsinns, der darin wütete.

So wie ich seit Monaten weggeschaut hatte. Mich von

einem Tag zum nächsten gequält, die Zeichen ignoriert hatte. Und jetzt hatte er sich befreit.

Der Dunkle verschränkte die Arme vor der Brust und sah mich an, als wäre ich ein verwirrtes kleines Kind. »Warum bedeutet es dir überhaupt so viel, gut zu sein? Ihre Regeln zu befolgen? Was kümmern uns schon die Normen und Gesetze einer Gesellschaft, die uns in eine Klapsmühle stecken würde, weil wir die Wahrheit sagen? Oder uns ins Gefängnis werfen, nur weil wir das tun, was uns am Leben erhält?«

Er lehnte sich vor, und ich blickte in meine eigenen durchdringenden blauen Augen. »Diese Leute sind nicht wie wir. Ihnen fehlt die Fähigkeit, uns zu verstehen. Wir sollten uns allein darum Gedanken machen, am Leben zu bleiben und sie uns vom Hals zu schaffen. Wir müssen tun, was getan werden muss. So einfach ist das.«

Seine Logik ergab auf perverse Art Sinn. Ich war durcheinander, verloren und so schrecklich müde. Ich wollte zustimmen, mich ausruhen und ihm die Verantwortung für alles übertragen. Er sollte alle Entscheidungen treffen.

Da musste ich an Finn und Addie denken – und an den Menschen, der ich in ihrer Gegenwart war.

»NEIN! Das ist NICHT wahr!«, schrie ich, und er verschwand. Ich war allein im Auto.

Ich nahm einen tiefen, zittrigen Atemzug und griff erneut nach meinem Handy. Diesmal gehorchte mir meine Hand. Ich drückte die 9 und die 1 und blickte dann auf. Ein Teenager stand mitten auf der Straße, keine zehn Meter vor mir entfernt.

Ich riss das Lenkrad herum. Das Handy flog mir aus der Hand und hinter mich auf die Rückbank. Während ich dem Teenager in allerletzter Sekunde ausweichen konnte, erkannte ich sein Gesicht – mein Gesicht –, das mich höhnisch angrinste.

Gerade noch rechtzeitig drehte ich mich nach vorne und sah die riesige Eiche. Dann loderte alles in einer mächtigen Flamme des Schmerzes auf und wurde schließlich schwarz.

25

Die Glückseligkeit war eine verschwommene Oase. Mein neues Zuhause. Ich konnte mich kaum an etwas von meinem alten Zuhause erinnern. Nur dass es schlimm war – ein einziger Schmerz. Die Glückseligkeit war ruhig. Friedlich und perfekt.

Sie schien tagelang, wochenlang, monatelang anzudauern. Sie dauerte so lange an, bis Zeit keine Rolle mehr spielte. Zeit war kein Bestandteil der Glückseligkeit. Zeit war gesondert und überbewertet.

Manchmal glitten Worte in mein Bewusstsein und verschwanden dann wieder. Den Großteil versuchte ich zu ignorieren. Sie brachten ein Aufblitzen von Schmerz und Kummer mich sich. Sie zerstörten die Glückseligkeit. Es gab nur zwei Stimmen, die ich wollte, zwei Stimmen, die keine Qual bedeuteten. Finn und Addies Stimmen störten die Glückseligkeit nicht. Sie waren gut.

Wenn ich sie hörte, wollte ich mehr. Nur dann fühlte ich mich sicher, nur dann näherte ich mich ein kleines Stück dem Bewusstsein an und wandte mich von der Glückseligkeit ab. Schließlich war ich nah genug, um sie zu verstehen. Ihre Worte waren keine summenden Geräusche mehr im Hintergrund. Sie waren klar und deutlich.

Ich wusste nicht, ob ich es wirklich wollte, aber allmählich erwachte ich.

»Nein, es ist wirklich die Wahrheit.« Bei der verbitterten Wut in Addies Tonfall hätte ich mich am liebsten wieder in die Glückseligkeit zurückgezogen, doch das konnte ich nicht – ich war zu weit gekommen. »Du kennst ihn nicht – du hast ihn nie gekannt.«

»Warum sagst du das?« Mias Stimme ließ ein Dutzend entsetzlicher Bilder gleichzeitig in meinem Kopf erscheinen. Ich kniff die Augen fester zusammen und wünschte, ich wäre nie so nah an die Oberfläche gekommen. »Und warum sollte ich einem von euch beiden überhaupt noch glauben, nachdem Finn mich – mal wieder – angelogen hat, um mich hierherzulocken? Wie konntest du ihm erlauben, dass er mir sagt, du hättest einen Unfall gehabt, Addie?«

»Sonst wärst du zu stur gewesen, um zu kommen«, stöhnte Addie und fuhr dann fort: »Und ja, Finn hat gelogen, aber was Parker dir gesagt hat, war die Wahrheit.«

»Wie soll das gehen?« Mias Stimme klang ungewohnt verhärmt. Die Auseinandersetzung mit Addie tat ihr weh.

»Das wissen wir nicht. Er weiß es selbst nicht.« Finn klang nicht viel glücklicher als seine Schwester, doch er war ruhiger. »Wir lügen nicht, wenn wir sagen, dass Parker ein guter Kerl ist. Er würde dir niemals etwas antun – er hat noch nie jemandem etwas angetan. Er ist nicht dein Stalker.«

Weitere Bilder von Dr. Freeburg blitzten vor meinem geistigen Auge auf und zerschnitten meine Glückseligkeit. Ich zog mich in eine winzige Ecke meines Bewusstseins zurück und hoffte, dass alles bald eine Ende fände. Das hier war ein Fehler. Ich wollte nichts weiter, als zu dieser Glückseligkeit zurückzukehren.

»Okay, na schön. Aber es ist seltsam, das müsst ihr zugeben.« Mia lenkte mit müder Stimme ein. »Wer auch immer dahintersteckt, will ganz offensichtlich, dass ich Parker für den Schuldigen halte. Warum sollte jemand das tun?«

»Was meinst du damit?« Addie muss sich bewegt haben, denn sie klang jetzt viel näher als zuvor. Trotz der schmerzhaften Erinnerungen lag etwas in ihrer Stimme, das mich mit Freude erfüllte – Freude darüber, zurückgekommen zu sein.

»Sie stammen von Chipp8@gmail.com. Acht ist doch seine Trikotnummer, oder?«

Ein hartnäckiger Schatten des Zweifels wehte wie eine unheilvolle Wolke durch meinen Winkel der Glückseligkeit. Ich stach mit meinen Gedanken darin herum, wollte sie mit schierer Willenskraft dazu bringen, zu verschwinden und mich in Ruhe zu lassen, aber wie bei jeder Wolke war es sinnlos, in sie hineinzubohren.

Finn stieß den Atem aus. »Ja, das ist seine Nummer, aber nicht seine E-Mail-Adresse. Er hat sie vor ein paar Jahren eingerichtet, als seine Nummer noch die achtzehn war. Seine Adresse ist genau die gleiche, nur mit einer achtzehn statt einer acht. Siehst du? Wir haben dir doch gesagt, dass er es nicht ist.«

Im Zimmer wurde es einen Moment still, bevor Addie schließlich sagte: »Das ist nicht gut, Finn.« Ihr Tonfall war besorgt. »Wer würde es so aussehen lassen wollen, als wäre Parker der Stalker?«

»Wenn ich das wüsste, wüsste ich auch, wer sie geschickt hat«, sagte Mia mit zitternder Stimme.

Dann kam jemand herein und scheuchte sie nach draußen. Den Worten nach musste es sich um eine Krankenschwester handeln. Die sich bedrohlich abzeichnende, riesige Eiche leuchtete in meinem Kopf auf, und ich fragte mich für einen Moment, wie schwer verletzt ich war.

Eine Weile lang glitt ich immer wieder an die Oberfläche meines Bewusstseins und schwamm zwischen meinen eigenen Träumen und der durch Medikamenten induzierten Leere hin und her. Ich versuchte, mir einen Reim darauf zu machen, warum und wie ich wieder selbstständig träumen konnte, aber mein Verstand war unfähig, lange genug an einem Gedanken festzuhalten, um zu einem Ergebnis zu kommen.

Das Bett drückte auf unnatürliche Weise gegen meinen Körper. Alles tat weh, während der Schmerz mich unaufhaltsam in die Realität trieb. Doch meinem Verstand schien es am schlimmsten zu ergehen. Es war, als hätte jemand mein Gehirn herausgenommen, heftig geschüttelt und dann verkehrt herum wieder eingesetzt. Als ich die Augen aufschlug, waren Licht und Dunkelheit ausgetauscht, als wäre eines dieser sonderbaren Bildbearbeitungsprogramme auf das Krankenhaus losgelassen worden.

Ich blinzelte mehrmals, bevor mein Gehirn wieder klar denken konnte. Mein Gesicht juckte ein wenig, und ich hob die Hände, um mich zu kratzen. Meine rechte Hand befolgte meine Anweisungen, doch meine linke war ans Bett gefesselt. Ich kratzte mich mit der rechten Hand an der Wange und stellte fest, dass mir eine durchsichtige Sauerstoffmaske über Mund und Nase gestülpt worden war. Im nächsten Moment hatte ich sie weggerissen und rollte den Kopf zur Seite, um herauszufinden, warum ich meine linke Hand nicht bewegen konnte.

Ein Gewirr aus kastanienbraunen Wellen und verkrampften Fingern umschlossen sie. Addies Hände waren fest um meine linke Hand geschlungen, und ihr Kopf lag daneben. Sie schlief. Ich blinzelte und versuchte mich zu überzeugen, dass ich keine Halluzinationen hatte.

Meine Finger waren schweißnass, während die Erinnerung an meine Hände in mir aufstieg, die nicht reagiert hatten, als ich im Auto mein Handy aus der Tasche hatte ziehen wollen. Behutsam beugte ich meine Finger, um mich zu vergewissern, dass ich sie überhaupt noch bewegen konnte. Addies Augen öffneten sich. Ich hatte sie nicht wecken wollen, aber die Vorstellung, weiterhin eine meiner Hände nicht kontrollieren zu können, war einfach zu beunruhigend.

Addie setzte sich auf und blinzelte mehrmals, bevor sie meine Finger so fest drückte, dass es schmerzte. »Du bist wach! Geht's dir gut? Du hast uns die letzten drei Tage einen solchen Schrecken eingejagt!«

Ich versuchte zu sprechen, konnte meiner trockenen Kehle aber erst beim dritten Versuch ein Wort entlocken. »Ich denke schon. Was ist los?«

»Finn und deine Mom sind draußen im Gang. Du hattest eine ziemlich schlimme Gehirnerschütterung und hast im Koma gelegen, und die Ärzte waren nicht sicher, wann du aufwachen würdest. Sie haben ständig davon gesprochen, dir ein Loch in den Schädel zu bohren, aber deine Mom hat sie nicht gelassen, weil sie nicht garantieren konnten, dass es helfen würde. Dein Blutdruck ist ständig in die Höhe geschossen, und die Monitore haben verrückt gespielt, und alle sind ausgeflippt und … und …«

Mitten im Satz begann Addie zu weinen – kein lautes, schniefendes Weinen, sondern ein leises Schluchzen mit dicken Tränen, die ihr die Wangen herabliefen. Ich konnte nicht einmal mit Sicherheit sagen, ob sie es überhaupt selbst bemerkte. Bei jeder vergossenen Träne pulsierte dumpfer Schmerz in meiner Brust. Ich fühlte mich dafür verantwortlich und wusste nicht, wie ich es wiedergutmachen sollte.

»Es tut mir leid, Addie.«

Erbärmlich. Das Einzige, was mir in den Sinn kam, war völlig daneben.

Sie drückte eine Minute lang meine Finger, bevor sie mit einem Mal bemerkte, was sie da gerade tat. Ihre Wangen wurden knallrot, und sie spähte auf meine Hand hinab, ohne sie jedoch loszulassen … was ich auch auf gar keinen Fall gewollt hätte.

»Wie fühlst du dich?«

Ich streckte mich und spürte, wie ein stechender Schmerz durch jeden meiner Muskeln fuhr. »Als wäre ich gegen einen Baum gefahren. Das ist doch auch passiert, oder?«

»Ja. Bist du eingeschlafen?«

Wie ein greller Blitz leuchtete das Bild des Dunklen vor mir auf, der mich mitten auf der Straße verhöhnt hatte, und ich zuckte unwillkürlich zusammen. »Äh … ja. Das muss ich wohl.«

In dem ruhigen Zimmer kreiste mir ein verrückter Gedanke nach dem anderen durch den Kopf. Es kam mir riskant vor, dass Addie hier bei mir war. Nur zu lebhaft erinnerte ich mich an das Gefühl des Briefbeschwerers in meiner Hand. Ich war gefährlich. Ich musste einen Moment für mich allein sein, um mich darauf konzentrieren zu können, was geschehen war.

»Addie, könntest du mir ein Glas Wasser bringen? Ich bin so durstig.«

»Natürlich. Ich bin gleich zurück. Und ich sage rasch deiner Mom Bescheid, dass du aufgewacht bist.«

»Danke. Das weiß ich wirklich zu schätzen.«

Alles, was vor dem Unfall passiert war, brach wie eine Flutwelle über mich herein. Dr. Freeburg. Das Blut. Der Dunkle. Ich hatte die 911 nicht gewählt. Ich fragte mich, wer ihn gefunden hatte. Wusste die Polizei, dass ich in seinem Haus gewesen war? Hatten sie seine Leiche überhaupt schon entdeckt?

Panik kroch mir den Rücken hinab, als ich nach der Fernbedienung fürs Krankenhausbett griff und den Knopf drückte, der mich in Sitzposition brachte. Die plötzliche Bewegung ließ mich schwindeln, und die Bilder in meinem Kopf wirbelten herum wie ein Hurrikan. Die Manschette an meinem Arm spannte sich und schmerzte mehr, als ich das je für möglich gehalten hätte. Eine der Maschinen neben dem Bett begann zu piepsen, und mein Gehirn fühlte sich an, als würde es gleich explodieren.

Eine Krankenschwester kam ins Zimmer gestürzt, gefolgt von Mom, Finn, Addie und einem Polizisten. Mein Verstand versuchte, daraus klug zu werden – ein Polizist? Vielleicht hatte der Dunkle recht gehabt. Sie glaubten, ich hätte Dr. Freeburg getötet. Es kam mir vor, als würde mein Herz ein Loch in meine Brust reißen. Hatte ich es getan? Hatte ich ihn getötet? Auf diesem Briefbeschwerer hatte so viel glitzerndes Blut geklebt. Ich konnte es immer noch auf meiner Hand sehen. Aber ich hatte in meinem Bett geschlafen, während ich ihn hielt. Nichts ergab Sinn.

In der Tür gab es ein Fenster zum Gang, und ich konnte sehen, wie er mich beobachtete: Mr. Totenkopf. Seine dunklen Augen trafen meine, aber ich konnte keinerlei Gefühle in ihnen lesen. Sie erinnerten mich an meine traumlose Leere, und ich fragte mich, ob andere das auch in meinen sahen.

Die Krankenschwester bewegte sich so schnell, dass alle anderen wie Statuen wirkten. Meine Mom, meine Freunde, der Polizist und der Fremde im Gang – sie alle standen wie festgefroren da, während mein Leben an mir vorbeiglitt. Vielleicht war der Blinde Totenkopf nicht einmal echt – vielleicht war es keiner von ihnen.

Ich warf einen Blick auf die Maschine. Eine rote Zahl auf einem der Monitore schoss in die Höhe: 138–142–150–154. Ich keuchte auf, versuchte Luft durch das Feuer in meine Brust und Lungen zu pumpen und dem Schmerz Einhalt zu gebieten, der mich umschloss. Die Krankenschwester drückte auf einen Knopf, um das Bett zurück in die Horizontale zu bringen, und schob mir die Sauerstoffmaske wieder übers Gesicht.

»Atme ganz langsam und tief ein, Parker.«

»Parker? Ist bei ihm alles okay?« Es war Moms Stimme, aber ich glaube nicht, dass ihr jemand antwortete. Addie stand neben Mom, den Kopf an Finns Schulter gelehnt.

Es fühlte sich an, als hätte mir jemand einen Holzhammer in den Schädel gerammt, und bei jedem Piepsen des Monitors schlug er zu. Ich stöhnte, streckte den Arm aus, um den Hammer zu fassen und ihn aus meinem Kopf zu ziehen. Die Krankenschwester sagte etwas über meinen Blutdruck und die Herzfrequenz, doch ich konnte mich nicht genug konzentrieren, um sie zu verstehen. Jemand zerrte an dem Infusionsschlauch an meinem Arm, und nach wenigen Augenblicken war alles wieder ruhig.

Die Glückseligkeit umfing mich wieder, und das Piepsen wurde lauter. Die Menschen um mich herum redeten miteinander, doch ich verstand sie nicht mehr. Und es interessierte mich auch nicht.

Moms Stimme war immer da. Ich war ziemlich sicher, dass sie das Zimmer keine Sekunde verlassen hatte. Ihre Stimme trieb an mir vorbei wie ein Boot. Manchmal, wenn ich bereit war, den Fluss der Leere zu verlassen, der mich umgab, konnte ich hineinklettern.

Als ich meine Augen wieder öffnete, war es draußen dunkel. Mom saß an meinem Bett, ihre kalte Hand auf meiner. Alles roch nach Medizin und Verbänden, und das Einzige, was ich hörte, war das Schnarchen einer anderen Person.

Finn und Addies Dad, Mr. Patrick, schlief auf der schrecklich unbequem aussehenden Couch an der gegenüberliegenden Wand. Eines seiner Beine war in einem sonderbaren Winkel abgeknickt; das andere hing so weit über den Rand hinaus, dass es fast den Boden berührte.

Mom schaute die Nachrichten im Fernsehen, aber der Ton war ausgeschaltet. Ich verfolgte die Bildunterschriften, die über den Bildschirm liefen, aber davon wurde mir schwindlig. Der Aufhänger lautete »Black Friday« und zeigte eine Horde Menschen, die zitternd vor dem Oakviller Einkaufszentrum ausharrten.

Heute war schon Black Friday? Ich hatte über Thanksgiving im Koma gelegen? Nicht dass wir jemals ein großes Truthahnfest veranstaltet hätten, aber es ärgerte mich trotzdem.

Ich blickte zu Mom. Im flackernden Licht des Fernsehers erinnerten mich die dunklen Ringe unter ihren Augen an meine.

»Mom?«

Ihr Kopf schnellte herum, und sie flüsterte: »Parker?« Mit weit aufgerissenen Augen lehnte sie sich übers Bett. »Weißt du, wo du bist?«

»Falls wir zu Hause sein sollten, ist dir die Renovierung gänzlich misslungen.« Meine Stimme war ein leises Keuchen, und ich versuchte ihr zuliebe zu lächeln.

Mom lachte und drückte meine Hand, aber in ihren Augen lag ein Hauch von Panik. »Dir ging es heute Morgen nicht besonders gut, als du aufgewacht bist. Wie fühlst du dich jetzt?«

»Alles in Ordnung, Mom.« *Ich habe zwar Riesenschiss, mich nach dem, was heute passiert ist, wieder aufzusetzen, und bin ziemlich sicher, dass ich ein Mörder bin – und habe ich schon erwähnt, dass ich langsam verrückt werde? Aber abgesehen davon ist alles bestens.* »War vorhin ein Polizist da, oder war das nur eine Halluzination?«

Wie krank ist das, dass ich hoffe, sie würde mir sagen, ich hätte einen Gehirntumor und würde mir deshalb Dinge einbilden? Wer wünscht sich schon einen Gehirntumor?

»Ja. Officer Evans hat ein paar Formulare dagelassen, die du ausfüllen musst.«

Es kostete mich mehrere tiefe Atemzüge und eine schauspielerische Glanzleistung, so zu tun, als würde mich die Waschmittelwerbung im Fernsehen wirklich interessieren, bis mein Herz endlich wieder langsamer schlug. »Weißt du, was er wollte?«

»Nichts Wichtiges. Der Baum, gegen den du gefahren bist, gehört zum Golfplatz, und er braucht noch ein paar Details für den Unfallbericht.« Mom schüttelte den Kopf und drückte meine Hand. »Ich weiß, es war ein Unfall, Parker, aber es war unverantwortlich von dir, ins Auto zu steigen, wenn du so müde bist. Deine Verletzungen hätten viel schlimmer ausfallen können, oder du hättest andere verletzen können.«

Ich schluckte schwer. Die Worte »du hättest andere verletzen können« hallten in meinem Kopf wider, zusammen mit den Bildern meiner blutbefleckten Hände. Ich nickte. Ich konnte jetzt nicht darüber nachdenken. Vielleicht würde ich das nie können.

»Ich … äh …« Mom räusperte sich und sah zu Boden. »Ich wollte nur sagen, dass es mir leidtut.«

»Was tut dir leid?« Ich drehte mich zu ihr um.

Sie schob den Stuhl näher heran und flüsterte: »Unser großer Streit tut mir so schrecklich leid und auch, dass ich dir vorgeworfen habe, du würdest Drogen nehmen. Als ich fürchtete, du würdest nicht … als ich an all die Dinge dachte, die ich gesagt habe …« Ihre Schultern zitterten, und sie schlang die Arme um mich.

»Ist schon okay, Mom.« Ich umarmte sie und tätschelte ihr die Schulter, wobei ich sehnlichst wünschte, dass Drogen zu nehmen das Schlimmste wären, was ich getan hatte. »Glaubst du mir jetzt?«

»Ja.« Ihre Stimme war gedämpft. »Nach dem Unfall haben sie dein Blut getestet. Das ist wohl Vorschrift. Du warst clean, wie du gesagt hast. Es tut mir leid.«

Mein Magen verkrampfte sich, als sie zu weinen begann. »Ist schon in Ordnung, Mom.« Ich versuchte mit den Schultern zu zucken und blickte in der Hoffnung auf einen Themenwechsel zu der Gestalt, die schnarchend auf der Couch lag. »Warum ist Mr. Patrick hier?«

Mom setzte sich auf und wischte sich lächelnd die Tränen aus dem Gesicht. »Finn und Addie haben sich geweigert zu gehen. Er wollte, dass sie für eine Weile aus dem Krankenhaus rauskommen, und hat versprochen, stattdessen bei dir zu bleiben, während sie ins Kino gehen. Du hast großes Glück, so tolle Freunde zu haben.«

»Ich weiß.«

Eine zierliche Krankenschwester mit kurzen schwarzen Haaren kam herein, fragte mich, wie ich mich fühlte, und stöpselte dann ein paar Schläuche ab. Anschließend brachte eine ältere Krankenschwester mit den Worten »Mal sehen, ob du das bei dir behalten kannst« ein Tablett mit Suppe herein. Als die Nachrichten kamen, drehte sich Mom zum Fernseher zurück, und wir saßen schweigend da.

Das Essen wirkte nicht gerade verlockend auf mich, aber das lag eher an den Dingen, die mir im Kopf herumschwirrten. Es war nicht leicht, meine Hände lange genug ruhig zu halten, um ein paar Löffel Brühe in den Mund zu bekommen. Sie würden mich erst entlassen, wenn ich etwas im Magen hatte, und hier drin fühlte ich mich so eingesperrt und hilflos, dass ich unbedingt rauswollte.

Alles, was während der Tage vor dem Unfall passiert war, erschien so surreal. Mein Gehirn versagte allmählich.

Das Einzige, was mich aufbaute, war der Umstand, dass ich seit dem Autounfall nichts mehr von dem Dunklen gesehen oder gehört hatte. Allerdings hatte ich Mr. Totenkopf gesehen und war allmählich der Überzeugung, dass es sich bei ihm ebenfalls um eine Halluzination handelte. Addie meinte zwar, sie hätte ihn vielleicht gesehen – vielleicht aber auch nicht.

Das Einzige, was ich mit Sicherheit sagen konnte, war, dass mir die Tage im Krankenhaus viel Schlaf verschafft hatten und ich aus irgendeinem Grund nicht mehr die Träume anderer sah. Ich hatte sogar selbst geträumt … oder zumindest glaubte ich das. Es war schwierig zu beurteilen, wenn die Medikamente alles so verschwommen und unklar machten.

Vielleicht war es vorbei.

Vielleicht würde jetzt alles anders werden.

26

Nachdem ich zwanzig Minuten auf Mom eingeredet hatte, konnte ich sie schließlich davon überzeugen, nach Hause zu fahren. Seit dem Unfall hatte sie nicht mehr in ihrem eigenen Bett geschlafen.

»Und du bist sicher, dass du allein klarkommst?« Mom rang die Hände und schaute von mir zu Mr. Patrick, der gähnend an der Wand lehnte.

»Na klar. Geh jetzt und ruh dich etwas aus.« Ich wandte mich an Mr. Patrick. »Richten Sie Finn und Addie aus, dass ich sie morgen anrufe.«

Er nickte. »Es freut mich, dass du wach bist und es dir besser geht. Du hast vielen Leuten einen ganz schönen Schrecken eingejagt.«

»Ja, ich muss einfach immer im Rampenlicht stehen.«

Mr. Patrick grinste. Wenn er lächelte, sah er Finn unglaublich ähnlich.

Es folgte eine Minute Schweigen, während ich Mom mit hochgezogener Augenbraue ansah. Sie zappelte nervös herum und richtete den Blick zurück auf den Fernseher.

»Mom? Los jetzt!«

»Na schön, okay … Ich fahre nach Hause«, sagte Mom, ohne sich jedoch vom Bett wegzubewegen.

»Ihm geht's gut. Wahrscheinlich schicken sie ihn sowieso morgen nach Hause – und dann können Sie ihn umsorgen, so viel Sie wollen.« Mr. Patrick nickte in Richtung Ausgang und hielt Mom die Tür auf. Er schien ebenfalls erschöpft zu sein. Mom gab mir einen Kuss auf die Stirn und ging schließlich, gefolgt von Mr. Patrick, auf den Gang hinaus. Ich stieß einen Seufzer der Erleichterung aus, weil zumindest sie eine Portion Schlaf bekämen.

Alles war ruhig abgesehen von dem gelegentlichen Piepsen der Maschinen und dem Rasseln, das einsetzte, sobald sich alle paar Minuten meine Blutdruckmanschette aufpumpte. Der Fernseher war immer noch eingeschaltet, wenn auch ohne Ton. Das flackernde Licht brannte mir in den Augen. Ich streckte Arme und Beine aus. Alles fühlte sich steif an, aber die Bewegung tat gut. Und ich war nicht müde, nicht einmal ein kleines bisschen. Nachdem ich aufgestanden war, knotete ich mir das Krankenhaushemd fest um den Körper, damit ich auf meinem Spaziergang nicht plötzlich eine böse Überraschung erleben und halb nackt dastehen würde. Jemand musste mir diese scheußlichen blauen Krankenhauspantoffeln übergestülpt haben, während ich im Koma gelegen hatte. Sie sahen lächerlich aus, aber zumindest waren meine Füße nicht kalt.

Als ich mir die Manschette vom Arm schob und mich vom Herzmonitor abstöpselte, löste sich ein Alarm. Ich funkelte den Bildschirm an und drückte hastig auf ein paar Knöpfe, bis ich endlich den Netzschalter fand. Erleichtert stieß ich den angehaltenen Atem aus und fuhr zusammen, als ich mich umdrehte. Drei Silhouetten standen im Türrahmen.

»Wohin des Wegs, Parker?«, fragte die zierliche Krankenschwester, während sie ums Bett herumging und meinen Puls fühlte. Da bemerkte ich zum ersten Mal ihr Namensschildchen: *Patti*. Finn und Addie winkten schweigend von der Tür aus.

»Äh. Nur ein kleiner Spaziergang. Ich wollte mir kurz die Beine vertreten.« Ich wartete, bis sie endlich mein Handgelenk losließ und zu mir sah. »Ist das in Ordnung?«

Patti schürzte die Lippen und nickte langsam. »Ja, aber du solltest es langsam angehen lassen. Deine Freunde und der Tropf begleiten dich.«

Finn trat vor und umfasste den Infusionsständer. »Kein Problem.«

»Wir passen auf, dass er bald wieder zurück ist.« Addie kam herüber und hakte sich mit besorgter Miene bei mir unter. Ich sah Finn an, doch der sagte kein Wort.

»Danke.« Ich schlurfte langsam in Richtung Korridor. Mir tat jeder Knochen im Körper weh, aber schon bald entspannten sich meine Muskeln, und die Krämpfe ließen nach.

»Und, welchen Film habt ihr euch angesehen?« Ich wollte noch nicht über irgendetwas reden, das von Bedeutung war, auch wenn ich wusste, dass es grausam war, sie so lange auf die Folter zu spannen.

»Sie wollte keinen Kung-Fu-Film anschauen.« Finn starrte Addie böse an. »Oder *Terminator*.«

»Tu nicht so, als hätte ich meinen Kopf durchgesetzt.« Addie starrte ihn eindringlich an, und er zuckte mit den Schultern.

»Was nun?«, lachte ich. »Ihr wart also in einem Film, den keiner von euch sehen wollte?«

»Es war dieser neue Alien-Film.« Finn sah mich grinsend an. »Keine Sorge, die Menschen haben gewonnen … mal wieder.«

»Da bin ich aber erleichtert!« Ich kreiste die Schultern, versuchte die Anspannung in ihnen zu lösen.

Mit gespieltem Bedauern schüttelte Addie den Kopf. »Die armen Aliens haben es nicht mal kommen sehen.«

»Ja, es war wirklich schockierend. Sie standen kurz davor, die Welt zu beherrschen, und dann haben wir unseren Verstand eingesetzt und am Ende schließlich überraschend gesiegt.« Finn drehte meinen Infusionsständer in eine Richtung und dann wieder zurück, damit sich der Schlauch nicht zu sehr verhedderte.

Ich lachte. »Ich glaube, den habe ich schon mal gesehen … ungefähr hundertmal.«

Addie drückte meinen Arm. »Ganz genau.«

Wir schafften es den ersten langen Korridor hinab, bevor Finns Herumgezappel so offensichtlich wurde, dass ich ihn endlich aus seiner Qual erlösen wollte. »Ich weiß, euch brennen eine Million unbeantworteter Fragen unter den Nägeln. Soll ich es euch jetzt freiwillig erzählen, oder wollt ihr es aus mir herauskitzeln?«

Sie wechselten einen langen Blick.

»Nicht doch«, sagte Addie. »Wenn du dich noch schonen musst, können wir auch warten.«

Im selben Moment warf mir Finn ein verlegenes Lächeln zu. »Nun ja, jetzt wo du es ansprichst …«

Ich kicherte, doch die ruckartigen Bewegungen schmerzten so sehr, dass mein Lachen nur von kurzer Dauer war. Addie hielt meinen Arm fest und sah ihren Bruder missbilligend an.

»Wirklich, Addie. Ich bin stabil genug, und ihr zwei habt schon tagelang gewartet.«

Ich nahm einen langen, tiefen Atemzug und berichtete ihnen, was geschehen war – von meiner Unterhaltung mit Dr. Freeburg und seinem perversen Traum bis hin zu meinem Entschluss, ihn zu konfrontieren. Ich übersprang den Teil in seinem Haus und setzte gleich mit der Eiche und dem Unfall ein, ohne den Dunklen zu erwähnen oder dass ich Freeburg in seinem Traum angegriffen hatte – es war unsinnig, ihnen zu erzählen, dass ich geträumt hatte, ihn umzubringen, und ihn dann tatsächlich tot aufgefunden hatte. Nicht solange ich nicht mit Sicherheit wusste, was passiert war.

Die Realität war verschwommen, und zumindest ein Teil der Dinge, die ich gesehen hatte, konnte sich unmöglich so abgespielt haben. Ich hatte halluziniert, und vielleicht war Dr. Freeburg überhaupt nicht tot. Das brennende Loch in meinem Magen war zwar anderer Meinung, aber ich klammerte mich wie ein Schiffbrüchiger an dieser Hoffnung fest.

Glücklicherweise interessierte meine Freunde etwas ganz anderes.

»Warte mal – also sind Mias Träume gar keine richtigen Träume? Oder wie ist das zu verstehen?« Finns Augenbrauen zogen sich verwirrt zusammen.

»Da bin ich mir nicht ganz sicher. Sie beginnen zumindest mit einer Art Selbsthypnose.« Ich zuckte mit den Schultern. »Soweit ich weiß, ist das der einzige Unterschied zwischen ihren Träumen und denen aller anderen … es muss wohl daran liegen, dass ich in ihren schlafen kann. Dr. Freeburg meinte, das Gehirn arbeitet im hypnotisierten Zustand anders, also muss es einen Zusammenhang geben.«

»Die Albträume ebenfalls?«, fragte Addie.

»Keine Ahnung. Albträume können einen gewissen Wiederholungscharakter haben, aber ich bin überzeugt, dass Mia trotzdem immer versucht hat, ihre friedlichen Träume hervorzubringen.« Ich stieß den Atem aus. »Es ist nicht so, als würde sie sich darum reißen, diese Albträume zu haben. Das könnt ihr mir glauben.«

Eine Weile schwiegen wir alle und hingen unseren Gedanken nach.

»Dann könntest du also theoretisch in jedem Traum schlafen – solange die Person Selbsthypnose anwendet?« Addie sah mich an und blickte dann rasch weg.

»Keine Ahnung. Klingt plausibel. Ich habe seit dem Unfall keine Träume von anderen mehr gesehen. Vielleicht hat ein fester Schlag auf den Kopf mein Problem auf magische Weise gelöst. Hätte ich das gewusst, wäre ich schon vor Jahren mit dem Auto gegen einen Baum gerast. Ich hatte sogar ein paar eigene Träume, seit ich im Krankenhaus liege.«

»Eigene Träume?« Finn hob beide Augenbrauen so weit an, dass sie förmlich seinen Haaransatz berührten. »Wer war der letzte Mensch, mit dem du vor dem Unfall Augenkontakt hattest?«

Nun, da die Medikamente nicht mehr ganz so stark waren, versuchte ich mich kurz zu erinnern und zuckte zusammen, als ich begriff, warum ich seitdem in keinem fremden Traum mehr gewesen war. Es musste daran liegen, dass Dr. Freeburg nicht mehr träumte. Ich konnte also nur in Mias Träumen schlafen – oder wenn die letzte

Person, die mir in die Augen sah, nämlich mein Träumer, tot war. Perfekt. Das war genau das, was mein verdrehter Verstand gerade brauchte – einen weiteren Grund, andere Menschen zu verletzen.

Ich räusperte mich und zuckte dann mit den Schultern. »Ich kann mich nicht erinnern. Es ist irgendwie alles verschwommen«, log ich. »Vielleicht liegt es auch an den Medikamenten.«

»Dann bekommst du im Moment richtigen Schlaf?« Addie sah mir ins Gesicht und spitzte den Mund. »Kein Wunder, dass du so gut aussiehst.«

Finn hustete und lachte gleichzeitig, und Addie wurde knallrot.

»Ich meine, so gesund«, murmelte sie.

Als mich ein Gefühl der Übelkeit traf, blieb ich stehen. Ich entdeckte einen Wartebereich und setzte mich.

»Wie auch immer, was ist mit Dr. Freeburg?«, fragte Finn.

Ich riss den Kopf hoch und starrte ihn an. »Was soll mit ihm sein?« Mit einem Schlag wurden meine Handflächen schweißnass, und ich wischte sie mir an meinem Flügelhemd ab.

»Sein Traum war krank.« Finn wartete, dass ich reagierte, weshalb ich verhalten nickte. »Denkst du, er ist derjenige, der Mia bedroht?«

»Nein.« Im Traum hatte ich ihn für den Schuldigen gehalten, aber beim Aufwachen hatte es keinen Sinn mehr ergeben. Höchstwahrscheinlich konnte ich dem Mann, den ich auf dem Gewissen hatte, überhaupt nichts zur Last legen. Falls er jedoch derjenige war, der die E-Mails geschrieben hatte, wäre das Problem nun aus der Welt.

Ich schluckte schwer.

Addie betrachtete mich eindringlich. Empörung kräuselte ihre Lippe. »Warum nicht?«

»Ich … Ich glaube einfach nicht, dass er es war. Woher sollte er meinen Namen und meine Trikotnummer für die E-Mail-Adresse kennen?«

»Vielleicht hat sie ihm von dir erzählt – dass du sie verfolgst?« Finn rieb sich mit der linken Hand das Kinn und schnappte sich mit der rechten meinen Infusionsständer.

Ich stand wieder auf. »Ich glaube, ich sollte jetzt lieber zurück in mein Zimmer gehen.«

»Warte mal … woher weißt du von der E-Mail-Adresse?« Addie sprang auf.

»Mia hat mir eine der E-Mails in die Hand gedrückt, als ich versucht habe, ihr von meinem Fluch zu erzählen.«

Die Geschwister warfen sich erneut einen Blick zu, doch ich tat so, als hätte ich nichts bemerkt.

»Es tut mir leid, aber ich glaube, ich muss mich jetzt ausruhen.« Ich drehte mich in Richtung meines Zimmers um und wartete, dass sie mir folgten. Sie nickten beide und sagten, sie würden das verstehen, aber ich wusste, dass das nicht möglich war – nicht wirklich. Sie mussten unbedingt gehen. Ich brauchte Zeit, um über alles nachzudenken und Antworten zu finden, die mich *und* sie zufriedenstellen würden.

Auf halbem Weg den Korridor hinab klingelte Finns Handy, und er verzog schuldbewusst das Gesicht, als er sich meldete. Ich konnte die Stimme seines Dads hören, der nicht sonderlich glücklich klang. Ich sah Addie an, aber sie zuckte nur mit den Schultern. »Wir haben ihm nicht ausdrücklich gesagt, dass wir nach dem Kino ins

Krankenhaus fahren würden. Wir dachten, er wäre immer noch hier.«

Ich nickte, und Finn sagte: »Okay, okay. Wir kommen.« Dann klappte er sein Handy zu. »Dad ist zu Hause. Er meint, wir sollen Parker in Ruhe lassen.«

»Ist schon in Ordnung. Ihr zwei könnt ruhig gehen. Ich versuche einfach, ein bisschen zu schlafen.«

»Nein.« Stirnrunzelnd schüttelte Addie den Kopf. »Finn kann das Auto holen, während ich mich vergewissere, dass du wohlbehalten in dein Zimmer kommst. Das dauert nicht lange, und wir haben der Krankenschwester versprochen, dass wir auf dich aufpassen.«

Ich öffnete den Mund, um etwas zu erwidern, doch da schob Finn seiner Schwester bereits den Infusionsständer hin. »Wir sehen uns morgen, Parker. Werd schnell gesund, okay? Krankenhausessen schmeckt ätzend.« Er boxte mir zum Schein gegen die Schulter und marschierte an mir vorbei zum Aufzug. »Fünf Minuten, Addie.«

Er drückte auf den Knopf, und wenige Sekunden später öffneten sich die Türen. Sobald Finn außer Sichtweite war, packte ich den Infusionsständer. Addie seufzte und umklammerte meinen Arm fester.

»Mir geht's wirklich gut. Ich kann allein gehen.«

Sie errötete, ließ aber nicht los. Und das war der Grund, warum mir der Umgang mit normalen Menschen verboten werden sollte – ich hatte Addie nicht in Verlegenheit bringen wollen.

Es verging fast eine volle Minute, bevor sie antwortete. »Ich weiß.«

Wir gingen schweigend den Korridor hinab, doch es war kein unangenehmes Schweigen. Es war schön, ihr so nah zu sein. Mir gefiel es, wie ihre Wangen leicht rot wurden, wenn sie mich ansah. Wie ihre Hand warm auf meinem Bizeps lag. Addie schaffte es, dass *ich* mich besser fühlte. Selbst meine Probleme rückten kurzzeitig in den Hintergrund, wenn sie bei mir war.

Durch die zugezogenen Vorhänge war es im Zimmer dunkel, als wir eintraten. Nur ein kleiner Streifen Licht, der durch die Ritze unter der Badezimmertür drang, ließ den Raum nicht in völliger Schwärze verharren. Sobald wir im Zimmer waren, schob ich den Infusionsständer neben mein Bett und drehte mich um, als ich hörte, wie sich die Tür schloss. Ich blinzelte in der Dunkelheit und glaubte schon, Addie wäre gegangen. Die Enttäuschung, die mich bei dem Gedanken packte, überraschte mich.

Aber dann erspähte ich ein paar rasche, lautlose Bewegungen im Schatten, und schon stand sie vor mir. Ihr sanftes Lächeln zog einen ihrer Mundwinkel nach oben. Als ich zurücklächelte, lachte sie laut auf. Dann legte sie ihre warme Hand auf meine Brust und gab mir mit dem Finger einen sanften Schubs. »Du solltest dich hinlegen.«

Ich nahm ihre Hand und setzte mich aufs Krankenhausbett. Einen Moment lang rührte sie sich nicht. Mein Herz hämmerte markerschütternd laut in meinen Ohren. Ich fühlte mich wieder lebendig.

Sie stand so nah bei mir, während ihre Hand in meiner ruhte. Ich wünschte, das Licht käme von hinter mir, damit ich ihre Augen sehen konnte. Es war ein verlockender Gedanke, einfach den Arm auszustrecken und … Doch ich tat es nicht. Finn würde mich umbringen.

Mit einem leisen Seufzen zog sie ihre Hand weg und ging zur Tür. Dann schaltete sie das Licht ein und kam zurück an mein Bett. Sie sah mir fest in die Augen, und die Ausdrucksstärke in ihnen überraschte mich.

»Ich will, dass du mir etwas versprichst.«

»Sicher.« Das Wort purzelte aus meinem Mund, bevor ich auch nur darüber nachdenken konnte.

»Geh schlafen, sobald ich fort bin.«

»Warum?«

»Falls du immer noch Träume siehst, will ich, dass es meine sind. Ich bin irgendwie neugierig …«

So sehr ich es auch versuchte, konnte ich mir ein Grinsen nicht aus dem Gesicht wischen. »Oh? Fühlst du dich dann nicht missbraucht oder so?«

Ihr Mundwinkel hob sich zu einem süffisanten Lächeln. »Nein. Es ist etwas anderes, wenn du eingeladen wirst.«

Ich nickte, schwang meine Beine aufs Bett und legte die Decke über sie. Es würde mir nicht schwerfallen, dieser Bitte nachzukommen. Nun, da Addie nicht mehr so nah war, verlangsamte sich mein Herzschlag, und ich beruhigte mich. Allein der Ausdruck auf Addies Gesicht hielt mich ab, mich einfach in mein Kissen zurückzulehnen und die Augen zu schließen. Ich kannte sie jetzt lange genug, um zu wissen, dass sie durcheinander war. Eine sonderbare Mischung aus Schuldgefühlen und dem heftigen Verlangen, alles ins Reine zu bringen, überkam mich.

Ich streckte die Hand aus und zupfte an ihren Fingern. »Was ist los?«

Mit nur einer raschen Bewegung saß sie auf meinem Bett und hatte mir beide Arme um den Hals geworfen. Ohne nachzudenken, schlang ich meine Arme um sie und zog sie an mich. Der Atem stockte mir in der Kehle, als mir bewusst wurde, wie sie sich anfühlte. Ihre Schultern zitterten, und ich presste sie noch fester an mich. Ich hätte alles getan, um sie wieder glücklich zu sehen.

»Addie? Was ist los?«

»Du hast nicht die leiseste Ahnung. Ich dachte – wir alle dachten –, du würdest sterben.« Reden schien zu helfen, denn sie hatte aufgehört zu zittern. Ihre Finger klammerten sich an meinen Schultern fest, als wären sie eine Rettungsleine. Ich wusste nicht, was ich sagen sollte, weshalb ich ihr einfach über den Rücken strich und ihr das Reden überließ. Ihr Atem wärmte meine Haut, während sie wieder gegen das dünne Krankenhaushemd flüsterte.

»Und dann bist du aufgewacht, und ich war da, und dir schien es okay zu gehen. Und dann hast du … du …« Sie schüttelte den Kopf, ohne den Satz zu beenden.

»Mir geht's gut. Alles ist in Ordnung.« Ich hatte nicht den blassesten Schimmer, was ich tun sollte, damit sie sich besser fühlte. Das hier war Neuland für mich, und ich war völlig unvorbereitet.

Addie holte ein paarmal tief Luft, und mein Körper hob sich bei jedem Atemzug. Ihr Geruch – frische Zitronen – umhüllte mich. Am liebsten hätte ich sie niemals losgelassen.

»Bitte, pass auf dich auf. Du musst … Ich brauche dich.«

Ich wusste nicht, wie ich reagieren sollte. Sie zu halten fühlte sich so unglaublich an, so natürlich. Bei ihren Worten durchflutete mich ein Schauder der Erregung, aber er war von Angst begleitet. Sie war Finns Schwester – das war schwerster Betrug. Wie konnte ich dieses Dilemma lösen? Ich wollte keinem von beiden wehtun. Oder mir selbst, wenn ich wirklich ehrlich war.

Ich atmete tief ein, zögerte. »Ich gehe nirgendwo hin.«

Lächelnd wich sie zurück und küsste mich auf die Wange. Ich konnte nicht klar denken. Ihre Lippen waren so weich. Ihren Nachhall konnte ich noch auf meiner Haut spüren, während ich beobachtete, wie sie vom Bett aufstand, das Licht ausschaltete und aus dem Zimmer ging. »Gute Nacht.«

In der Stille dauerte es nur einen kurzen Augenblick, bis ich mir meiner Dummheit bewusst wurde. Im Laufe der vergangenen paar Wochen war Addie zu einer Art besten Freundin geworden. Das – was auch immer es war – würde womöglich meine beiden Freundschaften zerstören. Es fiel mir schon jetzt schwer, nicht ständig darüber nachzudenken, wie gern ich in ihrer Nähe war. Wie konnte ich mich nicht fragen, wie es sich anfühlen würde, sie zu küssen? Vielleicht könnte ich mit Finn reden. Vielleicht würde es ihn gar nicht so sehr stören, wie ich annahm?

Doch. Doch, das würde es.

Ich drückte die Finger in meine Stirn und stöhnte. Dann lehnte ich mich in mein Kissen zurück und schloss die Augen. Während meine Gedanken dahintrieben, wälzten sich Bilder von dem Dunklen und Dr. Freeburg wie eine Lawine durch mein Bewusstsein.

Ich schoss im Bett hoch. Mit einem Schlag wusste ich, was ich tun musste. Bei Addie konnte ich kein Risiko eingehen. Irgendwie musste ich das stoppen, was zwischen uns war, noch bevor es richtig begonnen hatte.

Ein Monster lebte in meinem Gehirn, und ich hatte nichts von all dem verdient, was Addie mir geben wollte. Oder im Grunde von sonst jemandem – weder von Finn, Mia, nicht einmal von meiner Mom. Ich hatte ihr Vertrauen nicht verdient, nicht solange ich mir selbst nicht über den Weg traute.

Ich konnte bei keinem der Menschen, die ich aus tiefstem Herzen liebte, ein Risiko eingehen – nicht bis ich mit Sicherheit wusste, was mit Freeburg passiert war. Nicht bis ich wusste, dass sie in meiner Gegenwart sicher waren.

27

Ich trieb eine Weile in meiner vertrauten weißen Leere, bevor ich in Addies Traum glitt. Ein schimmernder silberner Nebel umgab uns, ohne Wände, ohne Decke, im Grunde ohne irgendetwas – nur Nebel. Sobald der Wind den Dunst durchschnitt, konnte ich Sterne am Nachthimmel ausmachen. Addie saß im Schneidersitz da und blickte zu ihnen hoch. Sie rührte sich nicht, blinzelte noch nicht einmal. Sie wartete einfach ab.

Eine wabernde Woge Nebel schlängelte sich um ihre Beine. Eine leichte Brise hob eine Haarsträhne von ihrer Schulter und zerwühlte sie. Sie holte tief Atem und seufzte. Ich hatte das Gefühl, als würde sich gleich etwas verändern, aber nichts geschah.

In den allermeisten Träumen passierte etwas. Der Träumer war auf etwas konzentriert, auf irgendjemanden. Doch Addie wusste, dass ich kam, und sie fokussierte sich allein auf mich.

So etwas hatte ich noch nie erlebt.

Ihr Traum bestand zwar nicht nur aus einer Schicht, so wie bei Mia, aber es war auch kein normaler Traum. Er war einzigartig und unglaublich, genau wie Addie.

Sie trug marineblaue Shorts und ein graues Tanktop,

das fast mit dem Nebel verschmolz. Ich stand eine Minute lang stumm da, wollte sie nicht stören. Ihr langes Haar schimmerte im Licht der Sterne wie dunkles Kupfer, und ich konnte die vereinzelten winzigen Sommersprossen auf ihrer Nase ausmachen. Bei ihrem Anblick verstand ich, weshalb das Wort »wunderschön« erfunden worden war. »Hübsch« brachte es einfach nicht auf den Punkt.

Dann ging ich zu ihr und setzte mich neben sie. Der Boden fühlte sich wie ein festes Kissen an, doch ich achtete kaum darauf. Das Bedürfnis, Addie zu berühren, war überwältigend, aber mein Entschluss, mich von ihr fernzuhalten, ließ mich zögern.

In diesem Traum, für diesen Moment, wäre es vielleicht in Ordnung. Hier waren wir sicher. Anschließend würde ich ihr aus dem Weg gehen. Ich würde sie beschützen.

Ich würde sie ziehen lassen.

Ich nahm einen tiefen Atemzug und schob meine Hand auf ihre. Sogleich breitete sich ein Lächeln auf ihrem Gesicht aus, und meinen Körper durchflutete von innen eine wohlige Wärme. Sie legte ihre Finger um zwei von meinen. Ich hatte noch nie bemerkt, wie viel größer meine Hand war.

»Hi«, flüsterte sie. Sie hatte mich immer noch nicht angesehen, als hätte sie Angst, ich wäre nicht wirklich hier. »Scheint so, als wärst du deinen Fluch nicht losgeworden.«

Ich beugte mich vor, bis wir Augenkontakt hatten. »Scheint so.« Ich beobachtete den Nebel, der sich um uns legte. »Das hier ist allerdings anders.«

»Wirklich? Beim Einschlafen habe ich einfach versucht, nur an beruhigende Dinge zu denken.«

»Nun, das hier ist definitiv beruhigend.« Der Nebel wirbelte um uns herum. Da gab es immer noch so viel, was ich an dem Fluch und den Träumen selbst nicht verstand. Noch nie hatte ich erlebt, dass ein Träumer seinen Traum derart kontrollieren konnte. Allerdings hatte es auch noch nie jemand versucht. Addie schien außerdem alles so bewusst wahrzunehmen, ohne die Verwirrung, die das Unterbewusstsein normalerweise hervorrief ... sie schien fast wach zu sein.

»Leg dich hin.« Sie grinste.

Ich blickte von ihr zu dem dunstigen Boden und wieder zurück. Was hatte sie vor?

»Entspann dich und leg dich hin.« Addie lachte. »Ich will sehen, ob du hier schlafen kannst.«

»Oh, hast du Hypnose angewandt?« Ich sah mich um, auch wenn ich sicher war, dass sie es nicht getan hatte. Obwohl mich die Umgebung an die sanfte Stille in Mias anfänglichen Träumen erinnerte, spürte ich mit jeder Faser meines Körpers den Unterschied.

Addie lehnte sich zurück und rutschte näher an mich heran. »Nein, aber ich hatte gehofft, dass es bei mir auch funktionieren könnte.« Ihre Mundwinkel verzogen sich zu einem süßen schiefen Lächeln. Sie zog an meiner Hand, bis ich mich auf die Seite legte und sie ansah. »Könntest du bitte kooperieren – nur dieses eine Mal?« Sie klimperte mit den Wimpern und streckte mir dann die Zunge heraus.

Mir entschlüpfte ein Lachen. »Okay, aber nur dieses eine Mal. Danach werde ich so unkooperativ wie möglich sein.«

»Abgemacht.«

Ich schloss die Augen und versuchte mich zu entspannen, doch ich spürte, wie sich Addie bewegte. Sie achtete darauf, meine Hand nie loszulassen, aber sie hob sie auf ihre andere Seite und wand sich ein wenig. Ihre Hände waren weich wie Seide, während sie meine Hand von einer zur anderen reichte. Eine Minute später drängte sie sich mit dem Rücken an mich und schob meinen Arm um ihre Hüfte. Mein Puls beschleunigte sich derart, dass an Schlaf nicht mehr zu denken war. Ihr Haar roch genauso wie im Krankenhaus. Die Hitze ihres Körpers neben meinem glich einem Flammenmeer – ein kleiner Funken hätte ausgereicht, um uns beide zu versengen.

Warnglocken schrillten in meinem Kopf, befahlen mir, von ihr wegzurücken, aber das konnte ich nicht. Ich verstärkte meinen Griff, zog sie näher an mich, und sie seufzte. Ihr Körper passte perfekt zu meinem. Ihre Hüfte beschrieb eine Wölbung, die geradezu dafür geschaffen, dass sich mein Arm um sie schmiegte. Mit dem Daumen rieb ich über ihren Handrücken. Alles an ihr war so weich.

Es war nur ein Traum. Völlig harmlos.

»Es funktioniert nicht, oder?« Ihre Stimme klang traurig. Ich hasste die Antwort so sehr, dass ich sogar in Erwägung zog, so zu tun, als wäre ich eingeschlafen, nur damit sie sich besser fühlte. Doch ich wusste, dass diese Lüge keinem von uns nützen würde.

Ich holte tief Atem und stieß ihn langsam wieder aus. »Nein. Tut mir leid. Aber es kommt näher an Schlaf heran, als das jemals zuvor in einem Traum passiert ist. Ich meine, ohne die Hypnose.«

Sie drehte sich in meinen Armen zu mir um, und mir stockte der Atem. Ihre Lippen, ihre Augen, ihr Körper –

alles an ihr war mir so nah. Die Situation hatte sich mit einem Schlag von einem harmlosen Nickerchen in etwas völlig anderes verwandelt. Die Warnglocken in meinem Kopf wurden zu Sirenen, und ich rückte von ihr ab, doch sie schlang die Arme um meinen Hals und hielt mich gefangen.

Mit einem sanften Lächeln brachte sie den Alarm zum Verstummen. Ich war verloren.

Ihre Gefühle spiegelten meine wider. Ich konnte sie förmlich in mir spüren. Ein Blitzschlag käme nicht der Anziehungskraft gleich, der Elektrizität, die zwischen uns pulsierte. Meine Arme verkrampften sich, zogen Addie näher heran. Im Laufe des vergangenen Monats waren wir zu Magneten geworden, und ich konnte nicht mehr dagegen ankämpfen.

Ich senkte den Kopf und strich zärtlich mit den Lippen über ihre. Der Nebel um uns herum war von Wärme erfüllt, während sie ihre Finger in mein Haar krallte und mich nun ebenfalls küsste. Jegliche Willenskraft, die noch in mir gesteckt hatte, war wie weggeblasen.

Wir verloren uns in dem anderen. Mein Mund glitt langsam über ihren, genoss den Augenblick in vollen Zügen. Sie strich mit den Fingernägeln über meinen Nacken, und es kam mir schier unmöglich vor, sie jemals wieder freiwillig gehen zu lassen. Ich wollte sie für immer und ewig küssen.

Bei der ersten Explosion fuhr ich erschrocken auf und zog Addies Kopf instinktiv an meine Brust. Da spürte ich ihr Kichern an meinem Hemd. Sie spähte mit haselnussbraunen Augen hervor und zeigte nach oben. Der Nebel über uns teilte sich, und ich sah die Sterne, die wie ein Feuerwerk zerbarsten.

Ich lachte und setzte mich auf, wobei ich weiterhin Addies Hand hielt. Sie versuchte, mich wieder zu sich heranzuziehen, doch ich widerstand. Als sie sich schließlich auch hinsetzte, war sie sehr still. So sehr ich sie auch wieder küssen wollte, durfte ich es nicht. Das hier war ein Fehler – ein wunderbarer Fehler –, aber dennoch ein Fehler. Die purpurne Röte, die ihren Hals hinaufkroch und die Art, wie ihr Blick dem meinen auswich, verrieten mir, dass ihr die Situation peinlich war und sie sich zurückgewiesen fühlte.

Ich hatte mich selbst belogen. Nichts von alldem hier war harmlos gewesen.

Je länger das Ganze ging, desto schwieriger wäre es, es zu beenden. Ich musste es jetzt tun. Ich würde sie nicht in Gefahr bringen, nicht Addie. Sie war zu … ich suchte verzweifelt nach einem Wort, das die Mischung aus Angst, Kummer und Wut beschrieb, die mich bei dem Gedanken erfasste, jemand könnte sie verletzen. Doch mir fiel nichts ein.

Das Feuerwerk hörte auf, der Nebel kühlte ab. Es war still. Das alles war so faszinierend. Noch nie hatte ich miterlebt, wie die Kulisse eines Traums die Gefühle des Träumers derart widerspiegelte. Ich spürte ihre Emotionen – Enttäuschung, Traurigkeit, einen Hauch von Zorn –, aber es war, als würde die Traumwelt um uns herum sie ebenfalls spüren. Selbst das Gemurmel der anderen Traumschichten verstummte. Ich wusste nicht, was ich sagen sollte. Ich spürte, wie sehr ich sie verletzt hatte, und wollte es nicht noch schlimmer machen.

»Tut mir leid«, murmelte sie leise. »Ich hätte dich nicht … natürlich bist du nicht …«

Ich stöhnte auf und drehte mich zu ihr. »*Ich* war derjenige, der dich geküsst hat. Schon vergessen?«

»Was ist es dann?« Sie sah mich mit großen Augen an, wartete auf eine Erklärung, die zu formulieren ich nicht imstande war. Wie konnte ich ihr all die Gründe verständlich machen, warum es nicht klappen könnte?

»Nun ja, du bist Finns Schwester.«

Addie öffnete den Mund, um etwas zu erwidern, aber ich preschte vorwärts, bevor sie mich unterbrechen konnte. »Und ich bin nicht gut für dich ... Addie, ich habe vor langer Zeit akzeptiert, dass ich nicht lange genug leben werde, um aufs College zu gehen, und ich will nicht, dass du dich damit herumschlagen musst.«

Ihre Augen wurden groß, und ihr Mund klappte zu. Dann schluckte sie schwer. »Zunächst einmal ist das nur eine Ausrede, und das weißt du.« Im funkelnden Licht der Sterne glitzerten ihre Augen vor Entschlossenheit, doch in ihrem Gesicht lag ein Hauch von Kränkung. »Was auch immer wir füreinander sein mögen, wenn dir ... wenn dir irgendetwas zustoßen sollte ... müsste ich mich *so oder so* damit ›herumschlagen‹.«

Meine Wortwahl war wie immer falsch. Der Schmerz, der von Addie ausstrahlte, überraschte und erschreckte mich zugleich. Ich wandte mich ab, doch das half nicht. Ich spürte ihn bis ins Mark. Mein Leben war zu einem schwarzen Loch geworden. Es sog alles und jeden in meiner Nähe in sich auf, riss ihn in Stücke und verleibte ihn sich ein.

Addie wäre besser dran, hätte sie mich niemals kennengelernt.

Der Nebel um uns wurde schwarz und verdeckte jedes noch so hauchzarte Schimmern der Sterne, das noch bis eben durch die Wolken gedrungen war. Ich hatte diese Düsternis in ihrem Leben hervorgerufen, und das würde ich mir niemals verzeihen.

»Ich muss los.«

Sie schlang ihre zweite Hand um meine und drückte fest zu. »Nein. Ich glaube, ich weiß, wie du am Leben bleiben kannst. Ich könnte dir helfen.«

»Wie?«

»Ich könnte meine Eltern überzeugen, dass ich einen Hypnotherapeuten aufsuchen muss.« Addie zuckte gleichmütig mit den Schultern, aber ich konnte sehen, wie ihr die Röte den Hals hinaufkroch und spürte Hitze in meinem eigenen. »Ich bin sicher, ich könnte ein paar Probleme erfinden, die es zu lösen gilt.«

Mein Mund öffnete sich und klappte ein paarmal zu, bevor ich ihn fest geschlossen hielt. Ich konnte mir selbst nicht trauen.

»Natürlich würde ich mir einen anderen Therapeuten suchen ... oh, das hätte ich fast vergessen.« Addie starrte mich an und erbleichte. »Mia hat mich auf dem Weg nach Hause angerufen. Vielleicht liegst du mit der Annahme, dass der Arzt unschuldig ist, doch falsch.«

Mein Verstand setzte sich stockend in Bewegung, wie ein altes Auto, das stotternd zum Leben erwacht. »W... Was meinst du?«

»Ich kenne keine Einzelheiten, aber anscheinend ist er vor ein paar Tagen gestorben. Sie wollen sie zu einem neuen Therapeuten schicken.« Addie zuckte wieder mit den Schultern. »Nun ja, und seit seinem Tod hat sie keine E-Mails mehr bekommen.«

Der Dunkle flüsterte mir aus der hintersten Ecke meines Bewusstseins etwas zu. Da gab es noch eine weitere Möglichkeit: Die E-Mails stammten von mir. Ich hatte bewusstlos im Krankenhaus gelegen, was ebenfalls erklären würde, warum Mia keine Mails mehr erhalten hatte.

Es war schrecklich, dass ich ihn immer noch spüren konnte, selbst in Addies Träumen. Der Dunkle war schwächer, weil ich nicht mehr so erschöpft war, aber er war immer noch da, wand und krümmte sich in meinem Kopf. Wie eine Schlange, die auf eine günstige Gelegenheit zum Angriff wartete. Er zog an meinen Gedanken, verdrehte meine Gefühle. Der Dunkle war ein Teil von mir – der schwächere Teil, der Teil, der alles in seiner Macht Stehende tun würde, um zu überleben. Die Seite an mir, die glaubte, ich könnte einfach den Mund halten und das alles würde verschwinden, sich in Luft auflösen.

Mia wäre jetzt vielleicht sogar bereit, mir zu helfen. Wenn nicht, so hatte sich Addie gerade freiwillig gemeldet. Ich könnte ein normales Leben führen, und niemand müsste von all dem Gräuel erfahren. Niemand würde wissen, dass ich womöglich jemanden umgebracht hatte.

Selbst *ich* müsste es nicht wissen, zumindest nicht mit Sicherheit.

Ich zuckte vor den dunklen Tentakeln zurück, die sich um meine Gedanken wanden, denn ich wollte dieser düsteren Logik nicht nachgeben.

Ich musste es jemandem sagen, egal, wie sehr ich es hatte vermeiden wollen. Jetzt gerade besaß ich die Kraft – genau jetzt. Ich musste Addie die Wahrheit sagen.

»Ich weiß.« Ich schluckte schwer, kämpfte mit aller Gewalt dagegen an, dass sich meine Kehle komplett zuschnürte.

Addie beobachtete mich abwartend, rümpfte dann die Nase. »Du weißt was?«

»Ich weiß, dass er tot ist.« Ich holte tief Atem und ließ ihn langsam wieder entweichen. »Ich habe ihn vor meinem Unfall gesehen.«

Sie öffnete den Mund, blieb aber still, als ich den Kopf schüttelte.

»In den letzten paar Monaten sind mir Dinge widerfahren. Dinge, die ich nicht erklären kann. Ich habe auch Dinge gesehen. Es könnten Halluzinationen sein oder auch nicht. Ich verstehe wirklich nicht, was gerade los ist, aber ich verliere langsam die Kontrolle über mich selbst.« Ich rieb mir mit dem Handgelenk über die Stirn. Ich konnte Addie nicht anschauen. Nicht während meines Geständnisses. Ich war in ihren Träumen gewesen, hatte ihre Gefühle gespürt. Sie sah etwas anderes in mir, als ich in Wirklichkeit war, etwas Besseres. Sie sah eine Lüge.

So sehr wir beide es uns auch wünschten, ich war kein Held.

»Es könnte sein, dass ich ihn umgebracht habe.«

Addie sog scharf die Luft ein und drückte meine Hand. »Wie kommst du auf so einen Gedanken?«

»Es ist ... In letzter Zeit bin ich nicht immer ich selbst.« Wie sollte ich ihr das begreiflich machen? Addies Augen wurden groß, und die braunen und grünen Wirbel in ihnen schienen vor Verwirrung zu kreiseln.

»Freeburg war ein echter Perversling«, sagte ich. »Das hat mich verrückt gemacht. In seinem Traum habe ich ihm mit einem Briefbeschwerer den Kopf eingeschlagen, bis er tot war und der Traum aufgehört hat. Als ich aufgewacht bin, hatte ich Angst, der Traum könnte real gewesen sein, weshalb ich gleich zu ihm gefahren bin. Es war noch früh am Morgen … und er tot.«

Ihre Haut war so kreidebleich, sie verschmolz förmlich mit dem Nebel. Das einzige Gefühl, das ich in diesem Moment von ihr empfing, war tiefste Erschütterung. »Er wurde umgebracht?«, flüsterte sie.

»Ich weiß es nicht. Er sah aus, als würde er noch schlafen, aber er hat nicht geatmet.«

»Wie …« Addie räusperte sich und setzte zu einem neuen Anlauf an. »Wie kannst du dir sicher sein, dass er nicht nur einen Herzinfarkt hatte?«

»Das wäre ein ziemlich merkwürdiger Zufall, findest du nicht?«

Sie starrte mich an, und ihr Entsetzen verblasste wie Sterne im Morgengrauen. »Na und, dann hast du also jemanden im Traum angegriffen, was ich wahrscheinlich schon ein Dutzend Mal getan habe, und das soll dich zu einem Mörder machen?« Sie schüttelte den Kopf und lächelte mich erleichtert an. »Keine Chance, Parker. Das kauf ich dir nicht ab.«

Jede Faser meines Körpers wollte klein beigeben, glücklich sein und ihr bedingungslos zustimmen. Glauben, dass meine Fähigkeit nicht stark genug war, dass ein solches Szenario unmöglich war. Aber ich konnte einfach nicht.

Das war das Beste, was ich für sie tun könnte: Ihr jegliche Illusion darüber nehmen, wer ich war – was wir zusammen sein könnten.

»Das ist nicht alles, Addie.«

Ihr Lächeln glitt an ihrem Gesicht herab wie Regentropfen an einem Fenster, und der Nebel um uns gefror.

»Mein anderes Ich, das aus Mias Träumen … er ist irgendwie echt. Er ist ein Teil von mir, tief in meinem Kopf, und manchmal übernimmt er die Kontrolle. Einmal habe ich mich plötzlich in einem Baum vor Mias Fenster wiedergefunden. Ich weiß nicht, wie ich dorthin gelangt bin. Ich verliere den Verstand, Addie. Man darf mir nicht trauen.«

»Nein«, murmelte Addie. Sie schüttelte den Kopf und drehte sich weg. Ihr ganzer Körper zitterte. Ihre Verzweiflung traf mich mitten ins Herz und riss schmerzhafter an mir, als ich das jemals für möglich gehalten hätte.

»Ja. Ich habe dort gesessen und sie beobachtet. Du musst mir glauben. Ich sehe Dinge – Dinge, von denen ich nicht will, dass sie echt sind, die nicht echt sein können. So wie ich am Steuer auch nicht eingeschlafen bin … ich habe *ihn* gesehen, die dunkle Seite von mir. Er stand einfach auf der Straße, direkt vor mir. Irgendwie habe ich mich selbst in diesen Unfall verwickelt.« Ich umschloss ihr Kinn und hob ihr Gesicht, bis sie mir in die Augen blickte. »Ob ich Freeburg nun umgebracht habe oder nicht, ich habe es zumindest versucht. Verstehst du das denn nicht? In seinem Traum wollte ich ihn töten. Ich bin mir nicht mal sicher, welcher Teil seines Traums Erinnerung und welcher Fantasie war, aber egal, ich habe sein Leben beendet. Ich bin eine Gefahr für die Menschheit.«

Ihre haselnussbraunen Augen starrten mich an, aber statt der Angst, die ich erwartet hatte, las ich nur Wut in ihnen. Sie blitzten auf, und der Nebel um mich grollte. Ein Donnerschlag folgte dem nächsten.

»Nein. Das glaube ich nicht und werde es auch nie. Du magst vielleicht verkorkst sein, aber du stellst für niemanden eine Bedrohung dar, außer vielleicht für dich selbst. Wir sind alle gefährlich. Wir verletzen andauernd andere Menschen, ohne es zu wollen. Selbst wenn du ihn umgebracht haben solltest, ist es in einem *Traum* passiert. Du konntest nicht wissen, dass es Auswirkungen auf die Realität hat. Du würdest niemals jemanden absichtlich verletzen.« Ihr Gesichtsausdruck war fest entschlossen, während sie meine Hand fest mit ihren beiden umklammerte. »Ich kenne dich.«

»Das kannst du nicht!« Seufzend bohrte ich mein Kinn in meine Brust. »Ich kenne mich doch selbst nicht mehr.«

»Nun, aber ich. Vielleicht solltest du zur Abwechslung mal den Instinkten eines anderen vertrauen.« Ihre Stimme wurde weicher, und ihre Wut verwandelte sich in Güte. »Lass mich dir helfen.«

Während ich ihr in die Augen sah, wurde mir bewusst, dass sie niemals glauben würde, dass ich einem anderen etwas antun könnte. Nichts, was ich sagte, würde sie überzeugen, wer ich in Wirklichkeit war oder wozu ich fähig war. Ich hatte keine andere Wahl. Es gab nur noch diesen einen Weg, um sie zu beschützen.

Ich legte die Arme um Addie und zog sie an meine Brust. Die Erleichterung, die ich in ihr spürte, war von Misstrauen getrübt, und beinahe hätte ich laut lachen müssen. Sie kannte mich besser, als ich erwartet hatte – aber nicht so gut, wie sie glaubte.

»Es tut mir so leid«, flüsterte ich in ihr Haar, während ich ihren Geruch in mich aufsog und sie wahrscheinlich zum letzten Mal in meinem Leben in meinen Armen spüren würde. Verwirrt hob sie das Kinn von meiner Brust. Ich löste den eisernen Griff, mit dem ich sie an mich band, und kostete den Moment aus. Ihre Lippen waren so nah und so perfekt, eine Verlockung, der ich nicht widerstehen konnte. Ich küsste sie, und in dem Kuss lag ein unstillbarer Drang, ein Verlangen, eine Sehnsucht. Ich hasste mich für alles, was ich getan hatte, hasste den Dunklen, weil ich seinetwegen nicht mit ihr zusammen sein konnte.

Mit einem Seufzen sank Addie an meine Brust zurück, und wir vergaßen alles um uns herum. Mein Blut pumpte mit unglaublicher Geschwindigkeit durch meinen Körper, erweckte alles in mir auf eine Art zum Leben, wie ich es noch nie zuvor gespürt hatte. Die Welt, meine Sorgen, die Träume, alles fiel von mir ab, bis nichts außer Addie existierte.

Mein Atem kam in keuchenden Stößen, als es mir schließlich gelang, mich von ihr zu lösen. Sie lächelte mich an, und ihr Vertrauen durchbohrte mich wie ein Schwert, riss mich entzwei und ließ mein Innerstes verletzlich und entblößt zurück. Ich schob ihr eine zerzauste Haarsträhne hinters Ohr und gab ihr einen Kuss auf die Wange. »Es tut mir leid«, murmelte ich gegen die weiche Haut unter ihrem Ohr. »Mach's gut, Addie.«

Dann ließ ich sie los und rollte mich hastig zur Seite. Sie durfte nicht länger dieser Gefahr ausgesetzt sein – ebenso wenig wie Finn oder Mia. Einfach keiner von ihnen. Ich bezweifelte, dass ich jemals die Wahrheit über Dr. Freeburg herausfände. Ich würde niemals wissen, ob ich für seinen Tod verantwortlich war, und damit musste ich leben.

Es gab nur einen Weg, um herauszubekommen, wie gefährlich ich wirklich war: die Droh-E-Mails, die Mia erhalten hatte. Falls ich sie geschickt hatte, war mir nicht mehr zu helfen. Dann müsste ich dafür sorgen, dass ich nie wieder einen anderen verletzen könnte. Ich musste es so schnell wie möglich wissen, bevor ich meine Freunde weiter in Gefahr brachte.

»Parker?«, flüsterte sie. Es kostete Addie nur einen Augenblick, bis sie verstand. Tränen flossen ihr über die Wangen. Aus dem Nebel formten sich dicke Wolken, die sich über uns auftürmten, und dann setzte der Regen ein. Ich war nur Zentimeter von ihr entfernt, aber sie konnte mich dennoch nicht mehr sehen, nur noch spüren.

Der Schmerz in ihrem Herzen traf mich mit solcher Wucht, dass ich gezwungen war, nach Atem zu ringen. Kurz darauf folgte eine Angst, die ich nicht einordnen konnte. Wahrscheinlich fürchtete sie sich vor mir. Obwohl ich es verdient hatte, tat es mir in der Seele weh. Sie glaubte an mich, während ich es nicht tat. Das Wissen, dass sie Angst vor mir hatte, erfüllte mich mit einer Verzweiflung, die meinen Plan zu durchkreuzen drohte. Ich stand kurz davor, alles zurückzunehmen – nur damit sie wieder Vertrauen zu mir hatte.

»Verlass mich nicht«, stieß Addie keuchend hervor. »Nicht so, nicht freiwillig.«

Ich schob beide Hände unter meine Oberschenkel. Ihre Gefühle rissen meine Entschlossenheit in tausend Stücke, aber sie durften nicht die Oberhand gewinnen. Ich würde Addie mit aller Macht beschützen.

Sie streckte die Arme aus, und ihre Hände glitten direkt durch mich hindurch. Es fühlte sich an wie eine warme Brise. Ich drückte meine Finger noch fester in den Boden, zwang sie zur Untätigkeit.

Ich spürte, wie sich Addies Gefühlswelt veränderte, noch bevor ich es in ihrem Gesicht sah. Sie war wütend.

Damit kam ich klar. Sollte sie doch wütend sein. Nach allem, was ich ihr und allen anderen angetan hatte, verdiente ich weitaus mehr als einen Wutausbruch. Ich verdiente Hass, doch der wollte sich nicht einstellen.

Sie stampfte wild auf und schrie immer wieder meinen Namen, zusammen mit ein paar unflätigen Worten, die ich sie im echten Leben noch nie hatte benutzen hören. Der Regen war von gelegentlichen Blitzen durchzogen, aber es dauerte nicht lange, bis er allmählich nachließ.

Schließlich rollte sie sich einen Meter von mir entfernt zu einer kleinen Kugel zusammen und weinte. Es war schrecklich, sie beobachten zu müssen und den Schmerz zu sehen, den ich verursacht hatte, auch wenn meine Absichten gut waren. Das Gefühl der Verlassenheit, das sie erfüllte, war überwältigend. Mir war es ähnlich ergangen, als mein Dad nicht zurückgekommen war. Es war der schlimmste Schmerz, den ich jemals erlebt hatte. Ähnlich musste es auch Mom ergangen sein.

Und jetzt hatte ich genau dasselbe Addie angetan – ich war keinen Deut besser als er.

Ich streckte mich auf dem weichen, trüben Boden aus, nur eine Armeslänge von ihr entfernt. Doch ich verbot mir, sie zu berühren. Ich zwang mich, dem Schmerz, für den ich verantwortlich war, in die Augen zu sehen. Ich verdiente eine Bestrafung für das, was ich getan hatte – für alles, was ich getan hatte.

Der Regen verwandelte sich in einen echten Wolkenbruch. Als ich mir über die Lippen leckte, stellte ich überrascht fest, dass sie salzig schmeckten. Ich konnte nicht sagen, ob es der Regen war oder meine eigenen Tränen, gemischt mit Wasser.

28

Die Morgensonne strömte durch die Jalousien des Krankenhausfensters. Ich rollte mich auf die andere Seite und versuchte, die Augen zu schließen. Doch da erschien das Bild der weinenden Addie, und sie flogen jäh wieder auf. Bei jedem Wimpernschlag kehrte sie zurück. Ihr gequältes Gesicht hatte sich auf die Innenseite meiner Lider gebrannt wie ein grelles Nachbild, nachdem man direkt in die Sonne gestarrt hatte.

Ich schnappte mir die Fernbedienung und brachte mein Bett in Sitzposition. Die Maschinen, die in der Stille summten, ließen mich schaudern. Zu diesem Zeitpunkt gab es nur noch eine Möglichkeit. Ich musste zu meinem Computer nach Hause.

Wir sind alle gefährlich.

Addies Worte wirbelten in meinem Kopf herum.

Wir verletzen andauernd andere Menschen, ohne es zu wollen.

Selbst wenn du ihn umgebracht haben solltest, ist es in einem Traum passiert. Du konntest nicht wissen, dass es Auswirkungen auf die Realität hat.

Du würdest niemals jemanden absichtlich verletzen.

Sie könnte recht haben. Ich hätte es niemals für möglich gehalten, einen Träumer verletzen zu können, und ich wusste immer noch nicht mit Sicherheit, ob ich es getan hatte. Das spielte allerdings keine Rolle – ich würde es nie mehr wieder probieren. Die Frage lautete jedoch: Konnte ich ein solches Versprechen wirklich geben? Selbst wenn ich niemandem mehr wehtäte, wie viel Kontrolle hatte der Dunkle über mich? Konnte er jemanden verletzen, auch wenn ich es gar nicht wollte? Dieses Risiko konnte ich nicht eingehen.

Die E-Mails waren im Grunde das Einzige, was mir einfiel, um das Ausmaß seiner Macht zu erfahren. Jemand anders hätte die Adresse anlegen können, um mir die Sache in die Schuhe zu schieben. Oder ich hatte sie selbst angelegt – der *Dunkle*. Bei dem Gedanken schoss mir der kalte Schweiß aus allen Poren. Wenn es mir gelänge, mich einzuloggen – wenn es ein Passwort war, das nur für mich Sinn ergab –, dann wüsste ich, dass der Dunkle das Monster war, das Mia verfolgte. Und ich müsste mit dem Horror fertigwerden, zu dem ich geworden war.

Ich blickte mich in dem leeren Krankenhauszimmer um. Normalerweise genoss ich das Alleinsein, aber nach Addies Traum war es wie eine einstimmige Übereinkunft aller Menschen in meinem Leben, dass ich keine Besucher verdiente. Als hätten sie endlich erkannt, was ich war, und wollten nun nichts mehr mit mir zu tun haben. Das ergab natürlich keinen Sinn, und ich wusste, dass sie nicht so dachten, aber ein gewisser Teil von mir glaubte allmählich, dass sie es sollten. Ich zog das Kabel zum Herzmonitor und die Blutdruckmanschette ab, einfach alles, was mich mit diesem Ort verband.

Die Maschinen spielten verrückt, und die Tür zu meinem Zimmer ging ruckartig auf. Patti stürzte herein und stieß ein genervtes Seufzen aus, als sie erkannte, dass ich die Geräte wieder selbst ausgestöpselt hatte. »Alles klar?«, fragte sie und schaltete die laut piepsenden Maschinen um mich herum aus.

»Ja. Alles klar. Ich hatte es nur satt, hier untätig rumzuliegen.«

Meine Tür schwang wieder auf, und ich konnte kaum ein Stöhnen unterdrücken, als Addie eintrat. Ihr Haar war auf einer Seite ein wenig flach gedrückt, was darauf hindeutete, dass sie aus dem Bett gerollt und geradewegs ins Krankenhaus gefahren war. Ihre Augen waren rot, verquollen und anklagend.

Aber natürlich, das eine Mal, wenn es mir in den Kram passen würde, dass jemand seinen Traum vergaß, war dem nicht der Fall.

»Das wird schon«, sagte Patti. »Wahrscheinlich wirst du sowieso in ein oder zwei Stunden entlassen.« Sie drehte sich zu Addie. »Gib mir Bescheid, wenn er Probleme hat.«

Bei dieser Wortwahl musste ich laut losprusten, und sie funkelte mich böse an. Abwehrend hob ich die Hände, während sie aus der Tür marschierte.

Addie schob lautlos einen Stuhl neben das Bett, aber ich konnte ihr nicht in die Augen sehen. Der Schmerz in ihnen bohrte sich wie ein Eiszapfen durch die Wirbelsäule in mein Herz. Ein paar qualvolle Minuten lang brachte sie keinen Ton heraus. Als sie schließlich sprach, klang ihre Stimme heiser und rau.

»Tu mir das ja *nie wieder* an!«

»Addie, du verstehst das nicht.« Meine Worte glichen einem Keuchen. Ich würde sie beschützen, ob sie das nun verstand oder nicht.

»Freeburg war das Monster, Parker. Nicht du.« Ihre Stimme klang flehend. »Du kannst nicht mal mit Sicherheit sagen, dass du ihn getötet hast.«

»Aber ich bin derjenige, der damit leben muss, es nicht zu wissen, Addie – *ich*«, murmelte ich, ohne aufzublicken. »Kannst du mit Bestimmtheit sagen, dass du dich in meiner Lage gut fühlen würdest?«

Sie schwieg.

»Es spielt keine Rolle, ob wir zusammen sind oder nicht.« Addie beugte sich vor und versuchte, Blickkontakt mit mir aufzunehmen, aber das konnte ich nicht zulassen. Wenn es ihr gelänge, würde ich sofort schwach werden. »Parker, du kannst nicht davor weglaufen – nicht vor mir.«

Ich nahm all meine Kraft zusammen und verbannte jedes Gefühl aus meinen Augen. Ich würde Addie beschützen, selbst wenn das bedeutete, ihr wehzutun. Nach kurzem Zögern sah ich ihr direkt in die Augen.

»Zwischen uns ist nichts …«

Da wurde die Tür zu meinem Zimmer geöffnet, und meine Mom kam mit einem Stapel Papiere in der Hand herein. Ein viel älterer Mann in einem langen weißen Kittel folgte ihr. Ich hatte das Gefühl, ihn in einer meiner verworrenen Wachphasen schon einmal gesehen zu haben.

»Oh, hallo Addie.« Mom blinzelte ihr tatsächlich verschwörerisch zu, als sie sie ansah. »O nein, du warst hoffentlich nicht die ganze Nacht hier, oder?«

Addie strich sich übers Haar und schüttelte den Kopf. Mit einem Mal schien sie peinlich berührt zu sein. Den

Tränen nahe, streckte sie den Arm aus und drückte mir mit einem Stirnrunzeln und einem raschen Kopfschütteln die Hand. Die Botschaft war klar – wir waren noch nicht fertig. Sie blickte zu meiner Mom und hastete dann aus dem Zimmer.

Mom sah mich mit hochgezogener Augenbraue an, doch ich zuckte nur mit den Schultern.

»Gute Neuigkeiten.« Sie zeigte auf den Arzt. »Dr. Rees meint, du könntest gleich mit mir nach Hause kommen.«

Dr. Rees ging zum Bett, holte eine winzige Taschenlampe heraus und überprüfte meine Augen, bevor er mit diesem lächerlich kleinen Hammer gegen meine Knie schlug. Meine Beine zuckten auf Befehl. Während er redete, schaltete er die restlichen Monitore aus, zog den Infusionsschlauch heraus und reichte mir ein Wattebällchen, um die Blutung an der Einstichstelle zu stillen.

»Tut dir irgendetwas weh, Kleiner?«

Ich zuckte zusammen. Ich war nicht mehr Kleiner genannt worden, seit ich ungefähr sechs war. Der Mann meinte es gut, aber er kratzte an meinen ohnehin schon freigelegten Nerven. Ich musste hier weg.

»Nur leichte Kopfschmerzen.«

Er nickte und beäugte mich ein letztes Mal. »Das war zu erwarten.« Er drehte sich zurück zu Mom und zeichnete eines der Papiere ab, das sie hielt. »Er sollte es lieber noch eine Woche lang ruhig angehen lassen und viel liegen, um seinen Körper so gut es geht zu schonen, während sein Gehirn sich erholt.«

Ich verbiss mir ein Lachen, und Mom warf mir einen verärgerten Blick zu. Mein Sinn für Humor war schon so verdreht wie der Rest von mir.

»Klingt machbar.« Mom schüttelte ihm die Hand, und er ging aus der Tür. »Bereit?«

»So bereit wie nur möglich.«

Als ich einen tiefen Atemzug holte, ignorierte ich die Panik, die von meinem Gehirn in meine Wirbelsäule schoss. Das war es.

Ich stand auf und zwang meine Beine, sich zu bewegen. Mom wartete im Korridor, während ich mich anzog und mein Zeug zusammensuchte. Ein riesiger Bulldozer aus Schmerz überrollte mich, als ich Addie und Finns Karte mit den Genesungswünschen hochhob.

Es war an der Zeit, sich meinem schlimmsten Feind zu stellen – mir selbst. Ich musste wissen, ob ich für die Droh-E-Mails verantwortlich war, die Mia erhalten hatte. Ob ich Dr. Freeburg nun umgebracht hatte oder nicht, so würde ich zumindest herausfinden, ob ich die Kraft hatte, den Dunklen in Schach zu halten, ihn zu kontrollieren. Wenn mir das nicht gelang, müsste mir das Handwerk gelegt werden.

Ein letztes Mal sah ich mich in dem leeren Krankenhauszimmer um und knipste das Licht aus.

29

Meine Finger erzeugten ein sonderbares Klappern, während sie über die Tasten glitten. Sie hörten einfach nicht auf meine Kommandos. Anscheinend wollten sie ebenso wenig wie ich das richtige Passwort eintippen. Als die Tastatur vom Schreibtisch in meinen Schoß fiel, schob ich sie wieder auf die Tischplatte, lehnte mich in meinem Stuhl zurück und hievte die nackten Füße auf den Computertower. Ich musste mich beruhigen. Ich konnte jetzt keinen Rückzieher machen.

Das Telefon im Wohnzimmer klingelte wieder, und ich hörte, wie Mom abhob.

»Hallo?«, sagte sie. »Tut mir leid. Parker fühlt sich noch nicht gut genug, um Besuch zu empfangen.« Sie stieß ein Seufzen aus. »Ich weiß. Ich werde ihm sagen, dass du angerufen hast.«

Offenbar waren es Finn oder Addie. Mom nahm an, dass ich schlief, denn sonst wäre sie hereingekommen, um mir zu sagen, dass einer von ihnen mit mir sprechen wollte … schon wieder. Es war das fünfte Mal, dass einer von ihnen vorbeigekommen oder angerufen hatte, seit ich heute Morgen auf dem Weg vom Krankenhaus mein Handy ausgeschaltet hatte. Aber Mom schien es nicht zu stören, mich vor ihren unzähligen Anrufen und Besuchen abzuschirmen. Anscheinend gab es ein ungeschriebenes Gesetz: Wenn ein Kind eine Nahtoderfahrung hatte, bekam es eine Weile alles, was es wollte. Und war es denn wirklich zu viel verlangt, allein sein und etwas Ruhe haben zu wollen?

Ich atmete dreimal tief ein und setzte mich wieder auf. Als ich meine Handgelenke fest in das Tastatur-Pad drückte, schien das Zittern ein wenig nachzulassen. Im Ein-Finger-System tippte ich schwerfällig die E-Mail-Adresse in das Anmeldefenster. Jedes Mal, wenn ich eine Taste drückte, hörte es sich an, als würde ein Hammer in meinem Kopf explodieren.

Mein Fußballtrikot hing an einem Haken an der Tür. Die Acht war in unheilverkündendem Schwarz über vertikalen blauen und gelben Streifen gedruckt. Ich ließ die Eins in meiner normalen Adresse aus und tippte nur die Acht. Zaghaft versuchte ich zu erraten, was der Dunkle als Passwort benutzt haben könnte.

Der Dunkle – nein

Mia – nein

Traumseher – nein

Mir blieb nur noch ein Versuch, bevor das Sicherheitssystem den Account für eine Stunde sperren würde. Der Dunkle lachte mich aus einer Ecke meines Verstands höhnisch aus. Was könnte es sonst noch sein? Aus Frust gab ich das Passwort meiner normalen E-Mail-Adresse ein: *fu3ball*. Ein Wort blitzte auf dem Bildschirm auf.

BITTE WARTEN.

Das ließ mich taumeln. Keuchend schnappte ich nach Luft. Ich rammte den Finger in die Ein/Aus-Taste am Monitor, bevor irgendetwas erscheinen konnte. Trotzdem spürte ich, wie die geheimen E-Mails mich hinter dem Bildschirm zu sich heranzogen.

Mehr Luft, ich brauchte mehr Luft. Ich krabbelte zu meinem Bett und trommelte mit den Fäusten gegen das Fenster. Wie benommen schlug ich mit dem einzigen Gegenstand, der in Reichweite auf meinem Schreibtisch stand, darauf ein, dem Fußballpokal von letztem Jahr. Wieder und wieder hämmerte ich mit dem winzigen Fußballspieler aus Messing gegen das Glas, bis ich es splittern hörte. Dann war die undurchsichtige Barriere nicht mehr im Weg. Die Luft in meinem Zimmer schien unerträglich dünn zu sein. Jeder Atemzug war ein einziger Kampf.

Es stimmte also. Der Dunkle war der Stalker. Er hatte Mia die E-Mails geschickt. Nein, *ich* hatte es getan. Egal ob ich ihn bemerkte oder nicht, ihn kontrollieren konnte oder nicht, er war *ich*.

Bilder der vergangenen paar Wochen schwebten wie Geister in der Gruft meines Bewusstseins, einer kargen Ödnis, wo sie mich folterten und plagten, aber nie lang genug stillhielten, damit ich sie verscheuchen konnte. Erinnerungsfetzen schoben sich vor mein geistiges Auge: Finn, dessen Wange bereits angeschwollen war, während er mich von seinem Spind aus anfunkelte; Mia, die sich mit blutbeschmierter Stirn hinkauerte; Addie, die mich in ihrem Traum schluchzend anschrie, bis sie heiser war.

Dann barsten die Bilder durch die zum Selbstschutz von mir mit aller Sorgfalt erbauten Schleusentore: Mias Eltern, die in den Flammen zerflossen. Der Dunkle, der mit seinem wahnhaften Lächeln mitten auf der Straße stand. Ich, der Mia durchs Fenster beobachtete. Dr. Freeburg, dessen

Hand an Mias Bein hinaufglitt. Der blutige Briefbeschwerer in meinen Fingern. Der Dunkle, der so lange auf Mias Kopf einprügelte, bis heißes rotes Blut herausquoll. Die Bilder ließen mich nicht aus ihrer Umklammerung. Sie waren meine ständigen Begleiter.

Und da war *er*, lehnte sich gegen die Wand in der Ecke meines Zimmers. Seine kalten Augen schienen alles zu bestätigen, was ich seit Langem im Stillen befürchtet hatte. Meine vermeintliche Stärke war eine völlige Illusion. Er hatte die absolute Macht – immer und überall.

»Jetzt denkst du also, du kennst all meine Geheimnisse?« Der Dunkle kicherte höhnisch und schüttelte den Kopf. »Da machst du es dir etwas zu einfach.«

Ein Hämmern ertönte an meiner Tür. Sie war abgeschlossen. Irgendwie erkannte ich den Klang von Moms Stimme, die etwas wegen eines Schlüssels rief. Mom hörte sich verängstigt an. Ich fragte mich verwundert, ob sie ahnte, dass sie dort draußen sicherer war als hier drinnen mit mir. Aus der Nähe des Fensters drang ein schreckliches Heulen zu mir. Es kam von draußen oder vielleicht aus meinem Kopf. Vielleicht war es das Geräusch, das Dr. Freeburg von sich gegeben hatte, als ich ihn tötete.

Ich beugte mich aus dem Fenster und übergab mich in die Büsche. Das Heulen verstummte. Erst jetzt erkannte ich, dass das fürchterliche Geräusch von mir stammte.

Die Tür flog auf, und im nächsten Moment war Mom neben mir und zerrte mich vom Fenster weg. Sie zog mich zurück zum Bett und redete mit sanfter Stimme auf mich ein.

»Parker! O nein, o nein!« Sie schnappte sich ein Handtuch vom Bettende und wickelte es mir um die Hände.

Das war gut. Jemand musste mich festbinden ... mich wegsperren, damit alle anderen in Sicherheit waren. Aber Mom tat es nur, um das Blut zu stillen, das aus den Schnitten an meinen Armen quoll. Warum blutete ich? War es mein Blut oder das eines anderen?

Wusste sie nichts von all dem anderen Blut, das an meinen Händen klebte? Von dem Schmerz, für den ich verantwortlich war? Konnte sie den nicht ebenfalls stillen?

»Nein. Nein. Ist schon okay. Schsch, ist okay.« Ihr Gesicht war feucht, als sie sich neben mich kniete und mich mit warmherzigen braunen Augen ansah.

Die Muskeln in ihrer Wange zuckten, und ich sah die Angst hinter ihren zitternden Händen. Sie versuchte, stark zu sein, immer stark zu sein. »Es war nur ein Albtraum. Der geht vorbei. Schsch.«

Ich wollte ihr zurufen, sie solle die Flucht ergreifen, so schnell wie möglich vor mir weglaufen, aber ich war so schwach. Ich war jenseits aller Worte, so weit von ihnen weg, ich bekam sie längst nicht mehr zu fassen. Meine Hände und Arme bluteten immer noch leicht. Ich war innerlich und äußerlich mit Blut besudelt: meine Kleidung, mein Laken, meine Gedanken.

Der Dunkle stand auf der anderen Seite des Zimmers und beobachtete uns. Ich schloss die Augen und atmete den Geruch meiner Mom ein, eine Mischung aus Pfefferminzkaugummi und Rosenlotion, die mir immer ein Gefühl der Geborgenheit gegeben hatten. Ich versuchte, den Duft in mich aufzusaugen, mit ihm all meine Gedanken wegzuwischen.

Den Dunklen wegzuwischen.

Meine Augen waren geschlossen, aber ich schlief nicht. Zeit war ein verworrenes, abstraktes Gebilde, das längst keine Rolle mehr spielte. Die vergangenen zwei Tage hatte ich größtenteils damit verbracht, mir die Träume meiner Mom anzuschauen, die weißen Wände meiner eigenen Leere anzustarren oder im Bett zu liegen und so zu tun, als würde ich schlafen. Die Träume meiner Mom waren von Sorgen um mich erfüllt. Sie trieben mich in unsägliche Schuldgefühle, die mich erst wieder morgens aus ihrem festen Griff entließen. Dennoch waren sie besser als der Albtraum, in den sich mein Leben verwandelt hatte.

Die Verbände an meinen Armen juckten. Meine Hände heilten so schneller, doch mein ganzer Körper war mit Schnitten und kleinen Wunden übersät. Ein Pappkarton dichtete das Loch ab, wo früher die Glasscheibe gewesen war. Ich hätte das Fenster einfach öffnen können. Es einzuschlagen war keine sonderlich brillante Idee gewesen – oder zumindest keine, die von gesundem Menschenverstand zeugte.

Während des Krankenhausaufenthalts hatte ich mein Schlafdefizit etwas reduziert, weshalb mein leidlich ausgeruhter Verstand sich weigerte, einfach aufzugeben, so wie ich das eigentlich vorgehabt hatte. Ich brauchte einen Plan, und meine überstrapazierte Gefühlswelt konnte kein stichhaltiges Argument dagegen liefern. Leugnen war kein Ausweg. Ebenso wenig, das Fenster mit einem Pokal zu zertrümmern, mir die Arme zu zerschneiden und mich zu übergeben – auch wenn es einen Versuch wert gewesen war.

Eine Sache tauchte immer wieder an die Oberfläche, wie ein Körper, der nicht richtig am Boden eines Gewässers vertäut war. Ich musste meine Entscheidungen jetzt treffen, solange ich noch ausgeruht war. Es war der einzige Weg, um mit Sicherheit sagen zu können, dass ich noch genug Kontrolle über mich hatte.

Ich setzte mich im Bett auf und zog mir Schuhe an. Das Haus war ruhig, und ich brauchte frische Luft zum Nachdenken. Wenn ich mich an Mom vorbeischleichen konnte, würde ich es zur Hintertür schaffen und für ein paar Minuten richtig atmen.

Ich stand auf, und ein Schauer glitt durch mich hindurch. Das passierte alle paar Minuten, präzise wie ein Uhrwerk. Nichts, was ich tat, konnte es verhindern. Mein Körper wollte sich der abscheulichen Kreatur entledigen, die in ihm hauste. Er wollte, dass ich verschwand, und ich wünschte, ich könnte ihm diesen Gefallen tun. Höchstwahrscheinlich hatte ich bereits einen Menschen auf dem Gewissen, und das Einzige, was mir einfiel, um vielleicht ansatzweise Wiedergutmachung zu leisten, war, dafür zu sorgen, dass kein zweiter folgte.

Auf dem Weg zur Toilette kam ich an der Küche vorbei. Auf dem Notizzettel am Tisch stand, dass Mom einkaufen gegangen war, was mir ein paar Minuten ungestörte Ruhe verschaffte. Ein Blick in den Spiegel ließ mich erneut schaudern. Meine Haut hatte einen sonderbaren Grünstich, und trotz der Extraportion Schlaf zeichneten sich meine blauen Augen blass gegen die dunklen Ringe unter ihnen ab. Ich sah aus wie der Tod. Vielleicht war ich auch der Tod.

Nachdem ich aus der Hintertür geschlurft war, zog ich einen der schmiedeeisernen schwarzen Stühle auf die Veranda und plumpste hinein. Das Metall war eiskalt, was ich selbst durch meine Jogginghose spürte, doch mein Verstand war durch die Kälte klarer und geschärft. Ich rieb mir mit den Händen über die Arme und wünschte, die Sonne würde hinter den Wolken hervorkommen, wenn auch nur für ein paar Minuten.

Okay, kein weiteres Zeitschinden. Ich brauchte einen Plan. So wie ich die Lage sah, hatte ich drei Optionen: Ich konnte weglaufen, mich der Polizei stellen oder mich umbringen.

Ich klopfte mit den Fingerknöcheln gegen die eiserne Tischplatte und schüttelte den Kopf. Ich hatte zu viel Zeit und Energie darauf verwandt, mich am Leben zu halten, als dass Selbstmord infrage käme. Außer natürlich, es wäre die einzige Möglichkeit, um mich vom Töten abzuhalten oder Mia zu retten.

Ein Geständnis würde seine ganz eigenen Probleme nach sich ziehen. Je länger ich darüber nachdachte, desto mehr kam ich zu dem Entschluss, dass mir sowieso niemand glauben würde. Es war unmöglich, etwas zu beweisen. Mein Geständnis würde Löcher aufweisen, die groß genug waren, um mit einem Leichenwagen hindurchzupreschen.

Angenommen, sie würden mich vors Erwachsenengericht stellen und für schuldig erachten – was ich beides bezweifelte – und mich nicht in eine Nervenheilanstalt einweisen – wiederum eher unwahrscheinlich –, konnte ich mir nicht einmal ansatzweise vorstellen, wie schrecklich es wäre, jede Nacht in den Träumen der anderen Kriminellen im Gefängnis zu stecken.

Der Wind frischte auf und wirbelte ein paar Blätter über den Rasen. Ich schauderte. Ein Teil von mir hielt es für eine gerechte Strafe, dass ich mir die Träume von Mördern und Dieben ansehen müsste. Der andere Teil wusste, dass es alles verschlimmern könnte. Mein Instinkt warnte mich, dass der Dunkle mit jedem Tag mehr Kontrolle über mich gewinnen würde, wenn ich von Verbrechern umgeben war, ihre Träume ertragen und ihre Gefühle durchleben musste.

Nein. Lieber wäre ich tot, als lebend mit ansehen zu müssen, wie der Dunkle die völlige Macht übernahm.

Im nächsten Moment stand ich auf, ging zum Geländer und lehnte meine bandagierten Arme auf das verwitterte Holz. Mir blieb nur eine Möglichkeit. Weglaufen wäre ein Schritt in die Ungewissheit, aber zumindest würde ich die Menschen, die ich liebte, nicht länger in Gefahr bringen. Vielleicht könnte ich in die Wüste fliehen oder in die weiten Wälder, irgendwohin, wo ich völlig allein war. Mein altes Leben war vorbei.

Ich blieb draußen auf der Veranda, bis mein Körper vor Kälte schmerzte, dann ging ich zurück zu meinem Computer und setzte mich. Leere erfüllte mich, als ich ihn anschaltete und der Bildschirm zum Leben erwachte. Jede Hoffnung, die jemals in mir gewesen war, wurde mit einem Schlag zerstört, als ich die erste E-Mail öffnete und zu lesen begann.

Eigentlich hatte ich erwartet, dass Erinnerungen an die E-Mails in mir aufblitzen würden, nun, da ich die Wahrheit akzeptiert hatte, doch nichts geschah. Ich war nicht sicher, ob ich einfach einen schützenden Wall um mich errichtet hatte oder ob der Dunkle sie einfach für sich behielt. Wie dem auch sei, ich war dankbar. Das Wissen, dass er derart viel Macht hatte, genügte mir. Ich wollte mich überhaupt nicht an weitere Einzelheiten erinnern.

Im Laufe der nächsten Stunde zwang ich mich, jeden widerwärtigen Satz zu lesen, den ich Mia geschickt hatte. Jedes Wort, jede Drohung, jede abscheuliche Liebeserklärung. Ich las sie immer und immer wieder, bis ich emotional taub war. Die E-Mails ließen Bilder aus ihren Albträumen in mir aufsteigen – Feuer und Blut. Der einzige Zeitraum, in dem sie keine erhalten hatte, war während meines Aufenthalts im Krankenhaus. Sie musste fürchterliche Angst ausgestanden haben – sollte immer noch Angst haben.

Ich verglich das Datum der letzten E-Mail mit dem Datum in der Ecke meines Computerbildschirms – gestern. Letzte Nacht, als ich mir einen weiteren besorgten Traum meiner Mom angesehen hatte und zum ersten Mal seit knapp einer Woche wieder in meinem eigenen Bett geschlafen hatte.

Ich krümmte mich zusammen und legte die Arme schützend um meinen Kopf, bis mein Körper zu zittern aufhörte. Selbst jetzt hatte ich weniger Kontrolle über mich, als ich dachte.

Dann öffnete ich noch einmal die letzte E-Mail und verdrängte jedes Gefühl, während ich sie mir genauer besah. Es war die kürzeste von allen, nur sieben Worte lang.

Die Zeit ist reif – Zeit zu sterben.

Ich unterdrückte die leise Stimme in meinem Kopf, die sich gegen die Vorstellung auflehnte, dass dies *meine* Worte waren. Dieser Selbsttäuschung durfte ich nicht länger erlegen. Der Inhalt war klar. Ein Teil von mir, so tief in mir vergraben, dass ich ihn kaum spürte, wollte Mias Tod – und das schon bald.

Aber warum? *Warum* sollte ich Mias Tod wollen? Sie war die Einzige, die mich retten konnte.

Nun, das spielte jetzt keine Rolle mehr. Es waren nicht meine Beweggründe, sie stammten von dem Dunklen. Eigentlich müsste es eine Erleichterung sein, dass immerhin noch ein Teil von mir existierte, der das Monster in mir nicht verstand. Dann platzten Bläschen der Wut durch meine Benommenheit. Er hatte alles zerstört. Mir meine letzte Hoffnung genommen, mein Leben, meine Freunde, selbst die Möglichkeit, in der Nähe all jener zu sterben, die ich liebte. Der Dunkle war mein Feind, und ich verspürte den unbändigen Drang zu töten, den ich auch in Dr. Freeburgs Traum verspürt hatte. Ich wusste, wäre ich in der Lage, würde ich diesem Instinkt gnadenlos nachgeben. Ich würde den Dunklen umbringen. Er war gefährlich – für mich und alle um mich herum. Ich hatte die Tastatur vor mir so fest umklammert, dass sich die Haut unter meinen Daumennägeln lila verfärbte.

Aber wie bekämpfe ich einen Feind, der in mir steckt?

Mein Zorn brach aus wie ein Vulkan, und ich schleuderte die Tastatur gegen die Wand. Die Tasten platzten wie Glasscherben aus ihrer Verankerung und schossen mit tödlicher Geschwindigkeit durchs Zimmer, nur um dann harmlos auf dem Boden zu landen – genau wie ich. Ich hatte einen Feind und wollte ihn zerstören, aber ich konnte nichts gegen ihn unternehmen. Ich war machtlos.

Wie in Zeitlupe schaltete ich den Computer und die Lichter aus. Dann zog ich die Tür zu, sperrte ab und sank wie ein zusammengeknülltes Blatt Papier auf den Rand meines Betts.

Die Wahrheit endlich akzeptiert zu haben brachte mir ein Stück Frieden. Wenn ich keine Macht hatte, warum sollte ich dann kämpfen?

In der folgenden Stille verbannte ich jeden Gedanken aus meinem Bewusstsein. Mein Wille zog sich zurück. Egal, was der Tod für mich bereithalten würde, konnte es denn wirklich schlimmer sein als das hier?

Die Tür zur Garage öffnete sich, und ich hörte, wie Mom in der Küche herumhantierte. Schon bald würde ich weglaufen, und dann wäre sie allein. Bilder ihres Schmerzes, als Dad verschwunden war, durchbohrten meinen Verstand wie Dolche, und jeder Stich ließ mehr Blut fließen als der vorherige. Ich setzte mich auf, atmete tief ein und ließ den Sauerstoff die Wunden in meinem Gehirn heilen.

Ich konnte sie nicht in dem Glauben lassen, dass auch ich wortlos abgehauen war. Finn, Addie – keiner von ihnen verdiente das. Und das war etwas, worüber ich die Kontrolle hatte. Ich würde nicht zulassen, dass der Dunkle ihnen noch mehr Leid zufügte, als er es sowieso schon getan hatte.

Da klopfte es an meiner Tür, und ich öffnete. Die Sorgenfalten meiner Mom waren zu qualvoll, als dass ich ihr ins Gesicht sehen konnte, und so schlang ich einen Arm um sie und zog sie fest an mich. Sie entspannte sich an meiner Brust und lachte.

»Gott sei Dank«, war alles, was sie sagte. Bei ihrer Erleichterung hätte ich am liebsten gelächelt und gleichzeitig geschrien.

»Ich liebe dich, Mom.«

»Das weiß ich, Liebling. Ich liebe dich auch.« Sie seufzte. »Alles wird gut.«

Mom tätschelte mir den Rücken, und ich fühlte mich wieder, als wäre ich fünf Jahre alt. Irgendwie wusste ich, dass sie recht behalten würde. Für all die, die ich liebte, würde ich die Sache in Ordnung bringen – auf die einzige Art, die mir blieb. Ich würde ihnen erklären, warum ich gehen musste. Was ich für sie empfand. Wie leid es mir tat.

Ich würde ihnen die Wahrheit sagen.

30

Ich blieb lange wach, um die Briefe zu schreiben. Es waren vier: an Mom, Finn, Addie und Mia. In den ersten drei stand, wie wichtig sie mir waren, dann folgte eine Erklärung, warum ich wegmusste. Der Brief an Mia war eine Entschuldigung, die nicht einmal im Ansatz wiedergutmachen könnte, was ich ihr angetan hatte.

Ich war emotional ausgelaugt, aber weder erschöpft noch müde, als ich mit Schreiben fertig war. Mom war schon vor Stunden ins Bett gegangen, und bei dem Gedanken, dass ihre Träume heute Nacht glücklich sein würden, musste ich lächeln. Das hatte sie verdient – eine Nacht des Glücks, bevor ich sie zerstörte, indem ich davonlief. Ich hoffte, der Brief wäre ihr eine Hilfe, aber ich konnte mich nicht selbst belügen. Sie würde nie mehr dieselbe sein, und das war allein meine Schuld.

In der Küche war es ruhig, als ich mir etwas zu trinken eingoss. Anfangs tat ich so, als hätte ich seine Stimme nicht gehört, aber der Dunkle war hartnäckig.

Er lachte. »Du vergisst. Ich bin in deinem Kopf. Ich weiß, dass du mich hören kannst.«

Ich sog die Luft tief in meine Lungen und wandte mich zu ihm um. »Hören und Zuhören ist nicht dasselbe.«

Er lehnte an der anderen Seite der Küche gegen die Wand. Ich hasste es, wie selbstbewusst und entspannt er aussah.

Der Dunkle – Träume der absoluten Macht.

Sein Grinsen verwandelte sich in einen mürrischen Gesichtsausdruck. »Wohin willst du?«

»Ist egal.« Ich rollte den Kopf hin und her. Genau wie der Dunkle schien die Anspannung in meinen Muskeln nie ganz wegzugehen.

»Wirklich?« Seine Augen glitzerten. »Du müsstest wissen, dass du nicht weit genug weglaufen kannst, um mir zu entkommen.«

»Ich laufe nicht vor dir weg.« Ich senkte den Blick auf die Briefe, die ich immer noch in der Hand hielt. »Ich laufe vor ihnen weg.«

»Wen, glaubst du, kannst du damit verarschen? Du glaubst, die Stadt zu verlassen, könnte dich retten? Du benutzt lächerliche Zahnseide, um mich im Zaum zu halten. Du hast immer noch nicht den leisesten Schimmer, wozu ich in der Lage bin.« Seine Fäuste waren geballt, und er schien sich jeden Moment auf mich stürzen zu wollen. »Du bist so stur, du mit deiner Überheblichkeit, alles besser zu wissen. Wenn du dich nur einmal entspannen und mir länger als fünf Minuten die Kontrolle übertragen würdest, könnte ich uns beide vielleicht am Leben erhalten.«

Ich sah ihm fest in die Augen und versuchte krampfhaft, meine Stimme ruhig klingen zu lassen. »Das wird niemals passieren.«

»Schlussendlich werde ich deine Erlaubnis nicht brauchen.« Der Dunkle kam auf mich zu. Sein ganzer Körper zitterte vor Wut. »Und das nächste Mal, darauf kannst du dich verlassen, gehe ich weiter als nur in den Garten dieses blöden Mädchens.«

Ich blinzelte, und er war verschwunden. Ich presste mir die Handballen auf die Augen und stieß einen Seufzer aus. Zumindest wusste ich jetzt, dass er nicht sehr weit gekommen war, als er die Kontrolle innegehabt hatte. Doch auch der Schaden, den er allein mit den paar E-Mails angerichtet hatte, war erschreckend.

Auf der Arbeitsplatte vor mir stapelten sich Nachrichten mit meinem Namen darauf. Die meisten waren von Addie und Finn. Ich würde mich nicht von ihnen verabschieden können. Vielleicht war ich ein Feigling, aber sie waren die Einzigen, die genug wussten, um mich von meinem Entschluss abbringen zu können.

Und ich mochte sie zu sehr, um das zuzulassen.

Vom Schreiben der Briefe hatte ich einen Krampf im Arm und schüttelte mein rechtes Handgelenk aus. Da sprang mir eine Nachricht von Jeff auf einem grünen Zettel ins Auge. Ich hob ihn hoch. Er war schon mehrere Tage alt. Er hatte für Dienstagvormittag ein Treffen der Kapitäne der Fußballmannschaften anberaumt – morgen. Wenn ich nicht käme, wollte das Team Matt anstelle von mir zum Ko-Kapitän ernennen. *Letzte Warnung* stand oben in Moms geschwungener Handschrift.

Interessant, dass sie mir nichts von dem Anruf erzählt hatte. Wahrscheinlich hatte sie mich nicht aufregen wollen. Es spielte keine Rolle mehr, aber … es hieß *Teams* … was bedeutete, dass Mia auch dort sein würde.

Bei der Vorstellung, von hier wegzugehen, ohne mich bei Mia zu entschuldigen, hatte sich etwas in mir gesträubt. Ich wollte ihr sagen, dass sie keine Angst mehr haben müsse und in Sicherheit sei, sobald ich fort war. Ich zögerte. Was war los? Waren das meine Gedanken oder die des Dunklen? Ein paar Minuten lang starrte ich auf das grüne Papier, aber ich verspürte nicht diesen bedrohlichen Drang, der mich schon so häufig angetrieben hatte. Ich nickte. Dieses Mal wäre es in Ordnung.

Die Schule war wegen der Herbstferien geschlossen, weshalb niemand außer uns da wäre. Jeff hatte jederzeit Zugriff auf die Schlüssel von Coach Mahoney, und es wäre die perfekte Gelegenheit, Mia ihren Brief zu geben, mich bei ihr zu entschuldigen und dann zu verschwinden – ohne jedes Risiko, zufällig Finn oder Addie über den Weg zu laufen. Sie wären alle in Sicherheit und ich weit weg. Vielleicht könnte ich Jeff sogar sagen, wie leid es mir tat, dass ich der unzuverlässigste Ko-Kapitän der Welt gewesen war.

Ich legte mir alles zurecht. Morgen früh würde ich Mom überreden, wieder zur Arbeit zu gehen. Dann würde ich dafür sorgen, dass die Briefe ihre Adressaten erreichten, während mir genügend Zeit blieb, so weit wie möglich von hier wegzukommen, bevor Mom auch nur merkte, dass ich verschwunden war. So wäre es das Beste. Je früher ich verschwand, desto weniger Zeit hatte ich, meine Meinung zu ändern.

Mein Rucksack war alles, was ich mitnehmen konnte. Seit dem Unfall hatte ich kein Auto mehr, und irgendjemandem würde es wahrscheinlich auffallen, wenn ich einen schweren Koffer hinter mir herziehen würde. Nachdem ich all mein Schulzeug aus dem Rucksack hinausgeworfen hatte, begann ich mit den Briefen und steckte Mias Umschlag vorsichtig in eine der Außentaschen. Den Rest legte ich auf den Schreibtisch. Ich würde sie auf der

Küchenzeile zurücklassen und Mom bitten, sie für mich zu verteilen. In diesen kleinen weißen Rechtecken steckte alles, was ich den Leuten, die mir am meisten am Herzen lagen, hinterlassen würde. Mein Leben und mein Ruf, fein säuberlich verschlossen in drei Umschlägen.

»Bist du sicher?« Stirnrunzelnd verlagerte Mom das Gewicht von einem pinkfarbenen Pantoffel auf den anderen. Die hatte ich ihr zum Muttertag gekauft. Mich ergriff ein ungutes Gefühl bei dem Gedanken, dass dies wohl das letzte Geschenk war, das sie jemals von mir erhalten würde.

»Na klar.« Ich legte ihr die Hände auf die Schultern und drehte sie zu ihrem Wandschrank um. »Du bist schon seit Tagen zu Hause. Deine Kunden sind meinetwegen wahrscheinlich schon obdachlos.«

»Denen fehlt nichts.« Sie lachte, und ihr Widerstand brach. »Bist du sicher, dass es nichts gibt, was ich für dich tun könnte? Es macht mir wirklich nichts aus hierzubleiben.«

»Zum fünfundsiebzigsten Mal, ja, ich bin sicher.« Ich holte ihr Handy vom Nachttisch und drückte es ihr in die Hand. »Und wenn doch, kann ich dich anrufen.«

Mom nickte, bevor sie sich wieder zum Wandschrank umdrehte. »Heute ist keine Schule. Wirst du zumindest Finn anrufen, damit er herüberkommt?«

Ohne nachzudenken, schüttelte ich den Kopf, und sie seufzte.

»Ihr zwei seid doch nicht schon wieder zerstritten, oder? Er und Addie scheinen sich solche Sorgen um dich zu machen.«

Ihre Besorgnis kam einem Schlag in den Magen gleich. »Ich brauche keine Babysitter. Mein Kopf tut weh, und ich will mich heute ein bisschen ausruhen. Später werde ich sie rüberbitten, okay?«

Mom nickte und holte ein Kostüm aus dem Schrank. »Ich bin mir sicher, damit tust du den beiden einen echten Gefallen.«

»Ich mach jetzt mal Frühstück.«

Sie ließ die Kleidung aufs Bett fallen und trat zu mir. »Warum lässt du mich das nicht machen, bevor ich gehe?«

Dem entnervten Seufzen, das meinem Mund entschlüpfte, folgten augenblicklich Schuldgefühle. Sie wollte sich nur um mich kümmern, und ich raubte ihr die Möglichkeit, das jemals wieder in ihrem Leben zu tun.

»Okay ... danke.« Mit einem Lächeln folgte ich ihr in die Küche.

Ich konnte mich nicht an meinen letzten Pfannkuchen erinnern. Es war nicht so, dass ich unter Pfannkuchenentzug litt, aber bisher war es wohl nicht erinnerungswürdig gewesen. Dieses Mal hingegen würde es sich für immer in mein Gedächtnis graben. Mom lachte und machte sich darüber lustig, wie viel Sirup ich nahm, während ich lächeln musste, als die Pfannkuchen in meinem Mund schmolzen. Es war der Inbegriff von Glückseligkeit, den ich zurücklassen würde – das Gegenteil von dem, was von nun an auf mich warten würde.

Meine Erlebnisse im Bus waren wenig erbaulich. Es roch nach Teer und Dreck. Mein Rucksack war voll und schwer, er stand kurz davor zu explodieren. Ich konnte ihn nicht unter dem Sitz verstauen und stieß damit ständig gegen andere Leute. Alle um mich herum waren unfreundlich und verärgert. Ich vermisste mein Auto.

Ich hätte den Wagen allerdings sowieso nicht mitnehmen können. Ich hatte zu viele Verbrecher-auf-der-Flucht-Filme gesehen, um zu wissen, wie leicht sie aufzuspüren waren. Nach der Schule würde ich zur Bank gehen und Geld von meinem Konto abheben. Mom und ich hatten dort fürs College gespart. Größtenteils Mom, aber ich katte meinen kleinen Beitrag geleistet, indem ich seit meinem zehnten Geburtstag jeden Sommer Rasen gemäht hatte. Es war nicht genug, um für immer zu reichen, würde mich aber zumindest eine Weile über Wasser halten.

Danach wäre die Autobahnraststätte an der Reihe. Dad hatte mir einmal erzählt, es wäre der beste Ort, um ein neues Leben zu beginnen. Seit dem Tag seines Verschwindens hatte ich diesen Gedanken nicht abschütteln können. Wenn er dort gestartet war, würde auch ich das tun.

Früher hatten wir häufig von Arizona gesprochen. Dass die Höhlen dort tagsüber kühl wären und man es mit der richtigen Ausrüstung nachts warm hätte. Ich war nicht sicher, wann ich den Entschluss getroffen hatte, nach Dad zu suchen, aber die Entscheidung kam mir richtig vor. Vielleicht hatte er die Antworten, die ich brauchte. Vielleicht war er auch überhaupt nicht dort. Wenn nicht, gäbe es dort draußen in der Wüste zumindest nicht so viele Menschen, denen ich etwas antun könnte.

Ich fragte mich, wie viele Stunden es dauern würde, bis Mom meine Briefe fand. Sie hoben sich so krass von der dunkelgrünen Arbeitsfläche ab. Sie sahen fast unschuldig aus … aber ich wusste, was in ihnen stand. Es war besser, dass Mom wusste, warum ich ging, dass es nichts mit ihr zu tun hatte, auch wenn es dennoch schmerzhaft für sie wäre.

Nach zwei Haltestellen bog der Bus nahe der Highschool um die Ecke, und ich stieg aus, ohne auf das Meckern und Maulen der Mitfahrer zu hören, die ich versehentlich mit meinem Rucksack angerempelt hatte. Die Schule sah verlassen aus, doch ich wusste, dass die Tür zur Turnhalle für das Treffen offen wäre.

Jeff hielt seine Besprechungen immer im Werkraum ab. Ich lauschte nach Stimmen, hörte aber nichts. Wie immer war ich ein bisschen spät dran, doch das war bedeutungslos. Es war nicht so, als wäre ich gekommen, um Spielstrategien zu besprechen. Eine Million Möglichkeiten, wie ich mich bei Mia entschuldigen könnte, wirbelten mir im Kopf herum, als ich den Raum betrat. Dann blieb ich jäh stehen.

Mia saß in der Ecke auf dem Boden, die Arme fest um ihre Schultern geschlungen. Sie trug eine dunkelblaue Jeans und ein pinkfarbenes T-Shirt. Flammen flackerten in dem Papierkorb vor ihr. In ihren Augen tobte die nackte Angst, während sie wie erstarrt ins Feuer blickte. Blut rann ihr aus einer schlimmen Wunde an der Schläfe die Wange hinab.

Nein, nein, nein – das kann nicht sein!, schrie mein Verstand. Ich wich einen Schritt vor dem Albtraum vor mir zurück. Es war unmöglich. Wie konnte der Dunkle das getan haben? Ich war heute Morgen keine Sekunde weggetreten gewesen.

Es spielte keine Rolle. Im Moment war ich nicht der Dunkle – ich konnte ihr helfen.

Ich machte einen zögerlichen Schritt nach vorne. Da knallte etwas so fest gegen meinen Kopf, dass meine Sicht verschwamm und alles dunkel wurde.

31

Jedes Geräusch schmerzte, als würde jemand meinen Hinterkopf mit einer Axt treffen und sie dann dort stecken lassen. Der Lärm machte alles nur noch schlimmer. Jedes Wort, jeder Atemzug, jedes Hüsteln durchschnitt meinen Kopf, statt den normalen Weg durch meine Ohren zu nehmen. Ich konnte keine Wörter ausmachen, nur ein scharfes Pochen.

Der Gestank von Rauch drang mir in die Nase, und ich erinnerte mich an Mia im Werkraum. Was war geschehen? Hatte der Dunkle wieder die Kontrolle an sich gerissen? Nein, das wäre nicht so schmerzhaft. Ich versuchte die Augen zu öffnen, aber sie wollten mir nicht gehorchen. Ich spürte, dass ich aufrecht saß und der Sitz abgenutzt und vertraut war. Er fühlte sich wie einer der knallorangen Stühle an, auf denen wir im Werkunterricht saßen. Meine Hände – meine Hände waren hinter meinem Rücken gefesselt.

Ich hätte das nicht selbst tun können. Der Dunkle hätte das nicht getan. Jemand anders war hier.

Ich zwang meine Augen auf und versuchte das fehlende Stück in dem Puzzle um mich herum zu finden. Ich blinzelte ein paarmal, bis sich meine Sehkraft wieder einstellte. Das Einzige, was ich ausmachen konnte, war Jeffs helles Haar und die Rückseite seines Trikots, während er vor Mia kniete.

»Jeff?«, hustete ich, und ein bohrender Schmerz schoss durch meinen Kopf. »Hilf ihr!«

Er drehte sich von Mia weg, und das sonderbare Grinsen auf seinem Gesicht wirkte völlig unangebracht. Es war mehr als zufrieden – es war siegessicher. Eisiges Entsetzen packte mich, als ich die Szene aus Mias Albträumen sah und mit einem Schlag die Wahrheit begriff.

Der Dunkle war nicht der Stalker. Es war *Jeff*.

Ich hatte nicht die Kontrolle verloren, zumindest nicht annähernd so sehr, wie ich geglaubt hatte.

Erleichterung durchflutete mich lange genug, um zu erkennen, dass ich nun einen Grund zum Leben hatte.

»Wie? Was ... Was tust du da?«

»Spaß haben.« Er blieb in der Hocke sitzen, drehte jedoch den ganzen Körper in meine Richtung. Instinktiv drückte ich mich nach hinten. Er sah aus wie ein lauerndes, sprungbereites Raubtier.

Ich musste ihn aufhalten, ihn zum Reden bringen ... und mir Zeit zum Nachdenken verschaffen. »Ich verstehe das nicht.«

»Du Dummkopf!« Jeff sprang auf die Beine und sah mich mit einem höhnischen Grinsen an. »Du kapierst es immer noch nicht?«

Seine Gefühle hingegen erkannte ich mit einem Schlag: Hass und Verachtung. Jeff triefte geradezu vor machterfüllter Selbstgefälligkeit und aalte sich in meiner Beschränktheit sowie Mias Angst. Er genoss jede Sekunde. Ich wusste nicht, wer dieser Kerl vor mir war – was war mit meinem alten Freund geschehen? Doch meine Instinkte rieten mir, ihm das zu geben, was er wollte. Ich stellte mich dumm, damit er sich an meiner Begriffsstutzigkeit weiden konnte.

»Was kapieren?« Ich tat nichts gegen das Zittern meiner Beine, obwohl sie ein stechendes Vibrieren in meinem Kopf hervorriefen.

Mit einem angewiderten Kopfschütteln drehte sich Jeff um und schürte das Feuer. Glut stob auf, und Mia wimmerte. »Siehst du, Mia? Ich hab's dir doch gesagt. Du willst niemanden, der so bescheuert ist.«

Ein paar Sekunden lang sagte niemand etwas. Das einzige Geräusch war das prasselnde Feuer, während ich lautlos gegen das Seil ankämpfte, das meine Handgelenke zusammenband.

»Aber das ist in Ordnung. Wir werden zusammen sein, und dann bist du weg … so wie er.«

Bei seinen Worten lief mir ein eisiger Schauer über den Rücken, und ich hörte für einen Moment auf, das Seil zu bearbeiten. »Wo gehen wir hin?«

Jeffs Gesicht zeigte ein breites Grinsen, während er sich langsam zu mir umdrehte. »Das kommt drauf an. Willst du wissen, was die Polizei denken wird, oder willst du die Wahrheit?«

»Fangen wir mit der Wahrheit an.«

»Nun, ich werde mit dir und Mia anstellen, was auch immer ich will, bevor ihr beide sterbt.«

»Sterben?« Ich schluckte, und Mia kauerte sich noch kleiner in ihrer Ecke zusammen.

»So, wie du dich aufgeführt hast, wird es natürlich nicht sonderlich schwer sein, alle davon zu überzeugen, dass du ein Stalker *und* Mörder bist.« Er kam auf mich zu, und ich ließ das Seil in Ruhe.

»Mörder?« Ich starrte ihm in die Augen. Die unmenschliche Kälte in ihnen war erschreckend.

»Natürlich – Mias Mörder. Ich habe eine Weile vergeblich versucht, sie dazu zu bringen, dich anzuzeigen, aber das wollte sie nicht. Im Grunde ist es so auch besser ... zumindest für mich.«

Jeff lachte und rammte mir die Faust in den Magen. »Sie hat gegen dich angekämpft – sie ist sehr stark –, aber letztlich hast du sie dann doch überwältigen können.«

Ich krümmte mich und versuchte, wieder Atem zu holen, während mir ein stechender Schmerz durch die Wirbelsäule schoss. Nach Luft schnappend, starrte ich Mia an, doch sie rührte keinen Muskel. Sie war regelrecht katatonisch. Ihre Augen waren unbewegt auf die Flammen vor ihr gerichtet, und sie blinzelte kaum. Erst jetzt bemerkte ich, dass ihre Arme und Beine nicht gefesselt waren. Allein das Feuer hielt sie gefangen.

Jeff folgte meinem Blick, und seine Miene verhärtete sich. Er packte mich an der Kehle und riss mein Gesicht zu sich hoch.

»Schau sie nicht an!«, schrie er, während er den Griff verstärkte und mir die Luftröhre abschnitt. »Schau sie nie wieder an!«

Dann ließ er mich los und wirbelte herum. Seine Wut verrauchte, und sein verrückter Zorn wurde durch ein vielsagendes Lächeln ersetzt. »Weißt du eigentlich, dass genau das dich in Schwierigkeiten gebracht hat?« Seine Fäuste hingen geballt an seinen Seiten, während er vor mir zurückwich. »Hättest du sie von Anfang an in Ruhe gelassen, dann wäre sie nicht so abgelenkt gewesen. Sie hätte mich beachtet. Alle hätten mich beachtet. Und nichts von alldem wäre passiert. Mit dir jetzt hier – nun, das ist vielleicht sogar noch besser.«

»Ich verstehe das nicht.« Das Seil, das meine Hände fesselte, gab keinen Millimeter nach. Ich hielt inne und versuchte, mir einen anderen Plan auszudenken, während ich auf Jeffs Antwort wartete.

»Oh.« Seine Augen waren groß, seine Stimme klang verächtlich. »Dann helfe ich dir lieber mal auf die Sprünge. Sobald ich mit dir fertig bin, würdest du dir allerdings wünschen, du wärst wie dieser Therapeutenfreak im Schlaf gestorben.«

»Dr. Freeburg?«, fragte ich. Mir schwirrte der Kopf.

»Ja, Freaky Freeburg. Wäre er nicht gestorben, wäre er jetzt statt deiner hier mein Gast. Du hättest sehen sollen, wie er sie angegrapscht hat. Widerlich. Als hätte sie sich für einen alten Sack wie ihn interessiert.« Jeffs Augen sprühten vor Wut. »Und dann warst da du, der sie verfolgt und die ganze Zeit beobachtet hat. Keiner von euch wollte respektieren, was mir gehört. Aber jetzt werdet ihr das. Heute wird Mia endlich einsehen, dass ich derjenige bin, den sie will.«

Er drehte mir den Rücken zu und rückte den metallenen Mülleimer näher an Mia heran. Ein leiser Schrei kam über ihre Lippen, und sie flüchtete tiefer in ihre Ecke. »Niemand lässt mich links liegen, Mia. Niemand!«

Jeff stürzte auf mich zu, die Augen hart und zornig. »Das ist meine Schule. Und du wirst meinen Ruhm nicht ernten. Ich habe aus unserem Team ein Gewinnerteam gemacht, nicht du. Ich habe Fußball von einem einfachen Sport zum Lifestyle erhoben. Nicht du. Mia gehört mir, und ihr könnt beide in der Hölle brennen, wenn ihr glaubt, ich würde zulassen, dass du sie dir einfach nehmen kannst.« Dann stieß er ein fast schon irres Lachen aus und zeigte auf die Flammen. »Brennen, verstanden?«

»Hat dir Thor bei all dem hier geholfen?« Ich musste ihn ablenken. Jedes Mal, wenn sich unsere Augen trafen, sah ich es. Das Verlangen zu töten, anderen Schmerzen zuzufügen. Lieber sollte er sich darauf konzentrieren, sich mit seinem Sieg zu brüsten. Ich musste ihn von Mia fernhalten.

»Thor? Du denkst, ein Schwachkopf wie der könnte sich ein solches Meisterstück ausdenken?« Sein Lachen war eiskalt. »Er ist mein personifiziertes Alibi. Er hat mich gerettet, als Liv und die andere Hure von Vergewaltigung gesprochen haben, und er wird mich auch davor bewahren, dass mir jemand das hier anhängt.«

Ich keuchte auf. »Vergewaltigung?« Liv ... die Angst, die ich im Korridor in ihren Augen gesehen hatte. Sie hatte sich nicht vor mir gefürchtet – sondern vor Jeff.

Seine Augen funkelten im Schein des Feuers. »Sie haben es gewollt.« Sein Mund verzog sich zu einem spöttischen Grinsen, und seine Augen blitzten wild. »Genau, wie Mia es will.«

Er drehte sich um und ging auf sie zu. »Du willst es doch auch, nicht wahr, Mia?« Er schnappte sich ein Blatt Papier vom Tisch und entzündete eine Ecke. Dann kniete er sich vor Mia und berührte mit der Flamme ihre Wade. Als sie zu schreien begann, riss ich mit aller Gewalt an meinem Seil.

»Hör auf!«, schrie ich, um seine Aufmerksamkeit wieder auf mich zu ziehen.

»Untersteh dich, mir sagen zu wollen, was ich tun soll. Mach das nie wieder!« Mit einer hastigen Drehung warf er das Papier in den Mülleimer. Im nächsten Moment war er bei mir und prügelte auf mich ein. Meine Welt füllte sich mit dem metallischen Geschmack von Blut.

Die Zeit verstrich wie in dichtem Nebel, während ich versuchte, wieder klar zu denken. Ob es an der fortgeschrittenen Stunde oder dem heftiger werdenden Unwetter lag – das Licht, das durch die hohen Fenster fiel, war düsterer als vorhin, als ich in der Schule angekommen war. Es schneite – zumindest das konnte ich mit Bestimmtheit sagen. An den Rest erinnerte ich mich allerdings nur unklar, denn alles war verschwommen. Jeff legte ein Stück Holz im Mülleimer nach, setzte sich neben Mia und strich ihr mit den Fingern durchs Haar.

Dann drehte er sich mit einem harten, grausamen Gesichtsausdruck zu mir um. »Ich habe dieses hübsche kleine Programm installiert, das mir sagt, wenn sich jemand von einem anderen Computer aus in meinen Account einloggt. Deshalb wusste ich, dass du meine E-Mails endlich gelesen hast. Das hat auch lange genug gedauert. Aber du musst zugeben, dass es ziemlich genial von mir war, nicht?«

Ich sah ihm in die Augen und versuchte zu nicken, aber mein Kopf weigerte sich, mir zu gehorchen und rollte zur Seite.

»Du bist ein leichtes Opfer, Parker. Immer so vertrauensvoll.« Hass erfüllte seine Augen, doch sein Mund verzog sich zu einem selbstgefälligen Grinsen. »Du hättest die Sicherheitsempfehlungen für dein Passwort ernster nehmen sollen.«

Ich erinnerte mich, dass Jeff letztes Jahr im Computerkurs neben mir gesessen hatte. Er musste damals mein Passwort gesehen haben, und seitdem hatte ich keinen Grund gehabt, es zu ändern. Er hatte recht – ich war ein Narr. Ich hatte akzeptiert, dass ich an allem schuld war, und aufgehört, nach der wahren Bedrohung zu suchen.

Ich hatte einen Fehler begangen, aber ich würde auf gar keinen Fall zulassen, dass Mia meinetwegen sterben würde.

»Natürlich hatte ich in Erwägung gezogen, deine richtige E-Mail-Adresse zu benutzen, aber ich konnte nicht riskieren, dass du alles zu schnell herausfindest und mir den ganzen Spaß verdirbst.« Jeff lachte, setzte sich auf den Boden neben Mia und nahm ihre Hand. Sie war hilflos und er psycho. Es brachte mich zur Weißglut, und als er zu mir aufblickte, sah er es.

»Sie gehört jetzt nicht mehr dir.« In seinen Augen blitzten Arroganz und Wut.

»Sie hat nie mir gehört«, knurrte ich durch blutige Zähne hindurch, während Jeffs Hand an ihrem Arm entlangfuhr. »Aber sie gehört auch nicht dir.«

»Doch, tut sie.« Sein Kopf wirbelte zu mir zurück. »Ihre Hände sind nicht gefesselt, aber sagt sie mir, ich soll aufhören?«

Er starrte mich an, als würde er ernsthaft eine Antwort erwarten. Ich öffnete den Mund, doch nichts kam heraus.

»Ich kann tun, was ich will.« Seine Hand glitt zu Mias Wange, und er strich ihr das Haar hinters Ohr. »Ich kann sie berühren und küssen.« Er knabberte einen Moment an ihrem Ohr und biss dann hinein, bis ein paar Blutstropfen herausquollen und Mia vor Schmerz zusammenzuckte. »Ich kann ihr wehtun. Sie lässt einfach alles mit sich geschehen. Und so weiß ich, dass sie wirklich mir gehört.«

Meine Hände verkrampften sich so heftig hinter meinem Rücken, dass ich glaubte, ich hätte mir etwas gerissen, aber ich gab dennoch keinen Ton von mir. Mein Gesicht blieb ausdruckslos. Bei seinem völlig verdrehten Gehirn wollte ich nicht noch Öl ins Feuer schütten.

Mias ganzer Körper bebte vor Widerwille, während Jeff ihr den Hals mit Küssen bedeckte. Ihm fiel das Haar ins Gesicht, als er den Ausschnitt ihres T-Shirts herunterzog und ihre Schulter küsste. Sie mochte kein artikuliertes Nein herausgebracht haben, aber ihr Körper schrie es ihm mit jeder Faser entgegen. Es widerte mich an, aber ich ließ mir nichts anmerken.

»Ist mir egal.« Ich zuckte mit den Schultern. Alles war auf einmal klarer. Mit jeder Minute, die mich Jeff in seiner Gewalt hatte, schien mein Verstand schneller zu reagieren. »Du bist krank, aber sie ist nicht mein Problem. Tu mit ihr, was du willst.«

Jeff hob den Kopf und starrte mich eindringlich an. Etwas an meinen Worten schien ihn maßlos wütend zu machen. »Was meinst du? Ich habe doch gesehen, wie du sie verfolgt hast. Du willst sie auch. Ich habe es *gesehen!*«

»Am Anfang war das so.« Ich sah ihm fest in die Augen, ohne Mia eines Blickes zu würdigen. »Doch ich war nur neugierig. Ich habe sie seit Wochen nicht mehr gesehen. Sie ist genau wie jedes andere Mädchen.«

»Du hast sie nicht mehr gesehen, weil du im Krankenhaust warst. Hältst du mich für so bescheuert?«, fauchte er und stand auf. »Freeburg dachte, ich wäre blöd.« Er ging jetzt hastig im Zimmer auf und ab. Seine Bewegungen waren steif und verkrampft, wie die eines wütenden Roboters. »Er war wie du. Ihr beide, ihr habt sie angestarrt. Sie wollte weder dich noch Freeburg. Mia wollte dich nicht. Du warst bloß eine Ablenkung. Du hast alle von mir abgelenkt.«

Während Jeff draußen dem Schneetreiben zusah, murmelte er: »Wie Mom, die immer abgelenkt war und mich nie bemerkt hat. Aber nicht mehr. Nicht dieses Mal.«

Er wirbelte zu mir herum, als würde ihm erst jetzt wieder einfallen, dass ich hier war. »Du liebst sie, und du hältst sie von mir fern. Lüg nicht! Ich hasse Lügner.« Er nahm einen Meißel von einer der Werkbänke und hielt ihn hoch, während er auf mich zukam. Seine Augen waren glasig und zugleich fokussiert – in ihnen lag ein Verlangen nach Gewalt, das weit über meine Vorstellungskraft hinausging.

»Okay, ich habe gelogen«, rief ich, als er immer näher kam. »Ich liebe sie.«

Er erstarrte und ließ den Arm sinken. Ruhe legte sich auf seine Gesichtszüge, und er grinste. »Ich wusste, das hier würde lustig werden.«

In der Stille knallte irgendwo in der Schule eine Tür zu. Der Wind draußen frischte auf. Ich hörte, wie er durch die Wände pfiff – vielleicht hatte eine Böe die Tür geschlossen. Jeff legte einen Finger an die Lippen und hielt den Meißel hoch. Ich nickte, und er schlüpfte aus dem Zimmer.

Jetzt war meine Chance gekommen. Vielleicht meine letzte.

Ich scheuerte meine Handgelenke hin und her. Sie waren wund und bluteten bereits, aber das Seil gab einfach nicht nach. Meine Beine waren nicht gefesselt. Vielleicht könnte ich Jeff mit einem Überraschungsangriff überrumpeln.

Ich blickte zu Mia. Ihr T-Shirt war noch immer verrutscht, ihre Schulter entblößt, aber sie schien es nicht zu bemerken. Ihre Augen waren fest auf das Feuer geheftet, das in dem Mülleimer züngelte. Warum war der Feueralarm nicht angegangen? Als ich mich umblickte, sah ich den Rauchdetektor, der kaputt von der Decke hing. Ein Fenster oben in der Wand über Mias Kopf stand offen, und der größte Teil des Rauchs zog von dort ab.

Ich atmete die beißende, stechende Luft ein. Ich musste zu Mia vordringen. Sie war meine einzige Hoffnung.

»Mia!« Beim Klang meiner Stimme zuckte sie zusammen, löste den Blick allerdings nicht von den Flammen. »Mia, ich weiß, du hast Angst, aber ich werde nicht zulassen, dass das Feuer dir etwas antut.«

Keine Reaktion. Eine Sekunde … zwei Sekunden … drei … Dann ein leichtes Kopfschütteln. Sie hörte mich also.

»Das Feuer wird dir nicht wehtun, so wie es deinen Eltern wehgetan hat.« Da hörte ich etwas in der Ferne – einen Schrei und dann Stille. »Du musst mir vertrauen, Mia. Ich werde dir nicht wehtun.«

Mia hörte auf zu zittern und holte tief Luft, konnte die Augen aber immer noch nicht abwenden. In die Stille ihrer Antwort mischte sich vom Gang her ein sonderbares, schleifendes Geräusch.

»Ich werde alles tun, um dir zu helfen, wie in deinen Träumen. Aber du musst mich lassen.«

Mias Augen huschten für einen Moment zu meinen, und ich glaubte, ein leichtes Nicken zu erahnen, doch dann sah sie zur Tür hinter mir, und ihre Augen kehrten sogleich zu den Flammen zurück. Ich hoffte, es würde genügen.

Hinter mir hörte ich Jeff stöhnen, konnte ihn aber nicht sehen. »Wenn du mir die Fesseln löst, kann ich dir helfen«, sagte ich.

Sein Lachen klang schrill. »Ich bezweifle, dass Mia das tun wird.«

Schließlich kam er in mein Blickfeld, und ich sah, womit er sich abmühte. Er zog jemanden hinter sich über den Boden. Der Körper war zur Hälfte in einen Vorleger eingerollt, seinen Kopf bedeckte eine schwarze Skimütze. Es war unerträglich, immer nur einen Teil der Person sehen zu können, aber als Jeff den Teppich fallen ließ, erkannte ich das blutgetränkte Sweatshirt, auf dem *Die Polizei findet es immer nur halb so lustig wie ich* stand.

Mein Magen verkrampfte sich, und mit einem Schlag reagierte mein Körper auf keinen meiner Befehle mehr, die ihm mein Gehirn zuschickte. Ich konnte nicht atmen, nicht denken. Und das qualvolle Vakuum in meiner Brust bewies, dass mein Herz aufgehört hatte zu schlagen.

»Dein kleiner Freund hier sieht nicht besonders gut aus, Parker.« Jeff stand mit den Händen auf die Knie gestützt vor mir. Das höhnische Grinsen in seinem Gesicht ließ mich würgen.

Finn war tot oder lag im Sterben, und Jeff genoss es in vollen Zügen. Ich ertrug seinen Anblick nicht – würde es nie mehr. Er war jetzt nah … nah genug …

Als ich fest gegen meinen Stuhl trat, krachte er schwungvoll um, und mein Schuh landete in Jeffs Gesicht, das auf erschreckende Weise einem extrem festen Fußball glich. Er taumelte rückwärts und fiel der Länge nach zu Boden. Ich stürzte ebenfalls und landete auf meinen gefesselten Handgelenken.

Es knackte zweimal in meinem linken Arm, und ich schrie vor Schmerz auf. Ich dachte schon, ich würde in Ohnmacht fallen, da kreischte Mia etwas. Keine echten Worte, eher unzusammenhängende Laute. Ich rollte den Stuhl in ihre Richtung, und meine Hände wurden seltsam taub.

Jeff war bewusstlos, und Blut floss in Strömen aus einer tiefen Wunde an seiner Schläfe. Bei seinem Sturz hatte er den Mülleimer umgeworfen, und brennende Holzstücke lagen im Zimmer verteilt. Ein paar verglühten bereits auf dem Betonboden, doch eines war im Abfall für die Holzreste gelandet, und die Flammen breiteten sich langsam aus.

»Du … du … hast … gesagt … ahh … du … Parker.« Mia atmete entsetzlich schnell. Ihre Haut war kreidebleich, und ihre Lippen hatten einen bläulichen Stich. Wenn ich sie nicht beruhigen konnte, wäre sie nicht mehr lange bei Bewusstsein, und dann …

Nun, dann würden wir alle verbrennen.

»Mia, du musst zu mir kommen.« Während ich redete, versuchte ich den rasenden Schmerz in meinem Arm auszublenden.

Sie schüttelte den Kopf und drohte zu hyperventilieren.

»Du musst langsamer atmen. Alles ist jetzt gut. Wir gehen hier weg, okay? Du musst meine Fesseln lösen, und dann verschwinden wir von hier.«

Sie schien verunsichert, doch dann spähte sie zu Jeffs lebloser Gestalt, und ihre Atmung verlangsamte sich ein wenig.

»Zwischen dir und mir ist kein Feuer. Kannst du zu mir herüberkommen, damit wir zusammen weggehen?«

Mia blickte zum Feuer und erstarrte. Ihr Körper zitterte so heftig, dass ich fürchtete, sie würde umkippen.

»Mia!«, schrie ich, und ihre Augen fanden wieder zu mir. »Schau nicht zum Feuer. Sieh mich an. Sieh mir in die Augen. Wie in dem Traum, ja? Da sind nur wir, und wir werden lebend von hier verschwinden.«

Sie nickte und kroch auf mich zu. Sobald der erste Meter hinter ihr lag, wurde ihr Atem noch ruhiger.

»Das machst du toll.« Ich redete langsam und ruhig, richtete meine Aufmerksamkeit allein auf Mia und nicht auf das Feuer, das sich vom Abfalleimer mit den Holzresten zum Lehrertisch ausbreitete. Es fraß sich immer weiter, verschlang gierig die Zeichnungen und Holzprojekte, die auf eine Benotung warteten.

»Kannst du dich auf meine Hände konzentrieren? Wir müssen das Seil aufknoten, damit wir von hier verschwinden können.«

Sie kam hinter mich und keuchte auf. »Eine ist ge…gebrochen.«

»Ich weiß. Wir müssen jetzt los, damit sie verarztet werden kann, okay?«

»Okay.« Ich hörte ihr Schluchzen, während sie sich beeilte, nach der Fessel zu greifen. Bei jedem Ziehen schoss ein bohrender Schmerz durch meinen Körper hinauf in meinen Schädel. Ich biss mir so fest auf die Zunge, dass sich mein Mund mit Blut füllte. Ich konnte das Risiko nicht eingehen, dass mir ein Schrei entfuhr und Mia vor Schreck in ihre Erstarrung zurückfiel.

Der Raum füllte sich mit Rauch, und ich spürte eine Hitzewelle nach der nächsten von der anderen Seite des Zimmers über uns hinwegschwappen.

»F…Fertig.« Mia zerrte ein letztes Mal, und meine Hände waren frei. Wir rappelten uns genau in dem Moment auf, als der Rauch in den Gang quoll und der Feueralarm endlich losging.

Mia kauerte sich zusammen und hielt sich schluchzend die Ohren zu. Ihr ganzer Körper schüttelte sich. Ich hastete hinüber zu Finn. Er atmete immer noch. Blut floss aus einer tiefen Wunde in seinem Bauch. Jeff musste ihm den Meißel in den Magen gerammt haben.

Ich blickte auf meine Arme hinab. Mein linker war in einem seltsamen Winkel verdreht und nicht zu gebrauchen. Mein rechter war ebenfalls schwach, und beide Handgelenke waren wund gerieben, aber ich würde unter keinen Umständen Finn oder Mia zurücklassen.

Nachdem ich Mia mit der rechten Hand auf die Beine gezogen hatte, hob ich ihr Kinn an, bis ihre Augen in meine blickten. »Wir gehen jetzt. Du musst dich an meiner Schulter festhalten, damit mein Arm nicht noch mehr wehtut. Okay?«

»Okay.« Sie nickte hustend. Der Rauch wurde immer dichter. »Br…Bring mich von hier weg.«

Mia packte meine linke Schulter, und ich zerrte Finn in dem Vorleger mit dem guten Arm in Richtung Flur. Ich hatte den Teppich halb durch die Tür gebracht, als ich innehielt. Hastig zog ich den Kopf ein, bedeckte den Mund mit meinem Ärmel und spähte durch den Rauch.

Jeff lächelte mich aus dem Werkraum an. Blut rann ihm an einer Seite des Gesichts herunter.

»Ich … bin … nicht … tot.« Seine Stimme war leise und rau.

Mia wimmerte in meine Schulter.

»Mia, du musst jetzt weitergehen.« Ich drückte ihre Hände und legte sie auf den Teppich. »Du musst Finn nach draußen ziehen. Ich verspreche dir, ich werde Jeff aufhalten. Er wird dir nichts mehr antun.«

Ihre Augen funkelten vor Panik. »Du willst, dass ich dich zurücklasse?«

»Ja.« Ich nickte. »Geh jetzt!«

Ich sprang über den Teppich, ohne Finn zu berühren, und rammte meinen Körper so fest ich nur konnte gegen Jeffs. Die Wucht brachte ihn zu Fall, und während wir über den Boden schlitterten, warf ich einen hastigen Blick über die Schulter. Erleichtert stellte ich fest, dass Mia den Vorleger in den Korridor zog. Selbst durch den Rauch konnte ich sehen, wie heftig sie zitterte. Doch sie tat, worum ich sie gebeten hatte.

Jeffs Faust landete in meinem Gesicht, und ich hatte das Gefühl, als würde meine Wange explodieren. Dann war er auch schon aufgesprungen und wollte mich treten. In letzter Sekunde rollte ich mich zur Seite. Jede Bewegung ließ meinen gebrochenen Arm vor Schmerz aufschreien. Jeff hustete und taumelte leicht. Immer noch geduckt, wartete ich ab. Ich konnte atmen, er nicht.

Ich ertastete ein Stück Holz und hielt es mit meiner unverletzten Hand fest umschlossen. Wenn ich lebend von hier verschwinden wollte, musste ich schnell handeln. Aber ich konnte nicht einfach loslaufen. Er war uns schon einmal gefolgt, und ich musste dafür sorgen, dass Mia genügend Zeit hatte, Finn nach draußen zu bringen.

Es kam mir vor, als würde alles in Zeitlupe passieren. Verzweifelt sog ich die verbleibende frische Luft tief in meine Lungen. Da bemerkte ich, wie Jeff die Knie anwinkelte und sich bückte, um unter den Rauch zu tauchen. Seine irren Augen trafen meine. Ich sah in ihnen, was ich vor so vielen Wochen in den Augen von Mr. Flint gesehen hatte, als er seine Frau getötet hatte, und auch in denen des Dunklen. Jeff würde mich, ohne zu zögern, umbringen.

Er stürzte genau in dem Moment auf mich zu, als ich ausholte, und meine notdürftige Waffe traf seinen Kopf. Das widerliche, dumpfe Geräusch erinnerte mich an den Knall, den ich gehört hatte, als ich mit dem Briefbeschwerer auf Dr. Freeburg eingeschlagen hatte. Ich schob den Gedanken beiseite und beobachtete, wie Jeff nach vorne taumelte. Hastig kroch ich nach hinten, doch als ich bemerkte, dass seine Augen geschlossen waren und er genau aufs Feuer zustürzte, ließ ich das Holzstück fallen, streckte den Arm aus und packte ihn am T-Shirt.

Er drehte sich zu mir um, blinzelte vor Verwirrung. Seine Pupillen waren unterschiedlich groß, und er blickte zu der Stelle, wo meine Hand den Stoff umklammerte. Jeffs Gesicht war von wildem Zorn erfüllt.

»Bleib stehen, Jeff!«, flehte ich ihn an, als er zurückwich.

»Halt die Schnauze und lass mich los!« Er stieß mich beiseite, und sein T-Shirt glitt mir durch die Hände. Entsetzt starrte ich ihm nach, als er direkt in die Flammen torkelte.

Ich konnte nicht zusehen. Ich drehte mich um, duckte mich und lief aus der Tür, während seine Schreie hinter mir widerhallten.

Ich hatte die Hälfte des Korridors hinter mich gebracht, bevor ich sie endlich sah. Mia war auf den Knien und versuchte immer noch, Finn hinter sich herzuziehen, während ihre Schultern vor Schluchzen bebten. Finn war schwer, und es war offensichtlich, dass sie keine Luft bekam. Ich konnte selbst kaum atmen und versuchte nicht auch noch gleichzeitig, einen anderen Menschen über den Gang zu zerren.

Meine Sicht verschwamm, und meine Kehle brannte von dem Rauch. Die nächste Tür war die bei der Turnhalle, aber selbst die war noch gute drei Meter entfernt. Wir mussten es einfach schaffen. Nach allem, was wir durchgemacht hatten, würde ich sie jetzt nicht sterben lassen.

Ich kniete mich neben Mia, und sie sah mich mit ihren tränenfeuchten Augen an. »Du bist hier.«

»Nicht mehr lange.« Mit meiner guten Hand packte ich die andere Ecke des Teppichs und duckte mich noch tiefer, um einen letzten sauberen Atemzug zu holen. »Los!«

»Vielen Dank«, keuchte sie.

Dann zogen wir, so fest wir konnten, und stürzten hinaus, wo Schnee und frische Luft auf uns warteten.

32

Als wir endlich draußen waren, hörten wir in der Ferne das Heulen von Sirenen. Keuchend brachen wir im Schnee zusammen und husteten den Rauch heraus. Sobald unsere Krämpfe aufhörten, sah ich nach Finn. Er atmete immer noch, stieß aber ein sonderbares Rasseln aus. Da war so viel Blut. Um mein gebrochenes Handgelenk nicht überzustrapazieren, zog ich mein Sweatshirt aus und drückte es auf seine Wunde.

Ich konnte nicht mehr. Ich barg mein Gesicht im Schnee und ließ die Kälte durch meine versengte Haut sickern. Hatte es nach all der Anstrengung nun doch nicht gereicht? Würde Finn trotzdem sterben?

Da spürte ich ein leichtes Zupfen an der Schulter und setzte mich auf. Mia schlang mir die Arme um den Hals und zog mich an sich. »Vielen Dank«, flüsterte sie. Heiße Tränen brannten auf meiner Wange. »Es tut mir so leid, dass ich geglaubt habe, du wärst der Stalker.«

Ich wusste nicht, was ich sagen sollte. Im Grunde blieb mir nur eine einzige Antwort.

»Mir auch.«

Wir hielten uns fest, während sich das Feuer immer tiefer in die Schule hineinfraß. Asche vermischte sich mit dem Schnee und rieselte auf uns herab, während wir husteten und weinten. Kurz darauf kamen die Sanitäter an und zogen uns auseinander. Einer von ihnen untersuchte meinen Arm, aber ich riss ihn weg.

»Mir geht's gut. Helfen sie ihm!« Ich zeigte auf Finn, obwohl ihn bereits zwei Sanitäter mit einer Trage zum Krankenwagen brachten. Ich hörte nur ein paar Wortfetzten: »Blutverlust«, »ungleichmäßige Atmung« und »nicht identifizierter Jugendlicher«. Der Krankenwagen sauste sofort los. Das Martinshorn heulte in der frostigen Luft.

Jegliches Gefühl war aus mir gewichen. Ich konnte kaum denken. Angst verstopfte meine Venen, während ich mich besorgt fragte, ob er durchkommen würde. Eine Antwort hätte ich in dem Moment wahrscheinlich nicht ertragen. Nur eines schien wichtig genug zu sein, um überhaupt die Kraft aufzubringen, etwas zu sagen.

Ich drehte mich zu der Sanitäterin neben mir um. »Sein Name ist Finn Patrick«, krächzte ich. Meine Kehle fühlte sich an, als hätte ich heiße Kohlen geschluckt. »Er ist mein bester Freund.«

Sie nickte. »Ich werde es durchgeben.«

Es wurde allmählich dunkel. Die Sonne war gerade untergegangen, auch wenn sie sich den ganzen Tag über kaum gezeigt hatte. Die halbe Schule stand in Flammen, aber ich wandte mich ab. Jedes Mal, wenn ich hinblickte, spürte ich wieder die Hitze und den Rauch. Unzählige Leute parkten inzwischen auf der Straße, drängten sich tuschelnd in Grüppchen zusammen.

»Wart ihr die Einzigen in der Schule?«, fragte ein Feuerwehrmann Mia. Sie starrte ihn an, dann entfuhr ihr ein heiseres Schluchzen.

»Da war noch jemand im Werkraum«, keuchte ich gegen den Schmerz in meiner Kehle an. »Er hat das Feuer gelegt.«

Zwei Feuerwehrmänner eilten zurück in die Schule. Die Sanitäterin nickte und schob mich zurück auf die Krankentrage. Da legte sie mir eine Infusion und setzte mir eine Sauerstoffmaske aufs Gesicht. Sie redete ununterbrochen auf mich ein, aber ich konnte ihr keine weiteren Fragen beantworten. Ich schloss die Augen und versuchte, mir Addies Traum ins Gedächtnis zu rufen, den kühlen Nebel anstatt des heißen, beißenden Rauchs zu spüren. Ich versuchte, sie mir lächelnd statt weinend vorzustellen. Dann driftete ich in meine vertraute Leere.

Alles an meinem Körper juckte und schmerzte zugleich. Ich wollte mich zur Seite rollen, um die Reizung zu lindern, aber mein linker Arm war festgebunden und ließ sich nicht bewegen. Ich blinzelte und bemerkte, dass ich zurück im Krankenhaus war. Als ich wieder halbwegs sehen konnte, blieben meine Augen an Mia hängen. Sie trug ein Krankenhaushemd und hielt meine andere Hand.

»M-ah?« Meine Stimmbänder brannten, als würden Flammen an meiner Kehle lecken.

Sie drehte sich zu mir. Es war das erste Mal seit Monaten, dass ich keine Furcht in ihren Augen sah.

»Nein, nicht reden. Hier, etwas Eis zum Lutschen. Das hat mir gutgetan.« Ihre Stimme war ebenfalls heiser, aber nichts im Vergleich zu meiner. Neben ihr stand ein kleines mobiles Sauerstoffgerät, das mit einem Schlauch unter ihrer Nase verbunden war. Die Schnittwunde an ihrer Stirn war mit einem Verband bedeckt.

Ich nahm ein paar Eisstückchen und lutschte an ihnen. Sie sorgten augenblicklich für Erleichterung, und ich lehnte mich gelöst in mein Kissen zurück. Plötzlich stiegen Erinnerungen an die Schule in mir auf, und nur noch eine Frage war wichtig.

»Finn?«, würgte ich das Wort hinaus.

»Er wird wieder. Sie haben ihm Bluttransfusionen verabreicht und seine Milz entfernt, aber ansonsten geht's ihm den Umständen entsprechend gut.«

Ich stieß den Atem aus, und meine Anspannung ließ ein wenig nach. Mia und Finn ging es gut. Alles war gut.

»Sie versuchen, deine Mom zu erreichen, aber bevor sie hierherkommt, möchte ich, dass du mir zuhörst. Bitte!«

Ich nickte, und sie fuhr fort. »Ich habe darüber nachgedacht, was du gesagt hast – über die Träume. Ich glaube, ich erinnere mich an alles. Und woran ich mich nicht erinnert habe, haben mir Finn und Addie erzählt. Ich verdanke dir so viel.« Ihre Stimme war ruhig, während ihre Augen meine durchbohrten.

Hatte sie den Verstand verloren? Natürlich musste sie mir nicht danken. Ich schüttelte den Kopf, aber Mia runzelte die Stirn, bis ich damit aufhörte.

»Doch, tue ich. Du hast mir das Leben gerettet.« Lächelnd drückte sie meine gesunde Hand. »Ich will, dass du meine Träume ansiehst. Und nicht nur heute Nacht ... jede Nacht.«

Ich öffnete den Mund und brachte das eine entscheidende Wort heraus. »Nein.«

Ich durfte das nicht zulassen. Vielleicht war ich nicht so abgrundtief böse, wie ich gedacht hatte, aber ich war trotzdem nicht normal. Wahrscheinlich hatte ich Dr. Frecburg auf dem Gewissen. Ich hatte die E-Mails zwar nicht geschrieben, aber der Dunkle war trotzdem echt. Mia saß hier und bot mir freiwillig das an, was ich von ihr gewollt hatte – und was der Dunkle immer noch von ihr wollte. Ich spürte sein Frohlocken, sah ihn in einer verwinkelten Ecke meines Gehirns lachen. Er genoss es. Er war der Grund, warum ich mitten in der Nacht vor ihrem Haus gesessen hatte. Er hatte meinen Unfall verursacht. Ich war gefährlich und würde dieses Risiko nicht eingehen.

Sie reckte das Kinn. »Doch.«

»Nein.«

Sie stöhnte auf. »Komm schon, verstehst du das nicht? Es würde uns beiden helfen.«

Ich öffnete den Mund zu einer weiteren Entgegnung, aber ihr letzter Satz ließ mich innehalten. Ich wartete, dass sie das genauer erklärte.

»Ich brauche dich hier.« Ihre Wangen wurden rot. Sie blickte nach unten und spielte nervös am Saum ihres Krankenhaushemds herum. »Du hast mir geholfen, selbst als ich dachte, du wärst das Monster. Wenn meine Albträume kommen, kannst du mir helfen, mich ihnen zu stellen, und wenn nicht – dann kann ich dir helfen, am Leben zu bleiben.«

Ich wusste nicht, was ich sagen sollte. Ich traute mir nicht über den Weg, aber wie sollte ich mich weigern, ihr zu helfen? Ich betrachtete meinen Arm in dem Gips, der bis zum Ellbogen ging. Seit unserem ersten Treffen glichen Mias und mein Leben einem blutigen Gemetzel. Was wenn sich all diese schrecklichen Dinge wiederholen würden?

Mia starrte mir in die Augen und bemerkte meine Verunsicherung. »Parker, ich habe es so satt, immer Angst zu haben … du nicht?« Ihre Augen füllten sich mit Tränen, und ich wusste, ich konnte nicht ablehnen. Gegen Tränen war ich machtlos. Ich hatte es ebenfalls satt, vor mir selbst Angst zu haben, vor dem Dunklen, vor der Zukunft.

Mit einem leichten Nicken drückte ich ihre Hand. Dies war vielleicht der schlechteste Plan der Welt, aber das wüsste ich erst mit Sicherheit, wenn wir es versucht hatten.

Ein Lächeln breitete sich auf Mias Lippen aus und erfasste ihr ganzes Gesicht. Sie beugte sich vor und gab mir einen Kuss auf die Wange. Ihre Lippen fühlten sich warm und weich auf meiner Haut an. Noch vor wenigen Stunden hatte mir Mia zutiefst misstraut, und jetzt küsste sie mich auf die Wange? Erklärte, dass sie mir etwas schuldete? Meine ganze Welt stand Kopf.

»Ich will, dass mein Leben wieder normal ist, und ich glaube, dass du mir dabei helfen kannst«, sagte sie. »Wer weiß, vielleicht kann ich irgendwann sogar wieder malen.« Ihr Ausdruck war traurig und zugleich hoffnungsvoll. »Na ja, jetzt sollte ich lieber zurück auf mein Zimmer. Wir sehen uns später.«

Sie ging zur Tür. Abgesehen von einem leichten Hinken, einem Verband, wo Jeff ihr das Bein verbrannt hatte, und ein paar Blasen sah sie aus, als hätte sie die Sache ganz gut überstanden. Sie blieb im Türrahmen stehen und betrachtete mich eine Minute lang.

»Vielen Dank noch mal, Parker.«

Ich schluckte ein Stück Eis und nickte.

Bevor sich die Tür geschlossen hatte, stieß Addie sie schon wieder auf. Ich lächelte, obwohl meine verbrannte Haut entsetzlich schmerzte.

»Addie.« Meiner Kehle ging es bereits besser – sie war immer noch rau, aber kein Vergleich zu vorhin.

Ein Gefühl des Trosts stieg bei Addies Anblick in mir auf, bis sie mich schließlich ansah. Ihre Augen waren geschwollen und rot, und ich musste schlagartig an Finn denken. Hastig setzte ich mich im Bett auf, und die Welt schien sich leicht nach rechts zu neigen.

»Was ist los? Ist Finn …?« Meine Stimme klang tief und fremd. Mir schwirrte der Kopf. Ich konnte den Satz nicht beenden.

Addie schüttelte den Kopf und schob mich sanft zurück ins Kissen. »Nein. Ihm geht's gut.«

Sie setzte sich auf den Stuhl, den Mia gerade freigemacht hatte. Ich griff nach ihrer Hand, doch sie zog sie weg. Es war, als würde ein Dolch direkt durch mein Herz schneiden.

»Was ist los?«

Sie langte in ihre Gesäßtasche und zog drei weiße Umschläge heraus. Die Briefe, die ich auf dem Küchentisch zurückgelassen hatte. Der mit dem Namen *Addie* war geöffnet.

»Hast du die von meiner Mom?« Die Angst, dass meine Mom ihren Brief gelesen haben könnte, traf meine Brust mit dem Gewicht eines ganzen Kontinents und machte Atmen unmöglich.

»Nein.« Addie seufzte und sah mich vorwurfsvoll an. »Ich wollte heute Nachmittag nach dir sehen, und als du nicht an die Tür kamst – nun, ich hatte die Nase voll davon, dass du mir aus dem Weg gehst.«

Vorsichtshalber warf sie einen Blick zurück zur Tür, um sich zu versichern, dass niemand hereinkam. »Ich habe euren Ersatzschlüssel unter dem Gartenzwerg herausgeholt und bin reingegangen. Nur dass du nicht zu Hause warst. Dann habe ich die Briefe auf dem Notizzettel mit dem Treffen der Fußballkapitäne gefunden, weshalb ich Finn angerufen und ihn gebeten habe, dich abzufangen, bevor du wegläufst. Und … Und jetzt …«

Ihre Stimme brach mit einem Schluchzen, und ich griff wieder nach ihrer Hand. Diesmal wehrte sie sich nicht.

»Es tut mir so leid, Addie.« Ich zog sie näher heran und legte meinen rechten Arm um sie.

»Du wolltest einfach so verschwinden?« Ihre Frage wurde durch den Stoff an meiner Schulter gedämpft. »Wie konntest du das tun?«

»Ich hatte das Gefühl, es wäre das Richtige.« Ich drückte sie an mich. »Ich dachte, ich würde euch in Gefahr bringen. Ich weiß immer noch nicht ganz genau, ob es in meiner Nähe sicher ist.«

Addie setzte sich auf und starrte mich entsetzt an. Nach ein paarmal Blinzeln hatte sie ihre Stimme wiedergefunden. »Also … Also willst du immer noch weg?«

»Nein.« Meine Antwort kam wie aus der Pistole geschossen, doch Addie wirkte nicht erleichtert. Mit meiner Entscheidung zu bleiben, fühlte ich mich zwar nicht besonders wohl, aber fürs Erste war es das Richtige.

»Wie soll ich dir das glauben?«

»Es ist die Wahrheit.« Ich sah ihr direkt in die Augen und wartete eine Sekunde, bevor ich fortfuhr. »Ich kann nicht versprechen, dass ich nicht irgendwann fortgehe, falls ich das Gefühl habe, dass ich euch damit beschütze, aber im Moment bleibe ich.«

»Ich habe die ganze Zeit über gewusst, wie du in Wahrheit bist.« Addie stand auf und berührte mit den Fingern mein Haar. »Selbst als du es nicht wusstest, wusste ich es, aber du wolltest nicht auf mich hören.« Sie drehte sich zum Fenster und ging hinüber, um den Vorhang zu öffnen. Ihre Bewegungen waren ruckartig, wie die eines verwundeten Tiers.

Addie war so lieb und süß. Sie glaubte an mich, und ich enttäuschte sie immer wieder. Mein Herz pochte schmerzhaft, und ich widerstand dem Drang, mir an die Brust zu fassen. Ich war ein schrecklicher Mensch gewesen, aber vielleicht könnte ich mich bessern. Addie verdiente es.

»Ich weiß. Es tut mir leid.« Meine Worte klangen abgedroschen und lahm, doch was sollte ich sonst sagen? Ich konnte nicht versprechen, sie nie zu verlassen, denn wenn sie in Gefahr wäre, würde ich es tun. »Ich kann nur sagen, dass es mir leidtut, Addie.«

»Ich weiß.« Sie seufzte und trat näher. Dann beugte sie sich herab und küsste mich. Ihre Lippen waren sanft und liebevoll, sogar noch unglaublicher als in ihrem Traum, doch als sie den Kopf wieder hob, waren ihre Augen das genaue Gegenteil – niedergeschlagen und verzweifelt. »Aber ich weiß nicht, ob mir das genügt.«

Schweigend saß sie auf ihrem Stuhl an meiner Seite. Alles war irgendwie falsch, und dennoch war nichts wirklich verkehrt – nichts, was ich im Moment in Ordnung bringen könnte.

»Jeff ist tot.«

Der Hass in ihrer Stimme überraschte mich, auch wenn ich nicht sicher war, warum. Er ließ sie anders klingen, nicht wie die Addie, die ich kannte. Doch wie der Rest von uns hatte sie so schrecklich viel durchgemacht. Jeff hatte versucht, ihren Bruder, ihre beste Freundin und mich zu töten. Vermutlich hatte uns das alle ein wenig verändert.

»Ja, das dachte ich mir schon.« Ich war verblüfft, wie wenig ich bei der Bestätigung seines Todes fühlte. Eine benommene Starre breitete sich in mir aus, und mein Kopf schmerzte. Ich wollte nicht mehr denken.

»Mia hat der Polizei erzählt, was passiert ist, von den E-Mails und Finn. Was Jeff getan hat …«

Eine enorme Bürde war mir von den Schultern genommen, und ich holte tief Atem. Es war ein tolles Gefühl, dass Mia der Polizei verraten hatte, von wem die Droh-E-Mails stammten, obwohl sich die andere Sache nicht geklärt hatte. Dr. Freeburg würde mich niemals loslassen. Die Schwere, ein Leben genommen zu haben, würde immer bleiben.

»Fühlst du dich schuldig an seinem Tod?« Ihre Augen bohrten sich in meine.

Ich blinzelte.

»Ich meine Jeff.«

Ich war nicht sicher, wie ich mich wegen eines weiteren Todes fühlen sollte, wo doch bereits Blut an meinen Händen klebte. »Er war wirklich gestört«, sagte ich. »Und er hat das Feuer selbst gelegt, das ihn umgebracht hat. Außerdem konnte ich nur zwei Menschen nach draußen bringen, und ich werde nie bereuen, dass es Finn und Mia waren.«

»Warum ist das dann bei Dr. Freeburg anders?«

»Zum einen hat er nicht versucht, mich zu töten.«

Sie verschränkte die Arme vor der Brust. »Und wer weiß, an wie vielen Mädchen er sich in der Vergangenheit vergriffen hat? Oder es in der Zukunft getan hätte?«

Ich öffnete den Mund und schloss ihn dann wieder, bevor mir das richtige Argument einfiel. »Er hätte ins Gefängnis gehört«, sagte ich. Meine Stimme war ein Flüstern.

»Ja, aber wie hättest du es beweisen wollen? Mia sagt, sie kann sich an nichts erinnern.«

Ihre Worte machten es keinen Deut besser. Ich zuckte mit den Schultern, auf denen die ganze Last unserer Unterhaltung lag. »Ich weiß es nicht, Addie.«

Sie drückte mir die Hand. »Selbst wenn du ihn getötet hast, kannst du es nicht ändern. Du kannst jetzt nichts weiter tun, als dafür zu sorgen, dass es nie wieder passiert.«

Ich starrte in ihre Augen und wünschte, ich hätte denselben Glauben an mich wie sie.

Addie räusperte sich und setzte ein Lächeln auf, das jedoch nicht ihre Augen erreichte. »Mia wird jetzt bei uns wohnen.«

»Wirklich?« Ich hatte keinen Gedanken daran verschwendet, aber natürlich – Mia brauchte nun ein neues Zuhause. Die Patricks waren die perfekte Lösung.

Addie schwang die Beine über die Stuhllehne. »Ja. Sie wollten sie in ein Heim stecken, aber du kennst meine Mom. Das hätte sie niemals zugelassen.«

»Das ist toll. Deine Familie ist unglaublich. Das weißt du hoffentlich?«

»Ja.« Addie grinste und sah für einen Moment ganz wie die Alte aus. »Und das solltest auch *du* nie vergessen.«

Die Tür zu meinem Zimmer wurde aufgerissen, und Mom rauschte herein und umarmte mich stürmisch. Ihre Haut war blass, die Augen weit aufgerissen. »Es tut mir so leid, dass ich nicht schon eher hier war. Ich war bei einem Kunden und habe nicht bemerkt, dass mein Handy auf Vibration gestellt war … und ich bin so froh, dass es dir gut geht, Liebling.«

»Ich komme später noch mal«, flüsterte Addie, winkte mir kurz zu und ging. Meine Brust schmerzte. Ich wusste nicht, ob es zwischen uns jemals wieder so sein könnte wie früher. Ich wusste nur, dass es wahrscheinlich das Beste wäre, wenn die Sache jetzt gleich endete, mit Finn und allem, was dagegen sprach.

Doch im Moment kümmerte mich das nicht. Addie machte mich glücklich, wie es sonst niemandem gelang. Sie gab mir das Gefühl, ich könnte tatsächlich so gut sein wie sie glaubte.

Mom konnte nicht aufhören, mein Bett zu umschwirren, steckte das Laken fest und schüttelte die Kissen aus.

»Mir geht's gut, Mom.«

»Ich weiß, aber das Ganze ist doch verrückt. Ich meine, Jeff Sparks? Ich kann es einfach nicht glauben.« Sie umarmte mich erneut. Diesmal schien sie mich nicht loslassen zu wollen, doch meine Sitzposition war verkrampft, und mein gebrochener Arm schmerzte.

»Ja, das ist wirklich verrückt.« Ich lehnte mich zurück, bis sie den Wink verstand und sich neben mich ans Bett setzte. »Hast du mit Finn oder seinen Eltern gesprochen?«

Sie nickte, sagte jedoch kein Wort. Ihre Augen ruhten starr auf meinem Gips. Als ich mich räusperte, fuhr sie zusammen.

»Mir geht's gut.« Ich beobachtete sie, bis sie die Augen hob und mich lächelnd ansah.

»Manchmal vergesse ich, wie sehr du deinem Dad ähnelst.«

Jetzt war ich an der Reihe, sie anzustarren. Sie verlor nie ein Wort über Dad – niemals. Ich hatte schon häufig versucht, sie über Dad auszufragen, aber sie erklärte immer, es wäre nicht wichtig.

Es dauerte eine Sekunde, bis ich antworten konnte. Ich fürchtete, sie würde sich weigern, über ihn zu reden, wenn ich die falsche Frage stellte. »Wie denn?«

»Im Grunde sehr. Du siehst ihm schrecklich ähnlich, aber in letzter Zeit führst du dich auch noch auf wie er. Sorgst dich um alle, nur nicht um dich.«

»War Dad so?«, fragte ich überrascht. Das widersprach so ziemlich allem, was ich über ihn wusste.

Sie lachte und drückte mir den Arm. »Dass er uns verlassen hat, ist nicht das Einzige, was ihn ausmacht.«

Ich nickte. Heute Morgen hatte ich meine ganz eigenen Gründe gehabt, um weglaufen, aber keiner von ihnen hatte etwas damit zu tun gehabt, dass ich unglücklich gewesen wäre. Vielleicht hatte er seine eigenen Gründe gehabt, Gründe, die ich bisher nicht hatte nachvollziehen können.

»Wahrscheinlich ist sein Verschwinden einfach das, was mir am meisten im Gedächtnis geblieben ist.«

Nachdenklich legte sie die Stirn in Falten. »Dagegen sollte ich wohl etwas unternehmen.«

Da öffnete Mrs. Patrick die Tür. »Darf ich reinkommen?«

»Natürlich.« Mom stand auf und umarmte sie kurz. Finns Mom hatte ganz offensichtlich geweint, aber jetzt verzog sich ihr Mund zu einem Lächeln.

»Ich wollte mich bei dir bedanken.« Sie kam zu meinem Bett und drückte mich sanft an sich. »Vielen Dank, dass du Finn aus der Schule gerettet hast. Mia hat uns erzählt, was du getan hast.«

»Gern geschehen.« Ich neigte den Kopf leicht zur Seite. »Ich hätte ihn niemals zurückgelassen.«

»Das wissen wir. Und das macht dich zu dem, der du bist.« Lächelnd strich sie mir über den Kopf. »Finn will dich sehen. Fühlst du dich dem gewachsen?«

»Immer.« Mein Körper widersprach zwar, aber das kümmerte mich nicht. Als ich aufstand, drehte sich das Zimmer ein wenig, und die Krankenschwester, deren Gesicht sich vor Missbilligung verdüstert hatte, brachte einen Rollstuhl herbei.

Im Flur kamen wir an Mr. Patrick vorbei. Mom und Mrs. Patrick blieben stehen, um mit ihm zu reden, und Addie übernahm die Aufgabe, meinen Rollstuhl zu schieben.

»Finn geht's gut. Ruf dir das bitte ins Gedächtnis, wenn du ihn siehst«, flüsterte sie mir ins Ohr. »Er ist ein wenig …«

Kurz vor Finns Tür blieb Addie wie angewurzelt stehen, und eine Bewegung am Ende des Korridors sprang mir ins Auge. Es war Mr. Totenkopf, und er kam auf uns zu, als wären wir alte Freunde. Ich blinzelte, aber er verschwand nicht oder verschmolz mit den Schatten wie sonst. Ich stieß den Atem aus und blickte zu Addie hoch.

»Du, äh … siehst ihn auch, oder?«

Addie nickte, schaute mich aber nicht an. Als er vor uns stehen blieb, runzelte sie die Stirn. »Woher kenne ich dich?«, fragte sie.

»Das spielt im Moment keine Rolle.« Sein Blick ruhte auf mir. »Ich muss mit dir reden, aber nicht hier. Hier ist es nicht sicher.«

»Du bist Mia gefolgt.« Ich zwang mich, meine Stimme ruhig zu halten. Nun, da ich wusste, dass er keine Einbildung war, wollte ich alles wissen. »Sag mir, warum.«

»Nein.« Er beugte sich ein Stück vor und sah mir fest in die Augen. »Ich bin *dir* gefolgt.«

»Mir?« Ich spähte zu Addie hoch, doch sie starrte den Blinden Totenkopf immer noch verwundert an. »Warum? Wer bist du?«

»Ich hatte gehofft, wir lägen falsch, und ich könnte dich in Ruhe lassen, aber es gibt keinen Zweifel mehr.« Er hob den Kopf, und ich bemerkte, dass Mom an den Patricks vorbei mit einem sonderbaren Gesichtsausdruck zu uns herüberstarrte. »Ich heiße Jack. Dein Dad hat mich geschickt, damit ich mit dir rede und dir alles beibringe.«

Mir verschlug es die Sprache. »M…Mein Dad?«

»Wie schon gesagt, hier ist es nicht sicher. Ich melde mich wieder. Es scheint für dich zwar ein Ding der Unmöglichkeit zu sein, aber versuch zumindest, dich in den nächsten paar Wochen aus allen Schwierigkeiten rauszuhalten.« Jack wirbelte herum und ging hastig weg. Genau in dem Moment, als Mom Mrs. Patrick auf die Schulter klopfte und zu uns kam, verschwand er um die Ecke. Sie hatte die Stirn gerunzelt und sah überrascht aus, doch dann tauchte die Krankenschwester mit Unterlagen auf, die sie unterschreiben sollte.

Ich ließ den Atem entweichen, den ich die ganze Zeit angehalten hatte, und sah zu Addie hoch.

Ihre Lippen waren zu einer dünnen Linie zusammengepresst, während sie den Kopf schüttelte. »Morgen. Wir kümmern uns morgen darum. Heute nicht mehr.« Ihre

Augen trafen meine, und ich spürte das Beben ihrer zitternden Hände durch die Rückenlehne meines Rollstuhls. »Okay, Parker?«

»Ja, okay.« Heute würde ich keine Antworten bekommen, und im Moment wollte ich nur noch Finn sehen.

Addie schob meinen Rollstuhl in sein Zimmer, und ich zwang mich, normal zu atmen. Finn war leichenblass, praktisch unsichtbar auf dem blütenweißen Laken. Nur seine Sommersprossen zeichneten sich als dunkler Kontrast ab. Mir drehte sich der Magen um. Addie ging hinaus und schloss die Tür hinter sich.

Finn lächelte, als ich mich vorbeugte, und dieses Strahlen verwandelte ihn. Ich fühlte mich gleich besser. Er war schwach, aber immer noch derselbe alte Finn.

»Hi. Eigentlich wollte ich lügen, aber das kann ich nicht.« Ich schüttelte den Kopf. »Du siehst schrecklich aus.«

»Ich weiß.« Er nickte grinsend. »Ist Absicht.«

Ich blinzelte. »Was?«

»Ich hatte mir überlegt, wenn ich nur mies genug aussehe, um dir Schuldgefühle einzureden, dann hörst du auf, mich von all den spannenden Dingen auszuschließen.« Er keuchte auf und hielt sich die Seite.

»Auftrag ausgeführt! Alle spannenden Dinge sind dein.« Ich lächelte, dann zuckte ich zusammen. »Und jetzt hör auf, so erbärmlich auszusehen, damit ich dich wieder übergehen kann.«

»Hört sich gut an.« Er sog scharf die Luft ein. »Sich so zu fühlen ist die Sache nicht wert.«

Ich lachte, und dann saßen wir eine Minute schweigend da.

»Wie ich höre, hast du in der Schule eine verrückte Superhelden-Nummer abgezogen.« Er schien immer nur ein Auge offen halten zu können, obwohl er sich redlich Mühe gab.

»Oh, ja?«

»Ja, kämpfst dich aus einem brennenden Gebäude, bringst zwei Verletzte in Sicherheit, und das mit einem gebrochenen Arm und allem.« Finns Kichern verwandelte sich in eine Mischung aus sonderbarem Schnauben und Schnorcheln, ehe er beide Augen aufriss und fortfuhr. »Versprich mir etwas.«

»Was?«

Durch die Schmerzmittel schien er völlig zugedröhnt zu sein und lächelte benommen. »Sorg dafür, dass mich jemand richtig Supercooles im Film spielt.«

Ich lachte. »Einverstanden. Du kommst aus dem Krankenhaus, und ich lass dich die gesamte Besetzung aussuchen.«

»Darauf kannst du Gift nehmen«, murmelte Finn. Seine Lider schlossen sich flatternd, und er begann augenblicklich zu schnarchen. Aus irgendeinem Grund fühlte ich mich durch seine medikamenteninduzierte Schlafkrankheit gleich viel besser. Finn wäre nicht Finn, wenn er nicht schnarchte.

Ich war nicht sicher, was aus Addie und mir werden würde, doch das würden wir irgendwann herausfinden. Und mit Mias Hilfe würde ich auch nicht in allzu naher Zukunft sterben. Es gab so viele Dinge, die ich nicht verstand, aber jetzt bliebe mir genügend Zeit. Ich würde Jack dazu bringen, mir all meine Fragen zu beantworten. Ich würde alles über meinen Dad herausfinden – warum er uns verlassen hatte, ob er ebenfalls ein Traumseher war und jede noch so winzige Kleinigkeit, die ich schon seit fast fünf Jahren wissen wollte.

»Alles wird gut«, sagte ich laut in das ruhige Zimmer hinein. Ich brauchte diese Bestätigung, denn selbst jetzt konnte ich *ihn* spüren.

Der Dunkle hockte in der Stille meines Verstands und wartete auf den perfekten Moment. Auf den Moment, in dem er seine kranken Gedanken ausstrecken konnte wie ein Ruder, das in den Fluss meines Bewusstseins tauchte, während er eine Schwachstelle in mir fand und die Flut ausnutzen konnte, um mich umzuwerfen.

Aber ich war stark und er schwach. Das wusste ich jetzt. Solange ich durch Mias Träume zur Ruhe käme, könnte meine Zukunft so werden, wie ich sie wollte.

DANKSAGUNG

Ohne die Unterstützung einiger wunderbarer Menschen hätte es *Im Schlaf komm ich zu dir* nie vom Reich der Träume in die Realität geschafft. Mein Dank geht an meine wunderbare Mafioso-Agentin Kathleen Rushall – du hast immer an mich und dieses Buch geglaubt, selbst als ich nicht sicher war, dass es jemand tun sollte. Vielen Dank, Kat! An Taryn, Danielle, Brandy und Kalah – vielen Dank für eure Hilfe, damit die Welt mich finden konnte. An meinen Lektor Brian Farrey-Latz; vielen Dank für die Hilfe, dieses Buch zum Leben zu erwecken. An Brian und den Rest des Teams bei Flux, insbesondere Mallory und Sandy. Vielen Dank, dass ihr mir jeden Schritt leichter gemacht habt. Ein besonderer Dank geht an *Heyne Fliegt* und *Newton Compton*, die Parkers Geschichte an neue Orte bringen wollen.

Ein ganz besonderer Dank und ein Ich-liebe-euch geht an Ande, Cameron und Parker. Danke, dass ihr ständig meinen Laptop ertragen habt. Eure Umarmungen und Küsse geben mir die Kraft, jeden Tag weiterzumachen. An meine Mom, Wendy Chipp, und meine Schwester, Krista Poll – vielen Dank für die Mädchenausflüge, dass ihr immer bereitwillig gelesen und mir geholfen habt, so viel besser zu werden. An Grandma und Grandpa V – wir lieben und vermissen euch jeden Tag. Ein großes Dankeschön an alle Leser der Welt, vor allem Carrie, Stephanie, Faith, Chantele, Nichole & Nick. Und ein Danke an Kamakea Kauwe, die die allerbeste Zielgruppenleserin und Nachbarin ist!

An ein paar wunderbare Autoren: James Dashner, Jennifer Bosworth, Elana Johnson und Carrie Harris – vielen Dank, dass ihr euch einer blutigen Anfängerin erbarmt und sie mit freundlichen Worten bedacht habt. Ihr seid die Besten! Zum Schluss ein Dankeschön an meine tollen Freunde in den Autorenforen (in Utah und online), die mir geholfen haben, meine Schwächen und gleichzeitig meine Stärken zu entdecken und lieben zu lernen. An meine Mädchen: Kasie West, Candice Kennington, Natalie Whipple, Renee Collins, Michelle Argyle, Sara Raasch & L. T. Elliot – ohne euch wäre ich sicherlich nicht die Autorin, die ich heute bin.